临床医师实用影像手册

LINCHUANG YISHI SHIYONG
YINGXIANG SHOUCE

主　编　郭兴华　王耀普　樊安华　范仙萍

编　委　（以姓氏笔画为序）

王彦波　王晋君　王娟萍　王耀普　李瑛琪

张崇杰　范仙萍　郑国芳　杨晓慧　徐崇明

郝晓宁　郭兴华　樊安华

主　审　李健丁　刘乃寅

山西出版集团
山西科学技术出版社

内容提要

　　全书共分十一章，第一章为医学影像科常见设备、检查方法的介绍，影像对比剂及其安全使用问题，影像报告中常用术语解释等；第二章到第十一章，按医院临床分科的顺序，对影像检查方法的优化选择及相关疾病影像诊断流程，以及各科常见疾病的影像特点集中总结成要点，进行讲解。书末附录了影像报告中常用的英文缩略词。

　　这是一本临床医师医学影像学工具书，综合阐述，要点清晰，便于查阅，实用性强。读者对象主要为各临床科室医师、影像科医师。

序

近年来，电子学和计算机技术发展迅猛，医学影像设备和检查技术得到了不断更新。传统放射学已由最初单一的 X 线诊断发展为当今包括放射、超声、CT、MRI 和核医学在内的现代医学影像学。这些新的影像检查技术在诊断中互相补充、互相印证，更有利于诊断水平的提高。随着介入放射学的临床应用，不仅扩大了人体检查范围，提高了诊断水平，而且可对某些疾病进行治疗，有力促进了临床医学的发展。

目前，我国各级医院均引进了不同档次的先进影像设备并应用于临床。在临床实践中，各科医师如何才能正确合理应用这些检查手段，如何能认识并基本掌握相关疾病的各种影像学表现至关重要。只有了解各种成像技术的优缺点及其在诊断中的作用和限度，才能使患者以最少的合理费用，达到尽快诊断和治疗的目的。

基于以上要求和临床所需，作者编写了《临床医师实用影像手册》，该书以卫生部《医务人员三基三严培训考核测评手册（医技分册)》为大纲，并参照全国高等院校《医学影像学》教材，较全面地介绍了医学影像学基础理论和新的进展，包括各种影像设备的基本成像原理和特点，检查方法及选择，影像分析诊断原则，系统阐述了临床各科常见病的各种影像学表现。

该书特点鲜明：1) 面向临床医师，内容全面，重点突出，条理清晰。2) 强调综合影像诊断，对目前常用的各种影像方法进行了综合讲述，并在各章节前面讨论了比较影像学、影像检查方法的优化选择及相关疾病影像诊断流程。3) 按临床学科分章节，将相关内容集中编排，便于临床医师查阅。4) 对各种疾病的影像表现，总结出"影像记忆特征"，供临床医师记忆。5) 对每个知识点，总结成要点式，便于学习掌握。6) 收集了常见病的影像分期分型标准，供临床医师参考。

本书作为临床诊疗参考书，以实用性为特色，可读性强，对临床一线医疗技术人员工作有较重要的参考价值。同时，也使临床各科对影像学科有一个全面的认识。

山西医科大学　刘起旺

前 言

　　现代医院各学科专业分工越来越细，临床医师除了要求掌握本专业知识以外，还需要了解本专业以外的其它学科发展动态，学习医学影像学的最新进展，了解影像诊断的基本原则和基本思路，更好地开阔视野，使专业知识更加健全。

　　医学影像科是现代医院里最大的科室之一，设备投资最高，在医院里作用特殊，任务重大，已成为一个重要的临床科室。影像学科内容丰富，涉及专业最广，发展更新最快，为了使广大临床医师在紧张的临床专业工作之余，能快速全面了解医学影像科室的工作特点、影像学科的发展与内涵、影像学的基本原理和基本理论，我们将医学影像学的主要内容总结提炼成要点，编成这个手册。

　　在编写的过程中，我们以卫生部医政司《医务人员三基三严培训考核测评手册（医技分册）》的内容为基础，参照全国高等医药院校《医学影像学》教材，对各种常见病的各种影像检查方法表现，全面系统地做了介绍。

　　在编委组成上我们最大限度地兼顾到放射影像、介入放射学、超声影像、核医学影像各个专业。在编写方式上我们力求有所突破，从现代医院各临床科室的专业配置入手，从现代医学影像技术与设备的发展入手，以要点总结的方式，深入浅出地带领读者了解医学影像科，认识影像设备，学习各临床科常见疾病影像方法的选择和影像诊断要点。

　　本书从构思，编写，到审核，出版整个过程中，山西医科大学影像系主任、博士生导师李健丁教授亲自指导，并担任主审；山西医科大学刘起旺教授提出了很多建设性的意见和建议，并为此书作序；山西医科大学彭旭兰教授做了大量具体的工作，在此一并表示衷心的感谢！在此书出版面世之际，正是山西省运城市中心医院新院落成开诊之时，谨以此书向这所现代化三级甲等医院表示衷心的祝贺！并对院领导、科教部及影像科的同事们致以衷心的感谢！

　　由于我们水平有限，书中缺点、错误、遗漏在所难免，希望广大读者以及影像学前辈批评指正，以便我们以后不断提高，不断进步。

编　者

2009. 1. 5

目 录

第一章 医学影像科与医学影像学

目
录

第三章　脊柱、脊髓内外科医学影像基础

第四章　呼吸内科、胸外科医学影像基础

目录

第五章　心血管内、外科医学影像基础

目录

第六章　消化内科、普外科医学影像基础

第七章　肾内科、泌尿外科医学影像基础

第八章　妇产科医学影像基础

第十一章　内分泌科医学影像基础

第一章　医学影像科与医学影像学

　　医学影像科，是现代医院中最大的科室之一，是医学影像学医教研的基础，学科设备投资最高、涉及科室最广、发展更新最快，国家已将开展介入诊疗技术的放射科归为临床科室。临床医师除掌握临床各专业知识以外，还需要了解影像技术发展动态，学习影像诊断的基本原则和基本思路，这样才能成为一名合格的临床人才。

　　下面，我们将引领读者走进医学影像科，了解常用影像设备，了解常见疾病影像诊断，了解医学影像学的发展概况。

第一节　医学影像学基本知识

一、医学影像学科的发展概况

　　1895 年伦琴发现 X 线。

　　1942 年 A 型超声成像问世。

　　1952 年 B 型超声成像用于临床。

　　1957 年多普勒超声诊断开始应用。

　　1965 年 Y 闪烁照相问世。

　　1972 年介入放射学迅速兴起。

　　1972 年 Hunsfield 成功发明 CT。

　　1980 年 MRI 用于临床。

　　1985 年后彩色多普勒超声兴起。

　　1989 年 SPECT（单光子发射型计算机断层成像）应用于临床。

　　1990 年 PET（正电子发射型计算机断层成像）问世。

　　1995 年 PACS（图像存贮与传输系统）逐渐兴起。

　　2000 年以来 CR、DR、CT 及 MR 新技术、心脏磁源成像、脑磁图逐渐用于临床。

　　放射诊断学经历了 1 个多世纪的发展，目前，已形成了一个全新的、具有丰富内涵、多层次、多角度、不断发展、不断充实的医学影像学（Medical Imaging）。其发展方向与现状是：

　　从单一影像→多种影像互证。

　　从单纯诊断→诊断、治疗并举。

　　从形态成像→形态、功能、代谢并用。

　　从宏观影像→分子影像。

　　从单机独立成像→数字化、网络化。

二、医学影像报告内容与格式

　　1. 医学影像报告是医疗文书的重要组成部分。

　　2. 临床医师阅读影像报告单可得到很多对临床诊断与治疗有用的信息。

3. 医学影像报告的一般格式：

    (1) 一般资料。

    (2) 影像检查方法。

    (3) 影像表现。

    (4) 影像诊断。

    (5) 书写者及审阅者签名。

附：卫生部《放射科管理和技术规范》中关于影像报告书写的基本要求：

    (1) 认真细致地观察，全面系统地描述。

    (2) 书写整洁，字迹清晰，字体规范。

    (3) 一般资料要查对无误。

    (4) 诊断意见要明确，疑难病例要分析讨论。

    (5) 回答临床医师提出的问题。

    (6) 签名在右下角，签全名，字迹清晰。

三、医学影像诊断的基本思路

1. 临床诊断工作的基本思路：

    (1) 从点开始（这个点通常是主诉）。

    (2) 思路扇形扩大（包括收集病史、体征、检验、影像等资料）。

    (3) 向点收缩（这个点是初步诊断）。

    (4) 再次从这个点出发。

    (5) 再次扇形扩大（验证）。

    (6) 最后再向点收缩（也就是最后诊断）。

2. 影像诊断思路和临床诊断思路相似：

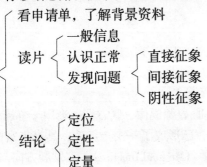

    (1) 背景资料包括：主诉、病史、体征、该病的流行病学特征等。

    (2) 一般信息：指胶片上的全部信息，包括性别、年龄、检查时间、检查方法、照相条件等。

    (3) 认识正常：了解正常影像解剖、断面解剖，知道先天变异。有些病变一时没有异常，但并非正常，经过随访或动态观察会发现是否真正属于正常。这个过程要避免"两极思维"，即非此即彼。

    (4) 发现问题：包括直接征象和间接征象。

      ① 直接征象包括：病变的部位、数量、形态、大小、内部密度、边缘等。

②间接征象包括：邻近组织的继发改变、中线移位、远处间接异常、因病变引发的全身或其它部位病变，如腹水、脑积水等。

③阴性征象：一些重要的正常表现，有鉴别诊断的意义。如椎体破坏，但椎间隙不狭窄，对椎体结核和椎体转移瘤的鉴别具有重要意义。

(5) 得出结论：在发现问题的基础上，进一步认识问题，经过认真分析、总结，得出结论。一个完整的影像诊断包括：

① 四定（即定位、定性、定量、定期）。

② 建议（对进一步检查的建议）。

③ 对比（动态观察病变的、治疗前后的变化）。

④ 回答问题（回答临床医师提出的问题）。

3. CT 读片与分析方法：

(1) 从胶片上了解扫描技术与方法，如平扫还是增强平扫血管为等密度、增强扫描血管密度明显升高、动态扫描包括一系列增强图像等。

(2) 在胶片上看窗宽、窗位，了解照相条件，如肺窗重点观察肺野肺纹理、纵隔窗重点观察心脏大血管结构、骨窗重点观察骨骼结构细节等。

(3) 由一幅到一系列图像，在脑子里立体地展示解剖部位、器官、组织的正常结构。

(4) 根据密度、形态的差异，发现异常，发现病灶。

(5) CT 值有一定特征，可协助定性。如水在 0Hu 左右，实性器官 30~40Hu，钙化＞100Hu，新鲜出血 70Hu 左右。

(6) 结合直接征象、间接征象，结合临床及其他检查结果，综合分析。

(7) 认识 CT 的限度，发挥 CT 的优势，尽可能地做出定位、定性、定量、定期诊断。

4. MRI 读片与分析方法：

(1) 查看参数区分各序列及其扫描技术，如 T1WI、T2WI、脂肪抑制、脑脊液抑制等。

(2) 通过图像区分普通成像与功能成像，如 MRA、MRCP、DWI、PWI、SWI 等。

(3) MRI 主要依靠形态变化、信号差异来发现病灶。

(4) 充分利用 MRI 多方位成像的优势，分析每幅图像，结合功能成像获得三维结构信息，做出准确的定位诊断。

(5) MRI 可区分不同组织的信号，可大致做出定性诊断。如液体为 T1WI 低信号、T2WI 高信号；韧带、肌腱、钙化、骨皮质、气体在所有序列上均为低信号；新鲜出血、脂肪组织在所有序列上均为高信号；血管流空在所有序列上均为低信号，但在不同断面上血管信号复杂多变应予注意。

(6) 特殊成像观察重点是形态变化，如 MRA 显示动脉瘤；MRCP 显示胆管阻塞等。

(7) 功能成像观察重点应放在代谢、分子水平的运动，如 DWI、PWI 显示新鲜梗死灶局部水分子的弥散运动、局部微循环情况等。

四、影像报告中一些常用概念

1. 密度：

(1) X 线和 CT 图像，用密度高低来表示 X 线穿透不同组织后的衰减值。

(2) 组织密度越大，图像越白，则可描述为图像上的"高密度"。

2. 回声：

(1) 超声成像，用回声强弱来表示不同的组织界面。

(2) 超声波在人体组织内传播过程中，遇到声阻不同的界面，可产生反射、散射等，由探头接收并经计算机处理后构成声像图基本像素，即为回声。

(3) 因组织界面不同，可描述为强回声、高回声、等回声、低回声、弱回声、无回声等。

3. 信号：

(1) 磁共振成像，用信号高低来表现不同组织内质子弛豫时间的差异。

(2) 同一组织在不同成像序列上，信号不同。

(3) 信号越高，则图像越白。

4. 声影：超声波遇到声衰减程度很高的界面时，因明显的声波衰减而形成的后方无回声或低回声带即为声影。如结石声影。

5. 后方回声增强：超声波遇到声衰减程度很低的界面时，其后方回声较同一深度的周围组织回声强度增高的效应。如囊肿声像图。

6. 多普勒效应：接收体和发射体之间存在相对运动时，接收到的频率不同于发射的频率，二者存在频率差，这种现象为多普勒效应。

7. 窗宽、窗位：

(1) 是为了显示不同的观察重点，对数字化图像进行处理的重要方法。

(2) 现有影像都是由黑到白一系列灰度显示的，人眼只能区分 16 个灰阶，太黑或是太白都不能分辨，为了更好地显示病变，有必要对图像的灰度进行调节。

(3) 窗位，是目标观察组织灰度的中心值，如胸部 CT 扫描，为更好地观察纵隔结构，窗位应置于软组织的 CT 值范围内，即 30Hu 左右，观察肺组织，窗位应置于−700Hu 左右。

(4) 窗宽，规定了灰度显示的范围。例如 CT 窗位为 0Hu，窗宽 100 Hu，表现 CT 值范围在正负 50 Hu 之间，在这个 CT 值范围以外的组织或太黑或太白均不能显示。

8. 伪影：

(1) 是指被检物体中并不存在而在图像中却显示出来的各种不同类型的影像。

(2) 因设备或成像技术的不同，伪影成因不同，有的与技术人员的操作有关，有的与设备性能有关，有的与检查方法或参数选择有关，还有的与呼吸、心跳、血管搏动、胃肠蠕动等不自主生理运动有关。

(3) 伪影的表现也不尽相同，有的表现为非常规则的条纹、非常规则的环形，或是极不规则的放射状，这些易于辨认，也有的则极易与病变混淆，尤其是 MRI 成像时，伪影出现的几率更多，有的更不易识别。

9. 充盈缺损：是指空腔脏器充盈对比剂后，局部出现的未充盈区。这一术语常用于消化道造影、血管造影、尿路造影、MRA、MRCP 等。

10. 龛影：是指空腔脏器充盈对比剂后，突出到腔外的多余充盈区。

11. 序列：MRI 扫描过程中的一组图像为一个序列，它重点显示一个参数特点，如 T2 加权像（T2WI），重点显示扫描范围内各组织 T2 值的差别。

12. 长 T1 长 T2：在报告中用于表示图像 T1WI 为低信号、T2WI 为高信号的组织结构。

13. 肿瘤血管：血管造影时瘤区内紊乱、粗细不均的新生血管，多异常扩张扭曲。当肿瘤血管明显扩张成湖样或池样时，称为"血管湖"。

14. 肿瘤染色：可呈结节状、不均匀性及均匀性 3 种染色，出现在毛细血管期，对比剂聚积在肿瘤的间质间隙或肿瘤血管内。

15. 过度灌注：核医学影像术语，脑梗塞发病数日后，若侧支循环丰富，在局部脑血流断层影像上可见到病变四周出现放射性增高，称为过度灌注。

16. 过度充盈：核医学影像术语，肝脏的海绵状血管瘤在肝血池影像上表现为病变处放射性明显高于周围正常肝组织，其定性准确率为 90%-100%。

17. 再分布现象：核医学影像术语，心肌灌注显像时，负荷状态出现的节段性心肌核素分布稀疏/缺损在静息状态分布正常，称再分布现象，提示心肌为可逆性缺血。

18. 倒相：核医学影像术语，肾动态显像时，患侧肾影出现时相上的颠倒，即最初显影较差，而后逐渐明显，提示该肾功能明显受损。

19. 超级显像：核医学影像术语，是骨显像剂在骨组织中明显增加而肾脏不显影的影像表现，见于广泛弥漫性骨转移和代谢性骨病。

20. 骨骼三相显像：核医学影像术语，是在一次注射显像剂后三个时相的显像，显示局部骨骼动脉血流（血流相）、血池（血池相）和骨盐代谢的情况（延迟相）。

21. 肺通气-灌注显像的"不匹配"现象：核医学影像术语，急性肺栓塞初几天，肺灌注显像出现的放射性稀疏/缺损区，在肺通气显像相应部位放射性基本正常。

五、生理或病理组织影像表现

1. 脂肪：
   (1) X 线穿透脂肪组织后衰减较少，在 X 线平片及 CT 图像上均表现为低密度影。
   (2) CT 值-50 到-130Hu 之间。
   (3) 在 MRI 上，T1WI 上表现为明显高信号，在 T2WI 上表现为灰白的略高信号。
   (4) 在 USG 上，皮下脂肪为低回声，其余部位脂肪回声较高。

2. 水：
   (1) 体内水如脑脊液、胆汁、尿液等，CT 密度均匀一致，CT 值在±10HU 之间。
   (2) 在 USG 上，液体表现为无回声区，后方回声增强。
   (3) 自由水在 MRI 上，表现为均匀一致的 T1WI 低信号，T2WI 高信号。
   (4) 体内结合水因与大分子蛋白相结合，在 MRI 上多为高信号。

3. 钙化：
   (1) 钙盐在体内存在形式多种多样，所以表现也不尽相同。
   (2) 单纯钙沉积 X 线表现为颗粒状或小环状无结构的致密影。
   (3) CT 上为高密度影，边界清晰锐利，CT 值随钙盐含量不同而异，约 40~150HU 以上。
   (4) 在 MRI 上钙化表现更是多种多样，可以是高信号，也可以是等信号，或是低信号，因其存在形式、结合蛋白、钙盐含量等的不同而不同。
   (5) USG 表现为强回声，后方多伴声影。

4. 气体：
   (1) X 线极易穿过，在 X 线平片及 CT 上表现为极低密度。
   (2) 在特定部位可表现有气液平面（如胃泡区气液平面）。
   (3) CT 值-1000Hu 左右。

(4) 在 MRI 上表现为无信号区。

(5) 在 USG 上表现为强回声，后方伴边界模糊声影。

5. 骨骼：

    (1) 骨皮质：

        ① 骨干部为厚薄均匀的带状影，干骺端膨大皮质较薄。

        ② X 线、CT 为高密度，MRI 为极低信号，USG 为强回声，后方伴声影。

    (2) 松质骨：

        ① X 线可见按应力方向排列的骨小梁高密度影。

        ② CT 表现为海绵状高低交错密度，较骨皮质密度低，较软组织密度高。

        ③ MRI 因红骨髓与黄骨髓比例不同，可呈等、高、低不同信号。

        ④ USG 表现为中等回声，内见点状强回声

    (3) 髓腔：

        ① X 表现为骨皮质包绕的无结构透亮区。

        ② CT 上为细网状低密度区，CT 值-100~30Hu 不等。

        ③ MRI 上髓腔脂肪表现为略高信号，各部位可有所差异。

        ④ USG 因骨皮质影响一般不能显示。

6. 软组织：

    (1) X 线平片：脂肪为低密度，可借此大致显示软组织周围轮廓。

    (2) CT 软组织窗，甲状腺为高密度，脂肪为低密度，其余软组织为等密度。

    (3) MRI：能区分不同组织，脂肪呈高信号，韧带、肌腱为低信号，肌肉中低信号，大脑皮质与髓质信号在不同序列上也各不相同。

    (4) USG：高频超声有一定优势，软组织大体表现为略不均匀的中等回声，内部可探及血流信号。

7. 血肿：

    (1) 出血后血肿形成到吸收的过程，在病理上发生一系列变化：

        ① 超急性期（3 小时以内），为不流动的血液，成分为正常血液。

        ② 急性期（2 天内），红细胞内的氧合血红蛋白变为脱氧血红蛋白。

        ③ 亚急性早期（第 3 天起），红细胞膜完整，细胞内开始出现正铁血红蛋白。

        ④ 亚急性后期（10 天内），红细胞膜破裂，正铁血红蛋白移出红细胞。

        ⑤ 慢性期（3 周后），从血肿周边开始，逐渐有巨噬细胞吞噬血红蛋白，形成含铁血黄素。

    (2) CT 表现：

        ① 新鲜出血表现为边界清楚的高密度病灶，CT 值 60~70Hu。

        ② 随着血肿的液化吸收，CT 值逐渐降低，边界越来越模糊。

        ③ 最后完全液化，变为水样密度，边界也开始越来越清晰。

        ④ 因血肿大小不同，演变过程长短也不同。

    (3) 血液成分在 MRI 上的信号特点：

        ① 氧合血红蛋白为 T1WI 低信号、T2WI 高信号。

        ② 脱氧血红蛋白对 T1 影响极小，主要缩短 T2 时间，表现为 T2WI 低信号。

        ③ 红细胞内正铁血红蛋白表现为 T1WI 高信号，对 T2WI 影响不大。

第一章 医学影像科与医学影像学

④ 细胞外正铁血红蛋白 T1WI、T2WI 上均表现为高信号。

⑤ 含铁血黄素在任何序列上均表现为极低信号。

(4) MRI 表现：

① 超急性早期（3 小时内）：T1WI 低信号、T2WI 高信号。

② 超急性后期（24 小时）：T1WI、T2WI 均为等信号。

③ 急性期（2~7 天）：T1WI "周高中低" 信号，T2WI 为极低信号。

④ 亚急性期（8~30 天）：T1WI、T2WI 均为 "周高中低" 信号。

⑤ 慢性期（1 月后）：T1WI、T2WI 均为高信号病灶+低信号黑环。

⑥ 残腔期（2 月后）：所有序列均为囊腔+黑环。

六、对比剂及其合理安全使用

1. 2008 年中华放射学会、中华医师学会联合制订并发布了我国第一部对比剂使用规范文件，《对比剂使用指南（第一版）》。以下介绍该指南的主要内容。

2. 概念：以医学成像为目的将某种特定物质引入人体内，以改变机体局部组织的影像对比度，这种被引入的物质称为 "对比剂"，也称之为 "造影剂"。

3. 对比剂引入途径：动脉、静脉、淋巴管、食道、肠管、椎管、胆管、胸腔、腹腔等。

4. 对比剂的种类：

(1) X 线对比剂：

① 钡剂对比剂：硫酸钡干粉、硫酸钡混悬剂。

② 碘类对比剂：按在溶液中是否分解为离子，又分为离子型和非离子型对比剂；按分子结构分为单体型对比剂和二聚体型对比剂，按渗透压分为高渗对比剂、低渗对比剂和等渗对比剂。

③ CO_2 对比剂。

(2) MRI 对比剂：

① 静脉内使用：钆类对比剂、锰类对比剂、铁类对比剂。

② 胃肠道内使用：铁类对比剂。

(3) 超声对比剂：主要用于肿瘤对比造影，常用的有含空气、二氧化碳气、氧气、氟碳气体等微气泡及以糖类、人体白蛋白、脂类、聚合物等为基质的超声造影剂。

5. 对比剂的安全问题：

(1) 全身一般反应：头痛、恶心、发热感、味觉改变等，可自行缓解。

(2) 过敏反应：常发生于有过敏体质的病人，尤以碘类对比剂多见。

(3) 对比剂肾病：是指使用碘对比剂后 2~3 天发生的急性肾功能损害。

(4) 肾源性系统性纤维化：钆类对比剂在肾功能不全的病人可诱发本病。

(5) 气体栓塞：应用气体对比剂时偶可发生。

(6) 对比剂外渗，可引起非感染性静脉炎、局部软组织损伤或坏死等。

6. 过敏反应及防治措施：

(1) 过敏试验

① 皮内试验：30%试验用碘剂 0.1ml 皮内注射，15 分钟后局部红肿范围超过 1cm 或伴伪足为阳性。

② 静脉试验：30%试验用碘剂 1ml 静脉注射，观察 1 分钟，出现恶心、呕吐、荨

第一章 医学影像科与医学影像学

麻疹等为阳性。

③ 结膜试验：将对比剂滴入眼结膜囊，3 分钟后结膜充血、有刺激症者为阳性。

(2) 碘过敏反应的表现：

① 轻度：荨麻疹、面部潮红、恶心、呕吐、流泪、喷嚏等。

② 中度：胸闷、气急、腹痛、头昏、头痛、声音嘶哑、口唇水肿等。

③ 重度：喉头或支气管痉挛，呼吸困难；过敏性休克；昏迷、抽搐等。

(3) 过敏反应的抢救：

① 轻度，一般不需特殊处理，可嘱病人深吸气，或吸酒精棉球，休息后可缓解。

② 中度，地塞米松 5mg 静脉注射，或苯海拉明 50mg 肌肉注射。

③ 重度：

    a. 喉头水肿者，0.1%肾上腺素 1ml 皮下注射，或氨茶碱 1g 加入生理盐水 2000ml 中静脉滴注。

    b. 休克者，立即补充血容量，吸氧，必要时人工心肺复苏、气管插管抢救。

    c. 癫痫发作者，抗癫痫对症治疗。

(4) 过敏反应的预防：

① 仔细询问病史，尤其是过敏体质、药物过敏史，阳性者尽量避免使用对比剂。

② 了解患者有无使用对比剂禁忌证，如甲亢，严重心、肾功能不全。

③ 做好碘过敏试验。

④ 用药量严格按产品说明书要求，根据病人体重、年龄、体质而定，不可随意加大剂量。

⑤ 使用前三天开始，口服地塞米松 5mg，每日三次，检查前 1 小时再次肌肉注射苯海拉明 50mg，可明显减少大剂量、快速注射对比剂所导致的危险性。

⑥ 尽量使用非离子碘制剂，过敏反应率较低。

⑦ 使用前水化：建议患者在使用碘对比剂前 4h 至使用后 24h 内给予水化，补液量最大 100ml/h。补液方式可采用口服，也可以静脉途径。

⑧ 注射前将对比剂加热到 37°C。

⑨ 做完造影或增强检查后，嘱病人休息 30 分钟，无不适后，再离开检查室。

⑩ 影像科室常备过敏急救药物与设备，增强或造影检查时严密观察病人，随时做好抢救准备。

⑪ 建议使用前填写对比剂使用知情同意书。

7. 对比剂肾病（CIN）：

(1) 是指排除其他肾脏损害因素后使用碘对比剂后 2~3 天发生的急性肾功能损害。

(2) 目前本病诊断标准尚不统一，通常认为血清肌酐水平较使用对比剂前升高 25%~50%或升高 0.5~1mg/dl 便可诊断。

(3) 对比剂肾病多表现为非少尿型急性肾功能衰竭。部分患者可表现为一过性尿检异常（轻度蛋白尿、颗粒管型、肾小管上皮细胞管型等）及尿酶升高、尿渗透压下降、尿糖、尿钠排泄增加等。一般无症状，仅表现为对比剂使用后 24~72 小时内血清肌酐急性升高。于 1 周左右恢复至基线水平。

(4) 补液是唯一被普遍接受并且在临床中应用的措施。一般需要仔细控制出入液量和电解质平衡、避免肾脏受到进一步的损害、注意营养、监测并发症，但个别情况下可能需要透析。

(5) CIN 的发生率与剂量相关。因此，对 CIN 高危的患者应尽量减少对比剂的使用。相关的危险因素中最重要的是原有肾功能损害，它可以使 CIN 的危险性增加 20 倍以上。

8. 肾源性系统性纤维化（NSF）

　　肾功能不全患者中发生的一种广泛的组织纤维化为特征的系统性疾病，通常会引起四肢皮肤的增厚和硬化，最后常常造成关节固定和挛缩，甚至可导致死亡。

(1) 钆对比剂与 NSF 的高危因素：

　　① 急慢性肾功能不全（GFR<30ml·min^{-1}·1.73m^{-2}）。

　　② 肝肾综合征及肝移植围手术期导致的急性肾功能不全。

　　③ 超剂量或重复使用钆对比剂。

(2) NSF 大多数发生在末期肾脏病患者，一般在使用钆类对比剂 3 个月后发病。

(3) NSF 的预防：

　　① 严重肾功能不全患者应慎用钆对比剂，如果不用增强 MRI 就可以提供足够的诊断信息，应避免增强，只进行平扫即可；

　　② 使用剂量不能超过对比剂产品说明书推荐的剂量；

　　③ 避免短期内重复使用；

　　④ 患者诊断为 NSF 或者临床怀疑 NSF，不主张使用钆类对比剂；

　　⑤ 孕妇不要使用钆对比剂；

　　⑥ 注射对比剂时，尽量避免药液外渗。

　　⑦ 建议需要血液透析维持的患者，使用钆对比剂 3 小时内行血液透析，在临床安全允许条件下 24 小时内行第 2 次血液透析。

七、影像检查方法的合理选择

1. 比较影像学：

(1) 80 年代初提出这一概念。其重要内容之一就是评价各种成像技术的优缺点，以最小的合理花费，达到尽快明确诊断疾病的目的。

(2) 必须认识到各种成像技术和检查方法都有它的优缺点和适应范围。

2. 卫生部的《放射诊疗管理规定》明确指出：医疗机构在实施放射诊断检查前应当对不同检查方法进行利弊分析，在保证诊断效果的前提下，优先采用对人体健康影响较小的诊断技术。

3. 优选的意义（选择的依据）：

(1) 提高疾病诊断的准确度、敏感度、特异度，减少漏诊、误诊。

(2) 减轻病人的创伤与痛苦，缩短确诊时间。

(3) 节约医疗费用，降低病人经济负担。

4. 总体选择原则：

(1) 首选简便、对病人安全、无痛苦、费用低的方法。

(2) 诊断一经确立，立刻停止任何检查。

(3) 治疗过程中复查或动态观察病情变化，选择一种最简单的方法。

(4) 人群普查，应选用单一的、效价比高的检查方法。

第一章　医学影像科与医学影像学

(5) 复杂病例，必须多种影像方法综合应用，互相印证，以防漏诊误诊。

(6) 特殊要求：《放射诊疗管理规定》，对育龄妇女不得进行下腹部放射影像检查；不得将核素显像检查和 X 射线胸部检查列入对婴幼儿及少年儿童体检的常规检查项目；不得使受检者接受不必要的重复照射。

5. 各系统疾病首选影像检查方法：

(1) 呼吸系统疾病首选检查方法是 X 线胸片，次选 CT。疑及急性肺栓塞 CT 不明确时，可行 CTA 或 CE MRA 检查或选择核素肺通气–灌注显像。

(2) 心脏：彩超首选，先心病加"三位片"，冠心病行冠脉 CTA、DSA 或核素心肌显像（负荷）。

(3) 乳腺首选钼靶摄影。

(4) 骨关节，首选 X 线平片，复杂部位骨折加 CT，关节面、肌腱、韧带损伤选 MRI。脊柱病变一般是平片+CT+MRI。骨转移首选核素扫描。

(5) 急腹症首选腹部立位平片+USG。

(6) 胃肠道疾病首选消化道造影，了解病变进展程度可选 CT 或 MRI，小儿消化道出血，可选择核素异位胃黏膜显像。

(7) 腹部、盆腔实质脏器病变，首选 USG，然后 CT，必要时 MRI，尤其是水成像。

(8) 中枢神经系统，首选 CT，特别是颅脑外伤，然后 MRI，疑动脉瘤、AVM 等脑血管性病变时加 MRA 或脑血管造影，脊髓病变首选 MRI。

(9) 软组织病变，首选 USG，然后 MRI，必要时 CT 或 DSA。

6. 增强扫描：

(1) 定义：经静脉注入对比剂后所进行的扫描。

(2) 意义：

① 了解血供特点，观察强化特征，协助病变的定性诊断及鉴别诊断。

② 提高较小病变的检出率。

③ 观察病变内部结构细节，鉴别实质灶与囊变、坏死区。

④ 鉴别病变与周围水肿区。

⑤ 确定转移瘤的多处瘤灶及浸润范围。

⑥ 发现肿瘤术后残余、复发及疗效观察。

⑦ 鉴别放疗后损伤与肿瘤复发。

⑧ 确定肿瘤恶性程度，进行术前影像分期。

八、影像检查申请单基本要求

1. 开单前根据初步诊断，合理选择最佳检查方法。应遵循以上选择原则。

2. 明确各种检查方法的适应证与优缺点。不同方法，对于解决临床问题有不同的优势和缺陷，各种方法的适应范围详见相关章节。

3. 在申请单上写清主要病史、相关检查结果。这对影像诊断是必不可少的。

4. 写清病程很重要：如脑出血，急性期 CT 效果较好，脑梗死 6 小时以内 MRI–DWI 效果较好，而 24 小时以后 CT 可明确诊断。

5. 明确检查目的，注明特殊情况。如头部检查，若疑为垂体微腺瘤应予注明，检查方法不同。再如有过敏史者，应标明，尽量避免使用对比剂。

6. 检查部位、体位一定要尽量详细。

7. 脊柱拍片或 MRI 检查时，要写清颈、胸、腰骶，哪一段。

8. 一些特殊体位，在各科教科书中都有介绍，如心脏三位片、副鼻窦的瓦氏位、乳突病变的梅氏位、肋骨骨折的切线位等。

9. 申请单应该使用标准名词、术语、缩略词。

10. 检查前向病人讲清注意事项，提前做好必要的准备，特殊检查向影像科预约、咨询。如 MRI 检查前，病人应更换不带金属纽扣的衣服；CT、USG 上腹部检查前应禁食；盆腔USG 检查前应充盈膀胱；肾盂造影或结肠造影前应清洁灌肠；核素检查前应详细按病种和显像器官做好准备。

第二节 X 线成像

一、成像原理及成像特点

1. X 线的产生：X 线是真空管内高速行进的电子流轰击阳极靶时产生的。

2. X 线的特性：X 线属于电磁波，具有以下几方面与成像相关的特性：

(1) 穿透性：与球管电压、物体密度、厚度相关。是 X 线成像的基础。

(2) 荧光效应：X 线能激发荧光物质，发出可见荧光，这是透视检查的基础。

(3) 感光效应：X 线可使胶片感光，产生潜影，经显影、定影处理，产生了黑白影像。感光效应是 X 线摄影的基础。

(4) 电离效应：X 线通过任何物质都可产生电离效应。射入人体，可引起生物学方面的改变，是放射治疗的基础，也是进行 X 线检查时需要注意防护的原因。

3. X 线成像原理：

(1) 当 X 线穿过人体不同组织结构时，被吸收或衰减的程度不同，在荧屏或胶片上形成灰度不同的影像。

(2) 理论基础：一方面基于 X 线的穿透性、荧光效应和感光效应，另一方面基于人体组织结构之间有密度和厚度的差别。

4. X 线图像特点：

(1) 灰度图像：

① 是由黑到白不同灰度组成的图像。

② 反映了人体结构的密度差别。如骨皮质密度极高，X 线吸收较多，在胶片上形成白色图像，而肺内空气密度低，X 线吸收少，在胶片上形成黑色图像。

(2) 重叠图像：

① 是 X 线穿透路径上所有结构的投影的总和，是重叠的图像。

② 为了更好地显示病变，应拍摄正位结合侧位或斜位片来观察。

(3) X 线束是锥形投射的，所以 X 线影像有一定程度的放大、变形、失真；同时可产生伴影，使图像边界模糊。

二、放射设备与检查方法

1. 透视：现已采用影像增强电视系统，遥控透视。

(1) 优点：

① 可转动体位，改变方向观察。

② 可了解器官动态变化，如心血管搏动、膈肌运动、胃肠蠕动等。

③ 操作简便、快速、费用低，可立即作出结论。

(2) 缺点：

① 图像对比度低，清晰度差，小病变或较厚部位病变易漏诊。

② 检查没有客观记录，不可永久保存。

③ 病人接受的X线剂量较高。卫生部《放射诊疗管理规定》指出：应当尽量以胸部X射线摄影代替胸部荧光透视检查。

(3) 应用：胃肠造影、介入手术、部分骨科复位手术、支气管异物检查等。

2. 摄影：

(1) 利用X线的穿透作用、感光作用，在X线胶片上记录影像。

(2) 优点：

① 影像清晰，对比度好。

② 适于细微病变和厚实、高密度部位观察。

③ 留有永久性记录资料，利于复查对比、会诊。

(3) 缺点：

① 不便于观察活动器官的运动功能。

② 技术复杂，图像质量影响环节较多。

3. CR（computer radiography）：

(1) 以影像板（IP板）代替胶片作为感光介质，经过激光读取IP板信息，图像处理、显示出来数字图像的装置。

(2) 优点（与普通X线摄影相比）：

① 提高了图像密度分辨力。

② 图像处理，增加了信息显示功能。

③ 曝光剂量降低，曝光宽容度增加。

④ 为数字化图像，既可照成胶片，也可数字存贮，可用于PACS。

(3) 缺点：属模拟向数字过渡的产品。又叫间接数字X线成像。

4. DR（digital radiography）：

(1) 用平板探测器直接接收X线衰减信息，由计算机重建出图像。

(2) DR是真正的数字化图像，更优于CR，是目前放射拍片发展的方向。

(3) DR细节分辨率更高，图像处理可进行对比调节，投照条件宽容度更大，患者接受的X线剂量更低，图像可直接接入PACS中。

5. DF（数字荧光透视）：与DR成像原理相似，图像重建出来后，在监视器上显示，用于数字胃肠造影、数字减影血管造影等。

6. 消化道造影检查：

(1) 方法：

① 可分为食管造影、上消化道造影、全消化道造影、结肠造影几种方法。

② 以不同浓度的钡剂口服行上消化道、全消化道造影。

③ 以钡剂灌肠进行结肠造影。

④ 钡剂并用产气粉及低张剂 (654-2)，可行气钡双对比低张造影。

⑤ 转动病人，使对比剂充分涂布黏膜，在不同体位下点片，显示不同结构。

(2) 检查前的准备：

① 食管及上消化道造影，要求病人空腹 6~12 个小时。

② 结肠造影除空腹外，还应提前做结肠清洁灌肠。

(3) 适应症：

① 是消化道疾病的常规检查方法，用于消化道先天畸形、炎症、肿瘤等诊断。

② 低张双对比造影，可更好地显示黏膜细微结构，用于早期细小病变的诊断。

(4) 禁忌症：

① 胃肠道穿孔，急性胃肠道出血。

② 严重绞窄性肠梗阻，小肠坏死。

③ 活动性溃疡。

④ 体质虚弱难以接受检查者。

7. 数字减影像血管造影 (DSA)：详见后续 (第三节) 专题介绍。

8. 经内窥镜逆行胰胆管造影 (ERCP)：

(1) 将内镜插至十二指肠降段，再经内窥镜将导管插入十二指肠乳头，注入对比剂，对胰胆管进行逆行造影的方法。

(2) 适应证：梗阻性黄疸病因分析；疑为结石者，造影后可取石。

(3) 禁忌证：急性胆囊炎、急性胰腺炎、胰腺假囊肿、碘过敏者、全身状况差者。

9. 经皮经肝胆管造影 (PTC)：

(1) 在 X 线或超声引导下，经皮穿刺进入胆管，行胆管造影。

(2) 适应证：小胆管结石、硬化性胆管炎、阻塞性黄疸的鉴别诊断、引流减压。

(3) 禁忌证：凝血功能障碍，全身状况差者，急性化脓性胆管炎，碘过敏者。

(4) 优点：操作简单，成功率高，不易发生逆行感染。

(5) 缺点：

① 对肝脏有一定损伤，可能出现内出血或胆汁性腹膜炎。

② 不能观察乳头情况。

③ 术者与患者接受的 X 线剂量较大。

10. 经引流管胆管造影 (T 管造影)：

(1) 是胆道手术后，安放 T 形引流管病人的常规检查方法。

(2) 应用：了解术后胆道内残留结石、蛔虫、胆管狭窄及 Oddi 氏括约肌通畅情况。

(3) 适应证：所有 T 管引流病人，术后 1~2 周，无严重感染、出血者。

(4) 禁忌证：严重感染、出血者，碘过敏者，有胰腺炎病史者。

11. 静脉肾盂造影 (IVP)：

(1) 方法：

① 静脉注射对比剂，由尿路排泄，进入肾盏肾盂、输尿管而使之显影。

② 于不同时间拍片，以观察尿路结构及肾功能。

③ 一般 1~2 分钟可见肾实质显影，15~20 分钟，肾盂内对比剂浓度达峰值。

(2) 临床应用：

① 观察泌尿系统结构，诊断各种尿路病变：如结核、结石、肿瘤等。

② 根据肾脏实质显影密度及对比剂到达肾盂的时间，了解肾脏分泌功能。

(3) 适应证：肾、输尿管疾病的诊断，肾盂积水的观察，不明原因的血尿等。

(4) 禁忌证：碘过敏者，急性泌尿系炎症，严重血尿、肾绞痛，严重甲亢等。

12. 钼靶摄影：

(1) 低电压（<40KV）产生的 X 线，能量低，穿透性弱，又叫"软 X 线"，多由钼靶 X 线机产生。

(2) 它可使软组织产生较大的对比度，主要用于乳腺检查。

13. 子宫输卵管造影：

(1) 是妇科常用的一种检查方法，可用于子宫输卵管炎症、阻塞和先天畸形的诊断。

(2) 对不孕症具有诊断与指导介入治疗双重价值。

14. 其他检查方法：乳腺导管造影、窦道造影、瘘管造影等根据临床需要可选用。

第三节　数字减影血管造影（DSA）

一、DSA 成像原理及设备

1. DSA 是上世纪 80 年代出现的一种医学影像学新技术。

2. 是影像增强技术、计算机技术与常规 X 线血管造影结合的血管造影法。

3. 方法：

(1) 经导管向血管内注入对比剂。

(2) 于不同时间采集图像，并将对比剂到达靶血管前、后的图像进行数字化处理。

(3) 去掉骨骼软组织影，只显示血管影像。

4. 数字减影血管造影机（DSA 机），主要由 X 线发生装置、专用 X 线管支架、导管检查专用床、X 线影像增强器、数字成像及数字减影装置组成。

二、DSA 检查技术

1. 根据对比剂注入血管的途径，分为动脉 DSA 和静脉 DSA，现在大都用动脉 DSA。

2. 动脉 DSA：

(1) 将导管插入动脉后，经导管注入适量肝素使全身肝素化。

(2) 导管尖端选择性地插入靶动脉开口，导管尾端接压力注射器，注入对比剂。

(3) 以每秒 1~3 帧或更多的帧频，摄像 7~10 秒。

(4) 经计算机处理即可得到减影的血管图像。

3. DSA 主要用于心脏、血管疾病的诊断和介入治疗。

三、DSA 成像特点

1. 没有骨骼和软组织重叠，血管及病变显示清晰，已代替了一般的血管造影。

2. 属于三维立体图像，可从不同方位观察血管及病变。

3. DSA 实时成像加上旋转可观察血流的动态图像。

4. 显示血管结构非常清晰，最小可显示直径 0.2mm 的血管。

5. 对比剂用量明显减少，毒副作用减低。

第四节 超声成像（USG）

一、超声设备及工作原理

1. 目前临床使用的超声仪器主要有：

 (1) B 型超声诊断仪，通称黑白超声仪，显示二维灰阶图像，一般具有 M 型功能，个别仪器具有频谱多普勒功能。

 (2) 彩色多普勒血流显像仪，通称彩超，在二维图像的基础上，叠加彩色多普勒血流信号，同时具有 M 型、频谱多普勒（PW、CW）等多种功能。

2. 工作原理：

 (1) 超声波：指振动频率超过人耳听觉阈值上限（$20KH_2$）的机械振动波。

 (2) 超声诊断：超声波进入人体内部获得回声信息后，经过计算机处理，形成图像、曲线等，用以分析诊断疾病，具体如下：

 ① A 型（振幅调制型）：由单束声波在传播过程中，遇到界面所产生的散射、反射回声，以振幅高低，在时间轴上显示。

 ② B 型（亮度调制型）：声波传播过程中，遇到的各个界面，所产生的一系列散射、反射回声，以光点的亮度表达，形成二维图像。

 ③ M 型（活动显示型）：以运动曲线显示脏器某一点在不同时间所处的位置。

 ④ D 型（差频示波型）：根据流动血液中，血细胞散射体产生的多普勒效应，经计算机处理，以频谱或色彩的方式显示。包括：频谱多普勒（脉冲多普勒、连续波多普勒）、彩色多普勒。

3. 超声检查技术：

 (1) 探头选择：

 ① 腹部及盆腔脏器检查，选择凸阵探头，探头频率一般为 $3–5MH_2$。

 ② 浅表器官检查，选择线阵探头，探头频率一般为 $5–12MH_2$。

 ③ 心脏检查，选择扇形探头，探头频率一般为 $3–5MH_2$。

 ④ 颅脑检查，选择扇形探头，成人探头频率一般为 $2–2.5MHZ$，婴幼儿探头频率一般为 $3.5–7.5MH_2$。

 (2) 切面选择：根据病人被检查器官，可选择纵切、横切、斜切等多种切面。

 (3) 根据被检测脏器或病变的情况，以及临床要求，可选择各种超声检查技术：

 ① A 型超声诊断。

 ② B 型超声诊断。

 ③ M 型超声诊断。

 ④ 频谱多普勒超声诊断。

 ⑤ 彩色多普勒超声诊断。

 ⑥ 三维成像。

 ⑦ 经食道、经阴道、经直肠或术中探查及腔镜超声探查。

 ⑧ 超声造影。

 ⑨ 超声引导下介入操作。

二、超声检查特点

1. 操作简便，改变探头位置及方向可获得任意方位声像图。

2. 实时显像，可动态观察脏器结构及活动。

3. 对人体无创，利于重复检查。

4. 彩色血流图，叠加于二维灰阶图像上，形象、直观反映血流方向、速度、血流性质。

5. 多普勒频谱可检测血流动力学有关参数。

6. 气体、腹壁脂肪、体位及膀胱充盈程度等因素易影响图像质量及诊断。

三、了解检查要求，做好病人准备

1. 一般腹部脏器超声检查均应空腹，禁食 8-12 小时（婴幼儿需禁食 3 小时）。

2. 胃肠排空不好，气体将严重干扰图像，应于检查前一日服用缓泻剂或作清洁灌肠。

3. 胆道系统检查前一天晚餐需进清淡饮食，检查当日禁食。

4. 胃、胰腺或腹内深部脏器检查，需饮水充盈胃腔。

5. 盆腔内脏器（子宫、附件、膀胱、输尿管中下段、前列腺等）检查，需充盈膀胱。

6. 婴幼儿或精神障碍不能配合检查者，检查前需用镇静剂。

7. 如遇特殊情况（外伤、急腹症等），可随时进行检查。

第五节　计算机体层成像（CT）

一、CT 成像原理及设备

1. CT 成像特点：

　(1) 数字化图像，可调节灰度，可量化测量。

　(2) 断层图像，重叠少，分辨率高。

2. 普通 CT：X 线束对人体某一层面从不同角度进行照射，探测器接收到数据，经计算机重建出图像。

3. 螺旋 CT（SCT）：

　(1) 是现代 CT 发展的最新阶段，它是球管连续旋转采集数据，同时病人检查床以一定速度前进。

　(2) 得到的不再是某一层面的数据，而是围绕人体的一段立体螺旋式的三维数据。

　(3) 断层切面形成一个螺旋形的轨迹，采集体积数据进行重建。

4. 多排螺旋 CT（MSCT）：

　(1) X 线束为锥形，覆盖面积较大，探测器在 Z 轴（检查床移动方向）由多排组成。

　(2) 一次扫描可得到多层数据，扫描速度快，范围大，三维后处理图像质量更高。

　(3) 目前市场上的几种机型，探测器由单排到 128 排不等。

5. 超高速 CT：

　(1) 又称为电子束 CT（EBCT）。

　(2) 旋转的电子束产生旋转的 X 线源，代替了传统的 X 线球管机械转动，使扫描速度极大提高。

(3) 扫描速度在毫秒级，每圈 50~100ms，每秒最大可扫描 34 圈。

(4) 对心脏、冠状动脉有特殊的价值，在使用对比剂时可得到极佳图像。

6. 螺旋 CT 与普通 CT 的异同：

(1) 螺旋 CT 是 3D 采集，速度快，采集数据多，运动伪影明显较少。

(2) 增强扫描时，对比剂的用量也明显减少。

(3) 由于采集的是容积数据，层与层之间没有遗漏，可进行薄层重建。

(4) 普通 CT 是 2 维的数据，速度慢，采集数据少。

二、CT 值

是指某物质 X 线衰减的相对值，是人为规定的相对量，以空气为-1000，骨皮质为+1000，水为 0，单位是亨氏单位（Hu）。

机体几种主要生理、病理组织的 CT 值（单位 Hu）：

生理或病理组织	CT 值	生理或病理组织	CT 值
骨皮质	+1000	软组织	+30~+50
钙化	+40~+150	脑白质	+30~+35
新鲜血肿	+60~+80	肾平扫	+30~+35
肝脏增强扫描	+60~+70	脓液	+15~+20
甲状腺	+50~+70	水或囊肿	±10
肝脏平扫	+40~+50	脂肪	−50~−130
脑灰质	+35~+45	空气	−1000

三、常用技术及扫描方法

1. 定位扫描：

(1) X 线球管固定在某角度，随着进床而曝光，得到类似于 X 线平片的图像。

(2) 可用于确定扫描位置，层厚、扫描角度。

2. 平扫：不加任何干预，直接进行扫描，用于发现病变。

3. 增强扫描：经静脉注入对比剂后进行扫描，增强扫描的意义见本章第一节。

4. 多期扫描：

(1) 经静脉注入对比剂后分别于动脉期、静脉期、平衡期进行多次独立的扫描。

(2) 主要用于观察病变血供特点。

(3) 用于实质脏器病变的鉴别诊断。

5. 动态扫描：

(1) 注入对比剂后，在较短的时间内，对兴趣区进行的自动快速连续扫描。

(2) 动态扫描过程与图像重建过程是分开进行的，这样可以保证快速完成扫描，保证血管内较高的对比剂浓度，保证较满意的增强效果。

6. 延迟扫描：

(1) 是指一次大剂量注入对比剂后，延迟一定时间再行扫描。

(2) 其原理是基于组织细胞既可以摄取、又可以排泄对比剂。

(3) 延迟扫描可以观察组织细胞排泄对比剂的功能及形态结构变化。

7. 两快一长扫描：

第一章 医学影像科与医学影像学

(1) 是动态扫描的一种特殊的形式。

(2) 两快是指注射速度要快、开始扫描的时间要快。

(3) 一长是指扫描持续时间要足够长，一般 10~15 分钟。

(4) 主要用于肝脏海绵状血管瘤、胆管细胞型肝癌、肺内孤立性结节的鉴别诊断。

8. 造影 CT：经体腔引入对比剂后的扫描。如胆道造影 CT 等，目前已少用。

9. 高分辨力扫描（HRCT）：

(1) 是指在较短时间内，取得较高分辨率图像的一种扫描方式。

(2) 是用薄层（1~1.5mm）、快速扫描，骨细节算法重建图像的一种扫描方式。

(3) 这种扫描可提高 CT 图像的空间分辨力，是常规 CT 检查的一种补充。

10. CTA（CT 血管成像）：

(1) 经静脉注入对比剂，使血管内密度迅速升高，快速对该区域进行容积扫描。

(2) 对采集到的数据进行 MIP 后处理，显示该区域内血管的结构。

(3) 结合 CT 值阈值及伪彩技术，得到局部三维图像，清晰显示血管及其他结构。

四、明确检查要求，做好病人准备

1. 腹部、盆腔 CT 扫描者：

(1) 前一周内不做胃肠造影，不服含金属的药物。

(2) 30 克番泻叶于前一天晚上冲服，做好肠道准备。

(3) 盆腔扫描的病人，2% 的泛影葡胺于睡前及晨起后各口服 300ml，以充盈肠管。

(4) 扫描当天空腹。

(5) 检查前可用低张剂（654-2，10mg）肌肉注射，以减小胃肠蠕动伪影。

(6) 扫描前 30 分钟，口服 500~800ml 的 2% 的泛影葡胺。

(7) 疑为消化道肿瘤者，口服水 500~800ml 即可。

(8) 对腹部、胸部扫描的病人，嘱患者训练好呼吸。

2. 行冠状动脉 CTA，口服心得安，控制心率，扫描时心率最好在 60~80 次/分。

3. 拟行增强的病人，做好碘过敏试验，并空腹检查。

4. 烦躁不安的病人，或不能配合的儿童，应在镇静后再行检查。

5. 头部、四肢、脊柱不需要增强的病例，无需特殊准备。

第六节　磁共振成像（MRI）

一、磁共振设备

1. 磁共振问世以来，机型产品发生了巨大的变化，主要有以下特点：

(1) 从低场到高场，0.2T~3.0T 均已成功用于临床。

(2) 从开放式到封闭式，再到开放式，开放式可开展 MRI 引导下的介入操作。

(3) 从综合机型到专用机型，如头部专用机、膝关节专用机等。

2. 基本的结构主要由主磁体、梯度系统、射频系统、计算机系统及配套的低温制冷、激光相机、UPS 等组成。

二、磁共振成像的特点

1. 灰度成像：

    (1) 与其他影像成像一样，都属于灰度成像。

    (2) 灰度用信号强度来描述，信号越高则图像越白，低信号则为黑色调。

2. 高分辨成像：

    (1) 与 CT 相比，MRI 具有更高的软组织分辨力，如脑白质与灰质的信号差异等。

    (2) 各组织的信号具有明显的特异性，如脂肪、水、纤维信号等。

    (3) 常见生理、病理组织的 MRI 信号特点（SE 序列上）：

生理或病理组织成分	T1WI	T2WI	记忆特点
静态水	黑	白	是判断 T1WI、T2WI 的标志
水肿、囊性病变、瘤结节	黑	白	
亚急性期血肿、	白	白	所有序列都是高信号
慢性期血肿	黑	黑	所有序列都是低信号
血管内的血液	等、黑	等、白、黑	表现复杂
脂肪、高蛋白成分	白	灰白	所有序列都是高信号
纤维、钙化、空气	黑	黑	所有序列都是低信号
肌腱、韧带、半月板、骨皮质	黑	黑	所有序列者是低信号
软骨	灰	白	
松质骨	白	灰	
肌肉	灰	灰黑	

3. 多方位成像：

    (1) 磁共振可以行横轴位、矢状位、冠状位和任意斜位成像，利于定位诊断。

    (2) 成像过程不需要病人特殊的体位配合。

4. 多参数成像：

    (1) 决定 MRI 信号的参数有数十个，每一个改变都会影响最终的信号及图像质量。

    (2) 常用的参数有：

        ① 设备参数，如主磁场强度、梯度场高低、切换率等。

        ② 组织参数，如 T1、T2、PD（质子密度）等。

        ③ 检查参数，如 TR、TE、TI、FA、b 值等。

    (3) MRI 图像的解释具有一定复杂性，同时 MRI 具有广阔的临床应用潜力。

5. 多序列成像：

    (1) 突出显示某参数在成像中的作用，选用不同的脉冲组合，这叫一个成像序列。

    (2) 磁共振成像为了更好地显示病变的病理特征，常需要多个序列扫描。

    (3) 磁共振图像非常多，一个病人有多组图像，每组又有十几幅到几十幅图像。

6. 多功能成像：

    (1) MRI 不仅可进行形态学成像，而且可以进行多种功能成像。

    (2) 常用的有，血管成像（MRA）、胰胆管成像（MRCP）、波谱分析（MRS）、脑功能

第一章　医学影像科与医学影像学

成像（fMRI）、磁敏感成像（SWI）等。

(3) MRA、MRCP、MRU 等，不需要对比剂，直接成像，简便快捷，广泛用于临床，其表现为整体观的图像，一定要结合大体解剖来理解、判断有无异常。

(4) MRS，是唯一可在活体检测组织代谢产物含量的方法。

(5) fMRI 在神经外科临床、心理学研究领域都是非常活跃的课题。

三、磁共振成像原理

一句话记忆："利用体内不同组织质子弛豫时间的差异进行成像"。

成像过程简单描述如下：

人体不同组织含有不同量的质子

↓

质子不断自旋，随机分布

↓

人体放入外磁场中，质子被磁化，自旋取向一致

↓

外加射频脉冲

↓

质子吸收能量发生共振，自旋发生偏转

↓

瞬间关闭射频脉冲

↓

质子发生弛豫，回到初始状态

↓

释放出衰减信号

↓

经线圈收集信号

↓

由计算机重建出图像

四、常用检查技术

1. T1 加权像、T2 加权像、质子加权像：

(1) T1、T2 是机体组织的两个最重要的参数，与组织结构有关，单位是 ms。

(2) 重点显示 T1 差异的成像序列叫 T1 加权序列，其图像叫 T1 加权像（T1WI）。

(3) 重点显示 T2 差异的成像序列叫 T2 加权序列，其图像叫 T2 加权像（T2WI）。

(4) 重点显示质子密度差异的成像序列叫质子加权序列，其图像叫质子加权像（PDW）。

2. 磁共振检查最常用的两个序列，T1WI 和 T2WI，如何区分呢？介绍两种方法：

(1) 看参数，根据 TR、TE 时间的长短，来判断是何种成像序列，这一方法较专业，初学者不易应用，以下为 SE（自旋回波序列）的参数：

① 短 TR（TR<500ms）、短 TE（TE<25ms），是 T1WI。

② 长 TR（TR>2000ms）、长 TE（TE>75ms），是 T2WI。

③ 长 TR（TR>2000ms）、短 TE（TE<25ms），是 PDW。

(2) 看静态水，这一方法简便、容易记忆，且通用于自旋回波、梯度回波等所有序列：

　① 静态水低信号，是 T1WI。

　② 静态水高信号，是 T2WI。

3. 临床常用的术语：

(1) 长 T1，即长的 T1 值，代表 T1WI 上的低信号，如脑脊液、大多数肿瘤等。

(2) 短 T1，即短的 T1 值，代表 T1WI 上的高信号，如脂肪、亚急性期血肿等。

(3) 长 T2，即长的 T2 值，代表 T2WI 上的高信号，如水肿、坏死组织等。

(4) 短 T2，即短的 T2 值，代表 T2WI 上的低信号，如骨皮质、钙化等。

4. 磁共振血管成像（MRA）：

(1) 利用流体的 MRI 信号特点，直接显示血管影像，无需对比剂，无创伤，快速简便。

(2) MRA 主要利用流入相关增强效应和流空效应进行成像。

(3) 头颈部，显示动脉粥样硬化血管狭窄，效果近于 DSA，可显示>3mm 的动脉瘤、动静脉畸形等。

(4) 3D CE MRA，是经静脉快速注入对比剂后进行血管采集的技术，可显示全身任何部位的动脉或静脉血管病变，分辨率高，速度快，无创伤。

5. 磁共振水成像技术：

(1) 是指体内静态液体的 MR 成像技术。

(2) 具有信号强度高、对比度大、显示特定解剖结构清晰等特点。

(3) MRI 水成像无创伤，安全易接受，可多方位多层面成像。

(4) 原理：

　① 实质是"重 T2 加权像"。

　② 静态水在长 TR 时为高信号，长 TE 使周围非液体组织充分弛豫而无信号，形成鲜明对比。

(5) 适应症：

　① 胰胆管成像（MRCP）。

　② 尿路成像（MRU）。

　③ 脊髓造影（MRM）。

　④ 内耳迷路成像。

　⑤ 涎腺成像。

　⑥ 输卵管成像等。

6. 磁共振扩散加权成像（DWI）：

(1) 分子扩散是一种布朗运动，利用平面回波序列超快速成像，将这种运动显示出来的技术叫磁共振扩散加权成像。

(2) 对细胞毒性脑水肿有独到的显示能力，已成熟用于脑梗死的超早期诊断。

(3) 神经系统以外也在广泛研究应用之中，全身 DWI 对于发现肿瘤或淋巴结转移较敏感，被称为"类 PET"技术。

第一章　医学影像科与医学影像学

(4) 在 DWI 基础上开发出来的扩散张量成像（DTI）可以直观地观察神经束的病变损伤情况，是 MR 非常活跃的一个研究领域。

7. 磁共振灌注加权成像：

(1) 是继核医学影像之后发展起来的一项新的血流灌注成像技术。

(2) 经静脉注入对比剂后，利用平面回波快速成像技术，进行动态对比增强扫描，获得局部血液的动力学特征信息。

(3) 通过计算灌注参数，如 rCBF、MTT 等，来反映组织灌注功能。

(4) 目前已用于头部、腹部实质器官等。

8. 磁共振波谱成像：

(1) 磁共振波谱（MRS）是目前无创定量检测活体器官组织代谢、生化、化合物的唯一方法。

(2) 目前主要用于脑内肿瘤、癫痫、变性或脱髓鞘病变、术后复发与放疗损伤等的鉴别诊断；前列腺良性增生和前列腺癌的鉴别诊断等。

五、磁共振特殊的安全准备事项

磁共振检查前病人需要做些特殊准备，有一些特殊的安全注意事项，其检查禁忌症也相对多一些，这是与其他影像检查不同的地方。

磁共振检查注意事项有哪些？

1. 饮食无禁忌；服药不会影响检查，不必停止治疗。

2. 做腹部检查需空腹 4 小时。

3. 做盆腔检查者，一般不需憋尿，但尿路水成像者例外，甚至必要时肌肉注射速尿 2mg，10 分钟后检查。

4. 准备好病史资料，如 B 超单、CT 片、X 线片、主要检验结果等。

5. 儿童、烦躁不安的患者、震颤麻痹患者应先镇静后再行检查。

6. 有下列情况禁忌做磁共振检查：

(1) 术后体内留有金属夹、心脏起搏器、人工心瓣膜、电子耳蜗、胰岛素泵芯等。

(2) 眼球内金属异物。

(3) 急诊危重病人带生理监测装置、带呼吸机者。

7. 妊娠三个月以内尽量不要做 MRI 检查，需提前声明。

8. 有下列情况需提前声明并尽量取下：

(1) 假牙、假肢、假眼、假发。

(2) 骨科固定装置。

(3) 老式金属节育环（行盆腔 MRI 检查时）。

(4) 体内弹片等金属异物，行该部位扫描者。

9. 患者及随行人员，下列物品不得带入检查室：手机、信用卡、电话磁卡、磁盘、磁带、助听器、发卡、耳环、项链、眼镜、手表、硬币、钥匙、轮椅、单架等。

10. 扫描过程中要求病人平卧，安静不动。

11. MRI 检查时噪声较大，不必惊慌，对噪声敏感者可用棉球堵住耳朵。

12. 个别病人可能有幽闭综合症，不能勉强接受检查。

13. 磁共振检查时间较长，一般需 15~40 分钟，要有心理准备。

14. 磁共振对人体无害，其他检查相比，无辐射损伤，适应面广。

第七节　核医学成像

一、核医学主要研究领域

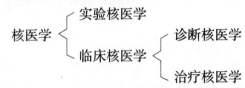

其中，诊断核医学包括脏器或组织影像学检查、脏器功能测定和体外微量物质分析等。本节主要介绍和医学影像检查相关内容。

二、核医学影像主要设备

1. 核医学影像设备主要有：
   (1) SPECT：单光子发射型计算机断层成像。
   (2) PET：正电子发射型计算机断层成像。
   (3) SPECT/CT：是 ECT 与 X 线 CT 相结合的设备。
   (4) PET/CT：是 PET 与 X 线 CT 相融合的设备。
2. SPECT
   (1) 是临床核医学应用最广泛的仪器。是我国三级甲等医院核医学科的必备设备。
   (2) SPECT，结构相当于大视野 γ 照相机，主要由探头、机架、计算机、光学照相、检查系统和图像重建软件等组成。
   (3) SPECT 一次成像，既可以完成各种脏器的静态显像，又可以进行快速连续的动态显像，还可以进行全身显像。
3. PET
   (1) 由探测系统包括晶体、电子准直、符合线路和飞行时间技术、计算机电子数据处理系统、图像显示和断层床等组成。
   (2) PET 显像使用的放射性核素是发射正电子的核素。
   (3) 可进行静态、动态断层显像，并能进行定量分析，是肿瘤、神经和心血管疾病诊断与临床医学研究应用的主要设备。
4. SPECT/CT、PET/CT
   (1) 将核医学功能代谢影像与反映形态解剖的 X 线 CT 图像进行配准，即 SPECT/CT 或 PET/CT 图像融合。
   (2) 可同时获得病变部位的功能代谢状况和精确解剖结构的定位信息，尤其对制定肿瘤的放疗计划和实施适形调强放疗以及对放疗后残留病灶的性质鉴别和外科手术前定位具有非常重要的临床应用价值。

三、核医学影像诊断原理

1. SPECT

（1）利用放射性核素或其标记物作为示踪剂，注入人体后，选择性浓聚在特定脏器或病变组织，使该脏器或病变组织成为γ射线源。

（2）在体外用绕人体旋转的探测器记录脏器组织中放射性分布的数据，通过计算机重建出图像。

2. PET

（1）利用回旋加速器加速带电粒子轰击靶核，产生带正电子的放射性核素，用它标记特定化合物。

（2）将正电子标记的化合物注入人体，随血液循环分布于全身，定位于靶器官。

（3）核素示踪剂在衰变过程中发射出正电子，在组织中运行很短距离后，即与周围物质中的电子相互作用，发射出方向相反，能量相等的两个光子。

（4）采用一系列成对的探头，在体外探测示踪剂所产生的光子对，通过计算机处理，显示出靶器官的断层图像并提供功能代谢影像和各种定量生理参数。

3. SPECT/CT、或 PET/CT：

（1）这是一种集成式的设备，是一种多功能成像仪，将核医学成像与 X 线 CT 科学的组合在一起。

（2）一次显像不仅能清楚显示病变部位的解剖学结构的细微改变，同时还能观察该部位的代谢或血流变化，从而帮助判断病变性质。

（3）代表着目前医学成像设备的最新进展。

四、核医学影像检查方法

1. 检查程序：

（1）根据适应证与禁忌证，选择病人。

（2）根据临床检查目的和病人疾病特点选择不同的示踪剂。

（3）静脉注射。

（4）上机检查。

（5）医师确认图像质量。

（6）完成诊断报告。

2. 核医学影像检查中的辐射问题：

（1）在核医学实践中，放射性核素作为放射性药物的组成成分，属于开放性放射源。

（2）核医学辐射的特点是：对病人是内照射，对医务人员主要是外照射。

（3）由于放射性药物在体内的特殊分布，病人全身受照射剂量小，个别器官、组织受照射剂量高。

（4）核医学检查中脑、骨、心脏显像和肾功能检查给药剂量较大，所受的有效当量剂量超过 5.0mSv，其余检查有效当量剂量均较低。

（5）但是，相当部位的核医学显像和功能测定，病人接受的辐射剂量远远小于 CT 扫描、胸部透视、腹部透视、腰椎摄影、头颅摄影等 X 线检查等。

3. 核医学影像检查中的药物：

（1）放射性药物是由放射性核素或与其标记化合物组成，是临床核医学发展的基石。

（2）放射性核素显像剂利用核射线可被探测，同时利用被标记化合物的生物学性能决定其在体内分布而达到靶向作用，能选择性浓聚在病变组织。

(3) 放射性药物根据诊断需要而选择发射核射线种类、能量和 $T_{1/2}$。

(4) ^{99m}Tc 是核医学显像中最常用的放射性核素，其核性能优良，为纯 γ 光子发射体，能量为 140Kev，$T_{1/2}$ 为 6.02 小时，方便易得，几乎可用于人体各重要脏器的形态和功能显像。目前，全世界应用的显像剂药物中 ^{99m}Tc 及其标记化合物占 80% 以上，且大多数有配套试剂盒供应。

(5) ^{18}F–脱氧葡萄糖是目前临床应用最为广泛的正电子放射性药物。

4. 核医学影像药物的不良反应：

(1) 与放射性本身无关，是机体对药物中的化学物质（包括细菌内毒素）的反应。

(2) 放射性药物不良反应的发生概率很低（仅万分之二左右）。

(3) 主要为变态反应、血管迷走神经反应，少数为热原反应。

(4) 防治措施：注射室和检查室应备有急救设施。

五、核医学影像临床应用

核医学显像几乎可用于全身各个系统的疾病诊断，方法较多。要点概括如下：

1. SPECT：

(1) 骨骼显像：早期诊断骨移瘤及原发骨肿瘤等。

(2) 肿瘤显像：用 ^{67}Ga、^{99m}Tc–MIBI、FDG、^{99m}Tc（V）–DMSA 等。

(3) 脑显像：超早期脑梗死或 TIA 等的诊断。

(4) 甲状腺显像：异位甲状腺诊断，转移性甲状腺癌诊断

(5) 心脏显像：评价功能、心肌存活判断，用于缺血性心肌病诊断。

(6) 肺灌注显像：肺动脉栓塞。

(7) 乳腺显像。

(8) 消化系统显像：异位胃粘膜、消化道出血、肝海绵状血管瘤等的诊断。

(9) 泌尿生殖系统显像。

(10) 淋巴血液系统显像。

2. PET：

(1) 良恶性肿瘤的鉴别诊断。

(2) 恶性肿瘤的术前分期。

(3) 以转移灶为首发症状的患者，寻找原发灶。

(4) 监测恶性肿瘤的治疗疗效。

(5) 鉴别肿瘤治疗后的复发与纤维化。

六、核医学检查前的病人准备

1. 甲状腺显像：

(1) 检查前 1 周到 10 天忌用含碘药物（包括中药和 X 线对比剂）和食物，含溴的药物，甲状腺素，抗甲状腺药物，过氯酸盐，肾上腺皮质激素和避孕药等。

(2) 妊娠期和哺乳期妇女禁用 ^{131}I 显像。

2. 肾上腺髓质显像：

(1) 停用可卡因、酚噻嗪、伪麻黄碱、盐酸去甲麻黄碱和新福林等 2 周以上。

(2) 检查前 3 天用复方碘溶液封闭甲状腺至检查结束。

(3) 检查前 1 天服用缓泄剂清洁肠道。

3. 心血管系统显像：

(1) 检查前一天晚和当日停用钙离子拮抗剂、β–受体阻滞剂和其他扩血管药物。

(2) 药物负荷试验（潘生丁、腺苷、多巴酚丁胺）遵循各自的适应症、禁忌症。

(3) 负荷试验时避免空腹进行。

4. 中枢神经系统显像：

(1) 检查当日停用影响脑血流（血管扩张剂）和脑电活动（抗癫痫）的药物。

(2) 注射显像剂前 10~15 分钟嘱患者带耳塞、眼罩或闭上眼睛，注射显像剂后继续闭目 5 分钟，避免声、光等刺激对脑血流的影响。

5. 呼吸系统显像：

(1) 肺灌注显像前先让病人吸氧 10~15 分钟。

(2) 有右到左分流、严重肺动脉高压及肺血管床极度受损者，慎用肺灌注显像剂。

6. 骨骼系统显像：

(1) 静脉注射显像剂后患者应多饮水。

(2) 排尿时注意避免污染皮肤和衣物。

7. 泌尿系统显像：

(1) 检查前 30~60 分钟饮水 300ml。

(2) 若用巯甲丙脯酸介入试验，检查当日应停服抗高血压药物。

8. 消化系统显像：

(1) 间断性胃肠道出血者，检查当日避免使用止血剂。

(2) 异位胃粘膜显像前需禁食、禁水 4~6 小时，禁用过氯酸钾等药物。

(3) 检查前 3~4 天禁用钡剂等对比剂。

(4) 幼儿避免使用水合氯醛镇静剂。

(5) 检查前和检查中随时排空大小便，并注意避免污染皮肤和衣物。

9. PET 显像：

(1) 目前临床最常用的 PET 显像剂为 ^{18}F–FDG（脱氧葡萄糖）。

(2) 注射该显像剂前禁食至少 4~6 小时。

(3) 若是进行心肌 ^{18}F–FDG 显像则至少禁食 12 小时。

(4) 检查前避免服用咖啡类饮料。

(5) 检查前应测定葡萄糖水平，若血糖小于 150mg/dl，给病人口服葡萄糖 50~75g；若糖尿病患者血糖水平较高，可用胰岛素将血糖控制在 120~160mg/dl 之间。

第八节　介入放射学

一、介入放射学概要

1. 定义：

(1) 介入放射学 "是以影像诊断为基础，在医学影像诊断设备引导下，利用穿刺针、导管及其它介入器材，对疾病进行治疗或采集组织学、细菌学、生理和生化资料

进行诊断的学科”（《介入放射学》郭启勇主编，人民卫生出版社，2001年1月，第1版）。

(2) 介入放射学由于其在疾病诊疗方面拥有传统内、外科不具备的独有特点，以微创的特点和肯定的治疗效果，在现代医疗诊治领域迅速确立了其重要地位。

(3) 1996年11月国家科委、卫生部、国家医药管理局三部委联合召开“中国介入医学战略问题研讨会”，将介入治疗列为与内科、外科治疗并驾齐驱的第三大治疗学科，称之为介入医学。

2. 介入放射学导向设备：

(1) X线机、DSA、USG、CT和MRI。

(2) 根据导向设备的不同，可分为X线介入技术、B超介入技术、CT介入技术和MRI介入技术。

3. 介入放射学技术：

按照介入治疗的途径不同，分为血管性和非血管性介入技术，主要包括：

(1) 成形术。

(2) 栓塞术。

(3) 动脉内药物灌注术。

(4) 经皮穿刺体腔减压术。

(5) 经皮针刺活检术。

(6) 消融术等。

4. 介入放射学常用的器械及材料：

(1) 穿刺针：分带芯套管针和不带针芯穿刺针两种。一般选用18号或19号穿刺针，儿童及较细血管穿刺时应选用更细的穿刺针。

(2) 导丝：导丝有Seldinger穿刺技术用的短导丝，30~50cm长；有直径为0.035inch和0.038inch、长度约为145~180cm的导丝，便于操作。也有长达2.6m的导丝，起交换导管作用。导丝的作用是支撑导管帮助导管推进和超选较细血管。

(3) 导管：

① 是血管内介入治疗和血管造影的主要器械。

② 制造材料不同、导管管端形态不同，品种较多。

③ 长度一般为80~125cm；粗细用French（F）表示，1F约等于0.333mm，代表导管内径大小。

④ 导管形态的不同其用途也不尽相同：

a. 猪尾形导管一般用于主动脉及心室造影。

b. C形单弯导管或叫Cobra导管，常用于腹腔动脉、肠系膜动脉造影。

c. 盘曲形导管和RH导管用于肝动脉造影。

d. Hinck猎人头形导管用于脑血管造影。

e. Cobra和Shepherd钩形导管用于支气管动脉造影。

f. 反弧形导管用于胃左动脉造影。

(4) 扩张器和导管鞘：

① 扩张器由质地较硬的聚四氟乙烯制成。

② 前端光滑而细小似锥形，目的是扩大导管鞘或导管进入血管的入路。

③ 一般扩张器插入导管鞘一起进入穿刺部位的血管，再拔出扩张器，导管鞘置于动脉入口，便于交换导管。

(5) 常用的栓塞剂有：

① 自体血凝块。

② 明胶海绵。

③ 碘化油。

④ 弹簧圈。

⑤ 其他（无水乙醇、鱼肝油酸钠等）。

5. 介入诊疗术前准备：

(1) 设备准备：

① 技术人员在机器运行之前一定要详细检修、试验机器，并了解病人检查部位的要求，准备好相应的高压注射器、电生理仪等其他设备，以保证介入诊疗手术的顺利进行。

② 介入诊疗器械准备。

③ 抢救设备：氧气、吸引器、心电监护仪、气管插管、呼吸机、除颤器等。

(2) 药品准备：

① 抢救药品：常用急救药品，抗凝、溶栓类，解痉、止痛等药品。

② 常用动脉内化疗药物：顺氨氯铂、阿霉素、表阿霉素、5-氟尿嘧啶、卡铂等。

(3) 工作人员的准备：

① 技术人员，调整好设备，保证设备正常运行。

② 护理人员，手术间的消毒、手术器械、手术包的准备，建立静脉液路。

③ 医师：

a. 术前对患者病情有一个比较全面的了解和认识。

b. 与患者或其家属谈话，说明介入诊疗的方法、创伤程度以及可能出现的异常反应和并发症，取得患者本人或家属同意和理解并签字。

c. 研究和制订治疗方案，对操作步骤、用药选择、造影部位及导管选择，做到心中有数。

d. 上手术台前必须彻底清洁手，戴口罩、帽子、消毒隔离衣及无菌手套。

(4) 患者的准备：

① 病人在进行介入诊疗前须全面检查身体各重要脏器的功能。

② 常规检查包括：血、尿、便常规，出凝血时间、免疫系列、心电图、胸部透视。

③ 对有异常者应于术前或术中采取相应的预防治疗措施。

④ 碘过敏试验、手术部位皮肤准备、术前 4 小时禁饮食、术前半小时用药鲁米那 0.1g 及阿托品 0.5mg。

二、血管性介入技术

1. 血管性介入技术是指利用介入器械经血管途径对病变进行诊断和治疗的技术。

2. 血管性介入技术分为：

(1) 经导管血管栓塞术（TAE）。

(2) 经皮血管腔内成形术（PTA）及支架置入术。

(3) 心脏疾病的介入治疗。

(4) 经导管药物灌注术（TAI）。

3. 经导管血管栓塞术（TAE）：指在 X 线电视透视下经导管向靶血管内注入或送入栓塞剂，使其闭塞从而达到治疗目的的技术。

(1) 控制出血：

① 动脉性出血：外伤性肝、脾、肾出血，肺癌、盆腔肿瘤等的肿瘤出血，胃及十二指肠溃疡出血。

② 静脉性出血：如经皮肝穿门脉插管对食管静脉曲张出血的治疗。

(2) 血管性疾病的栓塞治疗：

① 动静脉畸形。

② 动静脉瘘。

③ 动脉瘤。

(3) 肿瘤的栓塞治疗：

① 术前辅助性栓塞：

a. 有利于肿块的完整切除、减少术中出血及减少甚至避免术中转移。

b. 适于富血管肿瘤，如宫颈癌、富血管性肾癌。

② 相对根治性治疗：子宫肌瘤、肝海绵状血管瘤等的治疗。

③ 姑息性治疗：

a. 肝癌的介入治疗疗效可与手术效果相媲美。

b. 不能手术的富血管肿瘤的栓塞治疗可以改善患者生存质量，延长生命。

(4) 内科性器官切除：为消除或抑制某些器官亢进的功能、减小体积甚且使之消除而对器官进行栓塞治疗。

① 内科性脾切除：

a. 经导管栓塞脾动脉来消除部分脾脏功能。

b. 用于多种原因引起的脾功能亢进、脾大，也可用于器官移植前后的免疫抑制治疗。

② 内科性肾切除：

a. 经导管栓塞肾动脉来消除肾脏生物活性物质的分泌功能。

b. 用于恶性高血压晚期肾衰、肾病所致严重蛋白尿及肾萎缩合并肾性高血压。

③ 异位妊娠的动脉栓塞治疗：经导管动脉栓塞并甲氨蝶呤灌注可终止异位妊娠。

4. 经皮血管腔内成形术（PTA）及支架置入术：

(1) 采用导管技术扩张或再通各种原因引起的血管狭窄或闭塞性病变。

(2) 用于全身动静脉、移植血管等，是临床治疗血管狭窄、闭塞的首选方法。

(3) 主要包括：

① 冠心病、急性心肌梗死经皮血管内成形术及支架置入术。

② 颈动脉狭窄的经皮血管内成形术及支架置入术。

③ 脑血管狭窄的经皮血管内成形术及支架置入术。

④ 肾动脉狭窄的经皮血管内成形术及支架置入术。

⑤ 周围血管严重狭窄、急性栓塞的经皮血管内成形术及支架置入术。

5.心脏疾病介入治疗：

(1) 先天性心脏病的治疗：动脉导管未闭封堵术、房间隔缺损封堵术等。

(2) 心脏瓣膜狭窄球囊成形术：适应于二尖瓣、主动脉瓣等狭窄的治疗。

(3) 射频消融术：适用于室上性心动过速、房性心动过速、心房扑动及心房颤动等心律失常的治疗。

6. 经导管药物灌注术 (TAI)：

(1) 化学治疗药物灌注治疗：

① 适应证：肺癌、肝癌、胰腺癌、盆腔肿瘤等的姑息性治疗、术前辅助化疗及术后预防性化疗。

② 方法：超选择插管至肿瘤供血动脉，经导管缓慢注入稀释的化疗药物，一般采用三联用药，即：两种细胞周期非特异性抗肿瘤药物和一种细胞周期特异性药物。

③ 疗效：可以提高肿瘤局部的药物浓度、延长抗肿瘤药物与肿瘤细胞的接触时间、减轻药物全身副反应。

(2) 动脉内溶栓治疗：

① 适应证：血栓形成或脱落血栓导致的动脉栓塞，用于四肢血管栓塞、急性脑梗死等的治疗。

② 方法：将导管超选择插入靶器官闭塞动脉的血栓内注入高浓度尿激酶等溶栓药物。

③ 溶栓时机的选择：脑动脉6小时之内、冠状动脉9小时之内、外周血管3个月之内。

④ 动脉内溶栓有静脉溶栓所不可相比的优点：

　　a. 给药少、溶通快、再通率高。

　　b. 可随时了解血管再通情况。

　　c. 溶栓失败时，可以及时通过溶栓导管进行支架置入、血栓抽吸等治疗。

(3) 血管收缩药物灌注治疗：

① 适应证：上、下消化道出血的治疗。

② 方法：导管超选择插至供血动脉，适当流量灌注垂体后叶素。其总有效率可达百分之八十以上。

7. 其它血管介入技术：

(1) 血管内异物取出术：适应于心血管内各种异物。

(2) 下腔静脉滤器植入术：适应于肢体深静脉、盆腔静脉、下腔静脉等血栓形成，有可能或已造成肺动脉栓塞者。

(3) 第二肝门再建术：适应于肝静脉阻塞所致布加氏综合症。

(4) 主动脉被膜支架植入术：适应于主动脉瘤、假性动脉瘤、主动脉夹层等。

(5) 子宫肌瘤栓塞治疗：适应于引起明显临床症状的子宫肌瘤。

(6) 血栓吸取术：适应于髂动脉及四肢动脉近端的栓子。

三、非血管性介入技术

1. 是用穿刺针、导丝、引流管及支架等介入器材，对血管系统以外的组织、器官适于介入技术的疾病进行治疗。

2. 各种脏器的管腔狭窄扩张成形术：
   (1) 胃肠道、胆道、气管、支气管等因为炎症、肿瘤的侵犯、压迫、外伤或手术后形成的狭窄。
   (2) 可用球囊扩张及支架植入的方法进行治疗。

3. 经皮穿刺引流与抽吸术：
   (1) 主要用于脓肿、囊肿、血肿、积液、阻塞性黄疸、肾盂积水等。
   (2) 创伤小、痛苦少、见效快。

4. 介入方法治疗结石：
   (1) 通过穿刺建立通道。
   (2) 利用内镜或其他介入器材直接取石、粉碎取石，或溶石治疗。

5. 经皮椎间盘突出的介入治疗：
   (1) 目前椎间盘突出介入治疗方法较多，根据椎间盘突出的类型、程度、病程长短、有无钙化等，选用不同的方法。
   (2) 包括经皮椎间盘切吸术、经皮椎间盘镜钳取术、经皮椎间盘胶原酶溶解术、经皮椎间盘臭氧治疗、经皮椎间盘激光气化术等均成熟用于临床。

6. 经皮穿刺活检：广泛应用于诊断各系统、各器官的病变。

第一章 医学影像科与医学影像学

第二章 神经内、外科医学影像基础

本章只讲述中枢神经颅脑部分，脊髓内容将在下一章专题讲述。颅脑疾病的影像检查方法以 CT、MRI 为主，可配合 DSA、PET 等检查。

第一节 检查方法与正常影像表现

一、头颅平片

1. 颅板：
   (1) 内板、外板表现为连续、致密、光滑的线状影。
   (2) 二者之间为板障，密度较内外板略低。
2. 颅缝：呈锯齿状不规则线样透亮影，儿童时期颅缝略宽，显示清楚。
3. 颅板压迹：
   (1) 脑回压迹：
       ① 是大脑脑回压迫内板形成的局限性变薄区。
       ② X 线平片上表现为类圆形略透亮影。
       ③ 大小、多少、深浅变异较大。
   (2) 脑膜中动脉压迹：
       ① 是脑膜中动脉压迫颅内板所致。
       ② 侧位片显示较好。
       ③ 呈条状、分支状透亮影，一般前支较清晰。
       ④ 位于冠状缝稍后部。
   (3) 蛛网膜颗粒压迹：
       ① 位于额顶骨两旁对称分布的边缘清晰锐利的不规则密度减低区。
       ② 直径 10mm 左右。
       ③ 较大时注意与颅骨骨质破坏相鉴别。
4. 蝶鞍：
   (1) 位于颅底中央。
   (2) 表现为低密度凹窝，前部为前床突、后部为后床突，后下方为斜坡致密影，下方为蝶窦低密度气腔。
   (3) X 线侧位片：
       ① 蝶鞍长径：鞍结节基底部至鞍背基底部之间的距离，成人平均值 11.7mm。
       ② 深度：前后床突连线至鞍底最低点距离，成人均值 9.5mm，最大 14mm。
       ③ 蝶鞍形态：80% 呈卵圆形。
   (4) 正位片可观察鞍底，光滑规整，呈一弧线状致密影。
5. 颅底：

(1) 侧位片，可显示前颅窝、中颅窝、后颅窝，从前向后下方依次降低。

(2) 颏顶位，能显示颅底全□，包括颅底各孔、裂，但是不及 CT 显示清楚。

(3) 后前位，于眼眶影内可见到岩骨及内耳道影，内耳道呈喇叭状，两侧可略不对称，但差值不大于 0.5mm。

6. 颅内非病理性钙化斑：

(1) 部分正常人可出现特定部位的钙化，表现为大小不一、斑点状或条状致密影。

(2) 颅内发生肿瘤、血肿等时，这些钙化斑发生移位，可作为一种间接征象，有助于定位诊断。

(3) 发生率较高的有松果体钙化、大脑镰钙化、侧脑室脉络丛钙化等。

二、脑血管 DSA

1. 脑血管造影是将含碘对比剂注入脑血管内显示脑血管的方法。

2. 颈动脉造影：

(1) 可显示颈外、颈内动脉、大脑前动脉、大脑中动脉系统及其近端硬膜分支。

(2) 分别摄取动脉期、静脉期和静脉窦期图像进行观察

(3) 常规左右两侧分别进行造影。

3. 椎动脉造影：

(1) 可显示椎基底动脉系统的各支血管及其分支。

(2) 一般做单侧造影。

4. 主要用于部分脑血管性疾病的诊断或介入治疗。

三、头颅 USG

1. 由于颅骨透声较差，USG 目前仅用于小儿及术中探查，TCD 目前应用较普遍。

2. 检查方法：小儿经前囟、后囟探查。成人用低频探头经颞窗枕窗探查或术中探查。

3. 正常声像图：

(1) 脑组织呈中低回声，小脑实质及大脑表面回声略高。

(2) 脑室壁及脑中线呈细而光滑线状回声，脑脊液为无回声区，脉络丛回声较高。

(3) 颅骨为光滑完整强回声带。

(4) 彩色多普勒：

① 经颞窗探查可显示大脑前动脉、中动脉、后动脉及颈内动脉终末段等。

② 经枕窗探查可显示椎动脉颅内段及基底动脉。

(5) 频谱多普勒：应取得上述相应血管的血流频谱。

四、头颅 CT

1. 检查方法：

(1) 一般用横轴位：以听眦线 (OML) 以上 10mm 为基线，平行向上扫描。

(2) 特殊情况下，如鞍区病变，可行直接冠状位扫描。

(3) 对于不能定性的病变，可行增强扫描。

2. 颅骨：

(1) CT 为断面扫描，观察颅盖骨没有 X 线平片的完整性。

第二章 神经内、外科医学影像基础

(2) 颅底平面，用骨窗可观察到颈静脉孔、卵圆孔、破裂孔等。

(3) 岩骨内侧可显示内耳道，开口向内，呈喇叭状。

(4) 蝶鞍冠状位扫描，可观察鞍底及垂体窝骨质结构、形态，较 X 线平片清楚。

3. 脑实质：

(1) CT 软组织分辨率较高，可很好显示脑组织各部分结构。

(2) 皮层为略高密度，CT 值 32~40Hu，髓质密度略低，CT 值 28~32Hu。

(3) 儿童随年龄增长，在 CT 上皮髓质分界越来越清楚。

(4) 脑沟、脑裂、脑池及脑室系统，因充满脑脊液，而呈水样密度，正常成人脑沟宽度<5mm。

4. 增强表现：

(1) 脑组织密度会普遍升高，一般皮层比髓质强化稍明显一些。

(2) 于鞍上池平面可见到明显强化的动脉血管，构成 willi's 环。

(3) 垂体、垂体柄也呈明显均匀强化。

(4) 硬脑膜强化表现为线样高密度，脑幕表现为 V 形、M 形或 Y 形。

五、头颅 MRI

1. 颅骨及头皮：

(1) 头皮下脂肪为 MR 特异的脂肪信号，T1WI 呈高信号，T2WI 呈略高信号。

(2) 颅骨内板、外板、硬脑膜、鼻窦气体均无信号。

(3) 板障含脂肪较多，且内部静脉血流流动缓慢，T1WI、T2WI 均表现为高信号。

2. 脑组织：

(1) MRI 对中枢神经系统有极高的分辨率，是目前显示脑组织结构最好的方法。

(2) 灰质在 T1WI 为低信号，但高于脑脊液，在 T2WI 为略高信号。

(3) 白质在 T1WI 为高信号，而在 T2WI 为低信号，皮髓质分界清晰。

3. 脑血管：

(1) MRA 可显示颈内动脉 4~5 级分支，呈明显高信号，并可三维观察。

(2) 颅内静脉不如动脉显示好，但是较大的静脉窦及其属支显示也较清晰。

4. 脑功能成像：

(1) 头部 MRI 在普通成像以外，还有很多实用的功能成像技术。

(2) 包括 DWI、DTI、PWI、SWI、MRS、fMRI 等。

(3) 可以作为常规成像诊断的补充，用于疾病的鉴别诊断和神经生理学研究。

六、核医学影像检查

1. 局部脑血流量断层显像（SPECT）：

(1) 可在断层图像上计算 rCBF，显示局部脑血流量的分布。

(2) 用于超早期脑梗死、TIA 以及局灶性癫痫的诊断。

2. 糖代谢显像（PET）：

(1) ^{18}F-FDG 注入静脉后可通过血脑屏障，进入脑细胞内，参与糖代谢，间接反映脑细胞代谢功能。

(2) 主要用于癫痫灶的定位、脑良、恶性肿瘤的鉴别诊断；痴呆的鉴别诊断等。

3. 脑神经受体显像（PET）：不同受体用不同的显像剂，可用于痴呆、癫痫、震颤麻痹、精神疾病及肌张力异常等疾病的诊断。

第二节　基本病变

一、脑水肿

1. 概述：
（1）是脑部多种疾病共有的病理改变，除原发病变表现外，均可出现高颅压症状。
（2）CT 表现为大片状低密度区，边界不清。
（3）MRI 可区分出病理上的三种类型，即血管源性脑水肿、细胞毒性脑水肿和间质性脑水肿。

2. 血管源性脑水肿：
（1）病理：血脑屏障破坏，血浆从血管内漏出到细胞外间隙。
（2）临床：常见于肿瘤、炎症、脑梗死、外伤等。
（3）MRI 影像：
① T1WI 低信号、T2WI 高信号，边界不清。
② DWI 低信号、ADC 图高信号，这是因为细胞外间隙水分增加，扩散加强。
③ 脑肿瘤、脑内脓肿时，由于血脑屏障未破坏，所以水肿主要累及白质区，呈指套状伸向皮层，但是增强时水肿区不强化，可与肿瘤或脓肿病灶分开。
④ 梗死、炎症时，血脑屏障破坏明显，因此水肿区可以跨越灰质、白质，并且可出现强化。

3. 细胞毒性脑水肿：
（1）病理：
① 脑缺血缺氧，细胞膜钠钾泵衰竭，细胞外水分进入细胞内，细胞肿胀。
② 存在时间短暂，细胞破裂、坏死后即消失，转变为血管源性脑水肿。
（2）临床：主要见于超早期脑梗死、活动期的多发硬化等。
（3）MRI 影像：
① 常规 T1WI、T2WI 在脑梗死超早期无阳性发现。
② ADC 图为低信号，DWI 表现为边界清楚的明显高信号。

4. 间质性脑水肿：
（1）病理与临床：
① 见于各种原因脑积水。
② 脑室内压力升高，脑脊液外渗，脑室周围白质内自由水、结合水均增加。
（2）MRI 影像：
① 脑室周围 T1WI 低信号、T2WI 高信号影，边界不清。
② 在脑脊液抑制序列（FLAIR）上，显示更好。
③ DWI 上变化轻微，常无异常发现。

二、高颅压

1. 是颅内多数疾病的共性表现，如颅内肿瘤、血肿、炎症、脑水肿等。

2. 急性期三联征：头痛、呕吐、视物模糊。长期影响，可形成一些器质性改变。

3. 影像表现：

(1) 在儿童，颅缝增宽、头围增大。

(2) 在成人，蝶鞍萎缩、脱钙，表现为蝶鞍扩大、鞍背骨质减少。

(3) 一般均可引起脑回压迹增多、蛛网膜颗粒压迹扩大。

三、脑萎缩

1. 指各种原因引起脑组织减少，如先天性、外伤性、老年性、脑梗死脑出血后脑软化灶形成、动静脉畸形等。

2. 可分为广泛性和局限性两类。

(1) 广泛性脑萎缩包括皮层脑萎缩、灰质萎缩、全脑萎缩。

(2) 局限性脑萎缩包括一侧半球萎缩、局部脑叶萎缩、橄榄桥脑小脑萎缩等。

3. 影像表现：

(1) 皮层脑萎缩：广泛的脑沟、脑裂、脑池增宽，脑沟宽度>5mm。

(2) 灰质脑萎缩：幕上脑室对称性扩张。注意与脑积水鉴别。

(3) 局限性脑叶萎缩：局部脑沟、脑裂增宽，可见原发病变如脑软化、AVM 等。

四、脑积水

1. 病理：

(1) 指脑室系统内脑脊液量过多引起的脑室系统异常扩张。

(2) 根据发病机制分为三种：梗阻性、交通性、正常压力性脑积水。

2. 影像：

(1) CT、MR、USG 可清楚显示脑积水的有无、可判断病因、分析梗阻部位。

(2) 显示脑脊液循环通路的病理变化，MRI 比 CT 更好。

(3) 严重脑积水，MRI 可发现间质性脑水肿。

3. 梗阻性脑积水：

(1) 是脑室系统任何部位梗阻引起，表现为梗阻部位以上脑室系统扩张。

① 全部脑室系统扩张，如四脑室中孔及侧孔梗阻。

② 局部扩张，如室间孔阻塞引起一侧脑室扩张。

③ 中脑导水管狭窄引起的幕上脑积水。

(2) 常见于先天异常、肿瘤压迫、炎症粘连或凝血块阻塞等。

4. 交通性脑积水：

(1) 脑脊液产生过多或吸收障碍所致。

(2) 见于脉络丛乳头状瘤、蛛网膜下腔粘连、硬膜窦血栓等。

(3) 影像学上无梗阻部位，但脑室系统对称性、普遍扩张。

5. 正常压力性脑积水：

(1) 病理：

① 长期慢性脑积水，颅内压力代偿缓解，波动性地趋于正常。

② 见于所有的交通性脑积水和部分梗阻性脑积水。

③ 长期脑积水，脑室扩张，胼胝体、扣带回、额桥小脑束、旁中央小叶、四叠

体、脉络丛牵拉受压，萎缩变性。

  (2) 临床：进行性痴呆+大脑型共济失调+中枢性尿失禁三联征。

  (3) 影像表现：

    ① 符合交通性脑积水表现。

    ② 脑实质变薄，脑回平坦，脑沟变浅。

    ③ 蛛网膜下腔可扩大。

五、脑软化

  1. 概念：

  (1) 脑组织坏死后所形成的残腔。

  (2) 是所有脑实质破坏性疾病的最终转归。

  (3) 如脑梗死、脑内血肿、脑挫裂伤、脑内手术后等。

  2. 病理：

  (1) 内部为渗出液。

  (2) 壁为增生的胶质细胞及血管纤维组织，或可有含铁血黄素附壁沉着。

  3. 影像表现：

  (1) 脑实质内囊腔，边界锐利。

  (2) CT 表现为均匀水样密度。

  (3) MRI 表现：

    ① 为均匀脑脊液样信号，即 T1WI 低信号、T2WI 高信号。

    ② 如果原来有出血，则可见周边有含铁血黄素沉着形成的极低信号，在 T2WI 表现更为明显。

  (4) 软化灶周围可见局限性脑萎缩，脑沟增宽，脑室局部扩张。

  (5) 部分软化灶可与脑室或蛛网膜下腔相通，表现为穿通畸形囊肿。

六、蛛网膜下腔出血

  1. 很多疾病都可伴蛛网膜下腔出血，如动脉瘤、血管畸形、颅脑外伤、大面积脑梗死、颅脑术后等。

  2. CT 表现：

  (1) 脑沟、脑裂、脑池密度升高，严重者脑沟、脑裂、脑池呈高密度铸型。

  (2) 一般分布在原发病变附近部位。

  (3) 仅急性期可显示，1 周左右消失。

  3. MRI 表现：

  (1) 发病 3 天后方可显示，但持续时间较久，严重者数月后仍可显示。

  (2) 表现为脑沟、脑裂、脑池内 T1WI 高信号、T2WI 高信号，在脑脊液抑制（FlAIR）序列上显示更清晰。

  (3) 大面积脑梗死时，梗死区脑回表面见不规则的迂曲的线样高信号。

  4. DSA：脑血管造影检查主要用于蛛网膜下腔出血的病因诊断与介入治疗。

七、脑疝

1. 概念:

(1) 因颅内压升高,引起脑组织经生理孔道发生移位的现象。

(2) 主要见于肿瘤、血肿、脓肿等占位性病变或严重脑水肿时。

(3) 可分为三种:即大脑镰下疝、小脑幕裂孔疝、小脑扁桃体疝。

2. 大脑镰下疝:

(1) 幕上病变使扣带回、侧脑室经大脑镰游离缘下方移位到对侧。

(2) CT、MRI 可以显示中线移位,健侧脑室扩张,可并发脑梗死。

(3) DSA 可显示同侧大脑前动脉及其分支向对侧移位,严重者胼缘动脉闭塞。

3. 小脑幕裂孔疝:

(1) 幕上病变引起一侧或双侧颞叶海马旁回、钩回向内下小脑幕切迹下方疝出。

(2) CT、MRI 显示病变侧鞍上池封闭,脑干向对侧移位,同侧桥小脑角池扩大。

(3) DSA 示脉络膜前动脉、大脑后动脉、后交通动脉向内下移位;Willis 环变形。

(4) 常伴中脑、桥脑挫伤水肿,也可伴中脑、枕叶脑梗死,MRI 多方位成像可清楚显示这些改变,表现为 T1WI 低信号,T2WI 高信号,边界不清。

4. 小脑扁桃体疝:

(1) 各种原因引起后颅窝压力升高,使小脑扁桃体经枕大孔向下移位。

(2) MRI:矢状位 T1WI 正中层面扁桃体下缘超过枕大孔平面>5mm。

第三节 颅内肿瘤

一、颅内肿瘤一般特点

1. 好发部位:

(1) 颅内肿瘤有一定的好发部位。结合肿瘤部位,定性诊断相对较为容易。

(2) 鞍区多见垂体瘤、脑膜瘤、颅咽管瘤、毛细胞星形细胞瘤。

(3) 松果体区多见生殖细胞瘤。

(4) 桥小脑角区多见听神经瘤、脑膜瘤、胆脂瘤。

(5) 高级别星形细胞瘤多见于额叶脑实质内。

(6) 脑膜瘤位于脑外,于鞍区、桥小脑脚区、大脑凸面多发。

2. 好发年龄:

(1) 颅内肿瘤有明显的年龄特点。

(2) 成人幕上肿瘤占 76.1%。

(3) 儿童幕下肿瘤占 54.2%。

(4) 生殖细胞瘤以儿童多见。

(5) 脑膜瘤则是 40 岁以后多见。

(6) 少突胶质瘤,中年妇女多发等。

3. 临床表现:

(1) 高颅压:头痛、呕吐、视力模糊,头围增大(儿童)。

（2）头晕：尤其后颅窝肿瘤常为首发症状。

（3）癫痫：约30%的脑瘤病人有癫痫发作，一般为全身大发作。

（4）局灶性神经功能损害症状：运动、感觉障碍，复视、听力减退等。

（5）精神症状：额叶损伤常可出现。

（6）脑疝：生命体征改变，如呼吸异常、高血压、心律不齐。

4. 影像直接征象：

（1）肿块：可显示肿瘤大小、形态、边缘、数目。

（2）内部信号（密度）：瘤体、钙化、出血、囊变、坏死液化、脂肪成份等。

（3）生长方式：浸润性生长、推挤性生长、蔓状生长。

5. 影像间接征象：

（1）占位效应：

① 肿瘤对邻近组织的影响，可借此与非占位性病变鉴别。

② 表现为脑室受压变形、脑沟脑裂变窄、脑底池封闭、中线移位等。

（2）瘤周水肿：以血管源性水肿为主。

（3）颅骨改变：

① 有些肿瘤可影响颅骨，可借此推断肿瘤的性质。

② 脑膜瘤常可造成局部颅骨增生或破坏。

③ 听神经瘤常致骨性内听道扩大等。

（4）增强后变化：

① 肿瘤血供、新生血管、血脑屏障的破坏等，是强化的主要原因。

② 局部对比剂含量升高，脑组织弛豫时间的缩短等，是强化的主要机制。

③ 根据强化的形式、程度、持续时间等，可进行肿瘤定性诊断、鉴别诊断。

（5）PET 对脑肿瘤良恶性的鉴别及疗效观察有一定意义：

① 恶性肿瘤葡萄糖代谢率增高。

② PET 比 CT、MRI 更能精确判定肿瘤的恶性程度，预测预后。

③ PET 能鉴别肿瘤的复发与坏死，坏死区为低代谢，而复发为高代谢。

④ PET 能判定肿瘤对放疗和化疗的反应。

⑤ PET 对转移性脑肿瘤的价值在于可同时提供颅内转移灶的代谢活力、原发病灶及其他远处转移病灶的信息。

6. 颅内肿瘤影像诊断流程：

临床症状+发病年龄→CT 平扫，发现钙化、出血→MRI 平扫，确定部位，形态、信号特点→增强特征协助诊断→诊断仍困难时加做特殊成像，如 CT 灌注成像、MRI 功能成像或 DSA、PET 等。

二、低级别星形细胞瘤

1. 概念：

（1）胶质瘤是最常见的一大类颅内肿瘤。包括星形细胞瘤、少突胶质细胞瘤、室管膜瘤、髓母细胞瘤。

（2）星形细胞瘤在组织学上可分为 I~IV 级，习惯上把 I、II 级看作良性肿瘤，或称低级别星形细胞瘤，把 III、IV 级视为恶性肿瘤。

2. 病理与临床：

(1) 实性肿瘤多位于幕上，多见于成人，以局灶性癫痫发作为首发症状。

(2) 囊性肿瘤多位于幕下，多见于儿童，以头晕、共济失调、高颅压为主要症状。

(3) 水肿较轻微，占位效应不明显。

(4) 约 8~30% 颅内肿瘤可见钙化。

(5) 瘤内出血较少见。

3. 几种特殊类型：

(1) 毛细胞星形细胞瘤：

① 好发于下丘脑，可累及视交叉。

② 呈分叶状生长，边界清楚。

③ 可沿三脑室室管膜爬行。

④ 发生于小脑者多呈大囊性病变，可见小的壁结节。

(2) 室管膜下巨星形细胞瘤：

① 结节硬化的并发肿瘤。

② 好发于侧脑室室间孔附近。

③ 引起梗阻性脑积水，生长缓慢，常见钙化、囊变。

(3) 多形性黄色星形细胞瘤：

① 好发于颞叶表浅部位。

② 肿瘤轮廓具体，边界清楚。

③ 囊性者多见，T1WI 呈低信号，T2WI 呈明显高信号。

④ 壁结节常见，可为多发，增强后明显强化。

4. CT 表现：

(1) 平扫为不均匀的低密度。

(2) 形态不规则，边界清楚。

(3) 瘤周水肿轻，占位效应不明显。

(4) 囊性者中心密度均匀，可见液平面，壁薄，边界清楚。

(5) 增强后，半数可见轻度弥漫性强化；囊性者可见囊壁薄环状轻度强化。

5. MRI 表现：

(1) 实性者，多位于幕上，呈实性肿物，灰白质界限消失，具有浸润生长特点，但边界清楚，主体呈 T1WI 略低信号、T2WI 略高信号。

(2) 囊性者，多位于幕下，边缘光滑；信号因内部蛋白含量不同而异，可呈 T1WI 低信号、T2WI 高信号，也可呈 T1WI 高信号。

(3) 增强扫描 I 级星形细胞瘤不强化，II 级星形细胞瘤轻度强化。

6. 鉴别诊断：

(1) 毛细胞星形细胞瘤：

① 应注意与颅咽管瘤、鞍区生殖细胞瘤等鉴别。

② 毛细胞星形细胞瘤呈 T1WI 低信号，高信号少见。

③ 发生于幕下的囊性者，应与血管母细胞瘤鉴别，后者壁结节小，强化明显。

(2) 室管膜下巨星形细胞瘤：

① T1WI、T2WI 上均为混杂信号。

②呈不均匀强化。

③好发于侧脑室室间孔附近。

④常并发梗阻性脑积水，表现特异，一般诊断不难。

(3) 其他类型低级别星形细胞瘤：

①应与脑梗死鉴别。

②脑梗死位于脑动脉某支血管分布区域，多呈楔形，贯穿皮髓质，临床起病急，多有高血压、高血脂、糖尿病等病史。

三、高级别星形细胞瘤

1. 病理特点：

(1) 最常见于成人，多发于大脑半球。

(2) 由髓质向皮质生长，额叶、颞叶最多发，其次是顶叶，枕叶最少。

(3) 呈浸润性生长，无包膜，与脑组织无明显分界。

(4) 瘤内出血、坏死、钙化较多见，血供丰富，强化明显。

(5) 水肿明显，占位效应严重，常可经胼胝体跨中线蔓延到对侧，整体呈蝴蝶状。

2. CT 表现：

(1) CT 表现差异较大，多呈略高密度，或混杂密度，少数为低密度，边界不规则。

(2) 周围水肿明显，呈指套状由白质伸向皮层。

(3) 占位效应明显，脑室变形、中线移位，可见鞍上池封闭等早期脑疝征象。

(4) 瘤内出血、钙化表现为不规则高密度；囊变、坏死为不均匀的低密度。

(5) 增强后，典型表现为不规则花环状明显强化，也可呈结节状或团块状。

3. MRI 表现：

(1) 瘤体明确，呈不均匀 T1WI 低信号、T2WI 高信号。

(2) 边界不规则，平扫境界模糊。

(3) 瘤周水肿明显，以血管源性脑水肿为主，占位效应明显。

(4) 恶性度较高者，常跨中线向对侧蔓延，瘤体加瘤周水肿，整体表现为蝴蝶状。

(5) 出血、钙化、囊变、坏死可有相应表现：

①出血表现较为复杂，但符合一般血肿的 MRI 演变规律。

②钙化 MRI 显示较差，信号可为低、等、高、混杂信号。

(6) 增强后：

①肿瘤实质部分明显强化，且不均匀。

②强化后边界更清楚。

③囊变坏死区及瘤周水肿无明显变化。

四、少突胶质细胞瘤

1. 病理与临床：

(1) 绝大多数（>95%）发生于幕上，额顶叶多发。

(2) 只累及白质，极少累及皮层，无包膜，呈浸润性生长。

(3) 多数（>70%）肿瘤血管周围可发生条带状钙化。

(4) 中年人多发，儿童少见，成人儿童比例 8：1。

2. X 线平片表现：可见肿瘤部位团絮状或条带状高密度钙化影。

3. CT 表现：

    (1) 额顶叶类圆形病变，边界不清，主体呈低密度。

    (2) 特征性的钙化表现为弧线状、条带状、脑回状高密度影。

    (3) 钙化少，水肿严重，肿瘤边界不清，占位效应明显者，多为恶性。

    (4) 增强后，非钙化部分，因良恶性不同，呈轻度到明显均匀强化。

4. MRI 表现：

    (1) 额顶叶皮层下区域病变，内部信号不均，主体呈混杂信号团块。

    (2) 周围水肿、增强表现与 CT 类似。

5. 影像记忆特征：成人幕上肿瘤，脑回样钙化。

五、室管膜瘤

1. 病理：

    (1) 起源于室管膜。

    (2) 生长缓慢。

    (3) 呈分叶状、囊变及沙粒样钙化多见。

    (4) 发病部位：四脑室>侧脑室三角区>三脑室后部。

2. 临床：

    (1) 发病年龄呈两个高峰：10~15 岁、40~50 岁。

    (2) 儿童后颅窝最常见的肿瘤。

    (3) 男女比例 3：2。

    (4) 共济失调+高颅压症状。

3. 影像表现：

    (1) 后颅窝中线附近分叶状肿块，位于四脑室内，肿块一周可见脑脊液环状影像。

    (2) 边界清楚。

    (3) 主体为实性，可发生囊变，常伴沙粒样钙化，表现为不均匀密度（信号）。

    (4) 实性部分 CT 为等或低密度、MRI 为 T1WI 低信号、T2WI 高信号。

    (5) 钙化在 CT 上表现为小点状高密度，在 MRI 所有序列上均为小点状低信号。

    (6) 增强后，实性部分明显强化，强化部分不均匀。

    (7) 可见幕上脑积水、间质性脑水肿等相应表现。

4. 影像记忆特征：儿童+后颅凹中线+实性肿瘤+出血钙化+瘤周脑脊液环绕。

六、髓母细胞瘤

1. 病理与临床：

    (1) 起源于髓帆胚胎残余细胞，发生于小脑蚓部，与小脑界限清楚。

    (2) 恶性度高，发展迅速，常沿脑脊液种植播散。

    (3) 男性儿童多发。

    (4) 共济失调+高颅压症状。

2. X 线平片表现：可显示高颅压征象。

3. CT 与 MRI 表现：

(1) 小脑蚓部肿瘤，可突入四脑室内。

(2) 边界清楚。

(3) 平扫 CT 多为等或略高密度，MRI 呈 T1WI 低信号，T2WI 等或略高信号。

(4) 增强，明显均匀强化。

(5) 播散灶同步强化，呈室管膜下结节状、线样明显高密度（信号）影。

4. 影像记忆特征：儿童+后颅凹中线+实性肿瘤+沿室管膜播散多见。

七、脑膜瘤

1. 病理：

(1) 起源于蛛网膜颗粒，广基底与脑膜相连，扁平状。少数发生于脑室内。

(2) 有包膜，质硬。

(3) 钙化多发，肿瘤较大时，可发生囊变、坏死。

(4) 双重供血：血供来自脑膜中动脑及颈内动脉脑膜支。

(5) 生长缓慢，一般不侵及脑实质。

(6) 相邻颅骨改变：增厚或吸收变薄。

2. 临床：

(1) 病程长，中老年多发，女性多发。

(2) 晚期高颅压、癫痫、局灶性神经功能受损症状。

3. X 线平片表现：高颅压征象、颅骨局限性增厚或变薄、血管压迹增多。

4. DSA 表现：

(1) 肿瘤周围血管移位、包绕。

(2) 动脉期可见肿瘤中心放射状小动脉显影。

(3) 平衡期，肿瘤染色浓密。

(4) 可显示颅内外双重供血，这一点具有特征性。

5. CT 表现：

(1) 肿块以广基底与硬膜相连，边界清楚。局部颅骨增厚、吸收变薄或破坏。

(2) 一般为均匀高密度、等密度，较大时，内部可发生囊变、坏死，密度不均。

(3) 钙化呈砂粒样、斑点状高密度影。

(4) 增强扫描，表现为明显均一强化，边界清晰锐利。

6. MRI 表现：

(1) 肿瘤主体呈等 T1WI 等 T2WI 异常信号，钙化、囊变、坏死时，表现为混杂信号。

(2) MRI 可显示肿瘤包膜，表现为位于肿瘤与水肿之间的环状长 T1WI 低信号影。

(3) 增强：与 CT 类似，并可见特征性的"脑膜尾征"，可持续 1 个小时以上。

7. 影像记忆特征："等对高"（平扫等密度，增强高密度），双重供血，脑膜尾征。

八、垂体瘤

1. 病理：

(1) 发生于垂体，属脑外肿瘤，包膜完整。

(2) 可分功能性（75%）与非功能性（25%）两类。

(3) 一般将直径小于 10mm 的垂体腺瘤称作垂体微腺瘤。

2. 临床：

(1) 垂体功能亢进，如泌乳、闭经、肢端肥大症、巨人症、Cushing 综合征等。

(2) 垂体功能低下，阳痿。

(3) 肿瘤较大时，出现头痛、复视等。

3. 垂体微腺瘤影像表现：

(1) 间接征象：

① 垂体高度超限：正常垂体高度使用"681012 标准"，即儿童≤6mm，成人≤8mm，哺乳期妇女≤10mm，妊娠期或产后≤12mm。

② 上缘饱满。

③ 垂体柄不居中。

④ 鞍底骨质变薄或下陷。

(2) CT 表现：诊断较为困难；需用直接冠状位、薄层、平扫+增强扫描。

① 平扫仅可显示间接征象。

② 增强，动脉早期明显强化的垂体内出现尚未强化的低密度瘤体，呈圆形，边界清楚。

(3) MRI 表现：是诊断垂体微腺瘤的最佳手段。

① T1WI 矢状位、冠状位均可直接显示肿瘤。

② 平扫呈小结节状 T1WI 低信号，T2WI 等高信号，边界清楚，偏于一侧。

③ 增强，早期为小圆形低信号，静脉期为等信号，1 小时以后呈高信号。

4. 垂体大腺瘤影像表现：

(1) X 线平片表现：可发现蝶鞍扩大，前床突骨质吸收，鞍底下陷等征象。

(2) CT、MRI 表现：

① 平扫可直接显示垂体窝内圆形、分叶状肿块，双侧不对称，边界清楚。

② 冠状位见肿瘤突到鞍上，于鞍隔部位较狭小，整体呈葫芦状。

③ CT 为等或略高密度。

④ MRI 上瘤体信号与脑灰质相等，表现为等 T1WI 等 T2WI 信号。

⑤ 较大者中心可发生囊变、坏死、出血。

⑥ 增强后，CT、MRI 均为均匀明显强化，囊变、坏死部分无变化。

(3) 向周围的侵犯：

① 向上可压迫三脑室，引起脑积水。

② 向两侧可侵入海绵窦，包绕颈内动脉虹吸段，MRI 观察更满意。

③ 向下可侵入蝶窦，CT 显示蝶鞍破坏更清楚。

5. 影像记忆特征：

(1) 微腺瘤："681012"标准。

(2) 大腺瘤：鞍内鞍上"等对高"。

九、颅咽管瘤

1. 病理：

(1) 起源于颅咽管退化时残余的上皮细胞。

(2) 巨检：多呈囊性，可有分隔，内容物成分复杂，囊壁钙化较多。

2. 临床：

(1) 发病年龄的双高峰：5~10 岁，60 岁以上。

(2) 表现为鞍区受压症状：视力减退、视野缺损；发育障碍；垂体功能低下等。

(3) 其他症状：高颅压，精神异常等。

3. X 线平片表现：可见鞍区弧线样高密度影，蝶鞍扩大。

4. CT 表现：

(1) 鞍上池圆形或分叶状肿块，边界清楚。

(2) 呈囊性或囊实性，CT 值变化范围较大，典型者为水样密度。

(3) 囊壁钙化具有特征性，表现为蛋壳样高密度。

(4) 增强，实性部分不均匀强化，囊壁呈蛋壳样强化。

(5) 较大时可出现脑水肿、幕上脑积水。

5. MRI 表现：

(1) 鞍区病变，在矢状位上呈水滴状或囊袋状，边界清楚。

(2) T2WI 高信号，T1WI 为混杂信号，其中 T1WI 高信号具有特征性。

(3) 其余表现与 CT 相似。

6. 影像记忆特征：鞍上囊性肿瘤，T1WI 高信号，CT 可见蛋壳样钙化。

十、听神经瘤

1. 病理：

(1) 起源于前庭神经鞘的雪旺氏细胞。

(2) 属脑外肿瘤，良性肿瘤，包膜完整，血供丰富。

(3) 较大者易发生出血、囊变、脂肪变性。

2. 临床：

(1) 病侧听神经、面神经、三叉神经受损症状：如听力减退、面部麻木等。

(2) 较大时出现小脑共济失调、脑积水、高颅压等症状。

(3) 成人多发，男性略多。

3. X 线平片：骨性内听道扩大，甚至完全破坏、缺损。

4. CT 与 MRI 表现：

(1) 直接征象：

① 桥小脑角区肿块，呈分叶状，边界清楚。

② 桥小脑角池闭塞，相邻脑池扩大。

③ CT 平扫，较小肿瘤常漏诊。稍大以后，瘤体为等或略高密度。

④ CT 骨窗，显示病侧内听道扩大。

⑤ MRI 平扫，肿块与硬膜呈锐角相接，即所谓"O"字征。

(2) 间接征象：

① 较大肿瘤出现脑干、小脑受压移位。

② 四脑室受压变形。

③ 可合并幕上脑积水、间质性脑水肿。

(3) 增强扫描：

① CT 增强，明显不均匀强化。

② MRI 增强,

    a. 小肿瘤可表现为听神经近侧段明显强化、小结节状强化灶。

    b. 较大肿瘤呈明显的不均匀的强化。

    c. 可见"神经尾征":与肿瘤相连的听神经强化,伸入内听道,如尖尾状。

5. 影像特征记忆:桥小脑角区、内听道扩大、神经尾征。

十一、胆脂瘤

1. 病理:

(1) 系外胚层细胞移行异常所致,内容物为脱落上皮细胞、胆固醇结晶。

(2) 好发部位:桥小脑角区>松果体区>鞍上池>侧脑室内。

(3) 为囊性,有包膜。

2. 临床:

(1) 青壮年多发,男性较多。

(2) 因发病部位不同,症状各不相同。

3. CT 与 MRI 表现:

(1) 肿瘤呈扁平状,形态不规则,边界清楚。

(2) 位于蛛网膜下腔,"见缝就钻"。

(3) 局部蛛网膜下腔增宽,邻近脑组织受压变形、移位。

(4) CT 平扫,为均匀低密度,较脑脊液略高,CT 值 10~20Hu。

(5) MRI 平扫,为均匀的脑脊液样信号。

(6) 增强扫描,CT、MRI 均不强化。

4. 几个概念的区分:

(1) 表皮样囊肿,或上皮样囊肿,就是胆脂瘤,只含外胚层细胞。

(2) 皮样囊肿,含有外、中两个胚层组织成份。

(3) 畸胎瘤,含有三个胚层组织成分。

(4) 胶样囊肿,属特殊胶质瘤,位于室间孔区,具有典型的体位性头痛症状。

(5) 线粒体囊肿,也就是胶样囊肿。

5. 影像记忆特征:"见缝就钻"、水样密度。

十二、血管母细胞瘤

1. 病理:

(1) 起源于内皮细胞,良性肿瘤。

(2) 好发于小脑半球,也可见于脊髓。

(3) 70%以上为囊性,囊内含一个壁结节,靠近软脑膜。

2. 临床:间断头痛、眩晕、呕吐、眼球震颤、语言不清等。

3. DSA 表现:

(1) 可显示供血动脉及早期静脉引流。

(2) 肿瘤结节均匀染色,具有特征性。

4. CT 与 MRI 表现:

(1) 平扫可见小脑半球或蚓部囊性病变。

（2）CT 为均匀低密度病灶，密度略高于脑脊液。壁结节不易显示。

（3）T1WI 为略高于脑脊液的低信号，T2WI 为高信号。

（4）在病变周围 MRI 可显示迂曲增多的血管流空信号影，具有特征性。

（5）增强后囊壁不强化，壁结节明显强化。

（6）实性者平扫为等密度（信号），增强后明显强化，周围可见血管流空效应。

5. 影像记忆特征：后颅凹囊性肿瘤+瘤周血管流空信号+大囊小结节+结节明显强化。

十三、松果体区肿瘤

1. 病理：

（1）松果体含有主质细胞和胚胎残余细胞，可发生多种肿瘤。

（2）包括生殖细胞瘤、松果体细胞瘤、畸胎瘤、皮样或上皮样囊肿等。

（3）生殖细胞瘤最多见，约占 50%，常沿室管膜播散。以下以生殖细胞瘤为代表进行讨论。

2. 临床：

（1）内分泌紊乱，如性早熟。

（2）高颅压，三脑室后部受压引起脑积水所致。

（3）双眼上视不能、双耳听力下降，系肿瘤压迫、破坏四叠体所致。

3. 影像：

（1）X 线平片：可见松果体区钙化斑增大、移位；高颅压征象。

（2）松果体区肿块，边界清楚。

（3）CT 为略高密度，内部密度不均。

（4）MRI 为 T1WI 等信号、T2WI 略高信号。

（5）70% 可出现病理性钙化

① 表现为正常松果体钙化斑增大与移位，大于 10mm；

② CT 对钙化敏感，密度极高，边界清楚；

③ MRI 上为低信号、等信号、或高信号。

（6）增强：CT、MRI 均为明显强化，可不均匀；室管膜播散表现为脑室壁线样、结节样强化病灶。

（7）间接征象：CT、MRI 均可显示脑积水等；MRI 矢状位 T1WI 显示肿瘤与脑干、三脑室的关系最佳。

十四、转移瘤

1. 病理：

（1）全身各部位恶性肿瘤经血行播散、脑脊液播散或颅底肿瘤直接侵犯而来。

（2）好发频率：肺癌>乳腺癌>胃癌>结肠癌>肾癌……。

（3）40~60 岁多发。

（4）幕上好发，约占 80%，好发于皮髓质交界区，与脑实质分界清楚。

（5）大小不一，较大时多发生坏死、出血，血供丰富，瘤周水肿显著。

2. 临床：

（1）原发肿瘤症状。

(2) 高颅压+局灶性神经功能受损症状。

(3) 10%无症状。

3. X平片：累及颅骨时，可见大片状溶骨性破坏。

4. CT与MRI表现：

(1) 皮髓质交界区大小不等的多发肿块或小结节。

(2) 较大时中心坏死呈不规则的厚壁环状病灶。

(3) CT表现为高、中、低密度，MRI为T1WI低信号、T2WI高信号。

(4) 增强，CT、MRI均为明显强化，形态多样，可呈结节状、不规则环状。

(5) 瘤周水肿显著，占位效应明显。

5. 影像记忆特征：小肿瘤、大水肿。

第四节　脑血管病

一、脑梗死

1. 病因：

(1) 脑血栓形成。见于动脉粥样硬化、动脉瘤、血管畸形、动脉内膜炎等。

(2) 脑栓塞。由血栓、脂肪栓子、空气栓子等所致。

(3) 低血压，心脏骤停，高凝血状态等。

2. 病理：

(1) 脑梗死是指脑血管闭塞所致脑组织永久性缺血坏死。

(2) 可分为缺血性脑梗死，腔隙性脑梗死，出血性脑梗死三种。

(3) 缺血性脑梗死发病后可经历5个阶段：

① 超急性期（0~6小时）：血液中断，钠钾泵衰竭，出现细胞毒性脑水肿。

② 急性期（6~24小时）：出现血管源性脑水肿。

③ 亚急性期（2~7天）：细胞坏死，水肿加重，占位效应继续加重。

④ 稳定期（1~2周）：巨噬细胞浸润，大分子蛋白渗出，出现模糊效应。

⑤ 慢性期（2周后）：周围血管增生，血脑屏障通透性增大，水肿吸收，坏死组织吸收，占位效应消失。

3. 临床：

(1) 局灶性神经功能障碍。

(2) TIA发作。

(3) RIND（可逆性神经功能障碍）。

4. 缺血性脑梗死：

(1) CT表现：

① 24小时以内无阳性发现。

② 2~6天病变区脑回肿胀，脑沟变浅，可见边界模糊的低密度影。

③ 第2周，梗死区密度升高，水肿消退，占位效应消失，整个病变区呈等密度，即所谓"模糊效应"。

④ 增强，第1周末至第4周末可出现，特征性的"脑回样强化"。

⑤ 以后密度逐渐减低，边界变得清晰，2 个月后形成软化灶。

(2) MRI 表现：

① 超早期：

　a. 发病即刻，PWI 可发现血流灌注异常区，rCBF、rCBV 减低，MTT 延长。

　b. 发病 30 分钟，DWI 可检出病灶，表现为 DWI 高信号，ADC 图低信号。

　c. DWI 与 PWI 病灶大小的差值，相当于缺血半暗带，是治疗的目标区域。

　d. 4 小时后在 MRI 普通成像上，可见到 T1WI 低信号、T2WI 高信号病灶。

② 急性期：

　a. T1WI 低信号、T2WI 高信号，边界变得清楚。

　b. 脑回样强化于 16~18 小时出现，24~72 小时达到高峰，是脑组织不可逆性缺血损伤的标志。

③ 亚急性期：脑水肿于第三天最重，1 周时消退。

④ 稳定期：T1WI 低信号、T2WI 高信号；脑回样强化可持续 2~3 个月；占位效应逐渐消失。

⑤ 慢性期：轻者逐渐恢复，信号渐趋正常；重者形成软化灶。

(3) SPECT 表现：

① 梗死区在 rCBF 断层显像中表现为局限性放射性减低或缺损区，且病变范围要大于 CT 和 MRI。

② RCBF 断层显像还可检出难被 CT 和 MRI 发现的交叉性小脑失联络征象和过度灌注的表现。

5. 腔隙性脑梗死：

(1) 病理：脑穿支小动脑闭塞引起的深部脑组织缺血坏死，形成黄豆大小的腔隙，直径 5~15mm。

(2) 临床：常有 TIA 发作病史，表现为局灶性神经功能缺失，预后较好。

(3) CT 表现：

① 边界清楚的低密度影，直径 5~15mm。

② 2~3 周出现小斑片状强化，4 周后形成软化灶，连续追踪随访无变化。

(4) MRI 表现：

① 病变常为多发。

② 边界清楚，卵圆形、星形、裂隙状。

③ 呈 T1WI 低信号、T2WI 高信号。

6. 出血性脑梗死：

(1) 由于缺血区血管再通，再灌注损伤所致。

(2) 可分为三种：

① 血肿形成型（梗死区内形成血肿）。

② 不规则出血型（近皮层梗死区内斑片状出血灶）。

③ 外围出血型（梗死区外围少量出血）。

(3) 影像表现：

① 前两型 CT 于早期见梗死低密度区内见斑片状高密度，即可明确诊断。

② 后一型 CT 往往漏诊，MRI 很有帮助。

第二章 神经内、外科医学影像基础

③ 在亚急性期，出血量不多时，MRI 表现为脑回表面不规则线样 T1WI 高信号影。

7. 脑梗死比较影像学：

(1) CT 相当敏感，是首选的检查方法；但一般在 24 小时以后才能发现病变。

(2) SPECT 于梗死发病即刻就能检出病变。但不能鉴别缺血性还是出血性脑梗死。

(3) MRI 弥散加权成像于发病后 30 分钟能检出病变。

(4) 普通 MRI 成像 4 小时后有确切表现。

(5) MRI 可发现 1mm 的小病变，较 CT 更敏感，可发现更多病灶。

(6) 对于出血性脑梗死，早期或较大出血灶，CT 较敏感；外围少量出血、亚急性期 MRI 更敏感。

(7) 在后颅窝，CT 由于亨氏暗区、条状伪影的干扰，漏诊较多。MRI 更敏感可靠，并能精确定位。

(8) CT 对出血敏感，MRI 有助于发现超早期梗死。临床中风患者就诊时，应先行 CT 扫描除外出血，再行 MRI 扫描。

二、高血压性脑出血

1. 病理：好发于基底节区、丘脑、桥脑、小脑等。

2. 临床：

(1) 情绪激动、体力活动、过度疲劳等因素可诱发。

(2) 起病急，出现剧烈头痛、呕吐，发展快，病情迅速恶化。

(3) 因出血量、出血部位不同，出现不同程度的意识障碍及神经功能缺损表现。

3. CT 表现：

(1) 急性期（血肿形成期，1 周以内）：

① 表现为边界清楚的肾形、类圆形、不规则形高密度影，CT 值 60~80HU。

② 周围可见低密度水肿带环绕。

③ 较大的血肿占位效应明显，可见侧脑室受压变形、移位。

④ 破入脑室时可见脑室内高密度铸型。

(2) 血肿吸收期：

① 血肿边界变得模糊，密度从周边向中心逐渐减低，体积逐渐缩小。

② 增强扫描呈环状强化，中心密度略高，接近强化环处密度渐低，强化环外为低密度水肿带。

(3) 囊腔形成期：小血肿可完全吸收，不留痕迹；较大血肿密度不断降低，最终形成软化灶。

4. MRI 表现：

(1) MRI 信号随血肿期龄而变化，符合血肿一般演变规律的信号特点。

(2) 急性期，等 T1WI、低 T2WI 信号。

(3) 亚急性期，T1WI、T2WI 均为高信号。

(4) 残腔期，低 T1WI 高 T2WI 信号，周边可见含铁血黄素沉积形成的低信号环。

5. 影像记忆特征：急性期 CT 为高密度，亚急性期 MRI 高信号。

三、皮层下动脉硬化性脑病

1. 病理：

   （1）脑动脉硬化，血管狭窄，引起脑组织缺血、水肿、白质变性、髓鞘脱失。

   （2）首先累及皮层穿支动脉终末支分布的室管膜下白质区。

2. 临床：长期高血压病史+慢性进行性痴呆。

3. CT 与 MRI 表现：

   （1）脑室周围及半卵圆中心对称分布的病变，大小不等，边缘不清，无占位效应。

   （2）CT 为低密度。

   （3）MRI 表现为 T1WI 低信号、T2WI 高信号。

   （4）常伴多发性腔隙性脑梗死；

   （5）可见脑萎缩表现，脑沟脑裂普遍增宽。

四、新生儿缺血缺氧性脑病

1. 病理：

   （1）新生儿窒息引起的脑缺血、脑水肿，可合并颅内出血。

   （2）晚期脑软化，脑萎缩。

2. 临床：

   （1）生产过程中有窒息史。

   （2）呼吸异常，皮肤粘膜青紫或苍白，反射减弱，痉挛性双侧瘫痪等。

3. CT 与 MRI 表现：

   （1）皮髓质界限模糊或消失。

   （2）半球广泛脑水肿，CT 为低密度，MRI 为 T1WI 低信号，T2WI 高信号。

   （3）可累及一个或多个脑叶。

   （4）基底节区、脑干、小脑受累较轻，在 CT 上表现为相对高密度。

   （5）部分可伴颅内出血：

      ① 以蛛网膜下腔出血最多见。

      ② 也可见室管膜下、脑室内出血。

      ③ 密度（信号）符合血肿的影像演变规律。

   （6）严重者，脑室系统较小，脑沟、脑裂变浅，并可有脑疝影像学表现。

   （7）出生 3 天内，脑水肿尚未完全消退，脑组织 CT 值较低，此时不适宜检查。

4. HIE 影像学分度标准：

   I 度：散在的局灶性低密度，分布少于两个脑叶；

   II 度：病灶分布多于两个脑叶，并可见灰白质对比模糊，可伴蛛网膜下腔出血；

   III 度：弥漫性分布的低密度区，灰白质对比消失，可伴蛛网膜下腔出血。

五、动脉瘤

1. 病理：

   （1）好发于 willi's 环、颈内动脉分叉处、大脑中动脉附近。

   （2）是蛛网膜下腔出血的主要原因，占 77.2%。

第二章　神经内、外科医学影像基础

(3) 大小：

① 一般大小在 2mm~30mm 不等。

② <10mm 者，为小型动脉瘤。

③ 1.0~2.0cm 者，为大型动脉瘤。

④ >2.5cm 者，为巨大动脉瘤。

(4) 形态学分型：

① 粟粒性动脉瘤，高血压引起穿支小动脉的粟粒状微动脉瘤。

② 囊状动脉瘤，其中有蒂者又称浆果型动脉瘤。

③ 梭形动脉瘤，局部血管节段性迂曲、扩张、延长。

④ 假性动脉瘤。

⑤ 壁间（夹层）动脉瘤。

(5) 病理学分型：

Ⅰ 型，无血栓型，瘤腔与血管腔血流相通。

Ⅱ 型，部分血栓型，瘤腔内有附壁血栓形成。

Ⅲ 型，完全血栓型，无血流通过。

2. 临床：

(1) 病因：先天性、外伤性、动脉粥样硬化性、细菌感染性。

(2) <0.5cm 者很少破裂，一般无症状。

(3) 0.5~2.5cm 者，破裂机会较多，主要表现为蛛网膜下腔出血的急性症状。

(4) 巨大动脉瘤破裂较少，常伴局部神经组织压迫、高颅压等症状。

3. DSA 表现：

(1) 动脉造影显示动脉瘤起源于动脉壁一侧。

(2) 囊状型表现为突出于血管腔外的囊状影，与载瘤动脉相连并同步显影。

(3) 浆果型可有蒂与载瘤动脉相连。

(4) 梭形动脉瘤表现为局部血管梭形扩张。

(5) 其他类型，多为圆形、卵圆形、葫芦形或不规则形，可有对比剂进入。

(6) Ⅲ 型，完全血栓化，DSA 可表现正常。

4. CT 表现：

(1) Ⅰ 型，呈圆形高密度，增强后均匀明显强化。

(2) Ⅱ 型，中心或偏心高密度病灶，增强后中心或瘤壁强化，形成"靶征"。

(3) Ⅲ 型，病灶呈等密度，可见点状钙化，增强后瘤壁环形强化。

5. MRI 表现：

(1) 瘤体呈类圆形。

(2) Ⅰ 型 T1WI、T2WI 均为低信号。

(3) Ⅱ 型瘤内血栓为高信号或混杂信号。

(4) Ⅲ 型（完全血栓型）MRI 显示最好，为光滑的 T1WI 高信号病变。

(5) MRA 可以直接清晰显示动脉瘤，与 DSA 相似。

六、动静脉畸形

1. 病理：

(1) 先天异常的动脉迂曲扩张，直接与静脉相通。

　　(2) 中间无毛细血管床，无正常脑组织。

　　(3) 常伴局限性脑萎缩，可伴有钙化、囊变。

2. 临床：症状复杂，表现多样。

　　(1) 蛛网膜下腔出血或脑出血的急性表现。

　　(2) 癫痫发作，类似偏头痛发作，TIA 发作。

　　(3) 进行性神经功能障碍。

　　(4) 高颅压：发生在出血量较大时。

3. DSA 表现：

　　(1) 脑血管造影是诊断 AVM 最可靠、最准确的方法。

　　(2) 在动脉期可见粗细不等、迂曲的血管团，或网状、血窦状对比剂充盈。

　　(3) 供血动脉多增粗，引流静脉早期显影。

　　(4) 体积小或栓塞的 AVM 常不能显示或仅表现为模糊、浅淡的引流静脉早期显影。

4. CT 表现：

　　(1) 脑实质内不规则形病变，可表现为等密度、高密度、低密度或混杂密度。

　　(2) 可有钙化，表现为斑点状、球状或曲线状高密度影。

　　(3) 有时可显示病变周围异常血管：表现为圆形、管状高密度。

　　(4) 增强扫描：

　　　　① 可有不同程度、不同类型的强化。

　　　　② 异常血管表现为蚓状、结节状强化灶，与正常血管相连。

　　　　③ 血管外结构，表现为弥漫性、片状高密度影。

　　(5) 间接征象：

　　　　① 常合并局限性脑萎缩。

　　　　② 蛛网膜下腔出血时可见局部脑沟脑裂密度升高。

　　　　③ 脑出血时表现为脑叶型，位于皮层下区斑片状高密度，边界清楚。

5. MRI 表现：

　　(1) 病变多位于脑表面，向白质深部延伸。

　　(2) 异常血管团，表现为迂曲缠绕的葡萄状、蜂窝状流空低信号，在 T2WI 上表现更明显。

　　(3) 整体呈混杂信号：血管流空、钙化等为低信号，缓慢血流、血栓、出血等为 T1WI 高信号。

　　(4) 病灶周围信号：

　　　　① 反复出现的陈旧性出血，表现为高低混杂信号。

　　　　② 病灶周边可见供血动脉及引流静脉流空低信号影，呈蚯蚓状迂曲走行。

　　　　③ 周围胶质增生、囊变区，呈 T1WI 低信号、T2WI 高信号改变。

　　(5) 增强后血管结构为高信号，显示清晰。

　　(6) MRA 可显示病变整体概况，可直接显示异常血管团、引流静脉、供血动脉。

6. 影像记忆特征：混杂信号病灶+周围蚯蚓状血管影。

七、海绵状血管瘤

1. 病理：

(1) 属于动静脉畸形的一个特殊类型，又叫血栓化动静脉畸形。

(2) 它是由畸形血管、缓慢血流组成。

(3) 反复瘤内出血，血栓形成、机化、钙化，胶质增生，导致管腔大部分闭塞不通。

2. 临床：癫痫发作+反复发作的小中风。

3. DSA 常无异常发现。

4. CT 表现：略高密度病灶，无占位效应，平扫增强均无特异性。

5. MRI 表现：敏感性、特异性均非常高。

(1) 瘤体呈混杂信号团块：血栓、纤维组织、钙化、不同阶段的出血等。

(2) 因为含有大量正铁血红蛋白，所有序列上均可见高信号影，以 T1WI 为著。

(3) 瘤周低信号环（含铁血黄素，具有特征性的征象）。

(4) 一般没有瘤周水肿，没有占位效应。

(5) 增强无明显强化。

(6) MRA 常无异常发现。

6. 影像记忆特征：MRI 混杂信号病灶+低信号环。

第五节 颅脑外伤

一、脑挫裂伤

1. 病理：

(1) 脑组织或软脑膜血管的局部断裂。

(2) 早期，伤后 1 周内。脑组织出血、水肿、坏死。

(3) 中期，伤后 1 周到 2 个月。脑组织坏死、液化，出血吸收、机化，修复。

(4) 晚期，伤后 2 个月到数年。小病灶完全恢复，较大者残瘤囊腔、局限性脑萎缩。

2. 临床：意识障碍、高颅压、蛛网膜下腔出血等症状。常无神经定位体征。

3. CT 与 MRI 表现：

(1) CT 见片状低密度水肿影（如胡椒），其间散在多发小点状高密度出血灶（如盐），边界模糊。

(2) MRI 表现：

① 3 天内主要表现为小片状水肿，呈 T2WI 高信号，边界不清。

② 3 天后片状 T1WI 低信号、T2WI 高信号，其间夹杂多发小点状 T1WI 高信号病灶。

(3) 周围可见大片水肿区及占位效应，表现为 T2WI 高信号，局部脑回肿胀，脑沟变浅。

(4) 较小者完全吸收，较大者后期脑软化灶形成。

(5) 蛛网膜下腔出血常见于较重的脑挫裂伤患者，急性期 CT 显示清楚，3 天以后 MRI 显示更好。

4. 影像记忆特征："胡椒粉上散盐"。

二、弥漫性轴索损伤

1. 病理：旋转或剪切力，导致脑灰白质交界区、脑干、胼胝体轴突弥漫性断裂、出血。

2. 临床：

   (1) 是较严重的一种脑外伤。

   (2) 病人有明确外伤史，有原发性昏迷，持续数周至数月。

   (3) 常有高颅压症状；可出现定位体征，重者形成脑疝、植物人或死亡。

3. CT 与 MRI 表现：

   (1) 弥漫性脑水肿，双侧或单侧，CT 值<20Hu，MRI 表现为边界模糊的 T1WI 低信号、T2WI 高信号。

   (2) 脑室受压变小，脑沟、脑裂变浅。

   (3) 非出血性病变：

   ① 主要出现在灰白质交界区、脑干、胼胝体等部位。

   ② 表现为散在的、不对称的小点片状水肿。

   ③ CT 显示不清，MRI 表现为 T1WI 低信号、T2WI 高信号。

   (4) 出血性病变：

   ① 出现在灰白质交界区、脑干、胼胝体等部位。

   ② 可见散在的、不对称的小点状出血灶，CT 为高密度，MRI 为 T1WI 高信号。

   ③ 周围水肿带 MRI 显示较好，表现为 T2WI 高信号。

   ④ SWI 可显示小出血灶，检出 CT、MRI 常规成像不能显示的病灶。

   (5) 可见蛛网膜下腔出血的相应表现。

   (6) 晚期出现全脑萎缩。

4. 影像记忆特征：脑外伤史+原发昏迷+弥漫性脑水肿+多发小点状出血灶。

三、颅内血肿

1. 概念：

   (1) 外伤后，颅内局部血液聚集幕上超过 20ml，幕下超过 10ml 称为颅内血肿。

   (2) 按部位可分为硬膜外血肿、硬膜下血肿、脑内血肿。

2. 硬膜外血肿：

   (1) 病理：

   ① 发生于头部直接受伤部位。

   ② 大多数（90%）伴局部颅骨骨折。

   ③ 主要是脑膜中动脉及其分支破裂出血。

   ④ 血肿位于颅骨与硬脑膜之间，较局限，呈双凸形，不跨颅缝。

   (2) X 线平片表现：可发现颅骨线样骨折，表现为非颅缝部位线样透亮影。

   (3) DSA 表现：可见颅骨下梭形无血管区。

   (4) CT 与 MRI 表现：

   ① 血肿呈双凸形，位于颅骨内板下，边缘锐利，一般不跨颅缝。

   ② CT 表现为高密度，大多密度均匀。

   ③ MRI 信号随血肿期龄而变化。

   ④ CT 骨窗可见骨折线。

⑤ 脑内占位效应较轻。

3. 硬膜下血肿：

(1) 病理：

① 出血聚积于硬脑膜与蛛网膜之间。

② 可分为急性、亚急性、慢性三种。

③ 常发生在受伤的对冲部位，常与脑挫伤并存。

④ 系小动脉、桥静脉破裂出血所致。

(2) 临床：

① 急性者发展快，病情重，持续昏迷，高颅压出现早，生命体征变化明显。

② 亚急性者表现与急性相似，但症状出现与加重较晚。

③ 慢性者常无明确外伤史，逐渐出现高颅压症状。

(3) DSA 表现：可发现颅板下新月形无血管区。

(4) CT 与 MRI 表现：

① 血肿表现为新月形，范围广泛，不受颅缝限制。

② 中线移位明显，但双侧出血时应小心观察，中线可居中，但脑室变小。

③ CT 平扫为高密度，亚急性、慢性者表现为等密度或略低密度。

④ CT 增强后延迟扫描可见血肿周边线样强化，这一征象对于亚急性、慢性者更具诊断价值。

⑤ MRI 由于血肿期龄不同，信号不同。多方位成像更易于显示血肿的存在。

4. 脑内血肿：

(1) 病理：

① 常见于额叶、颞叶，位于受力部位或对冲部位。

② 血肿位置一般表浅，不同于高血压脑出血。

③ 常伴脑挫裂伤、颅骨骨折。

(2) 临床：外伤史、意识障碍、局限性神经系统缺损。

(3) CT 与 MRI 表现：

① CT 表现为高密度团块影，MRI 信号随血肿期龄而变化，边界清楚。

② 周围水肿带 CT 表现为低密度，MRI 表现为 T2WI 高信号。

③ 有伴随的脑挫裂伤、颅骨骨折相应影像表现。

5. 影像记忆特征：

(1) 急性期 CT 高密度，亚急性期 MRI 高信号。

(2) 硬膜下血肿：新月形；硬膜外血肿：双凸形。

第六节　颅内炎症

一、颅内结核

1. 病理：

(1) 继发于肺或其它器官的结核，血行播散引起颅内感染。

(2) 结核病变在颅内主要表现：

① 结核性脑膜炎：脑底部软脑膜水肿、充血、渗出、增厚、晚期钙化。

② 脑内结核球：大小 2~14mm；有包膜，中心干酪性坏死；壁上有层状、块状钙化。也可位于脑室内。

③ 脑内粟粒状结核病灶：分布于皮层下区小结节状结核肉芽肿，可钙化。

2. 临床：

(1) 全身结核中毒症状：乏力、潮红等。

(2) 脑膜刺激征及高颅压表现。

(3) 癫痫发作，局部神经功能障碍。

(4) 脑脊液异常：压力升高，呈毛玻璃样改变，细胞计数与蛋白含量升高，而糖、氯化物含量降低。

3. 结核性脑膜炎：

(1) X 线表现：晚期可发现高颅压表现；发生钙化者，可发现脑底池不规则斑点状高密度影。

(2) DSA 表现：可表现为颅底动脉不规则狭窄，脑内静脉广泛变细，无特异性。

(3) CT 表现：

① 脑底池、脑裂密度升高，边界模糊。

② 增强后可见脑膜广泛强化，形态不规则，呈条片状明显高密度。

③ 晚期可见脑底部钙化高密度影，合并阻塞性脑积水时，有相应表现。

(4) MRI 表现：

① 视交叉、桥前池结构不清，呈 T1WI 低信号、T2WI 高信号，在脑脊液抑制序列上显示更清晰。

② 增强后显示脑底、软脑膜异常强化，呈条片状或结节状明显高信号。

4. 颅内结核球：

(1) CT 表现：

① 早期，结核球呈等密度，周围水肿为低密度。

② 增强，呈盘状或环状强化，80%为单发。

③ 晚期，常伴钙化，呈边界清晰的圆形、不规则形高密度影；周围水肿及占位效应较轻。

(2) MRI 表现：

① 平扫表现为与灰质信号相等的病灶；较大者，内部信号不均，钙化呈低信号，干酪性坏死为 T1WI 低信号、T2WI 高信号。

② 包膜为 T1WI 等信号、T2WI 高信号。

③ 周围可见环带状水肿，呈 T2WI 高信号。

④ 增强后，表现为结节状、环状强化。

5. 脑内粟粒状结核病灶：

(1) CT 与 MRI 平扫：

① 肉芽肿本身难以发现。

② CT 可发现多发性小点状钙化高密度灶。

③ MRI 可显示病灶周围水肿带，呈 T2WI 高信号。

(2) CT 与 MRI 增强扫描：

① CT 与 MRI 均可发现脑实质内、皮层下区多发粟粒状病灶。

② 病灶可强化，呈小结节状、环状强化灶。

③ 与脑囊虫病难以鉴别，应结合临床病史。

二、脑脓肿

1. 病理：

(1) 急性脑炎期（局限性脑炎期，1 周内）：

① 表现为白质区水肿、渗出、灶性出血。

② 可伴小静脉血栓、局部脑膜反应等。

(2) 化脓期（7~14 天）：

① 病变中心化脓、坏死、液化形成脓腔。

② 周边为炎性肉芽组织及胶质增生，水肿开始减轻。

(3) 包膜形成期（2~4 周）：

① 包膜内壁为炎细胞带，中层为肉芽组织，外层为神经胶质增生。

② 脓肿壁厚可达 5mm。

(4) 脓肿溃破，常可形成子囊，可各处于不同阶段。

(5) 直径<10mm 者，为小脓肿；>10mm 者为大脓肿。

2. 临床：

(1) 1~2 周前多有全身其他部位感染病史，耳源性占 50%、血源性占 30%、外伤性< 10%。

(2) 多以癫痫为首发症状。

(3) 可伴有局部神经功能障碍、高颅压等。

(4) 包膜形成后症状缓解，脓肿溃破可使病情恶化。

3. X 线平片表现：

(1) 可有高颅压表现。

(2) 头面部炎症直接蔓延者，可发现副鼻窦、乳突炎症表现，如鼓室骨质破坏等。

4. CT 与 MRI 表现：

(1) 急性炎症期：可见皮层下白质区小片状水肿，CT 呈边界不清的低密度区，MRI 为T1WI 低信号、T2WI 高信号。

(2) 化脓期：

① 脓腔，CT 为低密度，MRI 为 T1WI 低信号、T2WI 高信号。

② 周围水肿，CT 为低密度，MRI 为 T2WI 高信号，呈指套状伸向皮层。

③ 脓肿壁：位于脓腔与水肿带之间，厚薄均匀，表现为 CT 等密度、MRI T1WI 等信号T2WI 低信号的环状结构。

(3) 增强扫描：

① 急性脑炎期无强化。

② 化脓期可见脓肿壁明显强化，呈环状高密度（信号）影，厚薄均匀，约 5mm，形态规则。

③ 脓腔溃破后，局部可见子病灶，或表现为内部分隔。

④ 脓腔内部不强化。

(4) 脑内小脓肿：

① 一种直径小于 10mm 的脓肿特称脑内小脓肿。

② 平扫仅可见小片状水肿区，占位效应轻，与低级别星形细胞瘤相似。

③ 增强后呈小环状或结节状明显强化。

④ 正规抗炎治疗 3 周后，明显好转。

5. 影像记忆特征：大片水肿+环状强化（环规则、壁厚度均匀）。

三、脑囊虫病

1. 病理：

(1) 是猪绦虫幼虫寄生于脑内、脑室内或蛛网膜下腔所致。

(2) 囊尾蚴进入颅内形成囊泡，为多发，大小 5~10mm，内含液体和头节。

(3) 虫体死亡后，头节钙化，囊液吸收并由纤维结缔组织修复。

2. 临床：

(1) 各种类型的癫痫发作及发作后一过性肢体瘫痪。

(2) 个别患者有高颅压、脑积水等表现。

(3) 脑膜型可有剧烈头痛、脑膜刺激征。

(4) 躯干、四肢皮下结节。

(5) 囊虫补体结合试验阳性。

3. X 线平片表现：

(1) 颅内钙化，表现为多发小点状致密影。

(2) 晚期可出现高颅压影像表现。

(3) 部分患者全身软组织内钙化，X 线可见梭形致密影。

4. CT 与 MRI 表现：

(1) 脑实质型：

① 多发小囊型，脑内多发弥漫分布的小囊状病变，大小 3~5mm，CT 低密度，MRI 呈T1WI 低信号、T2WI 高信号，增强后可见头节呈偏心小结节状强化。

② 单发大囊型，脑内圆形、分叶状囊性病变，边界清楚，大小 5~10mm，内部为均匀水样密度（信号），无头节影。囊壁可有轻度强化。

③ 多发钙化型，脑实质内多发小点状钙化影，直径 2~5mm，CT 高密度，MRI 低信号，增强无变化。

(2) 脑室型：

① 四脑室内多见，侧脑室次之，大小约 10~20mm，常伴阻塞性脑积水。

② CT 不能直接显示虫体，可见继发脑积水征象。

③ MRI 见脑室内囊性病灶，内部为脑脊液样信号，囊壁呈 T1WI 略高信号、T2WI 低信号细线状影。

④ 头节在 CT 上不能显示，MRI 隐约可见，呈等信号、偏心结节影。

⑤ 增强后囊壁可强化，头节于虫体活动期可强化，退变期不强化。

(3) 脑膜型：

① 脑底池、蛛网膜下腔变形，脑池造影可见充盈缺损影。

② 增强扫描常可见囊壁、软脑膜强化。

③ 并发脑积水较多见，表现为脑室系统对称性扩张。

5. 影像记忆特征："环中一个点"（囊壁环状强化+头节点状强化）。

四、病毒性脑炎

1. 病理：

(1) 病源为单纯疱疹病毒、乙型脑炎病毒、腮腺炎病毒等。

(2) 单纯疱疹病毒 I 型毒株：

① 感染成人，引起暴发性坏死性脑炎。

② 常侵犯一侧颞叶、岛叶、额叶眶回。

③ 局部神经和胶质成分丧失，合并广泛坏死和出血。

(3) 乙型脑炎病毒、腮腺炎病毒：

① 二者相似，主要累及双侧丘脑、基底节区。

② 双侧多不对称。

2. 临床：

(1) 不同病毒临床表现各异：

① 单纯疱疹病毒，常有上呼吸道、消化道感染，口唇单纯疱疹等病史。

② 乙脑病毒由蚊子传播，夏秋季节多发。

③ 腮腺炎病毒性脑炎，多为腮腺炎的并发症。

(2) 病毒性脑炎有一些共性临床表现：

① 发热、头痛、呆滞，定向障碍。

② 癫痫发作，呕吐、颈项强直。

③ 进展迅速，很快出现意识模糊、昏迷，甚至死亡。

3. CT 与 MRI 表现：

(1) 单纯疱疹病毒性脑炎：

① 颞叶、额叶下部灰白质界限消失，占位效应明显。

② 主要表现为血管源性脑水肿，MRI 显示早于 CT。

③ 水肿病灶内可见小片状出血，早期 CT 为高密度，MRI 信号随时间而异。

④ 增强，相邻脑膜明显强化；脑实质早期无强化，晚期病变区可见片状强化。

⑤ 晚期病变区出现脑萎缩。

(2) 乙型脑炎、腮腺炎病毒性脑炎：

① 双侧基底节区、丘脑区病变，占位效应不明显。

② CT 低密度，边界不清，MRI 呈 T1WI 低信号、T2WI 高信号，边界尚清。

③ 双侧不对称（这一点有鉴别意义）。

④ 增强后无明显强化。

第七节　脑变性疾病与脱髓鞘疾病

脑变性疾病和脱髓鞘疾病种类繁多，可分为遗传性、代谢性、中毒性、缺血性等。其共同病理基础是神经元变性及胶质细胞脱髓鞘或髓鞘形成不良，而神经元的轴突保持完整。这类疾病影像学上大多数缺乏特异性，最后诊断必须是临床+影像+实验室检查。MRI 是最佳影像检查方法，尤其是 T2WI、FLAIR、DWI、DTI、MRS 等方法。PET 能显示脑功能活动与代谢方面的信息，对于痴呆、癫痫、震颤麻痹、肌张力异常等有一定价值。

一、阿尔海默氏病

1. 病理：

(1) 大体表现为弥漫性皮质萎缩。

(2) 镜下见神经元丧失，伴胶质细胞增生。

2. 临床：

(1) 女性多见；有随年龄增加而增加的趋势。

(2) 多无高血压病史及脑血管意外病史。

(3) 进行性痴呆，占老年痴呆的 55% 左右。

(4) 临床主要是记忆力丧失，人格改变等。

3. CT 表现：

(1) 弥漫性脑萎缩，脑沟、脑裂增宽。

(2) 以颞叶前部、海马为著，颞角扩大。

(3) 双侧常不对称。

4. MRI 表现：

(1) 有上述 CT 所见。

(2) 测量海马径线，可具体量化评定海马萎缩程度。

(3) MRS 可显示海马区代谢异常：局部 NAA 含量减少，肌醇（MI）含量增加。

5. PET 表现：

(1) ^{18}F-FDG 代谢显像较常用，轻度及中度者，双侧顶叶代谢减低。

(2) 减低程度随痴呆严重程度和病程而增加。

二、帕金森病

1. 病理：

(1) 中脑黑质致密带、桥脑蓝斑区色素细胞丧失。

(2) 迷走神经背核神经元减少，伴胶质细胞增生。

2. 临床：

(1) 静止性震颤、步态缓慢、平衡困难、吞咽困难。

(2) 可继发抑郁、易怒、焦虑、认知力下降等。

3. CT 表现：弥漫性脑萎缩，但无特异性。

4. MR 特异表现：

(1) 黑质致密带萎缩、变窄，正常 T2WI 低信号消失。

(2) 双侧苍白球、壳核出现 T2WI 低信号。

(3) MRS 可显示中脑黑质、基底节区代谢异常：NAA 含量减少，Cho 含量增加。

5. PET 显示纹状体葡萄糖代谢率降低，血流灌注减少。

三、肝豆状核变性

1. 病理：

(1) 遗传性铜代谢异常性疾病。

(2) 铜在肝内沉积形成小叶性肝硬化。

(3) 在壳核、脑干、小脑齿状核、黑质沉积，造成神经元变性，伴胶质细胞增生。

(4) 在角膜沉积出现色素环（K-F 环）。

2. 临床：

(1) 青春期发病，有家族史。

(2) 血清铜降低，尿铜升高，血铜蓝蛋白降低。

(3) 肝硬化表现为肝功能障碍、蜘蛛痣、皮肤色素沉着、脾功能亢进等。

(4) 中枢神经系统症状表现为构音障碍、震颤、手足徐动症等。

3. CT 与 MRI 表现：

(1) 特异性表现：

① 双侧豆状核对称性病变，呈新月形或条状，可向下累及脑干或小脑。

② CT 低密度，MRI 上 T2WI 高信号，或低信号（低场机）。

③ 增强后无变化。

(2) 非特异性表现：脑萎缩、肝脏脂肪浸润、肝硬化等相应表现。

4. 影像记忆特征：肝功障碍+精神症状+角膜 KF 环+豆状核对称性病变。

四、多发性硬化

1. 病理：

(1) 髓鞘崩解，血管周围淋巴细胞、浆细胞浸润。

(2) 胶质细胞增生，胶原纤维增生，形成灰色斑块。

(3) 常为多发，好发于脑室周围、半卵圆中心，也见于脑干、颈髓、视神经。

2. 临床：

(1) 20~30 岁女性多发。

(2) 缓解、复发交替出现，症状逐渐加重。

(3) 主要表现为多灶性局灶性神经功能损害。

(4) 也可以合并或单独表现为视神经或脊髓症状。

3. CT 与 MRI 表现：

(1) 直角脱髓鞘征：

① 侧脑室周围、半卵圆中心或脑干多灶性病变。

② 呈圆形或梭形，长轴与侧脑室体部垂直。

(2) 硬化斑特点：

① 大小不一，新旧不一，活动与静止不一，混杂存在。

② CT 表现为等密度或低密度，边界不清。

③ MRI T1WI 表现为略低信号或等信号，T2WI 为高信号，边界清楚。

④ 增强扫描：硬化斑于活动期可见强化，呈均匀明显强化或周边强化。

4. 影像记忆特征：年轻妇女+多发结节+直角脱髓鞘征。

五、结节硬化

1. 病理：

   (1) 遗传性多器官错构瘤。

   (2) 可见皮层、白质内、脑室内小结节，内含致密胶原纤维、胶质细胞、神经元。

   (3) 室管膜下病灶多发生钙化。

   (4) 常伴室管膜下巨细胞星形细胞瘤、面部皮脂腺瘤等。

2. 临床：癫痫、智力障碍、皮脂腺瘤三大症状。

3. CT 与 MRI 表现：

   (1) 硬化结节：

   ① 双侧脑室周围或室管膜下多发小结节，大小不一，一般在 10mm 以内。

   ② 无占位效应。

   ③ 常发生钙化。

   ④ 在 CT 上表现为略高密度，可强化，钙化为高密度。

   ⑤ MRI 表现为 T1WI 等信号、T2WI 高信号，钙化无信号。

   (2) 可继发阻塞性脑积水、脑萎缩。

   (3) 常伴发室管膜下巨细胞星形细胞瘤，而出现相应表现（见颅内肿瘤一节）。

4. 影像记忆特征：室管膜下多发结节，多钙化。

六、肾上腺脑白质营养不良

1. 病因：先天性酰基辅酶 A 合成酶缺乏，脂质代谢紊乱，脑及肾上腺皮质细胞内长链脂肪酸堆积。

2. 病理：

   (1) 大脑白质广泛脱髓鞘，由枕后部向额前发展。

   (2) 肾上腺皮质萎缩。

3. 临床：

   (1) 3~14 岁起病，男性多见。

   (2) 进展迅速，于半年至 5 年内死亡。

   (3) 进行性偏瘫、偏盲，后期四肢瘫痪、痴呆。

   (4) 并可见皮肤色素沉着，皮肤折皱明显。

4. CT 与 MRI 表现：

   (1) 两侧脑室三角区周围对称性病变，并通过胼胝体相连，呈蝶翼状。

   (2) 由后枕区向前扩展，延伸到额叶。

   (3) 在 CT 上表现为低密度，在 MRI 上为 T2WI 高信号。

   (4) 增强后，活动期病变周边有强化，表现为不规则线样高密度（信号）。

   (5) 常伴脑萎缩：以锥体束、脑桥基底部、小脑为著。

5. 影像记忆特征：白质病变，对称分布，呈蝶翼状，由后向前发展。

七、橄榄脑桥小脑萎缩

1. 病理：

（1）小脑、小脑中脚、脑桥腹侧以及橄榄核明显萎缩。

（2）镜下见相应部位神经细胞脱失、胶质增生、神经纤维脱髓鞘。

2. 临床：

（1）男性多见，17~30 岁多发。

（2）遗传性小脑共济失调、头部震颤、言语不利及锥体外系症状。

（3）疾病呈慢性进行性发展。

3. CT 与 MRI 表现：

（1）CT 表现：脑桥、小脑萎缩，局部脑池增宽，无特异性。

（2）MRI 表现：

① 脑桥、橄榄体积缩小，小脑中脚及小脑半球萎缩。

② 桥前池、延髓前池、小脑上沟增宽，四脑室扩大。

③ 在 T1WI 矢状位上显示最佳，表现为"蜂鸟征"。

④ 在 T2WI 轴位像上可见桥脑"十字征"，表现为"十"形高信号。

4. 影像记忆特征：MRI 蜂鸟征、十字征。

八、急性播散性脑脊髓炎

1. 病理：

（1）脑与脊髓急性弥漫性炎性脱髓鞘病变，分布于白质内静脉周围。

（2）急性期主要是水肿，严重者可伴灶性出血。

（3）病变也可出现在脊髓内。

2. 临床：

（1）儿童、青少年多发。

（2）常于疫苗接种 2 周后急性发病。

（3）头痛、呕吐、脑膜刺激征、昏迷、抽搐、瘫痪等，常伴高热。

3. CT 与 MRI 表现：

（1）脑内多发病灶，CT 表现为低密度，MRI 为 T1WI 低信号、T2WI 高信号。

（2）可为较大片状，双侧不对称，位于大脑半球的皮质下区。

（3）也可表现为较小的病灶，呈对称性弥漫性分布于双侧脑室周围白质区。

（4）增强后明显均匀强化。

（5）少数可融合成团块状，少数可伴有内部出血。

（6）病变周围水肿明显，占位效应明显，侧脑室受压变形。

4. 影像记忆特征：疫苗接种史+多发病灶+明显强化。

九、一氧化碳中毒

1. 病理：

（1）脑白质对称性脱髓鞘改变。

（2）苍白球变性，重者坏死软化。

2. 临床：

（1）有 CO 中毒病史。

(2) 轻度者恶心、呕吐、头痛，重者昏迷。

(3) 后发脑病表现为恢复后再次出现昏迷或神经功能损害症状。

3. CT 与 MRI 表现：

(1) 中毒后 1~6 天：表现为双侧大脑半球对称性白质脑水肿。

(2) 1 周后：双侧苍白球对称性病变，CT 为低密度，MRI 为 T1WI 低信号、T2WI 高信号，边界清晰。

(3) 1 个月后：出现弥漫性脑萎缩，苍白球对称性软化灶。

4. 影像记忆特征：CO 中毒史+苍白球对称性病变。

第八节 先天畸形

一、分类

1. 器官形成障碍：

(1) 神经管闭合畸形，如脑脊膜膨出、胼胝体发育不良等。

(2) 神经元移行异常，如无脑回畸形、灰质异位等。

(3) 体积异常，如脑小畸形等。

(4) 破坏性病变，如积水型无脑畸形、穿通畸形等。

2. 组织发生障碍：

(1) 神经皮肤综合征，如结节硬化、神经纤维瘤病等。

(2) 血管性病变。

(3) 先天性肿瘤。

3. 细胞发生障碍：

(1) 先天代谢异常，如氨基酸尿症、脂质沉积症等。

(2) 脑白质营养不良。

(3) 神经元变性。

(4) 轴索营养不良。

二、Chiari 氏畸形

1. 病理：

(1) Ⅰ 型：

① 小脑扁桃体向下移位，进入椎管，下端低于枕大孔连线，超过 5mm。

② 延髓与第四脑室位置正常。

③ 常合并脊髓空洞。

(2) Ⅱ 型：

① 在 Ⅰ 型基础上，延髓与第四脑室亦向下移位，延髓与第四脑室拉长。

② 常合并有脑积水、脊膜膨出等畸形。

③ 枕大孔前后径达 43mm 以上。

2. 临床：

(1) Ⅰ 型症状出现晚，见于成人。

（2）Ⅱ型多见于婴幼儿，症状多，且较重。

（3）可有神经损害症状、共济失调等。

3. CT 与 MRI 表现：

（1）CT 价值有限，但是可发现并发的骨性异常，如颅底凹陷、环枕融合等。

（2）MRI 为首选检查方法。

（3）T1WI 正中矢状位观察畸形最好，T2WI 观察脊髓空洞最好。

（4）疑本病时，应对头部、头颈联合区、脊柱进行全面检查，以发现所有畸形。

（5）基本表现：小脑扁桃体变尖，低于枕骨大孔平面以下 5mm。

（6）Ⅰ 型：基本表现+其他畸形（脊髓空洞、脑积水、环枕融合、扁平颅底等）。

（7）Ⅱ 型：

① 基本表现。

② 四脑室变形呈泪滴状，延髓、脑桥拉长，延髓疝入椎管可与颈髓重叠。

③ 90%有幕上畸形，如脑积水、胼胝体发育不良等。

④ 50%以上合并脊柱脊髓畸形，如脊髓空洞、脊髓纵裂、脊膜膨出等。

4. 影像记忆特征：小脑扁桃体下疝>5mm。

三、丹瓦畸形（Dandy-Walker 综合征）

1. 病理：

（1）小脑蚓部发育不良或完全缺如。

（2）四脑室背部开放，与枕大池相通，共同形成巨大囊肿。

（3）小脑半球、脑干、导水管受压，继发幕上脑积水。

（4）70%合并其他中枢神经系统畸形。

2. 临床：

（1）80%发病较早，1 岁以前就诊。

（2）头颅前后径加大，呈舟状。

（3）可有高颅压、运动迟缓、共济失调等。

3. X 线平片表现：

（1）脑积水、高颅压征象。

（2）在小儿可表现为颅缝增宽，前囟扩大。

（3）后颅窝膨大，枕骨变薄，横窦压迹抬高等。

4. MRI、CT 表现：

（1）后颅窝扩大，枕骨变薄，直窦、窦汇上移至人字缝以上。

（2）小脑蚓部缺如或缩小，半球缩小。

（3）四脑室向后扩大，与枕大池共同形成小脑后囊肿。

（4）脑干前移，桥前池、桥小脑角池消失。

（5）常合并幕上脑积水，MRI 矢状位正中层面 T1WI 可显示导水管狭窄。

四、胼胝体发育不良及胼胝体脂肪瘤

1. 病理：

（1）胼胝体体部完全或部分缺如。

(2) 第三脑室上移，双侧脑室分离。

(3) 常伴发脂肪瘤或其他颅脑畸形。

2. 临床：

(1) 大多数病人无症状，就诊较晚。

(2) 轻度者，视觉障碍，交叉触觉定位障碍。

(3) 重度者，癫痫发作，智力发育落后。

(4) 可发生脑积水、高颅压等症状。

3. CT 表现：

(1) 双侧脑室分离、后角扩张，呈蝙蝠翼状，轴位图像上可见三脑室上抬，插入侧脑室之间。

(2) 合并脂肪瘤时，可见中线部位条状、弧线状低密度影，CT 值-30~-70Hu。

4. MRI 表现：

(1) MRI 矢状位 T1WI 图像显示：胼胝体体部变小或完全缺如。

(2) 扣带回脑沟随三脑室上移，呈放射状排列。

(3) 顶、枕叶、距状裂汇聚点消失。

(4) 合并脂肪瘤时，可见中线部位条状、弧线状 T1WI、T2WI 高信号影。

五、脑灰质异位

1.病理：

(1) 胚胎发育过程中，成神经细胞未能移至皮层表面，部分残留在大脑深部白质中。

(2) 结节型，多发灰质结节，分布于室管膜或皮质下。

(3) 带状型，弥漫性神经元移行异常，异位灰质位于皮质下区，呈带状。

2. 临床：

(1) 病灶较小者无症状。

(2) 较大者，癫痫发作、精神呆滞。

3 CT 与 MRI 表现：

(1) CT 在白质内发现异常团块，与灰质等密度，增强无变化。

(2) MRI 在脑白质内清楚显示与灰质等信号的异常团块。

(3) MRS 显示病变部位波谱与大脑皮层波谱相同。

(4) 半卵圆中心较常见。

六、蛛网膜囊肿

1. 病理：

(1) 是脑脊液在脑外局限性的异常聚集。

(2) 囊腔与蛛网膜下腔不通。

(3) 多为先天性，也可继发于外伤、感染或开颅手术后。

2. 临床：

(1) 大多数无症状。

(2) 较大者，出现与颅内肿瘤相似的表现，如癫痫发作、轻瘫、高颅压等症状。

3. X 线平片表现：可见局部颅骨压迫变薄、颅壁外突、颞极部囊肿可出现蝶骨小翼抬高、蝶骨嵴前移。

4. CT 与 MRI 表现：

(1) 局部脑裂或脑池扩大，发生在外侧裂的病变常呈方形。

(2) CT 上多为均匀水样密度。

(3) MRI 上多表现为脑脊液样信号，少数因含蛋白成分而出现 T1WI 高信号。

(4) 增强扫描无变化，平扫与增强扫描不能显示囊肿壁。

(5) 局部颅骨变薄、膨隆，局部脑组织受压移位。

七、脑裂畸形

1. 病理：

(1) 大脑半球的裂隙深达室管膜。

(2) 表面软脑膜一同深入，并与室管膜融合。

(3) 大脑皮层灰质一同深入或异位。

2. 临床：难治性癫痫，运动障碍，智力低下，发育迟缓。

3. CT 与 MRI 表现：

(1) MRI 较 CT 更能清晰显示异常，以 T1WI 观察最好。

(2) 大脑表面裂隙延伸到深部，直达室管膜。

(3) 裂隙两侧为灰质信号，并不规则增厚，与相临皮质结构相延续。

(4) 常伴脑积水、多小脑回畸形、胼胝体发育不良等畸形。

第三章　脊柱、脊髓内外科医学影像基础

对于椎体、椎小关节及脊柱整体序列异常，仍以 X 线正侧位片为常规检查方法。但是细小的骨质破坏、骨折、小的钙化等以 CT 为佳。观察髓内病变及椎管内病变，应首选 MRI。SPECT 对于椎体病变的鉴别诊断有一定意义。

第一节　检查方法与正常影像表现

一、检查方法

1. 脊柱 X 线平片：
   (1) 方法简单，主要用以观察脊柱骨质病变。
   (2) 常规拍摄正位、侧位片。
   (3) 为了观察椎弓或椎间孔可加拍斜位片。
   (4) 椎体的体表定位标记：
   　① 双臂下垂，肩胛下角连线平第 7 胸椎。
   　② 剑突平第 11 胸椎。
   　③ 脐上 2cm 相当于第 3 腰椎水平。
   　④ 两侧髂骨上缘连线平第 4、5 腰椎间隙。
   　⑤ 髂前上棘连线相当于骶 2 椎体水平。
2. 脊髓血管造影：
   (1) 采用导管技术，选择性脊髓动脉的造影。
   (2) 可直接显示脊髓动、静脉血管。
   (3) 用于血管性疾病如脊髓血管畸形的诊断与介入治疗。
3. 脊柱脊髓 CT 和 MRI：是目前脊柱脊髓病变的主要检查方法。
4. MRI 脊髓造影（MRM）：
   (1) 采用水成像+脂肪抑制技术对脊髓蛛网膜下腔进行成像。
   (2) 具有无创、多方位成像的特点。
   (3) 主要用于椎管内肿瘤、蛛网膜下腔粘连、根鞘囊肿等疾病的诊断。
5. CT 脊髓造影（CTM）：
   (1) 将碘对比剂经腰穿注入脊髓蛛网膜下腔后，进行 CT 扫描，一般采用即刻扫描结合延迟扫描。
   (2) 用于椎管内肿瘤、脊髓空洞症的诊断，现已少用。
6. 脊髓造影：
   (1) 将碘对比剂经腰穿注入脊髓蛛网膜下腔后，拍 X 线正、侧位片。
   (2) 观察对比剂的流动与充盈情况。
   (3) 主要用于椎管内占位性病变、蛛网膜粘连等的诊断。

二、正常脊柱 X 线平片表现

1. 脊柱：

（1）可显示正常生理曲度。

（2）可显示椎体序列，侧位片上各椎体前、后缘连线呈连续的光滑曲线。

2. 第 1 颈椎（即寰椎）：

（1）可显示前弓后弓两部分，后弓上缘有椎上切迹，椎动脉经此沟进入枕大孔。

（2）侧位像上前弓后缘与齿状突前缘的距离，成人<2mm，儿童<4mm。

3. 第 2 颈椎（即枢椎）：

（1）椎体上部为齿状突，二者之间为软骨线，5 岁以后融合。

（2）齿状突顶端的二次骨化中心 6 岁出现，12 岁融合，不要误认为骨折线。

（3）张口位拍片，示齿状突居中，双侧寰枕关节、寰枢关节间隙对称。

4. 椎体：

（1）成人为长方形，上下较扁。

（2）整体看，由颈到腰，椎体逐渐增大。

（3）骨皮质较薄且均匀，中间为松质骨。

5. 椎弓根：

（1）正位上与椎体重叠，呈椎体两侧骨皮质下区椭圆形透亮影（似一幅眼镜）。

（2）两椎弓根内缘代表椎管侧壁，两者间距，颈段平均 29mm，胸段平均 18mm，腰段平均 35mm。

（3）侧位像上位于椎体后方，构成椎间孔的上下缘。

6. 椎板：

（1）侧位像上位于棘突和椎弓根之间。

（2）两侧椎板之间有一纵行裂隙，该裂隙在寰椎和腰骶段 5 岁后融合；其他椎体 1 岁末开始融合。

7. 棘突：

（1）在正位像上呈一扁环状致密影，位于椎体之中部，大部分与椎体影重叠。

（2）侧位像上颈、腰段显示良好，胸段不易显示。

8. 横突：

（1）正位像上易于观察，侧位像上与椎体重叠。

（2）颈椎横突粗短，胸椎横突与肋骨重叠，腰椎横突明显，以腰 3 横突最长。

9. 关节突：

（1）上下关节突构成椎小关节，关节间隙在 X 线平片上为双侧对称的线样透亮影。

（2）颈胸段关节面呈冠状位，宜用侧位像观察。

（3）腰段椎小关节面呈 45 度倾斜，所以用斜位显示最清楚。

10. 椎间隙：

（1）两椎体之间的椎间盘为一水平的透亮带。

（2）其高度自上而下逐渐增大。

（3）成人颈段平均 5mm，胸段平均 8mm，腰段平均 10mm，腰骶间隙变异较大。

11. 椎间孔：

(1) 斜位显示颈段椎间孔最佳，呈椭圆形透亮影，上下径略大。

(2) 颈 2~颈 5 依次缩小，颈 5 以下逐渐增大。

(3) 胸段椎间孔最小，腰段最大，侧位上即可观察。

12. 椎旁软组织：

(1) 寰椎前弓前方为后鼻孔，儿童期淋巴腺体丰富，鼻咽后壁略厚。

(2) 颈 2~3 椎体前方为口咽部后壁。

(3) 胸椎左侧细线样致密影，纵向走行，称椎旁线，为左肺内缘胸膜反折影。

(4) 腰椎两侧的腰大肌影呈向外下斜行走向的三角形软组织影，与周围脂肪低密度形成对比。

13. 腰骶角：

(1) 是指骶 1 椎体上缘连线与水平线之间的夹角。

(2) 正常值 34°，大于此角代表腰椎不稳。

三、正常脊柱脊髓 CT 表现

1. 扫描方法：

(1) 脊柱 CT 首先需扫定位像，定位像分辨率有限。

(2) 最终诊断还需定好位置后再行轴位扫描。

(3) 具有代表性的有经椎体、经椎弓根、经椎间孔、经椎间盘四个层面。

2. 骨性结构：

(1) 椎体：

① 轴位图像上前方的椎体为圆形、扁圆形高密度影。

② 骨皮质为连续光滑的均匀细线样高密度，边界清楚。

③ 松质骨密度略低，骨小梁为点状高密度影。

④ 椎体后缘正中可见到基底静脉穿入形成低密度小凹陷。

(2) 椎小关节：

① 间隙对称，光滑、完整，宽约 2~4mm。

② 在颈段呈水平排列。

③ 在胸段近乎冠状排列。

④ 到腰骶段逐渐变成向后外 45°的斜矢状排列。

(3) 骨性椎管：

① 由椎体、椎弓根、椎板和棘突围成，呈圆形或三角形。

② 矢状径平均 16~17mm，小于 11.5mm 为骨性椎管狭窄；横径 20~24mm，下限 16mm。

(4) 侧隐窝：

① 整体呈漏斗状。

② 前壁是椎体后缘，后壁为上关节突前缘，侧方为椎弓根内侧面。

③ 前后径正常时大于 5mm。

(5) 椎间孔：

① 呈卵圆形，位于椎管前外侧面。

② 前壁为椎体后缘，后壁为椎小关节前缘，上下壁为椎弓根上下缘。

③ 内上方经侧隐窝与椎管相通相连。

④ 椎间孔上部有神经根穿行。

3. 韧带：

(1) 黄韧带，呈软组织密度，椎间盘层面观察较好，位于双侧椎板与椎小关节突内侧面，呈"V"字形，厚度2~4mm，大于5mm为黄韧带肥厚。

(2) 后纵韧带，正常时难以显示，肥厚钙化时才能显示。

4. 硬膜囊：

(1) 硬膜囊位于椎管内，因周围脂肪间隙的低密度衬托显示清楚。

(2) 硬膜囊呈圆形、边界光滑的略低密度影。

(3) 硬膜囊内蛛网膜下腔与脊髓难以区分。

(4) 马尾神经、终丝显示为硬膜囊水样密度背景上均匀排列的圆点状软组织密度影。

(5) 椎管内脂肪间隙厚度在各节段差异较大，腰骶段较丰富。

5. 神经根鞘：

(1) 走行于硬膜囊外、椎间孔内的脂肪间隙内，含脑脊液与背根神经节。

(2) 背根神经节，位于硬膜囊前外方，经侧隐窝向前外下出椎间孔，呈略低密度。

四、正常脊柱脊髓 MRI 表现

1. 骨性结构：

(1) 椎体及附件在 SE 序列 T1WI、T2WI 矢状位、冠状位上均可满意显示。

(2) 松质骨为中高信号，骨皮质为线样低信号，椎间孔内、椎管内脂肪呈高信号。

(3) 椎小关节间隙规整，关节内滑膜、滑液、软骨共同形成线样 T2WI 高信号。

(4) 在冠状位图像上可以观察寰枕关节、寰枢关节，双侧对称，齿状突居中。

2. 椎间盘：

(1) 正常椎间盘在矢状位 T2WI 上可显示 5 层结构：

① 上下软骨板为紧邻椎体上下骨板的软骨结构，为低信号；

② 纤维环环绕一周，在矢状位上表现为两个较薄的新月形低信号影，与软骨板不易区分。

③ 中央髓核呈一梭形高信号。

④ 髓核中心部可见一水平线样低信号。

(2) 在 T1WI 上椎间盘与椎体信号接近。

3. 韧带：

(1) 后纵韧带为低信号，与椎体后缘骨皮质、纤维环、硬膜囊前缘等共同构成一纵行低信号线。

(2) 黄韧带在所有序列上均为低信号，呈"V"形位于双侧椎小关节内侧面。

(3) 发生钙化时，韧带表现仍为低信号，但是厚度增加，蛛网膜下腔的 T2WI 高信号线受压变形。

4. 脊髓：

(1) MRI 可清楚显示脊髓全程走行及内部结构。

(2) 矢状位位于椎管中心，呈带状中等信号，边缘光滑，正常中央管可不显示。

(3) 轴位可显示中央灰质，呈"蝴蝶形"，T2WI 呈略高信号，皮髓质分界清晰。

(4) 颈髓前后径 6~8mm，横径 7~12mm，胸髓前后径 5~7mm，横径 7~9mm。

(5) 颈 4~6 节段可见颈膨大，横径可达 12~15mm，胸 12 腰 1 椎体节段脊髓圆锥显示清楚。

(6) 冠状位可观察神经根、神经根鞘。

5. 蛛网膜下腔：

(1) 因含脑脊液，呈 T2WI 高信号，T1WI 低信号。

(2) 矢状位光滑、均匀地分居脊髓前后，轴位均匀环绕脊髓一周。

(3) 其内静脉丛、纤维组织及马尾神经呈散在点状低信号。

(4) 硬膜呈低信号线样影，包绕蛛网膜下腔。

(5) 磁共振脊髓造影（MRM）可较好显示蛛网膜下腔及神经根鞘。

第二节　脊柱脊髓先天畸形

一、脊柱闭合不全

1. 病理：

(1) 是一组脊柱中线结构融合上的缺陷。

(2) 包括椎体先天畸形、脊膜、脊髓、脂肪膨出等。

2. 临床：

(1) 脊柱侧弯、后凸等成角畸形。

(2) 背部皮肤色素沉着、凹陷、毛发增生、皮毛窦等，中线上软组织包块。

(3) 进行性下肢运动障碍、感觉障碍。

(4) 排尿、排便障碍或失禁。

3. 影像表现：

(1) 脊椎裂：两侧椎板至 5 岁仍未融合，之间仍可见一纵行裂隙，宽度超过 2mm。

(2) 蝴蝶椎、半椎体：

① X 线正位像上椎体呈蝴蝶结或半蝴蝶结样。

② 侧位像上显示脊柱序列紊乱、病变椎体呈楔形改变。

(3) 脊膜、脊髓、脂肪膨出：

① 发生在脊椎裂的基础上。

② 膨出内容物为脑脊液，叫脊膜膨出，CT 为水样密度，MRI 多为脑脊液样信号。

③ 内容物含有神经根叫脊膜脊髓膨出，也可表现为由椎管向外膨出的一条或多条纤维索条影，CT 为等密度，MRI 为低信号。

④ 内容物含有脂肪的叫脊膜脊髓脂肪膨出。

⑤ 一般伴发局部椎管扩大，椎管内或腰骶部脂肪堆积，有时内外脂肪影相连。

二、颅颈交界区畸形

1. 病理：

(1) 枕骨、上颈椎及该区域的多种畸形常同时存在，临床表现相似。

(2) 这些畸形包括：颅底凹陷、寰枕融合、寰枢椎脱位、Chiari's 畸形等。

2. 临床：

(1) 这组症状统称为：枕大孔区综合症。

(2) 早期表现为体位性四肢无力、感觉异常，头颈部恢复正常位置后症状消失。

(3) 慢性后枕部疼痛、僵直性斜颈。

(4) 逐渐加重的高颈髓压迫症状，进行性四肢瘫痪与感觉障碍，小脑性共济失调、后组颅神经麻痹等。

3. 颅颈交界区畸形在 X 线侧位片及 MRI 矢状位上可明确显示相应改变。

(1) 颅底凹陷：

① 枕骨大孔区颅骨向颅腔内陷入。

② 齿状突向上移入颅腔，后颅窝体积变小。

③ 颅底凹陷诊断标准：

a. 基底角增大：基底角，是指鼻根至蝶鞍中心点连线，与蝶鞍中心点到枕骨大孔前缘连线的夹角，正常时 109°~148°。

b. Chamberlain 氏线：在 X 线侧位片及 MRI 正中矢状方位像，从硬腭到颅后点的（枕大孔后缘的中点）连线。齿状突尖超出此线 1/3 为异常。

c. McGregor 氏线：在 MRI 正中矢状方位像，以硬腭到枕骨凹弧线下缘之间的连线，和Chamberlain 氏线意义相同。

d. Fischgold 氏二腹肌沟线：在 MRI 冠状位像，于二腹肌沟处划一正切线，说明了此线与颅底位置的关系。如颅底在此线以上，说明有颅底凹陷。有人将此线与齿状突尖的位置相联系。

e. Wachenheim 氏线：在 MRI 正中矢状位像上，沿斜坡后缘划一条线，齿状突应位于此线以下，任何交叉都提示是异常。

f. Klaus 高度指数：枢椎齿状突至鞍结节与枕内粗隆连线的垂直距离，正常时>30mm。

(2) 寰枕融合畸形：

① 寰椎与枕骨下缘融合，或部分融合。

② 寰椎向一侧旋转或倾斜。

③ X 线头颅侧位片或 MRI 矢状位上观察较好。

(3) 寰枢椎脱位：

① 寰椎横韧带发育不良或枢椎齿状突发育不良。

② 颈椎侧位平片、MRI 矢状位上齿状突至寰椎前弓的距离，正常时儿童不超过 4mm，成人不超过 2mm；脱位或半脱位时，超过这个数值。

③ 平片张口位、MRI 冠状位上双侧寰枢关节、寰枕关节不对称。

④ 上段颈椎管狭窄，局部脊髓受压。

(4) Chiari's 畸形（见第二章第八节）。

三、脊髓空洞

1. 病因：肿瘤、外伤、先天畸形、炎症粘连以及特发性脊髓空洞。

2. 病理：

(1) 包括脊髓空洞和中央管积水。

(2) 空洞为脊髓内的空腔，内部是黄色液体，衬以胶质细胞形成的膜，与脊髓中央管不通。

(3) 中央管积水，是中央管囊状扩张，内衬以室管膜细胞。

(4) 病损阶段脊髓可轻度膨大。

3. 临床：

(1) 原发疾病的症状。

(2) 特征性的表现为分离性感觉障碍+下运动神经元障碍。

4. CT 与 MRI 表现：

(1) CT 用软组织窗可发现脊髓内部边界清楚的囊腔，呈水样密度。

(2) CT 脊髓造影后延迟 6 小时以上扫描，可见脊髓中央高密度。

(3) MRI 矢状位显示髓内囊腔为梭形、管状或串珠状脑脊液信号。

(4) 病损阶段脊髓增粗或萎缩变细。

(5) MRI 轴位 T2WI 偶回波增强效应，可观察空洞中液体的动力学改变，与髓内软化灶可鉴别。

四、原发性脊髓栓系综合征

1. 病理：

(1) 是指脊髓圆锥低于正常位置 1 个椎体以上。

(2) 儿童脊髓圆锥约平腰 2、3 椎间隙水平，成人平腰 1 椎体下缘。

(3) 同时伴有终丝增粗或终丝脂肪瘤。

2. CT 与 MRI 表现：

(1) CT 窄窗可见正常圆锥以下硬膜囊内的多个小圆点马尾神经密度被脊髓密度取代。

(2) MRI 矢状位可显示脊髓圆锥的位置低于正常 1 个椎体以上，且紧贴椎管后缘下行（栓系）。

(3) 脊髓信号正常。

(4) 多数同时伴有终丝增粗，直径大于 2mm。

(5) 终丝增粗常合并脂肪瘤：

① MRI 表现为终丝内线样 T1WI 高信号影。

② CT 可见硬膜囊内小圆形极低密度影。

3. 影像记忆特征：脊髓圆锥变细，并向下延伸。

五、脊髓纵裂

1. 病理：

(1) 胚胎发育过程中，脊索异常而使脊髓自中间分开成为左右两半。

(2) 有的裂开一段后又汇合，形成一个终丝。有的一直分开，形成两个终丝。

(3) 两个半脊髓大小相等，均较其上方的正常脊髓为细。

(4) 半数患者，两个半脊髓有各自独立的蛛网膜和硬膜囊。

(5) 大多发生在胸 9~骶 1 椎体水平。

(6) 半数患者分裂的脊髓之间有骨性、软骨性或纤维性分隔。

2. 临床：

(1) 临床表现缺乏特异性，可发生在任何年龄，女性多见。

(2) 半数病人无症状。

(3) 半数可出现皮肤异常；44%的患者有足部畸形。

3. CT 与 MRI 表现：

(1) CT 与 MRI 轴位可显示两个半脊髓，MRI 冠状位能显示其发生与终止部位。

(2) CT 显示中间分隔优于 MRI，尤其是骨性分隔，表现为椎管中央的纵行骨嵴。

4. 影像记忆特征：脊髓一分为二，中间可见骨嵴。

第三节　脊椎及椎管内肿瘤

椎管内肿瘤可分为髓内肿瘤、髓外硬膜下肿瘤、硬膜外肿瘤几类。椎体肿瘤包括椎体及附件肿瘤。椎管内肿瘤的共同症状与体征是肿瘤压迫脊髓，出现进行性受压平面以下肢体运动、感觉、反射、括约肌功能以及皮肤肌肉营养障碍等。

一、脊髓室管膜瘤

1. 病理：

(1) 最常见，居髓内肿瘤第一位。

(2) 起源于脊髓中央管室管膜细胞，60%位于脊髓圆锥部、马尾及终丝内，少数发生在颈髓。

(3) 呈膨胀性生长，与脊髓组织分界清楚，发生种植转移及脊髓空洞较多见，为特征性表现。

(4) 绝大多数为良性肿瘤。

(5) 血供丰富，易发生周边出血。

2: 临床：

(1) 30~70 岁为高发年龄。

(2) 生长缓慢，症状较轻，就诊常较晚。

(3) 双下肢或马鞍区麻木、下腰痛为最常见症状。

(4) 伴蛛网膜下腔出血时突然疼痛加重。

3. CT 与 MRI 表现：

(1) 脊髓、脊髓圆锥、终丝局限性增粗。

(2) 位于圆锥以下时，瘤体呈分叶状或球状。

(3) 位于圆锥以上时，瘤体呈长圆形或腊肠状，与脊髓长轴一致。

(4) 呈向心性生长，边界清楚。

(5) CT 瘤体呈略低密度，囊变区密度更低。

(6) MRI 瘤体与脊髓相比为 T1WI 等信号，T2WI 高信号。

(7) MRI 常可见肿瘤边缘短 T2WI 低信号线样影，代表陈旧性出血。

(8) 半数有囊变，多伴病变上下方脊髓空洞。

(9) 增强：瘤体明显强化，囊变区无变化，种植灶也呈明显强化。

4. 影像记忆特征：脊髓圆锥区肿瘤+明显强化+合并脊髓空洞。

二、脊髓星形细胞瘤

1. 病理与临床：
   (1) 为儿童最常见的髓内肿瘤；多为良性，预后较好。
   (2) 内部常发生小的、多发的、偏中心的囊变区。
   (3) 病变上下方脊髓空洞常见。
   (4) 进行性下肢运动障碍、感觉障碍。
2. CT 与 MRI 表现：
   (1) 脊髓弥漫性增粗，病灶边界不清，硬膜外脂肪间隙消失。
   (2) CT 为等密度，囊变区为低密度。
   (3) MRI 呈 T1WI 等信号、T2WI 等信号。
   (4) 增强后，CT 不强化，MRI 表现为斑片状或囊变区周边的环状强化。
   (5) 肿瘤上下方可见脊髓空洞。
3. 影像记忆特征：儿童脊髓局部增粗+轻度强化+脊髓空洞。

三、脊膜瘤

1. 病理：起源于硬脊膜，大多数位于髓外硬膜内，10%可发生钙化。
2. 临床：好发于女性，中年以上发病，50~70 岁多发。
3. CT 与 MRI 表现：
   (1) CT、CTM、MRI 均可做出定位诊断，以 MRI 矢状位、冠状位最清楚。
   (2) 直接征象为椎管内肿块，呈圆形或梭形，边界清楚。
   (3) 多位于脊髓正前方或正后方；脊髓受压向对侧移位。
   (4) 肿瘤对侧蛛网膜下腔变窄或消失，同侧蛛网膜下腔增宽。
   (5) CT 为等或略高密度，内部偶可见小点状钙化密度。
   (6) MRI，与脊髓相比为 T1WI 低信号、T2WI 高信号，内部信号均匀。
   (7) MRI 可以清楚显示肿瘤与脊髓间低信号线及"脊髓抱瘤症"。
   (8) 增强后：
      ① CT、MRI 均明显均匀强化。
      ② MRI 可见肿瘤以广基底与硬膜相连，可见脊膜尾征。
4. 影像记忆特征：椎管内肿瘤+"等对高"+脊膜尾征。

四、神经鞘瘤

1. 病理：
   (1) 起源于神经根雪旺氏细胞。
   (2) 在脊柱各段发生率相等；大多数位于髓外硬膜内，呈哑铃形。
   (3) 少数可发生钙化。
2. 临床：
   (1) 表现与椎间盘突出相似，神经根性疼痛最常见。
   (2) 病程后期可出现脊髓压迫症状。
3. CT 与 MRI 表现：

(1) 具有髓外硬膜内肿瘤的共同特征，与脊膜瘤相似。

(2) 肿瘤有包膜，边界清楚，一般单发。

(3) 呈圆形或哑铃形，可经椎间孔延伸到椎管外。

(4) CT 骨窗可清楚显示上下椎弓根骨质吸收变薄、椎间孔扩大。

(5) CT，肿瘤为等或低密度，少数可发现钙化高密度影。

(6) MRI，肿瘤呈略低或等 T1WI 信号，在 T2WI 上呈高信号。

(7) 增强后，CT、MRI 均表现为明显均匀强化。

4. 影像记忆特征：椎管内外哑铃形+椎间孔扩大。

五、神经纤维瘤病（Neurofibromatosis，NF）

1. 分型：

(1) I 型（NF-I），外周型，占 90%以上。

(2) II 型（NF-II），中枢型。

2. 病理：多发性遗传性斑痣错构瘤。

3. 临床：

(1) NF-I：

① 为慢性进行性疾病，可表现为多器官异常。

② 皮肤：咖啡样奶油斑，腋窝雀斑。

③ 眼部：虹膜色素错构瘤（lisch 结节）、视神经胶质瘤。

④ 特征性骨缺陷，如蝶骨大翼发育不全等。

⑤ 周围神经异常，如丛状神经纤维瘤等。

(2) NF-II：

① 都有中枢神经系统病变，而皮肤表现极轻微。

② 可表现为：双侧听神经瘤、或一侧听神经瘤伴脑膜瘤或胶质瘤或青少年晶状体混浊等。

4. X 线平片表现：可见骨缺损，脊柱发育畸形，椎间孔、视神经管、内听道扩大等。

5. DSA 表现：可显示 NF-I 的血管畸形，85%为血管狭窄，如烟雾病等。

6. NF-I 的 CT、MRI 表现：

(1) 胶质增生斑：

① 5~10 岁儿童多发。

② 双侧苍白球、丘脑、脑干、胼胝体后部、小脑白质病变，呈圆形、片状，CT 为低密度影，MRI 为 T1WI 等信号、T2WI 高信号影，边界清楚。

③ 无强化，无占位效应。

(2) 胶质瘤：视神经胶质瘤最多见，CT 低密度，MRIT1WI 低信号，T2WI 略高信号，一般无强化。

(3) 丛状神经纤维瘤：沿三叉神经第一支分布，CT 为等密度，MRI 呈 T1WI 低信号，T2WI 略高信号，易囊变，增强后明显强化。

(4) 椎管神经纤维瘤：呈哑铃形跨越椎管内外，CT 显示椎间孔扩大，MRI 肿瘤呈 T1WI 低信号，T2WI 高信号，可强化。

(5) 其它：脊椎闭合不全、蝶骨大翼发育不全、蛛网膜囊肿、巨脑畸形等。

7. NF–II 的 CT、MRI 表现：

(1) 脑神经鞘瘤：

① 可发生于 III~XII 对脑神经，最常见于听神经、三叉神经，且多为双侧。

② 表现为桥小脑角区边界清楚的肿块，大小常不对称。

③ 内部信号不均，主体呈 T1WI 低信号，T2WI 高信号。

④ 增强后呈明显不均--强化。

(2) 脑膜瘤：一般年龄较小，位置不定，多发者叫脑膜瘤病，表现同一般脑膜瘤。

(3) 脊神经多发神经鞘瘤：

① 以肢体远端周围神经、脊神经根及马尾神经多见。

② 肿瘤较大。

③ 常为双侧、多发病变。

④ CT、MRI 表现同一般神经鞘瘤。

(4) 其他：颅内异常钙化，如脉络丛、小脑大脑皮质区等。

8. 影像记忆特征：奶油斑+骨改变+多发神经鞘瘤。

六、椎体血管瘤

1. 病理：

(1) 椎体松质骨内血管窦海绵状扩张。

(2) 下段胸椎和上段腰椎多见，可累及多个椎体，很少同时累及附件。

(3) 较大血管瘤为：

① 累及整个椎体，使椎体膨大，椎管狭窄。

② 扩展到骨外，可形成椎旁软组织肿块。

2. 临床：多无症状，较大时可导致压缩性骨折或继发椎管狭窄而出现相应症状。

3. X 线平片表现：受累椎体骨质疏松；垂直骨小梁粗而显著，呈栅栏状，具有特征性。

4. CT 表现：

(1) 椎体膨大，可见边界清楚的低密度病变。

(2) 内部有粗大的点状高密度影，称为梅花点征，具有特征性。

5. MRI 表现：

(1) 椎体内部类圆形病变，呈 T1WI、T2WI 均为高信号。

(2) 病变内可见纵行低信号骨小梁影，轴位上为点状低信号的"梅花点"影。

(3) 延伸到骨外的瘤体呈 T1WI 等信号、T2WI 高信号。

(4) MRI 可显示椎管狭窄、脊髓受压情况。

6. 影像记忆特征：椎体内病变，病变内栅栏状，CT、MRI 轴位"梅花点征"。

七、脊索瘤

1. 病理：

(1) 起源于异位脊索残留组织。

(2) 低度恶性，转移少，生长慢。

(3) 好发于脊柱两端，如鞍区、骶尾部。

2. X 线平片表现：

(1) 骶骨正位平片：

    ① 早期骶孔消失。

    ② 中心性骨质破坏，呈溶骨性改变。

    ③ 肿瘤边界清楚，溶骨区内可见小片状钙化。

(2) 骶骨侧位平片：

    ① 骶骨膨大。

    ② 肿瘤向前伸入盆腔，肠管、盆腔脏器受压前移。

    ③ 向后可于臀部形成肿块。

(3) 很少出现骨质硬化改变。

3. CT 表现：

(1) 发现小片状钙化更容易，具有一定特征性，可借此与巨细胞瘤相鉴别。

(2) 骶骨软组织肿块，密度不均，可有强化。

4. MRI 表现：

(1) 骶骨肿块，T1WI 呈低信号，T2WI 呈混杂高信号。

(2) 多方位成像可清楚显示肿瘤范围，尤其是盆腔内侵犯。

(3) 可显示骶孔、神经根受累情况。

八、椎体多发性骨髓瘤

1. 病理：

(1) 起源于骨髓的恶性肿瘤。

(2) 病变多发，主要累及不规则松质骨，半数累及椎体。

2. 临床：

(1) 好发于 40~60 岁，男多于女 2 倍。

(2) 骨痛，骨质疏松、压缩性骨折。

(3) 骨穿：骨髓增生，可见骨髓瘤细胞。

(4) 化验：全血性贫血，血浆总蛋白、球蛋白增多，清球比倒置，血钙升高，碱性磷酸酶正常。

(5) 尿本–周氏蛋白阳性，具有特征性。

3. X 线平片表现：

(1) 多发性穿凿样骨破坏区，大小相近，直径 1~3cm，边缘清楚，无骨硬化。

(2) 各破坏区不断扩大，相互融合，形成广泛骨质破坏。

(3) 很少出现骨膜反应。

(4) 椎体压缩性骨折常见，骨折后局部出现骨硬化。

4. CT 表现：

(1) 表现为不规则骨松质内圆形低密度病灶，边界清楚。

(2) 破坏区周围无骨质增生。

(3) 增强后可强化。

5. MRI 表现：

(1) T1WI 显示较好，呈低信号，边界清楚的圆形病变。

(2) T2WI 为高信号，尤其是 Flair 序列更为明显。

(4) MRI 增强不能提供更多信息。

(5) 常伴压缩性骨折。

6. 影像记忆特征：多发穿凿样骨质破坏+无硬化边+无骨膜反应+尿本周蛋白阳性。

九、脊柱转移瘤

1. 病理与临床：

(1) 多数恶性肿瘤均可发生脊椎骨转移，但厌骨性肿瘤例外，如皮肤、消化道、子宫的恶性肿瘤。

(2) 临床主要表现为持续性胸背痛、压痛。

(3) 可出现椎体压缩性骨折，伴发脊髓压迫症状。

(4) 多数患者有原发恶性肿瘤的临床表现。

2. X 线平片表现：

(1) 椎体溶骨性骨质破坏，进展快，常并发椎体压缩性骨折，有跳跃现象。

(2) 成骨型转移表现为受累椎体密度升高，形态大体正常，其中骨小梁增粗、紊乱、细微结构消失。

3. CT 表现：与 X 线片所见相似，但早期即可发现虫蚀样骨质破坏区，晚期可显示局部软组织肿块。

4. MRI 表现：

(1) 椎体骨质破坏，信号异常，可累及椎体附件，呈 T1WI 低信号、T2WI 高信号。

(2) 在矢状位上可见到多个椎体受累，呈"跳跃征"。

(3) DWI 表现为高信号，增强后呈中度不均匀强化。

(4) 椎旁可见软组织块形成，可累及脊髓。

5. SPECT：较 X 片、CT、MRI 更早、更多地检出病变，表现为多发、不对称分布的核素异常浓聚灶。

6. 影像记忆特征：多发椎体骨质破坏+跳跃征+软组织块形成。

第四节 脊椎及脊髓炎症

一、椎体骨髓炎

1. 病理：

(1) 金黄色葡萄球菌感染为主。

(2) 感染途径可为血源性或邻近炎症直接蔓延，感染灶发生在松质骨内。

(3) 病程进展快，4~6 周。

(4) 骨质破坏，几乎同时出现成骨反应。

2. 临床：

(1) 血行感染者，有较重的全身症状，如高烧、昏迷。

(2) 脊柱剧痛。

(3) 其他：如髋部疼痛、腹部疼痛、脑膜刺激症、背疼等。

3. X 平片表现：

(1) 累及多个椎体，附件很少受累。

(2) 起初为溶骨性破坏，迅速扩大，继而出现成骨，表现为骨质硬化增生。

(3) 椎间盘也可破坏，椎间隙变窄。

(4) 进展快，4~6 周内椎体出现轻度变扁，很少压缩（因有增生加固）。

4. CT 表现：

(1) 椎体破坏区内可见小块状死骨。

(2) 椎旁软组织肿块影，其内可见气体影。

(3) 增强后炎性肿块明显强化。

(4) 早期 CT 可发现椎体边缘新生骨，骨质增生，密度升高。

5. MRI 表现：

(1) 可在骨质破坏出现之前发现椎体与椎间盘炎性病变，是早期诊断的重要手段。

(2) 早期，T1WI 表现为弥漫性低信号，T2WI 信号升高，边界不清。

(3) 椎间盘感染 T2WI 呈不规则的高信号，失去正常形态。

(4) 椎体、椎间盘炎症，多有周围软组织炎症，甚至形成前纵韧带下、椎管内脓肿，压迫脊髓。

6. 影像记忆特征：椎体破坏与成骨并存+椎旁脓肿内气体影。

二、脊椎结核

1. 病理：

(1) 结核杆菌首先侵犯终板及椎体中央。

(2) 局限性骨质破坏，逐渐扩大，干酪样坏死液化，形成脓肿。

(3) 脓肿溃破沿前纵韧带及侧韧带蔓延，引起椎旁脓肿。

(4) 最终椎体塌陷，椎间盘分解，脊柱成角畸形。

(5) 由一个椎体经椎间盘扩展到另一个椎体，是脊椎结核常见的扩散方式。

2. 临床：全身结核中毒症状+腰痛+驼背。

3. X 线表现（四大典型表现）：

(1) 椎体骨质破坏，无硬化。

(2) 相邻椎间隙狭窄，甚至消失。

(3) 椎旁脓肿形成，呈上小下大的梭形略高密度。

(4) 脊柱成角畸形。

4. CT 表现：

(1) 可发现较早期的病变。

(2) 典型表现为穿凿样骨质破坏，可见细小的硬化边。

(3) 破坏区内为略低的软组织密度，并可见砂粒样死骨，具有特征性。

(4) 椎旁、椎管内可见低密度寒性脓肿环绕。

5. MRI 表现：

(1) 受累椎体楔形变，内部呈 T1WI 低信号、T2WI 略高信号。

(2) 椎间隙变窄，椎间盘 T2WI 信号升高，边缘模糊。

(3) 椎前、椎旁、腰大肌内、椎管内脓肿，冠状位、轴位显示较好，呈 T1WI 低信号、

T2WI 高信号。

  (4) 脊髓受压，脊柱成角畸形。

 6. 影像记忆特征：连续多个椎体骨质破坏+砂粒样死骨+椎间隙狭窄+椎旁脓肿。

三、急性脊髓炎

 1. 病理：

  (1) 病毒感染、自身免疫反应、射线辐射、药物中毒等导致脊髓非特异性炎症。

  (2) 镜下可见软脊膜、脊髓白质充血、炎细胞浸润、神经细胞肿胀、髓鞘脱失。

  (3) 纵向脊髓全长均可受累，但以上胸段与下颈段最多见。

  (4) 多为横贯性损伤，部分为半横贯性损伤。

  (5) 晚期脊髓萎缩。

 2. 临床：

  (1) 发病前 2 周有感冒、疱疹、肠炎等前驱症状。

  (2) 截瘫、感觉缺失、大小便障碍为常见症状。

 3. MRI 表现：

  (1) 病变节段脊髓增粗。

  (2) 髓内可见斑片状 T1WI 低信号、T2WI 高信号影，边界不清。

  (3) 范围相对较广，一般累及上下数个节段，以颈胸段为主。

  (4) 增强后，急性期可见斑片状中等程度强化。

 4. 影像记忆特征：病毒感染前驱症状+髓内大片高信号。

四、脊髓蛛网膜炎

 1. 病理：椎管内化脓性炎症，脓液占据蛛网膜下腔，晚期马尾神经粘连。

 2. 临床：

  (1) 好发于腰骶段，发生于胸段者常伴脊髓空洞。

  (2) 椎管狭窄，间歇性跛行。

 3. MRI 表现：

  (1) MRI 是本病最佳检查方法。

  (2) 矢状位和轴位显示最好。

  (3) MRI 表现可分为三型：

   I 型：马尾神经向心性集结。

   II 型：马尾神经偏心性集结。

   III 型：圆锥以下硬膜囊内弥漫性异常信号，蛛网膜下腔闭塞，马尾神经难辨。

第五节　脊椎与脊髓外伤

一、方法选择

 1. X 线平片可用于确定不稳定性骨折和脱位情况。

第三章　脊柱、脊髓内外科医学影像基础

2. CT 可进一步明确椎管的完整性，对椎体骨折，特别是椎弓骨折、跨越横突孔的骨折，发现碎骨片及其与脊髓的关系优于 X 线平片，也优于 MRI。

3. MRI 可显示脊髓形态和内部信号，显示脊髓、韧带和神经根损伤，优于 CT、及平片。

二、椎体骨折

1. 颈椎：

  （1）齿状突骨折：

    ① 齿状突基底部与枢椎间可见一透亮线。

    ② 常伴寰枢关节半脱位，X 线平片张口位、MRI 冠状位、CT 轴位均可显示齿状突不居中。

    ③ 双侧寰枕关节、寰枢关节间隙可不对称，在 X 线平片张口位、MRI 冠状位上显示清晰。

  （2）颈椎爆裂骨折：

    ① 常累及横突，横突孔变形，对椎动脉造成压迫。

    ② CT 轴位可清晰显示，骨窗可观察骨折线是否通过横突孔。

2. 其他椎体：

  （1）压缩性骨折：

    ① 占 50%，为前柱压缩。

    ② X 线片示椎体前上部椎板塌陷，皮质断裂，密度升高，后柱正常，椎体呈楔形。

    ③ MRI 矢状位显示该椎体呈 T1WI 低信号 T2WI 高信号改变，前上部常可见一水平走行的骨折线。

    ④ 上下相邻椎间隙一般正常。

  （2）爆裂骨折：

    ① 椎体垂直受力，上下终板粉碎性骨折，前、中、后柱均受累，常累及附件。

    ② 平片见椎体变扁，椎弓根间距加大，骨皮质不连续。

    ③ CT 见椎体周径加大，骨皮质不连续呈花边状，椎小关节脱位、半脱位，椎管变形。

    ④ MRI 矢状位见椎体变扁，前后径加大，局部椎管变形，急性期椎体及附件表现为T1WI 低信号、T2WI 高信号。

3. 附件骨折：

  （1）X 线平片及 CT 表现：

    ① 可见附件骨皮质不连续。

    ② 椎弓根间距、椎小关节间隙加大。

    ③ 关节突对位异常。

    ④ 椎管变形、狭窄。

  （2）MRI 表现：

    ① 除了以上异常外，还可显示附件信号异常，主要表现为骨髓水肿，T1WI 低信号、T2WI 高信号。

    ② 脊髓受压可见髓内挫伤，呈片状 T2WI 高信号影，边界不清。

4. 椎体脱位：

(1) 以下位椎体为准，判断上位椎体是否脱位。

(2) X 线平片正侧位、MRI 矢状位、冠状位显示脊柱序列紊乱，甚至成角畸形。

(3) 上位椎体前移、后移或侧方移位，椎体后缘连线或棘突连线不光滑。

(4) X 线平片、CT、MRI 均可显示椎管变形。

(5) 合并脊髓损伤时，MRI 可见脊髓受压，髓内片状 T2WI 高信号影，边界模糊。

5. 影像记忆特征：外伤史+椎体楔形变+椎间隙正常。

三、脊髓损伤

1. 脊髓挫伤：

(1) 病理基础是脊髓水肿，损伤后 3~6 天达高峰，2~3 周后开始减退。

(2) 局部脊髓肿胀增粗，CT、MRI 可见局部脊髓影对称性增大。

(3) MRI 同时可显示髓内片状 T2WI 高信号影，边界不清，矢状位显示最好。

2. 髓内出血：

(1) 与脑内血肿演变规律相同，血肿期龄不同 MRI 信号不同。

(2) CT 软组织窗可观察急性期血肿，表现为脊髓中央高密度，边界不清，CT 值 40~100Hu。

(3) 伴出血的脊髓损伤预后不良。

3. 脊髓横断：

(1) 椎体脱位或碎骨片突入椎管，可造成脊髓完全横断或半横断，是最严重的一种脊髓损伤。

(2) MRI 表现：

①. T1WI 矢状位观察最好，可显示脊髓受压的部位、程度。

②. T2WI 可显示脊髓断端上下水肿累及的范围。

(3) CTM 因脊髓断裂处有对比剂填充而确诊。

4. 脊髓软化灶：

(1) 脊髓外伤晚期可形成软化灶、脊髓蛛网膜下腔粘连、脊髓萎缩等。

(2) MRI 表现：

① 脊髓软化灶表现为边界清楚的囊性病变，内部为均匀脑脊液样信号。

② 常伴局部脊髓萎缩，均匀变细。

四、其他损伤

1. 神经根撕裂：

(1) 直接征象：所有影像方法均不能显示。

(2) 间接征象：

① 早期，神经根回缩形成一个充盈脑脊液的神经根袖空腔。

② 晚期，蛛网膜下腔增生将撕裂封闭，形成一个假性脊膜膨出。

③ 轴位成像可见椎间孔区域脑脊液样异常信号（密度）影，边界清楚。

2. 硬脊膜外血肿：

(1) 好发于胸椎，血肿常较广泛。

第二章　脊柱、脊髓内外科医学影像基础

（2）新鲜血肿为梭形，椎管后部或后外侧多见，内缘光滑锐利，脊髓、马尾神经受压变形、移位。

（3）CT 为高密度，MRI 随血肿期龄不同信号不同。

3. 脊蛛网膜下腔出血：

（1）急性期 CT 表现为围绕脊髓或马尾神经的蛛网膜下腔内弥漫性高密度。

（2）脊髓无移位、变形。

（3）亚急性期 MRI 表现为脊髓表面线样 T1WI 高信号影。

4. 韧带损伤：

（1）韧带损伤 MRI 可以直接显示，T2WI 表现为韧带断裂区弥漫性高信号。

（2）MRI 矢状位显示前纵韧带、后纵韧带、棘间韧带、棘上韧带较好。

（3）常伴发周围软组织水肿。

第六节　脊椎退行性变

脊柱退行性变是一组椎体、韧带、椎间盘的综合病变，常随年龄增长而发生，病理上先后出现软骨破坏、骨质增生硬化、关节突肥大、韧带肥厚、椎间盘退变，终致椎管狭窄，而出现临床症状，主要表现为慢性腰腿痛、肩颈酸困疼痛、头晕、双上肢或下肢麻木、间歇性跛行等。

一、椎间盘退变

1. 临床：

（1）是腰椎最常见的一类疾病。颈椎次之，胸椎少见。

（2）椎间盘退变或膨出一般仅有腰骶部非特异性疼痛症状。

（3）椎间盘突出或脱出典型表现为：

① 疼痛，呈典型的坐骨神经分布区的疼痛，且腿痛重于腰痛。

② 按神经分布区域的皮肤感觉麻木。

③ 放射痛，向一侧或双侧下肢放射。

④ 直腿抬高试验阳性。

⑤ 出现四种神经体征中的两种，即肌萎缩、运动无力、感觉减退、反射减弱。

2. 椎间盘退变：

（1）X 线片有一定限度，可见椎间隙变窄，椎间盘内扁平低密度影，以及椎间隙前方小骨片，椎体骨质增生等。

（2）CT 表现：椎间盘内游离气体影，或叫真空现象，CT 值<-500Hu。

（3）MRI 表现：

① 髓核含水量减少，表现为信号减低，正常椎间盘分层消失。

② 真空现象在所有序列上均为低信号线状影。

（4）椎间盘退变终板变性的分型：

Ⅰ型，邻近椎体内骨髓水肿，表现为横行带状 T1WI 低信号、T2WI 高信号影。

Ⅱ型，终板破裂，椎体软骨下红髓被黄髓取代，表现为 T1WI、T2WI 高信号。

III 型，终板区形成骨质硬化，所有序列上均为低信号。

3. 椎间盘膨出：

(1) 病理，纤维环变性松弛，均匀向四周膨隆，髓核位置无改变。

(2) X 线平片可见椎间隙略变窄。

(3) CT 表现：可见超出椎体边缘的均匀光滑的对称的略高密度软组织影。

(4) MRI 表现：

① 矢状位 T2WI 可清楚显示椎间盘后缘呈弧形低信号，向后膨隆。

② 椎间盘纤维环轮廓完整。

③ 硬膜囊前缘及双侧椎间孔周围脂肪可见光滑、对称的压迹。

4. 椎间盘突出：

(1) 病理：

① 纤维环局部断裂，完整性破坏。

② 髓核经纤维环破损处向外突出，但仍与髓核中央相连。

③ 后纵韧带两侧薄弱，所以椎体双侧后外侧为好发部位。

(2) CT 与 MRI 表现：

① 椎间盘后缘向椎管内局限性突出的软组织块影。

② 形态不规则，边界清楚，大小不一，可伴有钙化。

③ 硬膜囊外脂肪间隙移位、变形、或消失，双侧不对称。

④ 一侧神经根移位、受压变形、或淹没、消失。

⑤ 突出物 CT 密度较高，介于骨质与硬膜囊之间，MRI 为 T2WI 低信号，T1WI 等信号。

5. 椎间盘脱出：

(1) 病理：

① 椎间盘突出后，髓核游离。

② 位于椎管内，可在后纵韧带前方或后方，严重者可与硬膜囊粘连。

③ 可向下方或上方游移。

(2) CT 与 MRI 表现：

① 间接征象与椎间盘突出的表现完全相同。

② MRI 矢状位可见突出髓核与未突出部分之间失去联系，游离于椎管内。

③ 在 CT 或 MRI 轴位像上连续数个层面可以显示脱出物。

④ 脱出物 T1WI 为等信号，T2WI 低信号或高信号，CT 为高密度或等密度。

二、椎小关节病

1. 病理：

(1) 关节软骨变性、碎裂、缺失，软骨下骨质增生、硬化，关节突增生肥大。

(2) 关节面不光整，关节脱位、半脱位。

(3) 脊柱稳定性降低，可发生椎体滑脱。

(4) 严重者导致侧方型椎管狭窄，还可引起侧隐窝或椎间孔狭窄。

2. 临床：下腰痛、神经根痛。

3. X 线平片表现：上下关节突变尖，关节面硬化，间隙变窄。

4. CT、MRI 表现（均能显示病变，CT 更佳）：

(1) 关节突增生肥大并形成骨赘，出现关节包绕现象。

(2) 关节间隙变窄或消失。

(3) 关节软骨下骨性关节面假性小囊形成。

(4) 关节腔内双凸形气体影，呈 CT 低密度、MRI 低信号。

(5) 关节脱位、半脱位，双侧不对称。

三、椎管狭窄

1. 病理：

(1) 指椎管、侧隐窝、椎间孔变窄。

(2) 脊髓、神经根受压、牵拉。

(3) 血管受压，供血不佳，静脉回流不畅，局部压力升高。

2. 病因：

(1) 先天性：骨或软骨发育不全、粘多糖病Ⅵ型、佝偻病等。

(2) 后天性：骨质增生、椎小关节病、后纵韧带钙化、黄韧带肥厚或钙化等。

3. 临床：

(1) 后天性的发病较晚，一般在 50 岁以后发病。

(2) 长期慢性腰腿痛、颈肩痛。

(3) 特征性症状为间歇性跛行。

(4) 少数人出现 Horner 综合征，或出现脊髓半横断综合征。

(5) 根据狭窄影响椎管、侧隐窝、椎间孔部位的不同，患者症状与体征不同。

4. 影像表现：

(1) 椎管径线变小：

① X 线正侧位平片、CT 轴位像、MRI 矢状位，可测量骨性椎管径线。

② 颈段矢状径小于 10mm、腰段矢状径小于 15mm 为椎管狭窄；

③ 侧隐窝矢状径小于 2mm 为狭窄。

(2) 后纵韧带钙化：

① CT 表现为椎体后方乳头状致密影，突向椎管。

② MRI 表现为椎体后方阶段性、带状 T2WI 低信号，T1WI 低或等信号。

(3) 黄韧带肥厚：

① 厚度>5mm，轴位呈 "V" 字形。

② CT 为等密度，MRI 任何序列均为低信号。

③ MRI 矢状位可见位于棘突之间向前方突起的 T2WI 低信号影。

(4) 椎体后缘骨质增生：

① 在平片及 CT 上显示清楚。

② 表现为局部骨皮质增厚，且可见致密的骨赘突向椎管。

(5) 椎管变形：较重者可出现椎管变形，呈三叶草形。

(6) 脊髓变性：严重椎管狭窄可伴脊髓变性，MRI 可见髓内小片状 T2WI 高信号影，边界不清。

四、颈椎病

1. 病因与病理：

（1）椎间盘退变→椎间隙狭窄→关节囊松弛→脊柱稳定性降低。

（2）椎体骨质增生，椎小关节、钩椎关节增生退变。

（3）前后纵韧带、黄韧带、项韧带变性，增生，钙化。

（4）椎管、椎间孔、横突孔狭窄，导致脊髓、神经根、椎动脉受压或牵拉。

2. 临床：

（1）神经根型：占 50%

① 肩颈痛短期内加重，并向上肢放射。

② 头部或上肢位置不当时，出现剧烈的闪电样疼痛。

（2）脊髓型：

① 早期为脊髓前方受压，以锥体束损害为主，出现四肢乏力、行走不稳等。

② 后期逐渐出现自上而下的上运动神经元瘫。

（3）交感型：非特异性症状，如头痛、头晕、视物模糊、心律不齐、血压不稳。

（4）椎动脉型：

① 眩晕为主要表现，头部活动时或头部特殊体位诱发加重。

② 头痛、视觉障碍。

③ 可出现椎基底动脉供血不足的症状。

3. X 线平片表现：

（1）颈椎生理曲度异常，变直甚至反屈畸形。

（2）颈椎序列紊乱，表现为椎体后缘连线不光滑，呈阶梯状。

（3）椎间隙宽窄不一。

（4）椎体前后缘骨质增生，形成骨赘；项韧带钙化。

（5）钩椎关节、椎小关节增生、硬化。

（6）斜位片显示椎间孔狭窄、变形。

4. CT 表现：

（1）可显示椎管变形，硬膜囊受压，椎间孔、横突孔变形、狭窄。

（2）后纵韧带钙化表现为乳头状高密度突入椎管。

（3）项韧带钙化表现为颈后部棘突后纵行线样高密度影。

5. MRI 表现：

（1）矢状位、轴位显示骨质增生、序列紊乱。

（2）椎间盘退变、突出常多个椎间盘发病，硬膜囊、脊髓受压呈糖葫芦串状。

（3）可测量椎管矢状径，可观察脊髓受压、神经根受压等。脊髓变性表现为髓内片状 T2WI 高信号影，边界不清，病程长者形成软化灶。

6. 椎动脉：

（1）正常横突孔左侧大于右侧。左侧小于右侧，或大于右侧 3 倍以上则为异常。

（2）DSA、MRA、彩色多普勒显示双侧椎动脉走行迂曲，或阶段性狭窄。

第七节 脊柱其他病变

一、脊椎滑脱

1. 概念：椎弓峡部不连导致椎体向前移位。
2. 病理与临床：
   (1) 椎弓先天发育不良，轻微外伤为诱因，发生单侧或双侧椎弓断裂。
   (2) 上位椎体向前移位。
   (3) 腰5多发，约占90%。
   (4) 症状：下腰痛，向髋部或下肢放射。
   (5) 20~40岁多发，发生率：男□女=2□1。
3. X线平片表现：
   (1) 正位片，峡部出现裂隙，密度升高，结构紊乱。
   (2) 侧位片：
      ① 上下关节突之间，后上斜向前下的裂隙样骨质缺损，边缘硬化。
      ② 上位椎体向前移位，根据移位距离，可分为4度。
   (3) 左右后斜位片：
      ① 显示峡部最可靠。
      ② 附件投影类似"猎狗"，峡部相当于狗脖子，峡部裂表现为狗脖子纵行透亮带。
4. CT表现：
   (1) 轴位扫描可见上位椎体与椎弓间距加大，椎管前后径加大。
   (2) 轴位可见假性椎间盘膨出，即椎体后缘均匀条带状软组织密度影。
   (3) 通过峡部的轴位像，椎弓峡部骨质不连续，可显示其硬化边。
5. MRI表现：
   (1) 轴位所见同CT。
   (2) 通过峡部的轴位像，椎弓峡部骨质不连续，表现为T1WI、T2WI低信号。
   (3) 相邻椎体信号演变：经历椎体终板退变的三个阶段。
6. 定量（Meyerding测量法）：
   (1) 在X线侧位或MRI矢状位像上进行测量。
   (2) 将下位椎体上缘四等份，根据上位椎体后下缘前移的程度来定量，共分为4度，每1/4等份递增1度。
7. 影像记忆特征：侧位椎体前移+斜位"狗脖子"断裂。

二、强直性脊柱炎

1. 病理：
   (1) 原因不明的全身性疾病。
   (2) 主要累及脊柱及近侧大关节，80%累及髋、肩关节。
   (3) 自骶髂关节开始，逐渐延及全脊柱。
2. 临床：
   (1) 30岁以下男性多发。

(2) 早期，间歇性下腰痛；大关节受累时，积液、疼痛；晚期脊柱强直，驼背。

(3) 全身症状：低热、乏力。

(4) 进展慢，病程长。

(5) 化验：HLA-B27 阳性、血沉快、类风湿因子阴性。

3. 影像表现：

(1) 骶髂关节：

① 为最早受累的关节，且 100%受累。

② 关节面模糊，并有双侧对称的髂骨侧骨质硬化和鼠咬状骨质破坏。

③ 终末期骨性关节强直。

④ MRI 观察血管翳敏感，表现为 T1WI 低信号、T2WI 高信号，可明显强化。

(2) 方形椎体：椎体前缘凹弧消失，上下径加大，呈方形。

(3) 椎小关节：关节面不整、骨质硬化、间隙消失，最终呈骨性强直。

(4) 肋椎关节：同样可发生骨性强直，使胸廓固定，胸椎后凸加重。

(5) "竹竿征"：广泛的软组织骨化和晚期发生的脊柱两侧的骨桥使脊柱呈竹竿状，为特征性表现。

(6) 普遍的椎体骨质疏松。

(7) CT、MRI 除上述表现外，还可观察椎管狭窄情况。

(8) 骶髂关节炎 X 线分级：

0 级，正常。

I 级，可疑异常。

II 级，轻度异常，可见局限性关节面侵蚀、硬化，但关节间隙正常。

III 级，出现关节面侵蚀、硬化、关节间隙增宽或狭窄、部分强直表现之一。

IV 级，严重异常，关节完全骨性强直。

4. 影像记忆特征：早期骶髂关节面破坏，晚期方形椎体，"竹竿征"。

三、椎体骨软骨病

1. 原发骨骺骨软骨病：

(1) 病理：

① 椎体原发骨化中心的缺血坏死。

② 好发于下胸椎，仅累及一个椎体，极少累及椎弓。

(2) 临床：

① 2~15 岁儿童多发。

② 背部疼痛、压痛，脊柱后凸、活动受限。

③ 随病情进展，症状渐轻。

(3) 影像表现：

① 椎体变扁，呈钱币状，X 线平片及 MRI 矢状位图像可以显示。

② 在 CT 及 MRI 轴位像上示椎体周径加大，椎管变小。

③ 相邻椎间隙不窄。

④ 康复后，椎体高度可恢复到正常高度的 2/3 以上，为本病特点。

2. 椎体骺板骨软骨病：

(1) 病理：

　　① 髓核垂直方向突入椎体，骺板发生缺血坏死。

　　② 椎体前部受力，产生特征性楔形变。

　　③ 连续多个椎体受累、发病。

(2) 临床：

　　① 14~16 岁青年最常见，又叫青年驼背症，男性多于女性。

　　② 腰背部疲劳、疼痛，卧位可缓解。

　　③ 下胸段典型的圆驼背。

　　④ 预后较好，但是脊柱畸形永存。

(3) 影像表现：

　　① 多个椎体楔形变，前窄后宽，相邻椎间隙不窄。

　　② CT、MRI 可于椎体上下缘见到许莫氏结节，表现为终板内圆形骨质缺损区，周边硬化。

　　③ 无骨质疏松。

　　④ 胸段呈典型的圆驼背后凸畸形。

3. 影像记忆特征：连续多个椎体楔形变+椎间隙不窄+许莫氏结节。

第四章　呼吸内科、胸外科医学影像基础

胸部天然对比良好，X线是最基本的检查方法；CT空间分辨率较高，对肺内小病变的检查是目前最好的方法；MRI对纵隔病变的定位定性诊断帮助较大。USG对胸腔积液有一定的价值。SPECT可显示血流肺灌注、评价呼吸功能等。

第一节　检查方法

一、X线检查

1. 胸部透视：可多方向转动观察运动器官的生理运动，病变随呼吸的变化等。
2. 胸部X线摄影：根据病情需要，选择不同的体位，如后前位、侧位、斜位等。
3. 支气管造影：可直接显示支气管病变，多用于某些因支气管扩张需手术治疗的患者。

二、CT检查

1. 特点：软组织密度分辨率更高，空间分辨率更高。
2. 几种特殊扫描：
   (1) 高分辨率CT（HRCT）对肺内弥漫性病变及细小支气管病变更具优势。
   (2) 螺旋CT提高了扫描速度，增加了3D后处理功能。
   (3) 增强扫描，可鉴别纵隔、肺门大血管与淋巴结；可明确病变血供情况。
3. 是目前诊断肺内病变的最好方法。

三、MRI检查

1. MRI用于胸部主要是解决纵隔病变的鉴别诊断和CT扫描的补充。
2. 由于心脏大血管的流空效应，对于纵隔、肺门病变显示优于CT。
3. 扫描时间较长，心脏大血管搏动伪影明显，肺内含气，成像效果不如CT。

四、DSA检查

1. 主要用于肺动脉及支气管动脉造影。
2. 用于检查肺动脉瘤、肺动静脉瘘、肺动脉发育不良等的诊断。
3. 用于不明原因的咯血、肺栓塞以及肺癌的诊断与介入治疗。

五、USG检查

1. 由于气体干扰，超声对肺内病变显示较差，仅能显示部分胸壁下肺部病变。
2. 对胸膜、胸腔的病变有一定价值，可动态观察病变与呼吸运动的关系。
3. 主要用于胸腔积液的定位、定量诊断及穿刺的引导。

六、核医学影像检查

1. 肺灌注显像：可用于肺动脉栓塞的诊断。

2. 肺通气显像：可用于鉴别肺栓塞和 COPD、用于评价肺通气功能。

3. ^{201}Tl 和 ^{99m}Tc-MIBI 对肿瘤的 SPECT 显像：可用于肺部肿瘤良恶性鉴别的辅助诊断。

4. PET/CT 显像：特异性及分辨率更高。

第二节　　正常影像表现

一、胸廓

1. 胸壁软组织：在 CT、MRI 上容易识别。在 X 线平片上注意以下结构：

（1）胸锁乳突肌：两肺尖内侧均匀的致密影，外缘锐利。

（2）锁骨上皮肤皱褶：与锁骨平行的薄层软组织密度影，宽 4mm 左右，内侧与胸锁乳突肌影相连。

（3）胸大肌：两侧上中肺野中外带扇形致密影，下缘锐利，呈内上向外下的斜线。青年男性明显。

（4）乳腺：重叠于两肺下野的半圆形致密影，下缘清楚、上缘不清。

（5）乳头：两肺下野、约第 5 前肋间隙，小圆形致密影，两侧多对称。

2. 骨性胸廓：

（1）肋骨：肋骨及肋间隙是肺内病变的定位描述标志。

① 肋软骨及肋弓不显影。

② 肋软骨钙化表现为不规则的斑片状致密影，重叠于肺内，25 岁左右开始，第 1 肋软骨首先钙化，其他肋软骨自下而上依次钙化。

③ 后肋清晰，前肋略模糊。

④ 肋骨上下缘骨皮质表现为均匀的细线样致密影，斜向走行。

⑤ 后肋较高，前肋较低，第 6 前肋约平第 10 后肋。

⑥ 肋骨可有多种先天畸形：如颈肋、叉状肋、肋骨融合等。

（2）肩胛骨：

① X 线平片：内下缘可重叠于肺野内，呈均匀细线样致密影，整体为三角形。

② 内缘不可误认为胸膜肥厚；青少年肩胛下角二次骨化中心不可误认为骨折。

③ CT、MRI 各断面表现不同，但骨皮质均连续，双侧对称。

（3）锁骨：

① X 线正位像呈横 S 形条带状致密影。

② 内侧与胸骨柄形成胸锁关节，双侧对称。

③ 外侧与肩峰形成肩锁关节。

④ CT、MRI 轴位不易显示全貌，不可误认为骨折。

（4）胸骨：

① X 线正位大部与纵隔重叠而无法显示。

② X 线斜位上胸骨柄呈六边形，胸骨体两侧缘呈波浪状。

③ X 线侧位上可显示胸骨病变。

④ CT、MRI 易于显示胸骨及其病变。

(5) 椎体：

① 胸椎在 X 线正位像上重叠于纵隔影内，有时横突易误认为肺门淋巴结。

② CT、MRI、X 线侧位像易于观察。

二、胸膜

1. 分壁层与脏层，二者之间为胸膜腔。

2. 叶间裂是肺内病变定位诊断的重要依据，以 HRCT 显示最好。

3. 普通 CT 呈没有肺纹理的"带状无血管区"；HRCT 呈高密度的"细线状影"。

4. USG 显示，胸膜回声细而光滑，呈中等回声，壁层不随呼吸运动，脏层随呼吸运动。

5. 斜裂：

(1) X 线侧位片：表现为起于第 3~5 椎体水平，向前下方斜行的致密线。

(2) CT 轴位像上斜裂后方为下叶，前方为上叶或中叶。

(3) CT 上表现为凸面向后的弧形，左侧起点略高。

(4) 外侧与侧胸壁相连，相连处 CT 可见脏层胸膜崎状突起。

6. 水平裂：

(1) X 线正位片：自右侧胸壁向肺门走行的水平线状致密影，约平第 4 前肋。

(2) X 线侧位片：起自斜裂中点，水平走向前胸壁。

(3) 普通 CT 上表现为右侧肺野的三角形、椭圆形片状无血管区。

(4) HRCT 上表现为波浪状或向前下斜行的线样高密度影。

7. 肋膈角：

(1) 胸膜与膈肌相交形成肋膈角。

(2) 正常情况下后肋膈角最深。

(3) 前后及两侧肋膈角在胸片上均表现为锐角。

三、肺

1. 肺野：

(1) 含气肺组织在胸片上形成透亮区。

(2) 肺野的分区，后前位胸片上：

① 纵行三等分，分为内、中、外带。

② 以第 2、4 前肋下缘连线为界，分为上、中、下三个肺野。

(3) 肺的分叶、分段：

① 分叶、分段的依据有两个：一是叶间裂，二是段支气管。

② X 线平片借叶间裂可显示右肺上叶、中叶、下叶，左肺上叶、舌叶、下叶。

③ CT 依据各级支气管来识别肺段。

(4) CT 上采用肺窗观察，表现为不均匀低密度影。

2. 肺门：

(1) 由肺动脉、静脉、支气管等构成。

(2) 位于两肺中野内带。

(3) 内界为纵隔胸膜，外界为肺段支气管起始部及伴行肺动脉。

(4) 左侧比右侧高 1~2cm。

(5) 后前位平片上右肺门呈 ">" 形，左肺门呈 "，" 状。

(6) 侧位片上两肺门重叠，呈一逗点状托着长尾，右肺门略靠前。

(7) 肺门角：右肺上静脉的下后静脉干和右下肺动脉间的夹角。正常为钝角。

(8) 右下肺动脉，位于右肺门下部，显示清晰，正常宽度<15mm。

(9) CT 纵隔窗、MRI 可清晰显示肺门的构成，肺动脉、肺静脉可明确区分。

3. 肺纹理：

(1) 放射状，由肺门走向周围肺野，一般不达外带。

(2) 整体观呈树枝状，外周部渐细。

(3) 由肺动脉、肺静脉、支气管、淋巴管及少量间质组织构成。

4. 气管、支气管：

(1) 气管起于环状软骨下缘，沿纵隔中部下行，于第 6 胸椎水平分为左右主支气管。

(2) 左右支气管夹角不大于 90°，分叉下部为隆突。

(3) 主支气管、段支气管在 CT 上表现为管道状或环状含气影。

(4) HRCT 可显示次级肺小叶及终末细支气管。

5. 肺小叶：

(1) 在 HRCT 上表现为不规则的多边形，大小约 10~25mm，底朝胸膜。

(2) 小叶核心：是小叶肺动脉和细支气管，管径约 1mm。

(3) 小叶间隔：为肺小叶的边界，由来自胸膜的结缔组织构成，表现为垂直于胸膜的细线状影。

(4) 小叶实质：为肺腺泡结构。其内可见斑点状高密度影，为小血管的断面。

6. 肺实质：

(1) 指具有气体交换功能的含气结构，包括肺泡管、肺泡囊、肺泡。

(2) 在 X 线片、CT 上表现为透亮的低密度区。

7. 肺间质：

(1) 指肺结缔组织所组成的支架，包括肺泡间隔、小叶间隔、支气管及血管周围组织。

(2) 在 X 线片、CT 上表现为细网状略高密度影。

四、纵隔

1. 位置：胸骨之后、胸椎之前、两肺之间，上起胸廓入口，下达横膈。

2. 内容：气管、支气管、大血管、心脏、食管、淋巴组织、神经、脂肪、胸腺等。

3. 淋巴结：分 12 组，正常时各淋巴结长径不大于 10mm。

4. 胸腺：

(1) 在儿童可显示，呈三角形，位于主动脉弓前方。

(2) 表现为软组织密度，随着年龄增长逐渐被脂肪替代，密度渐低，体积缩小。

5. 影像：

(1) X 线平片正常纵隔为高密度影。

(2) CT 平扫仅可分出气管、支气管，增强扫描能明确分开大血管等结构。

(3) MRI 由于大血管流空效应，可很容易地区分纵隔中的各种结构。

6. 分区：

(1) 目前普遍采用四分区法。

(2) 经第 4 胸椎椎体下缘（平胸骨角水平）划一横线，上方为上纵隔，下方心脏前方为前纵隔，心脏后方为后纵隔，二者之间为中纵隔。

五、膈

1. 分左右两部分，均呈圆顶状。

2. 右侧高于左侧约 2cm，顶部约平第 5 前肋前端。

3. 左侧膈下有胃泡气体影。

4. 透视下可见膈肌运动，平静呼吸时运动幅度约 1~2cm，深呼吸时达 3~6cm。

5. CT、MRI 轴位图像上较难完整显示。

6. 膈脚：

(1) 为膈肌后下部与脊柱前纵韧带相连续而成。

(2) 附着于腰 1~3 椎体前外侧，呈弧形软组织影，右侧略厚。

第三节　基本病变

一、肺不张

1. 病因：支气管完全阻塞（最常见），肺外压迫，肺内疤痕收缩等。

2. 一侧肺不张 X 线平片表现：

(1) 患侧肺野致密实变。

(2) 肋间隙变窄。

(3) 患侧膈肌抬高。

(4) 纵隔向患侧移位。

(5) 健侧代偿性肺气肿。

3. 肺叶不张 X 线平片表现：

(1) 肺叶缩小。

(2) 肺纹理聚集。

(3) 密度升高。

(4) 叶间裂向心性移位。

4. 肺段不张 X 线平片表现：

(1) 后前位 X 线片表现为三角形致密影，尖端指向肺门。

(2) 肺段体积缩小。

5. CT 共性表现：

(1) 不张的肺密度升高。

(2) 体积缩小。

(3) 边界清晰锐利。

(4) 增强扫描无变化。

(5) HRCT 可清晰显示不张肺内的血管、支气管。

(6) 间接征象：邻近肺气肿、纵隔移位、肺门血管移位、膈肌抬高等。

6. 小叶肺不张：

(1) X 线平片表现为多发小片状致密影。

(2) CT 尤其是 HRCT 可显示病变肺小叶密度升高，终末细支气管气腔消失。

7. 肺不张 USG 表现：胸腔积液的液性暗区内显示不张肺叶为楔形中等或略低回声。

二、肺气肿

1. 分类：

(1) 一般分类：

① 慢性弥漫性阻塞性肺气肿。

② 局限性阻塞性肺气肿。

(2) HRCT 分类：

① 小叶中心型肺气肿。

② 全小叶型肺气肿。

③ 间隔旁肺气肿。

④ 不规则形肺气肿。

2. 慢性弥漫性阻塞性肺气肿：

(1) 病因：

① 发生于慢性支气管炎、哮喘。

② 终末细支气管发生活瓣性狭窄。

③ 肺组织充满气体、过度膨胀。

(2) 影像表现：

① 桶状胸：胸廓前后径加大，前后径与左右径比值增大。

② X 线平片可示肋骨呈水平走行，肋间隙增宽。

③ 膈肌低平，活动度减低。

④ 两肺野透亮度增加，呼气相和吸气相差别不大。

⑤ 肺纹理稀疏。

⑥ 垂位型心。

3. 局限性阻塞性肺气肿：

(1) 病因：

① 某一支气管发生不全阻塞所致。

② 多为一侧或一叶肺气肿。

(2) 影像表现：

① 一侧或某叶肺透亮度增加。

② 肺纹理稀疏。

③ CT 上可显示伴发的肺大泡，表现为无壁的气腔，单发或多发。

4. 小叶中心型肺气肿：

(1) 病理：

① 位于小叶中央的 2、3 级呼吸性细支气管扩张。

② 位于小叶周围部分的肺泡囊、肺泡管、肺泡不受累。

③ 这种选择性肺破坏导致正常肺与气肿肺呈特征性的并列状。

④ 病变多发，多分布于两上肺。

(2) 影像表现：

① 普通 CT：直径>10mm 的低密度区，周围为正常的肺组织。

② HRCT：直径数毫米的圆形低密度区，无壁，聚集在肺小叶中心附近。

5. 全小叶型肺气肿：

(1) 病理：

① 终末细支气管以远的所有气道均受累的一种类型。

② 病变无选择性地累及整个肺小叶，又叫非选择性肺气肿。

③ 广泛的肺破坏，较重，常有明显临床症状，也是最常见的一种。

(2) 影像表现：

① 大片状低密度区，易与正常肺区域区分。

② 严重时呈"简化肺结构"：肺野仅余血管、小叶间隙、支气管等支持结构。

③ 在两肺下叶常见。

6. 间隔旁肺气肿：

(1) 病理：

① 病变选择性地累及小叶远侧部分，又叫局限性肺气肿。

② 特征性地位于胸膜下区，肺周围部的小叶间隔旁。

③ 可发展成肺大泡，可形成自发性气胸。

(2) 影像表现：

① 普通 CT：肺周围部局限性低密度区。

② HRCT：胸膜下区 5~20mm 的透亮区，内部无肺纹理，周围无壁。

③ 大于 20mm 时，表现同肺大泡，位于胸膜下区，可继发气胸。

三、肺水肿

1. 病理：

(1) 毛细血管内压升高（如左心功能不全），或通透性增加（如刺激性气体刺激）所致。

(2) 间质性肺水肿：出现较早，肺间质包括肺小叶间隔、肺泡间隔的增厚，小静脉淤血，淋巴管肿胀，肺泡腔缩小。

(3) 肺泡性肺水肿：液体聚集在呼吸性支气管以远的终末气腔内，肺泡内液体渗出，经肺泡孔迅速蔓延，累及大片肺实质。

2. 临床：

(1) 前驱症状：心悸、不安、血压升高、失眠等。

(2) 间质性肺水肿：呼吸困难，端坐呼吸，但听诊阴性。

(3) 肺泡性肺水肿：气急，端坐呼吸，听诊可闻及水泡样啰音，咳大量粉红色泡沫痰。

3. 影像表现：

(1) 间质性肺水肿：

① 两上肺静脉分支增粗，导致两上肺纹理较两下肺纹理阴影粗。

② 肺门及肺纹理阴影模糊，两肺野密度升高，透亮度减低。

③ 支气管"袖口征"：X 线片上支气管壁环形厚度>1mm、边缘模糊的现象。

④ 间隔线阴影：间质性肺水肿可出现几个特异的间隔线，宽约 1mm：

　　A 线：两上肺野，指向肺门的长线状影，长 2~4cm。

　　B 线：两下肺野外带肋膈角区多见，短而直，<2cm，与胸膜垂直相连。

　　C 线：两下肺外带网状阴影。

　　D 线：较粗的带状或胸膜下网状阴影。

⑤ 胸膜下水肿：表现为叶间裂增厚。

⑥ CT 表现：小叶间隔增厚，边缘清楚，纹理增粗模糊，上肺野中内带为重。

(2) 肺泡性肺水肿：

① 早期，两肺弥漫性粟粒状小结节，直径 0.5~1cm，边缘模糊，广泛位于肺野内中外带。

② 很快融合成大片状模糊阴影，呈毛玻璃样，涉及多个肺野，多位于肺的中心部或基底部。

③ 蝶翼征：两肺中内带对称分布的大片状阴影，是中心分布的典型表现。

④ 动态变化：由后下内野很快波及外上前肺野，数小时或 1~2 天内显著变化。

⑤ 严重病例，常伴少量胸腔积液，心影增大。

⑥ CT 表现：两肺可见毛玻璃样高密度影，以内带后部明显。

四、渗出性病变

1. 病理：

(1) 急性炎症的早期阶段，肺泡内气体被水、血液、白细胞、纤维素等取代。

(2) 可经肺泡孔扩散；但支气管不受累。

2. 影像表现：

(1) 早期 CT 上可检出磨玻璃样高密度影，边界不清。

(2) 以后 X 线平片上逐渐出现形态各异、大小不等、边界不清的高密度影。

(3) 病变中央部密度高且均匀，周边部渐淡。

(4) 当累及整个肺叶时，出现以叶间裂为界限的锐利边缘。

(5) 近肺门区可显示病变区内支气管充气影，以 CT 显示清楚。

(6) CT 肺窗表现与平片相似，但纵隔窗可不显示，这样肺窗与纵隔窗的差异是渗出性病变的特征。

五、空洞

1. 病理：

(1) 病变组织坏死排出后形成的残腔。

(2) 洞壁可以是坏死组织、肉芽组织、纤维组织、肿瘤组织。

(3) 常见于结核、脓肿、肺癌、真菌感染等。

(4) 腔内可以是气体或液体，可形成气液平面。

(5) 空洞周围可有其他表现：纤维索条、卫星病灶、与肺门相连的支气管等。

2. 影像表现：

(1) 虫蚀样空洞：在大片状实变区内出现多发的不规则的小透亮区，无壁。

(2) 薄壁空洞：壁厚<3mm，呈类圆形透亮区，内外壁光滑清楚，无液平面，周围无大片阴影。

(3) 厚壁空洞：壁厚>3mm，内壁凹凸不平，洞壁厚薄不均，洞内常有液平面，周围常有大片状实变区。

六、空腔

1. 是肺内生理腔隙的病理性扩大。

2. 见于肺大泡、肺气囊、含气肺囊肿等。

3. 影像上表现为肺野内圆形透亮区，无壁。

4. 周围无实变，内部无液体。

七、肿块

1. 病理：

(1) 直径<3cm 的称结节，>3cm 称肿块。

(2) 见于良恶性肿瘤、慢性炎症。

2. 影像表现：

(1) 一般肿块表现为球形软组织影。

(2) 边缘：良性者边缘光滑整齐。恶性者边缘不整，可见毛刺征、分叶征、脐征等。

(3) 内部：良恶性肿块内部均可见空洞与钙化，恶性者多为厚壁偏心空洞。

(4) 周围改变：

① 炎性肿块，周围可见肺血管增粗、扭曲，引流向肺门的支气管壁增厚。周围可见大片状致密影或卫星病灶。

② 恶性肿块，周围可见引流向肺门的淋巴管影。临近胸膜者可牵拉胸膜出现胸膜凹陷征。

(5) CT 增强扫描：

① 结核球、炎性假瘤：环状强化。

② 良性肿瘤：轻度均匀强化。

③ 恶性肿瘤：一过性、均匀的、明显的、中心性强化。

八、纤维化

1. 病理：

(1) 是肺内急、慢性炎症修复后的一种结局，是愈合的表现。

(2) 可分为局限性和弥漫性两种。

2. 影像表现：

(1) 直接征象：

① X 线平片及 CT 图像上较小纤维化表现为索条状、僵直的高密度影。

② 范围广泛时，CT 上表现为带状或块状软组织密度影，不同于肺纹理。

(2) 间接征象：

① CT 可见局部肺纹理紊乱、增多。

② 范围较大时，可见气管、纵隔被牵拉向患侧移位，也可见患侧胸廓塌陷。

(3) 弥漫性纤维化：

① X 线平片及 CT 表现为网状致密影的背景上，出现弥漫性小结节影。

② HRCT 早期可发现小叶间隔增厚。

九、钙化

1. 病理：

(1) 病理上属于变性病变。

(2) 多发生于退变或坏死组织内。

(3) 钙化在肿块中占的比例越大，肿块越倾向于良性。

2. 影像表现：

(1) 致密的、边界清晰锐利的阴影。

(2) CT 值>100Hu。

(3) 形态、大小有一定特征性：

① 层状钙化多见于肉芽肿性病变。

② 爆米花样钙化见于错构瘤。

③ 肺门部蛋壳样钙化多见于尘肺。

④ 不规则钙化良恶性肿瘤均可见。

⑤ 粟粒状钙化见于肺泡微石症。

⑥ 肿块内偏心性钙化见于恶性肿瘤。

十、胸膜增厚

1. 病理：胸膜慢性炎症纤维素渗出，肉芽组织增生，外伤出血机化，引起胸膜增生肥厚钙化、粘连。

2. 临床：主要见于结核性胸膜炎、脓胸、出血机化、尘肺等。

3. X 线平片表现：

(1) 早期，肋膈角变钝，膈肌运动轻度受限。

(2) 后期，可见沿胸壁带状高密度影。肋膈角变平或呈直角。

(3) 广泛胸膜肥厚粘连时，患侧胸廓塌陷，肋间隙变窄，患侧肺野密度升高，纵隔向患侧移位。

(4) 胸膜钙化时见胸壁边缘片状、弧线状致密影。

4. CT 表现：

(1) CT 不能显示胸膜，一旦显示便提示肥厚。

(2) 表现为胸壁弧线形软组织密度影，凹凸不平，与肺交界面可见小粘连影。

(3) 胸膜钙化时，可见胸壁上点状、带状、块状极高密度影，CT 值接近骨皮质，边界锐利。

5. USG 表现：

(1) 胸壁与肺组织间可见局限性或弥漫性等回声或稍高回声区，好发于肋膈角。

(2) 胸膜粘连时，脏层胸膜不随呼吸运动，膈肌呼吸运动受限。

(3) 胸腔无积液时，轻度胸膜增厚容易遗漏。

（4）胸膜钙化时，可见强回声，后方伴声影。

第四节　支气管病变

一、支气管扩张

1. 病理：

（1）先天或后天原因造成支气管内径异常增宽。

（2）分囊状扩张、柱状扩张。

2. 临床：反复发作的"咳嗽+咳痰+咯血"。

3. X 线表现：

（1）间接征象：

① 较轻者，见局部肺纹理紊乱、增多。

② 合并感染时，见局部小片状阴影。

（2）直接征象：

① 囊状扩张：多个圆形、薄壁透亮区，直径 0.5~3cm，可伴囊内小液平。

② 柱状扩张：在片状阴影区内出现粗细不规则的管状透亮影。

4. CT 表现：

（1）CT 尤其是 HRCT 可明确病变范围、程度，已取代创伤性支气管造影检查。

（2）轨道征：见于柱状扩张。

（3）印戒征：正常支气管直径小于伴行的肺动脉，二者关系倒转时形成特征性的印戒征，提示支气管扩张。

（4）囊状扩张：

① 表现为一组多发的含气囊肿，如蜂窝状或葡萄串状。

② 气液平面是囊状扩张最具特异性的征象。

5. MRI 表现：

（1）ECG 门控 T1WI 显示最好。

（2）也可出现印戒征、轨道征、蜂窝征等。

（3）继发炎症时可见肺野结构紊乱、索条状高信号等。

6. 影像记忆特征：蜂窝状或葡萄串状阴影+印戒征、轨道征

二、支气管异物

1. 病理：

（1）双向通气，呼吸不畅。

（2）呼气性活瓣阻塞，导致阻塞性肺气肿。

（3）吸气性活瓣阻塞，导致阻塞性肺不张。

（4）完全阻塞，引起属支肺不张。

2. 临床：阵发性、刺激性呛咳+呼吸困难。

3. 影像表现：

（1）直接征象：异物密度较高时，可直接显示异物的位置、形状。

(2) 间接征象：肺不张或肺气肿。

(3) 继发改变：后期可出现相应肺叶炎症。

(4) 纵隔摆动：

① 部分阻塞时，在透视下可见纵隔随呼吸运动而发生摆动。

② 吸气时健侧进气多，纵隔移向患侧，呼气时恢复正常。

4. 影像记忆特征：异物吸入史+刺激性呛咳+纵隔摆动

三、慢性支气管炎

1. 病理：

(1) 支气管黏膜炎症，粘液分泌亢进。

(2) 炎症累及支气管全层，管壁增厚、管腔狭窄、通气功能障碍。

(3) 炎症累及支气管周围，引起间质纤维化、换气功能障碍。

2. 临床：慢性、进行性咳嗽，咳痰。

3. X线表现：

(1) 肺纹理增多、紊乱、扭曲、变形；可出现网状、索条阴影，夹杂小结节阴影。

(2) 肺气肿：多为弥漫性肺气肿和小叶中心型肺气肿。

(3) 肺动脉高压征象：近肺门处纹理增粗，右下肺动脉直径>15mm。

(4) 炎症：两肺中下野多发斑片状阴影。

4. CT表现：

(1) 肺纹理扭曲，支气管壁增厚，显示"轨道征"。

(2) 胸膜下肺大泡、桶状胸。

(3) 气管剑鞘状改变（前后径>左右径）。

(4) 右下肺动脉呈残根状。

5. 影像记忆特征：典型病史+两肺纹理扭典紊乱稀疏。

第五节　肺部炎症

一、大叶性肺炎

1. 病理：

(1) 为细菌引起的肺泡急性渗出性炎症。

(2) 主要是肺泡的充血、渗出。

(3) 病理上分四期：充血期、红色肝样变期、灰色肝样变期、消散期。

2. 临床：

(1) 青壮年多发。

(2) 突发高热、寒战、胸痛、咳嗽，咳铁锈色痰。

(3) 白细胞计数明显升高。

3. X线表现：

(1) 充血期：局限性肺纹理增强。

(2) 实变期：

①大片状致密影，边缘以叶间裂为界限，光滑锐利，形态与肺叶轮廓吻合。

②内部血管影淹没，肺叶体积正常。

③可显示支气管含气影，具有特征性。

(3) 消散期：因治疗而变异较大，病变密度渐低，边界渐模糊，直至病变消失。

4. CT 表现：

(1) 可发现早期病变，肺窗可见边界模糊的片状高密度影，纵隔窗不明显。

(2) 支气管充气征更明显，是大叶性肺炎的特征性表现。

(3) 病变呈叶、段分布，以叶间裂为界，边缘平直、光滑。

(4) 消散期：散在、大小不一的斑片影，直至完全消失，有时伴有少量胸腔积液。

5. 影像记忆特征：呈叶、段分布的实变影＋支气管充气征。

二、支气管肺炎

1. 病理：

(1) 为细菌或病毒引起的细支气管及肺泡的炎症。

(2) 支气管壁充血、水肿，肺小叶渗出、实变。

(3) 炎症呈小叶性，散在分布，可相互融合成片。

2. 临床：

(1) 见于小儿、体弱者。

(2) 高热、咳嗽、呼吸困难、紫绀。

(3) 体温可不升，白细胞计数可不升高。

3. X 线表现：

(1) 两肺中下野、内中带，纹理增多、增粗、模糊。

(2) 沿肺纹理分布的斑片状模糊阴影，具有特征性。

(3) 可伴有小叶不张、肺气肿。

4. CT 表现：

(1) 两肺中下部支气管血管影增粗。

(2) 两中下肺多发结节状、斑片状高密度影，大小 1~2cm，边界模糊不清。

(3) 多个病灶之间有正常含气肺组织。

5. 影像记忆特征：沿支气管分布的斑片状模糊影。

三、肺脓肿

1. 病理：

(1) 化脓性细菌引起的破坏性疾病。

(2) 化脓菌在终末细支气管及肺组织内生长、繁殖，引起炎症、坏死、液化。

(3) 坏死周围肉芽组织、纤维组织增生，形成脓肿壁，阻止炎症扩散。

(4) 脓肿溃破，经支气管引流，形成空洞；或破入胸腔引起脓胸。

(5) 引流不畅可转为慢性肺脓肿。

2. 临床：

(1) 弛张热、寒战、咳嗽、胸痛。

(2) 发病一周后大量咳脓痰，痰腥臭，放置后可分层。

(3) 全身中毒症状明显，白细胞计数明显升高。

3. X 线与 CT 表现：

(1) 急性期：大片状均匀致密影，边界模糊，CT 可见支气管充气征。

(2) 一周后：病变中心开始出现厚壁空洞，伴液平面；CT 增强呈环状强化。

(3) 后期：空洞内容物渐少，洞壁渐薄，病变缩小，最后完全消失。

(4) 慢性期：

① 外围炎症吸收，空洞外壁清晰，内有液平面。

② CT 见支气管走行不规则。

③ 病变周围广泛纤维索条影。

④ 局部胸膜增厚。

4. 影像记忆特征：急性炎症全身表现+厚壁空洞+周围片状模糊影。

四、肺结核

1. 结核分型：（中华结核学会 1998 年标准）

I 型，原发性肺结核，包括原发综合征和胸内淋巴结核。

II 型，血行播散性肺结核。

III 型，继发性肺结核，包括渗出、干酪、空洞为主型肺结核。

IV 型，结核性胸膜炎。

V 型，其它肺外结核。

2. 临床：

(1) 慢性结核中毒症状：低热、盗汗、乏力、潮红；咳嗽、咯血、胸痛等。

(2) 急性血行播散性肺结核：高热、寒战、咳嗽、昏迷等。

3. X 线平片与 CT 表现：

(1) I 型肺结核（原发综合征"三联征"）：

① 原发浸润灶：中上肺周边肺野，斑片状阴影，边界模糊。

② 淋巴管炎：一过性的、从原发病灶向肺门方向走行的条索状阴影。

③ 胸内淋巴结核：肺门、纵隔淋巴结炎症、肿大、干酪坏死、溃破或钙化。

(2) II 型肺结核：

① 急性粟粒性肺结核，表现为"三均匀"，即两肺弥漫性粟粒状小结节，大小 1~2mm，分布均匀、大小均匀、密度均匀。

② 亚急性或慢性血行播散型肺结核：表现为"三不均"，即两中、上肺大小不等、密度不等、分布不均的弥漫性结节阴影，可相互融合，病灶周围有纤维索条影。有些病灶发生钙化、干酪坏死小空洞形成。

(3) III 型肺结核—浸润性肺结核：

① 两肺上叶尖段、下叶背段为好发部位。

② 渗出性病灶：斑片状阴影。

③ 增殖性病灶：为纤维增生，表现为"梅花点"状或"树芽征"。

④ 结核空洞：圆形、薄壁透亮区，内壁规则，周围有粗大的索条影。

⑤ 小叶间隔增厚：表现为索条状、网状阴影。

(4) III 型肺结核—结核球：

① 两肺上叶尖段、下叶背段边缘光滑的结节，直径 2~3cm。

② 密度较高，内部有层状、弧状钙化，呈边缘锐利的致密影。

③ 周围有增殖性病灶，可见纤维索条影，或小结节病灶，称"卫星灶"。

(5) Ⅲ 型肺结核—干酪性肺炎：

① 呈叶或段分布的大片状阴影。

② 内部可见无壁空洞，表现为虫蚀样透亮区。

③ 支气管播散：沿支气管分布的斑片状病灶，呈腺泡排列，可融合成小叶阴影。

(6) Ⅲ 型肺结核—慢性纤维空洞性肺结核：

① 锁骨上下区可见形状不规则的厚壁空洞，单发或多发。

② 空洞周围伴有广泛的索条状新老不一的散在的纤维性病灶。

③ 在同侧或对侧可见斑点状支气管播散病灶。

④ 双上肺收缩，肺门上抬，肺纹理呈"垂柳征"。

⑤ 可合并支气管扩张，代偿性肺气肿，胸膜增厚，胸廓塌陷等。

(7) Ⅳ 型肺结核—结核性胸膜炎

① 不同程度的胸腔积液。

② 胸膜广泛或局限性增厚、粘连。

③ 慢性者可见胸膜钙化，胸廓变形。

4. 影像记忆特征：

(1) Ⅰ 型肺结核：原发综合征三联征。

(2) 急性粟粒肺结核：三均匀。

(3) 亚急性或慢性粟粒性肺结核：三不均。

(4) 浸润性肺结核：特殊的部位+多样性表现。

(5) 结核球：特殊的部位+内部层状钙化+周围索条、卫星灶。

(6) 干酪性肺炎：结核病史+上肺类似大叶性肺炎+下肺类似小叶性肺炎。

五、结节病

1. 病理与临床：

(1) 是一种原因不明的、良性的、多系统受累的肉芽肿性疾病。

(2) 由上皮细胞、□罕巨细胞、淋巴细胞组成的非干酪性肉芽肿，直径<4mm。

(3) 可累及淋巴结、肺、皮肤、骨骼、肝脾、中枢神经系统等，引起淋巴结肿大、肺间质浸润及纤维化、肝脾肿大等。

(4) 病理演变规律：

① 早期，为细胞性结节，较小，可相互融合。

② 后期，纤维成分增加，可伴周围纤维化。

③ 纵隔、肺门淋巴结受累，多对称性，6~12 个月内自行消退。

④ 肺内出现病变时，纵隔肺门淋巴结开始变小，或不再生长，甚至恢复正常。

(5) 常见症状：咳嗽、咳痰、乏力、低热等。累及其他器官时可出现相应表现。

2. X 线平片表现：

(1) 纵隔、肺门淋巴结肿大：边界清楚、规则、分叶状阴影，双侧对称为其特征。

(2) 肺内浸润：两肺中野弥漫分布的小结节，直径 3~5mm，或粗细不等网状阴影。

(3) 间质纤维化：病程>2 年者，两肺出现不规则条索状阴影，自肺门向周围延伸，伴肺大泡、支气管扩张等。

(4) 胸膜改变：可见少量胸腔积液、胸膜肥厚等。

(5) 骨骼改变：手足小骨骨端松质骨内 1mm 左右小囊状透亮影，骨小梁增粗、紊乱。

3. CT 表现：

(1) 纵隔、肺门淋巴结肿大，多为对称性分布，可相互融合，呈分叶状，但周围脂肪间隙清晰。

(2) 肺内结节：弥漫分布的、边界清楚的小结节影，直径 1~3mm，或多发 10~15mm 的大结节影，边界清楚，密度均匀，酷似转移瘤。

(3) 肺内浸润：肺内浸润呈毛玻璃样改变。

(4) 晚期小叶间隔增厚，血管、支气管壁增厚，间质纤维化，可见血管支气管束增厚、扭曲、聚拢、变形，边缘呈不规则结节状。

(5) 胸膜增厚，胸腔积液。

4. MRI 表现：

(1) 纵隔内病变，表现类似于 CT。

(2) 神经系统受累时，可见脑实质内结节状病变，有占位效应，周围可见水肿，直径 10~15mm，边界清楚，内部信号均匀。表现无特异性。

5. 结节病 X 线、CT 分期：

0 期，胸部正常。

Ⅰ期，纵隔、肺门淋巴结肿大，肺内正常。

Ⅱ期，纵隔、肺门淋巴结肿大，同时可见肺内病变。

Ⅲa 期，纵隔、肺门淋巴结肿大，肺内浸润阴影，无肺内纤维化。

Ⅲb 期，纵隔、肺门淋巴结肿大，肺内浸润阴影，伴肺内纤维化。

6. 影像记忆特征：纵隔、肺门淋巴结肿大，呈对称性分布。

第六节　胸肺肿瘤

一、支气管肺癌

1. 病理：

(1) 起源于支气管上皮、腺体上皮、肺泡上皮。

(2) 大体形态分中央型、周围型、弥漫型肺癌。

(3) 组织学分小细胞与非小细胞肺癌，后者又分鳞癌、腺癌、细支气管肺泡癌等。

2. 临床：咳嗽、咳痰、咯血、呼吸困难等。

3. X 线平片与 CT 表现：

(1) 中央型肺癌：

① 早期，主要可显示间接征象，如支气管阻塞引起的局限性肺气肿、肺不张、阻塞性炎症等。

② CT 早期即可显示支气管壁不规则增厚（>3mm），管腔狭窄。

③ 进展期，平片及 CT 还可显示肺门增大、密度增加、肺门角消失、肺门肿块。

第四章　呼吸内科、胸外科医学影像基础

④ 右侧中心型肺癌合并右上叶肺不张时，两者下缘的连线呈横置的"S"状，叫反"S"或横"S"征。

⑤ 晚期，肺癌侵犯纵隔，大血管受压移位、管腔变窄、管壁浸润，X线平片及CT均可见纵隔淋巴结肿大所致纵隔增宽，边缘呈分叶状。

(2) 周围型肺癌：

① X线平片，较小者表现为周围肺野孤立结节，定性困难；较大者，可见肺内圆形肿块，呈不规则分叶状、有短毛刺、不规则厚壁偏心空洞。

② CT，显示边缘毛刺、内部坏死、肿块内小圆的空泡征、管状支气管充气征、胸膜凹陷征等；周围肺野孤立结节增强扫描呈片状中度强化。

(3) 弥漫型肺癌：

① 两肺广泛分布的细小结节，病灶大小1cm左右，多不对称分布。

② 病情进展可融合成块，CT上可见融合块内支气管充气征。

4. MRI表现：

(1) 可显示中心型肺癌早期支气管壁增厚、腔内结节及管腔的狭窄。

(2) MRI可区分阻塞性肺不张与肺门肿块，T2WI像、T1WI增强图像上，肿瘤信号均低于肺不张信号。

(3) MRI的多方位成像有利于肺内肿瘤的准确定位及周围侵犯情况的观察。

(4) 心脏、大血管流空效应的低信号影，可与肿块、淋巴结形成明显区分。

5. USG表现：对于贴近胸壁的较大肿瘤，超声可显示肿物，并可引导穿刺活检。

6. 核医学影像表现：恶性肿瘤有明显的核素浓聚，T/N比值升高，延迟显像仍可见核素浓聚。

7. 影像记忆特征：

(1) 中央型肺癌，肺门区肿块+周围阻塞性改变。

(2) 周围型肺癌，周围肺野肿块+周边毛刺、分叶征+内部支气管充气征，偏心空洞。

(3) 支气管肺泡癌，严重呼吸困难，两肺弥漫性小结节。

二、肺转移瘤

1. 临床：

(1) 早期无症状。

(2) 晚期，原发肿瘤症状+肺部症状：如咳嗽、咳痰、咯血、胸痛。

2. X线与CT表现：

(1) 血行转移：两肺中下野外带，多发或单发，棉团状结节，密度均匀、大小不一、轮廓清楚。

(2) 淋巴转移：

① 自肺门向外放射状索条影，并有串珠样小结节。

② HRCT上表现为支气管血管束增粗，小叶间隔呈串珠状改变。

(3) 甲状腺癌、肝癌、胰腺癌、绒癌肺内转移表现为粟粒状小结节。

(4) 骨肉瘤、软骨肉瘤转移灶多见钙化。

(5) 绒癌转移多伴内部出血，表现为"晕轮征"，且倍增时间<30天。

3. 影像记忆特征：周围肺野结节，棉团状，常多发。

三、纵隔肿瘤

1. 纵隔肿瘤共性表现：

(1) 临床：

① 早期无症状。

② 肿瘤较大时可出现纵隔内结构受压症状，如气急、喘鸣。

③ 少数肿瘤可发生支气管瘘，出现咳嗽、咯血、咯出肿瘤内容物等。

(2) X 线胸片表现相似，可见纵隔增宽、密度升高，或见软组织肿块影突向肺野。

2. 胸内甲状腺瘤：

(1) 病理：胸骨后甲状腺肿或甲状腺瘤，好发于前上纵隔。

(2) X 线表现：透视见病变随呼吸上下运动。

(3) CT 表现：

① 前上纵隔、气管前方或两侧略高密度肿块影。

② 连续层面上见病变延伸出胸腔与甲状腺相连，内部可有钙化或囊变。

③ 增强扫描呈明显、持久强化。

(4) MRI 表现：

① 病灶呈 T1WI 低信号、T2WI 不均匀信号，增强后明显强化。

② 冠状位、矢状位显示瘤体与甲状腺为一整体，上下相连。

(5) SPECT 表现：

① 常用 ^{131}I 作显像剂，SPECT 能发现异位甲状腺，还能了解其形态与功能。

② 正常甲状腺内显像剂分布均匀，右叶大于左叶，峡产及两叶周边因组织较薄而显像剂分布略稀疏。

③ 胸内甲状腺瘤，可见纵隔内出现异常核素浓聚灶，并与颈部甲状腺影相连续。

3. 胸腺瘤：

(1) 病理：

① 起源于胸腺上皮或淋巴组织。

② 良恶性难以区分，用侵袭性与非侵袭性来描述，恶性约占 15%。

(2) 临床：除共性症状外，15%伴重症肌无力。

(3) CT 表现：

① 前上纵隔、类圆形、分叶状、等密度肿块，边界清楚，部分可有囊变。

② 增强后呈均匀强化。

③ 侵袭性胸腺瘤呈浸润性生长，边缘不规则，与心脏、大血管分界不清。

④ 常伴胸腔积液、心包积液。

(4) MRI 表现：病灶呈 T1WI 低信号、T2WI 高信号，增强后均匀强化。

4. 畸胎类肿瘤：

(1) 病理：

① 只含有中、外两个胚层组织的，叫皮样囊肿。

② 含有三个胚层组织的，叫畸胎瘤。

③ 极少数恶变。

④ 好发于前上纵隔。

(2) 临床：略出毛发为特征性症状。

(3) X线平片表现：显示前、中纵隔类圆形、轻度分叶状肿块，内部密度不均。

(4) CT表现：

　　① 皮样囊肿：为单发囊性病变，壁较厚，内部为均匀水样密度。

　　② 畸胎瘤：内部成分较多，可见脂肪密度、钙化密度。

　　③ 增强扫描呈不均匀强化。

(5) MRI表现：肿块内部信号不均，脂肪在T1WI、T2WI上均为高信号，钙化、骨骼为低信号。

5. 支气管囊肿：

(1) 病理：胚胎时支气管芽移入纵隔所致，好发于中纵隔上部。

(2) X线表现：透视见纵隔内密度均匀的肿块，可随呼吸、体位而变形。

(3) CT表现：

　　① 显示一类圆形病变，壁薄、光滑、整齐。

　　② 密度均匀，略低密度，CT值20Hu左右。

　　③ 形态随体位变化而变化。

　　④ 增强后无强化。

(4) MRI表现：显示均匀液体样信号特征。

6. 神经源性肿瘤：

(1) 病理：神经纤维瘤、神经鞘瘤最常见，好发于后纵隔及椎旁沟内。

(2) X线表现：正、侧位片示椎旁沟内肿块，并可见椎间孔骨质吸收、扩大。

(3) CT表现：

　　① 椎旁与椎管内肿块，哑铃形，边缘光滑，密度均匀略低于肌肉，可有囊变。

　　② 增强以后实质部分明显强化。

(4) MRI表现：

　　① 多方位成像可清楚地显示病变与椎管内外的关系。

　　② 平扫为T1WI低信号、T2WI高信号。

　　③ 增强时有明显强化。

7. 淋巴瘤：

(1) 病理：

　　① 分何杰金与非何杰金淋巴瘤。

　　② 何杰金淋巴瘤临床多见，主要侵犯淋巴结，青年多发，可查见R-S细胞。

　　③ 非何杰金淋巴瘤为结外器官受累。少年、老年多发。

(2) 临床：

　　① 中晚期才出现全身症状：发热、乏力、消瘦。

　　② 较大淋巴结可出现压迫症状。

(3) X线表现：正位片可见纵隔增宽，边缘呈波浪状。

(4) CT表现：

　　① 纵隔内双侧分布、非对称性的、多组淋巴结增大。

　　② 可相互融合成块。

　　③ 增强后表现为轻度强化。

(5) MRI 表现：因大血管流空效应，可明确区分淋巴结，呈等 T1WI 高 T2WI 信号。

(6) 鉴别诊断：

① 结节病：两肺门对称性淋巴结肿大。

② 转移瘤：纵隔内多组淋巴结增大，一般为单侧。

③ 胸内淋巴结核：一侧淋巴结肿大，内部常有钙化，增强后为环状强化。

8. 影像记忆特征：

(1) 胸内甲状腺瘤，上纵隔肿块，延伸到胸腔外与甲状腺相连+明显强化。

(2) 胸腺瘤，前上纵隔肿块+位于主动脉弓前方+均匀强化。

(3) 畸胎类肿瘤，前上纵隔肿块+混杂成分。

(4) 支气管囊肿，纵隔内类囊性肿块+形态随体位可变化+增强无变化。

(5) 神经源性肿瘤，后纵隔肿块+经椎间孔连通椎管内外呈哑铃形。

(6) 淋巴瘤，纵隔内多组淋巴结肿大，相互融合成块，包绕大血管。

第七节　胸膜病变

一、胸腔积液

1. 游离积液：

(1) 少量积液：

① CT 纵隔窗上可见平行于胸膜的弧线状水样密度影，可随体位变化。

② 达 250ml 时，X 线后前位平片见外侧肋膈角变平。

③ USG 可见肋膈角处三角形液性暗区。

(2) 中等量积液：

① X 线平片：液体上缘低于第 2 前肋水平，呈外高内低的弧线，弧线上缘模糊，弧线以下肺野致密，肋膈角消失，膈面模糊。

② CT 表现：纵隔窗上见后胸腔内新月形水样密度影，边界光滑。

③ USG 表现：可探及中等量液性暗区及压缩的肺叶实性回声。

(3) 大量积液：

① X 线表现：患侧肺野致密，肋间隙增宽，膈面消失，纵隔向健侧移位。

② CT 表现：纵隔窗见一侧胸腔内均匀水样密度，肺组织受压实变位于肺门部。

③ USG 表现：胸腔内充满液性暗区，受压肺向纵隔方向移位，膈肌强回声带变平、下移。

2. 局限性积液：

(1) 包裹性积液：

① X 线平片切线位或 CT 可见梭形致密影突向肺野，边界光滑，与胸壁夹角为钝角。

② USG：可见胸腔任意位置，形态不一的液性暗区，内部常见网格状或蜂窝状分隔回声。

(2) 叶间积液：在正常叶间裂的位置见梭形致密影，CT 为水样密度，并可见两端与胸膜相连。

(3) 肺下积液：

　　① 液体积于肺底与膈肌之间。

　　② 后前位 X 线片可见膈肌抬高，卧位膈肌正常。

　　③ CT 可见少量积液征象。

　　④ USG 于肋缘下及肋间可显示肺底与膈肌之间上下径很窄的液性暗区，呈扁平或条带状。

3. 胸腔积液定性诊断的影像特征：

(1) 血胸、脓胸、乳糜胸时，USG 液性暗区内常可见中等偏强点状回声。

(2) 胸腔积液在 MRI 上蛋白含量越高 T1WI 信号越高、有出血时随出血期龄不同而信号不同。

(3) USG、CT、MRI 可发现原发胸膜疾病影像学表现。

二、气胸

1. 病理：

(1) 空气进入胸膜腔所致。

(2) 胸腔负压破坏，肺组织受压萎陷。

(3) 多见于自发性、外伤性、手术后。

2. X 线表现：

(1) 在肺组织与胸壁之间可见带状气体影，其间无肺纹理。

(2) 肺组织体积缩小，向肺门方向聚集，密度升高。

(3) 受压肺组织边缘呈纤细的线样影。

(4) 大量气胸：

　　① 一侧胸腔内透亮度明显增加，看不到肺纹理。

　　② 肺组织完全被压缩，位于肺门部，呈软组织密度。

　　③ 纵隔向健侧移位，膈面低平，肋间隙增宽。

(5) 液气胸：X 线立位平片上见横贯胸腔的液平面。

3. USG 表现：

(1) 胸膜腔可见不随呼吸运动的气体强回声。

(2) 脏层胸膜与通气肺交界面显示的"彗星尾"伪像消失。

(3) 改变体位胸腔强回声迅速移动到较高部位。

(4) 液气胸：胸腔内气体强回声下方出现液性暗区。

4. CT 表现：

(1) 肺组织体积缩小、密度升高，胸腔周边出现无纹理区。

(2) 液气胸：显示气胸基础上，下部有液体影，并形成液平面。

5. 影像记忆特征：胸腔周边出现无肺纹理区。

三、化脓性胸膜炎

1. 病理与临床：

(1) 可由肺内感染病灶破溃而来，也可是致病菌经血管、淋巴管而来。

(2) 常继发于肺结核、大叶性肺炎、肺脓肿等。

(3) 急性期，全身中毒症状较重，如高热、气急、胸痛等。

(4) 后期，主要为全身消耗性症状与体征。

2. X 线平片表现：

(1) 早期，为胸腔积液征象，可见中下部胸腔内活动的弧线状高密度影，或包裹积液的梭形高密度影。

(2) 慢性期，在上述病变基础上，可见胸膜增厚、甚至钙化。

3. CT 表现：

(1) 可表现为包裹积液，表现为基底与胸壁相连的梭形病变，边缘清晰光滑。

(2) 内部密度不均，中央部接近水样密度，周边部为软组织密度。

(3) 增强扫描脏壁两层胸膜包裹病变，呈环状强化。

(4) 慢性期钙化时表现为胸腔内壁弧线形、斑块形致密影，边界清楚。

4. MRI 表现：病变显示清晰，为 T1WI 低信号、T2WI 高信号，呈梭形与胸壁相连。

5. USG 表现：

(1) 胸膜腔液性暗区内出现点状、絮状较低、中等或略高回声。

(2) 液性暗区内点状、絮状回声，于病人活动时出现漂浮及翻滚现象，病人静止时出现分层现象。

(3) 慢性期钙化时可见强回声，后方伴声影。

四、胸膜间皮瘤

1. 病理：

(1) 起源于脏层或壁层胸膜的间皮细胞与纤维细胞。

(2) 可分为局限性、弥漫性两种，前者良性多，后者恶性为多。

2. 病因：多认为与接触石棉有关。

3. 临床：局限性良性者无症状，恶性者胸痛、咳嗽、呼吸困难，早期即出现血性胸水。

4. X 线表现：

(1) X 线平片小病变不能显示，较大时可见突入肺野的肿块。

(2) 透视可与肺内肿块相鉴别：胸膜肿块呼吸时随肋骨运动，肺内肿块呼吸时随膈肌运动。

5. CT 表现：

(1) 局限性：胸膜肿块，呈类圆形或分叶状，边缘光滑锐利，与胸膜呈钝角相交。

(2) 弥漫性：胸膜广泛结节状、不规则性增厚，伴胸腔积液。

(3) 恶变时可见椎体与肋骨骨质破坏。

(4) 增强后均匀一致明显强化。

6. MRI 表现：胸壁不规则病变，呈 T1WI 略高信号，T2WI 高信号，可见大量胸腔积液。

7. USG 表现：

(1) 局限性肿瘤显示为界线不清的圆形、椭圆形低回声或等回声区，向胸腔突起。

(2) 弥漫性肿瘤可见胸膜弥漫性增厚或不规则结节样增厚，突向胸腔。

(3) 肿瘤起源于壁层胸膜者不随呼吸移动，起源于脏层胸膜者可随呼吸移动。

(4) 胸腔内可见液性暗区。

（5）彩色多普勒：肿块内可见少量血流信号。

第八节　胸部创伤

一、肋骨骨折

1. X 线平片表现：

（1）显示骨折的体位：正位、侧位、切线位。

（2）直接征象：骨皮质不连续，骨折线为锯齿状透亮影，并可精确定位。

（3）陈旧性骨折，骨折线模糊，周围有不规则的骨痂，呈局部膨大的高密度影。

（4）间接征象：可伴有气胸、液气胸、皮下气肿等。

2. CT 表现：

（1）不易定位，但也可以清晰地显示骨折线、移位情况等。

（2）可发现平片不易显示的肺、胸膜、胸壁软组织损伤。

二、肺挫伤

1. 病理：

（1）肺实质、肺间质渗出性病变。

（2）外伤后 6 个小时开始出现，24 小时以后开始吸收，3~4 天恢复正常。

2. X 线平片表现：

（1）可见肺纹理模糊，边缘不清。

（2）肺内可见片状实变的模糊阴影。

3. CT 表现：在肺部改变以外，还可以发现细微的胸壁、胸膜伴发伤。

三、肺撕裂与肺血肿

1. 受伤局部渗出性病变表现为片状模糊阴影。

2. 渗出病变中心常有含气囊肿，中间有气液平面。

3. 新鲜血肿为球形病变，密度略高，血肿液化后密度减低。

4. CT 显示渗出、血肿更清楚，肺窗上呈高密度，纵隔窗不能显示渗出，血肿为高密度。

四、纵隔血肿与气肿

1. X 线平片表现：

（1）气肿：正位，纵隔两旁与纵隔平行的低密度透亮影，侧位片上位于胸骨后方。

（2）血肿：较大量时纵隔增宽，边缘光滑。

2. CT 表现：

（1）可检出纵隔内及皮下少量气体，表现为极低密度。

（2）纵隔内血肿为高密度影，边界清楚，晚期可液化呈水样密度。

3. MRI 表现：血肿信号特殊，容易识别，脂肪抑制序列可区分脂肪与亚急性期血肿。

第九节　其他病变

一、肺囊肿

1. 病理：常见的肺先天性疾病，先天性支气管囊肿位于肺内者叫肺囊肿。
2. 临床：反复发作的"发热、咳嗽、咯血"。
3. X线平片表现：
   (1) 含液囊肿：圆形、分叶状均匀高密度影，边界光滑锐利，囊壁可见弧形钙化。
   (2) 含气囊肿：表现为薄壁、环状透亮影，壁厚薄均匀，约1mm，形态规则。
   (3) 液气囊肿：囊肿内可见液气平面，感染后囊壁增厚，周围可见斑片状浸润影。
   (4) 多发囊肿：多为含气囊肿，大小不等，密集者如蜂窝状。
   (5) 深呼吸时，囊肿形态、大小可发生变化。
4. CT表现：
   (1) 单发囊肿：圆形病变，边界光滑，内部密度均匀，CT值0~20Hu。
   (2) 单发含气囊肿：圆形、边界清晰的薄壁病变，内有气液平面。
   (3) 多发肺囊肿：两下肺多个囊肿密集排列，大小不等，含高低不等的气液平面。
   (4) 急性感染时，囊肿周围见模糊的阴影，CT肺窗上可显示，纵隔窗没有阳性表现。
5. MRI表现：
   (1) 根据囊肿内容物不同，信号不同。
   (2) 单纯囊肿，均匀T1WI低信号、T2WI高信号，含蛋白较高者，呈T1WI高信号。
   (3) 其他同CT、X线平片表现。
6. 影像记忆特征：类似支气管扩张+无印戒征。

二、肺栓塞

1. 病理与临床：
   (1) 肺动脉分支被栓子（血栓、脂肪、气体等）堵塞后，引起相应肺组织供血障碍。
   (2) 诱因：久病卧床、妊娠、大手术后、骨折、心功能不全等。
   (3) 突然发生的胸痛、咯血、呼吸困难。
2. X线平片表现：
   (1) 肺缺血：栓塞肺叶或段相应区域，肺纹理减少甚至消失，透亮度增加。
   (2) 肺体积缩小：表现为局限性肺不张，呈三角形或小片状阴影，密度略高。
   (3) 肺小动脉弥漫性栓塞：肺纹理普遍减少，肺野透亮度增加。
3. DSA表现：
   (1) 肺动脉分支内充盈缺损或截断。
   (2) 肺内局限性血管减少或无血管。
   (3) 肺动脉小分支多发栓塞呈"剪枝样"表现。
   (4) 栓子24小时开始溶解，故48小时以后造影可表现正常。
4. CT表现：
   (1) 近肺门区的较大肺动脉分支的栓子，新鲜时为高密度，陈旧的为低密度。

(2) MSCT 动态增强扫描，可清晰发现栓塞部位长条状及不规则形低密度充盈缺损。

  (3) 周围型栓塞可见肺内片状高密度影。

 5. MRI 表现：

  (1) 平扫时肺动脉呈流空低信号，内部栓子呈 T1WI 等、高信号。

  (2) 3D CE MRA 是较新较好的诊断方法，可显示中央型或部分周围型肺栓塞。

 6. 核医学影像表现：急性肺栓塞时，肺灌注显像表现为栓塞肺叶/段的放射性稀疏或缺损，而在肺通气显像时放射性分布正常，即肺通气–灌注显像的"不匹配"现象。

三、膈疝

 1. 胸腹裂孔疝：

  (1) 病理：胸腹裂孔在出生后封闭不全，胃、结肠、小肠、脾等疝入胸腔。

  (2) 临床：较小者可无症状。较大者可出现胸闷、气急、心慌，伴腹胀、返酸等。

  (3) X 线平片表现：

   ①. 立位拍片：患侧胸腔密度不均匀升高，内见消化道不规则气体影，气液平面。

   ②. 消化道钡剂造影：可明确显示消化道疝入胸腔内，位于膈面以上。

   ③. 可伴有心脏、纵隔向健侧移位。

  (4) CT 表现：可显示胸腔内的疝内容物；口服对比剂有利于明确疝入的胃肠道。

  (5) MRI 表现：多方位成像、脂肪或各脏器的特殊信号，更容易显示疝的病理结构。

 2. 外伤性膈疝：

  (1) 病理与临床：

   ① 锐器伤或腹腔压力骤升的钝伤，可导致腹腔内脏器疝入胸腔。

   ② 急性严重者，呼吸困难、发绀、休克。

   ③ 嵌顿疝，疝环较小可阻断疝入脏器的血供，发生坏死。

   ④ 滑动疝，可于外伤后很长时间内，反复发生胃肠道、大网膜进入疝环，表现为间歇性左上腹隐痛、腹胀、肠梗阻等症状。

  (2) X 线平片表现：

   ① 膈面消失，胸腔内不均匀的高密度，夹杂气体、气液平面影。

   ② 不同体位，上述病变可发生变化，立位时甚至可完全正常。

   ③ 消化道钡剂造影可明确显示消化道位于胸腔内。

   ④ 心脏纵隔向健侧移位，患侧肺膨胀不全。

  (3) CT、MRI 类似胸腹裂孔疝表现。

 3. 食管裂孔疝：

  (1) 概念：

   ① 是指腹腔内脏器通过膈食管裂孔进入胸腔的疾病。

   ② 疝入的脏器多为胃。

   ③ 是膈疝中最常见的一种。

  (2) 病理：

   ① 短食管型。

   ② 滑动型。

   ③ 食管旁型。

第四章 呼吸内科、胸外科医学影响基础

④ 混合型。

(3) 临床：因胃食管返流致消化性食管炎；常见返酸、嗳气、胸骨后烧灼感等。

(4) X 线表现：

① 直接征象：膈上发现疝囊。

② 疝囊大小不一，内部可见胃粘膜，下界为食管裂孔形成的环形缩窄。

③ 出现 A 环：疝囊的上界与食管间有一收缩环，称 A 环，与食管蠕动无关。

④ 出现 B 环：胃食管上皮交界环上移到膈上，管腔收缩时边缘出现隔状切迹。

第五章 心血管内、外科医学影像基础

医学影像学对心脏大血管病变的诊治具有非常重要的意义，基本的检查方法仍为普通 X 线和 USG，此外，DSA、MSCT、MRI 等新技术，已成为心脏大血管检查的重要手段。

第一节 检查方法

一、X 线检查

1. 透视：可动态实时观察心脏、大血管搏动情况。
2. 摄影：
   (1) 可观察心脏、大血管形态改变，可评价肺血多少，间接反映心功能情况。
   (2) 常用体位：
   ① 后前位：即心脏大血管的正位。
   ② 右前斜位：被检者自后前位向左旋转 45°~60°。
   ③ 左前斜位：被检者自后前位向右旋转约 60°。

二、DSA 检查

1. 方法：
   (1) 通过导管将对比剂快速注入心脏大血管腔内，显示心腔及血管的方法。
   (2) 包括：左心造影、右心造影、冠状动脉造影、主动脉造影、肺动脉造影、外周动脉造影及介入治疗。
2. 应用：
   (1) 观察血流速度、方向，了解心血管内部解剖结构、运动状态。
   (2) 分析心脏瓣膜功能、心室容量与心室功能。
   (3) 主要用于复杂先心病、大血管病变、冠状动脉检查及介入治疗。

三、USG 检查

1. 特点：
   (1) 可实时显示心脏大血管各解剖结构的形态和运动。
   (2) 可对心脏功能和血流指数进行测量。
   (3) 是心功能评价的最简便、准确的方法。
2. 常用检查方法：
   (1) M 型超声心动图。
   (2) 二维超声心动图。
   (3) 多普勒超声心动图。
   (4) 心脏功能测定。

3. 特殊检查方法：

(1) 经食道超声心动图。

(2) 心脏声学造影。

(3) 三维超声心动图。

(4) 介入性超声心动图。

四、CT 检查

1. 常用体位：

(1) 标准轴位，扫描平面即为人体解剖学横断面。

(2) 短轴位，扫描平面与心脏长轴垂直，与室间隔垂直，即四腔心位。

(3) 长轴位，扫描平面与心脏长轴平行，与室间隔垂直，即两腔心位。

2. 常规 CT 平扫：

(1) 胸腔内大血管在周围脂肪衬托下，显示清晰。

(2) 心包呈厚薄均匀的弧线影，厚度收缩期 1.7mm，舒张期 1.2mm，内可见低密度脂肪，外为相邻肺组织。

(3) 心脏为一略高密度软组织影，各房室常规 CT 不能分辨。

3. MSCT：

(1) 图像质量高，检查时间短。

(2) 检查方法：容积扫描及三维后处理，电影成像可动态显示心脏大血管搏动情况。

(3) 能显示心脏大血管轮廓及其与纵隔内器官、组织的毗邻关系。

(4) 对冠状动脉小片状钙化较敏感。

4. EBCT：

(1) 能观察心脏大血管形态。

(2) 可显示心脏和大血管壁、房室间隔和瓣膜运动。

(3) 计算心功能，分析血流动力学改变。

5. CTA：

(1) 通过使用静脉对比剂，在 MSCT 或 EBCT 上完成。

(2) 可重组扫描容积内血管的三维旋转图像，立体显示各大血管。

(3) 尤其在冠状动脉的显示上有独到价值，已成为冠心病的筛选方法。

五、MRI 检查

1. MRI 组织对比良好，心肌、大血管、房室间隔、瓣膜、血流信号对比清晰。

2. 对血流具有特殊敏感性，能够评价流量、流速，甚至血流方向。

3. 冠状动脉成像：目前仅能分段显示冠状动脉，远不如多排螺旋 CT 效果好。

4. 心肌灌注成像：

(1) 心肌信号强度随灌注时间而变化。

(2) 可用于判断心肌血流灌注及心肌活性情况。

(3) 首过法：分析对比剂首次通过心肌时动态变化图像，判断心肌血供。

(4) 延迟法：分析对比剂通过心肌 5~30 分钟的 MR 图像，判断心肌细胞的损伤程度，识别可逆性与不可逆性心肌损伤。

第五章 心血管内、外科医学影像基础

5. 电影成像：

(1) 使用 MR 快速成像序列，每帧约 20ms，可实现电影成像。

(2) 主要用于实时观察心肌、瓣膜运动状态。

(3) 可用于心功能检查与评价。

六、核医学影像

1. 心肌灌注显像：

(1) 冠心病、心肌缺血（尤其是隐匿型）的早期诊断。

(2) 了解心肌缺血或心肌梗塞的部位、范围、程度，进行危险度评估和治疗决策。

(3) 心肌炎、心肌病与冠心病的鉴别诊断。

(4) 判断存活心肌。

(5) 冠心病心肌缺血或心肌梗死的药物、介入或搭桥术后的疗效评价。

2. 心血池显像：可用于评价心功能、心肌供血与存活情况等。

3. 静脉显像：

(1) 先天性静脉发育异常。

(2) 大静脉闭塞。

(3) 静脉阻塞性疾病的疗效随访。

4. ^{18}F-FDG 显像，判断存活心肌（为"金标准"）。

5. PET 心肌神经受体显像：主要用于心功能评价。

第二节 正常影像表现

一、心脏大血管 X 线平片

1. 在后前位上，正常心脏大血管形态可分为横位心、斜位心和垂位心。

2. 心脏大小评价：

(1) 心胸比率：心影最大横径与胸廓最大横径之比。

(2) 心影最大横径：是心影左右缘最突一点至胸廓中线垂直距离之和。

(3) 胸廓最大横径：是在右膈顶平面两侧胸廓肋骨内缘间连线的长度。

(4) 正常成人心胸比率≤0.5。

3. 后前位上正常心脏大血管影像分析：

(1) 右心缘由上下两段组成：

① 上段为上腔静脉及升主动脉。

② 下段为右心房。

③ 心膈角处偶见下腔静脉影。

(2) 左心缘由三段组成：

① 上段为主动脉球，由主动脉弓组成，呈弧形突出。

② 中段称为心腰部，又称肺动脉段，由肺动脉主干构成。

③ 下段由左心室构成。

4. 右前斜位上正常心脏大血管影像分析：

(1) 心前缘：
　　① 主动脉弓及升主动脉。
　　② 肺动脉。
　　③ 右室前壁和左心室下段。
(2) 心后缘分上下两段，两者分界不清：
　　① 上段为左心房。
　　② 下段为右心房。
(3) 心前缘与胸壁之间有三角形透亮区，尖向下，称为心前间隙或胸骨后区。
(4) 心后缘与脊柱之间较透亮，称为心后间隙或心后区。食管在心后间隙通过，钡剂充盈时显影。

5. 左前斜位上正常心脏大血管影像分析：
(1) 心前缘：
　　① 上段为右心房，主要由右心耳构成。
　　② 下段为右心室，房室分界不清。
(2) 心后缘：
　　① 上段为左心房。
　　② 下段为左心室构成。
(3) 可显示胸主动脉和主动脉窗。

6. 左侧位上正常心脏大血管影像分析：
(1) 心前缘：
　　① 上段由右心室漏斗部与肺动脉主干构成。
　　② 下段为右心室前壁，下段与前胸壁紧密相邻。
　　③ 心前缘与前胸壁之间的三角形透亮区，称为胸骨后区。
(2) 心后缘：
　　① 上中段由左心房构成。
　　② 下段由左心室构成，与膈成锐角相交，下腔静脉常在此角内显影。

二、心脏大血管 DSA

1. 右心房：
(1) 正位像上：
　　① 右心房呈椭圆形，腔内表面光滑，外缘稍膨隆。
　　② 右心房外上、外下角分别可见上、下腔静脉。
　　③ 右心房壁厚 2~3mm，由一凹陷性切迹（三尖瓣环）与右心室流入道相连。
(2) 侧位像上：右心房位于右心室后方，呈卵圆形。

2. 右心室：
(1) 正位像上：
　　① 右心室部分位于脊柱左缘左侧，略呈直立圆锥形，腔表面为不规则形。
　　② 右缘以三尖瓣与右心房相连。
　　③ 肺动脉干斜向左上，在脊柱左缘分为左、右肺动脉。
(2) 侧位像上：

① 右心室位于心脏最前方，略呈新月形。

② 肺动脉干位于主动脉前方。

3. 左心房：

(1) 正位像上：

① 左心房横置于心影中部，呈椭圆形，腔内表面光滑，

② 左右肺静脉由左心房两侧呈外上外下方向分别伸向肺野。

③ 左心房左下方经二尖瓣与左心室相连。

(2) 侧位像上：左心房居气管分叉的下方。

4. 左心室：

(1) 正位像上：

① 壁较厚，游离缘较光滑，呈斜置的长椭圆形，由内上方斜向左下方。

② 最下方为心尖部，心尖处室壁最薄。

(2) 侧位像上：

① 左心室略呈三角形。

② 一角向前向下指向心尖，一角指向头侧的主动脉瓣，第三角向下向后朝二尖瓣的下缘。

5. 冠状动脉：DSA 是目前能在活体上显示其解剖结构的最佳方法。

(1) 冠状动脉分成左、右冠脉两大分支，左冠脉进一步可以分成前降支和回旋支，再分出小的分支。右冠脉的大分支不多，在远端分出后降支。

(2) 冠状动脉行走方向各异，个体差异大，冠脉造影是二维图像。造影需要各个不同投照角度方可清晰显示不同的分支。

三、心脏大血管 USG

1. M 型超声心动图：

(1) 方法：由二维超声心动图切面移动取样线获得，最常用的有心底波群、二尖瓣波群及心室波群。

(2) 心底波群：

① 可依次显示胸壁、右室流出道前壁、右室流出道、主动脉前壁、主动脉瓣、主动脉后壁、左房、左房后壁等结构的 M 型曲线。

② 右室流出道、主动脉腔及左房比例接近 1:1:1。

③ 主动脉曲线收缩期向前，舒张期向后，多数病人见重搏波。

④ 主动脉瓣曲线收缩期呈六边形，舒张期闭合成一直线，开放点为 K 点，闭合点为 G 点。

(3) 二尖瓣波群：

① 可依次显示胸壁、右室前壁、右室腔、室间隔、左室腔、二尖瓣前后瓣、左室后壁 M 型曲线。

② 舒张期二尖瓣前叶呈双峰曲线，E 峰大于 A 峰，二尖瓣后叶曲线与之方向相反，幅度较小；收缩期前后叶合拢形成 CD 段。

(4) 心室波群：

① 可依次显示胸壁、右室前壁、右室腔、室间隔、二尖瓣腱索、左室后壁等的

M 型曲线。

② 室间隔收缩期向后，厚度增加，舒张期向前，厚度减小；左室后壁运动方向与室间隔相反，收缩期厚度增加，舒张期厚度减小。

2. 二维超声心动图：

(1) 胸骨左缘主要有左室长轴切面、心底至心尖系列短轴切面、胸骨旁四腔切面、右室流入道及流出道长轴切面等。

(2) 心尖部主要有心尖四腔切面、心尖五腔切面、心尖两腔切面、心尖左室长轴切面等。

(3) 剑下主要有剑下四腔切面、剑下五腔切面、剑下右室流出道长轴切面、下腔静脉长轴切面等。

(4) 左室长轴切面：

① 可显示右室前壁、右心室、室间隔、左心室、二尖瓣瓣叶及腱索、左室后壁、主动脉瓣及主动脉根部等结构及运动情况。

② 室间隔与主动脉前壁相延续，二尖瓣前叶与主动脉后壁相延续。

(5) 心底短轴切面：可显示主动脉根部及瓣叶、左右冠状动脉主干及开口、肺动脉主干及左右分支、肺动脉瓣瓣叶、右室及右室流出道、右心房、三尖瓣、左心房等结构及活动情况。

(6) 二尖瓣水平短轴切面可显示右心室、左心室、室间隔及二尖瓣瓣口等结构及活动情况。

(7) 乳头肌水平短轴切面可显示部分右室腔、左心室及两组乳头肌等结构，此切面主要用于观察室间隔及左室各壁室壁运动情况。

(8) 心尖四腔切面可显示左右心室、左右心房、房室间隔、二尖瓣及三尖瓣，左房顶部可显示肺静脉入口。

(9) 心尖五腔切面显示主动脉根部、主动脉右冠瓣及左冠瓣，并可显示心尖四腔切面所显示内容。

(10) 剑下四腔切面可显示心尖四腔切面内容，但主要用于观察房间隔连续性。

3. 多普勒超声心动图：

(1) 包括频谱多普勒及彩色多普勒。

(2) 脉冲多普勒取样容积置于瓣口可获得瓣口正常血流频谱，连续多普勒可获得高速血流频谱。

① 正常二尖瓣口为双峰、窄带、中空、正向血流频谱，E 峰大于 A 峰。

② 正常三尖瓣口血流频谱与二尖瓣口相似，但 E 峰、A 峰值均小于二尖瓣。

③ 正常主动脉瓣口与肺动脉瓣口均为单峰、窄带、中空、负向血流频谱，主动脉瓣口血流峰值大于肺动脉瓣口。主动脉瓣口血流频谱呈类似三角形，肺动脉瓣口血流频谱呈圆顶状。

(3) 彩色多普勒超声心动图，显示相对一致的蓝色或红色血流信号依不同心动周期，充满各瓣口、各心腔及大血管腔。

① 主动脉瓣口血流信号，一般由心尖五腔切面观察，显示为蓝色。

② 肺动脉瓣口血流信号，一般由心底短轴切面观察，显示为蓝色。

③ 二尖瓣口及三尖瓣口血流信号，一般均由心尖四腔切面观察，均显示为红色，

口较三尖瓣口血流信号明亮。

四、心脏大血管 CT

1. 标准轴位：
   (1) 由胸廓入口到膈面，以解剖学横断面进行扫描。
   (2) 代表性层面：
       ① 主动脉弓层面。
       ② 气管隆突层面。
       ③ 主动脉根部层面。
       ④ 心室层面。
   (3) 主动脉弓层面：
       ① 主动脉弓呈香蕉样，凸缘向前，右前左后方向位于前纵隔正中偏左侧。
       ② 其右侧为上腔静脉圆形断面。
       ③ 后方为主气管、食管断面。
   (4) 气管隆突层面：
       ① 主肺动脉干及左右肺动脉位于中部。
       ② 右前方为升主动脉及上腔静脉断面影。
       ③ 其后方为支气管隆突。
       ④ 左侧椎旁可见降主动脉。
   (5) 主动脉根部层面：
       ① 升主动脉根部位于右前部。
       ② 其左前方为主肺动脉。
       ③ 右后方为上腔静脉或右心耳。
       ④ 正后方为左心房。
       ⑤ 椎旁左侧可见降主动脉。
   (6) 心室层面：
       ① 前方为右室。
       ② 左后为左心室。
       ③ 右后为右房。
       ④ 正后方为左房。
       ⑤ 椎旁左侧为降主动脉。
2. 短轴位：
   (1) 左室体部层面为代表层面：
       ① 左室呈圆环形结构，位于左侧，内部为高密度心腔。
       ② 右室呈长圆形环状结构，位于右侧。
       ③ 左室壁较厚，右室壁较薄。
       ④ 心室肌内侧缘可见大小不等的结节状突起，为乳头肌断面。
   (2) 短轴位电影成像，可动态了解心肌舒缩运动和心肌厚薄变化，用于心肌形态观察和心功能评价。
3. 长轴位：

（1）即标准四腔心位置。

（2）可观察房室瓣形态、运动。

（3）可清晰显示升主动脉根部及左室流出道。

（4）心尖部形态结构及病变。

4. 冠状动脉：

（1）MSCT 使用对比剂及高压注射器，结合心电门控技术，容积扫描，三维重组。

（2）可多种体位显示冠脉，甚至以 DSA 常用的体位来观察各支血管。

（3）已成为创伤性冠脉造影的一种替代方法。

（4）可显示冠状动脉开口、走行情况，显示斑块性质，了解先天变异及发育异常。

（5）可检出冠状动脉中度及以上的狭窄。

（6）可用于冠状动脉支架、冠状动脉搭桥术后随访观察。

五、心脏大血管 MRI

1. 扫描体位：同 CT 扫描，常用标准轴位、长轴位、短轴位。

2. 心脏大血管形态学成像：

（1）心肌：呈中等信号强度，SET1WI 信号强度略高于 T2WI。

（2）心内膜：比心肌信号略高，呈一细线状。

（3）瓣膜：长轴位可清晰显示二尖瓣、三尖瓣，在 FISP 序列上呈低信号。

（4）心包：SE 序列呈低信号，心外膜下脂肪为高信号，厚度 1.2mm–1.7mm。

（5）大血管：管壁 T1WI 呈厚薄均匀的等信号，T2WI 为低信号。

3. 血液血流 MRI 成像：

（1）黑血技术上血流呈低信号。

（2）亮血技术可不使用对比剂而使血液呈高信号。

（3）血管狭窄或瓣膜关闭有返流时，血流因湍流呈不规则的低信号影。

（4）3D CE MRA 可清晰显示大血管及 4~5 级分支血管。呈均匀高信号，腔内光滑。

第三节 基本病变

一、形态结构异常

1. 心脏形态异常：

（1）在 X 线正位胸片上观察，可分为三型：二尖瓣型、主动脉型和普大型。

（2）利用彩超、多排螺旋 CT、MRI 可具体显示心肌、瓣膜等改变。

（3）二尖瓣型：

　　① 心腰部膨隆，心左缘下段饱满，整体呈梨形。

　　② 见于二尖瓣病变。

（4）主动脉型：

　　① 主动脉球突出，心腰部凹陷，心左右缘饱满。整体呈靴形。

　　② 见于高血压心脏病、主动脉瓣病变、室缺、房缺等。

（5）普大心：

① 心影向两侧普遍扩大，整体呈烧瓶样。

② 心缘搏动减弱或消失；部分患者可伴有上腔静脉扩张。

③ 见于心包积液、心肌炎、心衰等。

2. 心肌厚度异常：

(1) 肥厚型心肌病、高血压性心脏病时心肌增厚。

(2) 扩张型心肌病、心室容量负荷增加、心力衰竭时心肌厚度减小。

3. 间隔异常：

(1) 常见间隔位置、形态、厚度异常和间隔缺损。

(2) 成人室间隔厚度<12mm。

(3) 肥厚型心肌病呈非对称性室间隔增厚。

(4) 扩张型心肌病，室间隔呈弧形，突向右心室。

(5) 房缺、室缺，可显示间隔连续性中断，并可显示异常血流。

4. 瓣膜异常：

(1) 影像检查目的主要是发现其位置、形态、厚度、活动的异常。

(2) 风心病瓣膜狭窄时，瓣膜口狭窄，瓣叶增厚变形。

(3) 三尖瓣下移畸形，瓣环下移及三尖瓣前叶过长。

(4) 肺动脉瓣狭窄，收缩期瓣膜呈圆顶样凸向肺动脉。

(5) 瓣膜关闭不全，USG、DSA、CT 或 MR 电影成像可观察到血液返流的征象。

5. 心腔异常：

(1) 包括心腔大小异常，心腔内回声、信号或密度异常。

(2) 常见原因为附壁血栓和粘液瘤。

6. 右心房增大：

(1) 右心缘向右凸出，长度增加，右心房/心高比率>0.5。

(2) 右心耳增大使心前缘上段向上膨凸并延长。

(3) 心后缘下段可见一圆弧形膨凸。

(4) 上腔静脉扩张，可使右上纵隔增宽，右心膈角消失。

7. 左心房增大：

(1) 食管受压向后移位。

(2) "双重阴影"、"双弧影"。

(3) 左心缘可见左心耳突出。

(4) 左主支气管受压抬高，左右支气管夹角加大。

8. 右心室增大：

(1) 后前位：心腰部消失变丰满或膨隆，相反搏动点下移。

(2) 左前斜位：心前缘下段向前膨凸，心室膈面延长。

(3) 右前斜位：心前缘 "圆锥部" 呈较明显的隆凸，右室段向前膨隆，心前间隙缩小或消失。

9. 左心室增大：

(1) 左室段延长、心尖向下延伸，相反搏动点上移。

(2) 后前位，左室段圆隆。

(3) 左前斜位，左室段与脊柱阴影重叠

(4) 左侧位，心后间隙缩小，心后下方食管前间隙消失。

二、运动异常

1. 检查方法：包括超声心动图、心室造影、MSCT、EBCT、MRI 电影成像。

2. 强弱改变：
   (1) 收缩幅度增强，为高动力状态。常同时伴随心肌收缩力增强、心率加快。
   (2) 收缩幅度减低，为低动力状态。可分为普遍和节段性减弱。
   (3) 运动消失，为区域性无动力状态。表现为心壁局限性、区域性、节段性运动消失。

3. 矛盾运动：
   (1) 表现为节段性、区域性、局限性心室壁向外膨隆、突出。
   (2) 出现在心肌舒缩不同时相，与其他部位运动相反。
   (3) 见于心肌梗死后室壁瘤形成等病变。

4. 血流异常：
   (1) 瓣膜狭窄时血流速度明显增高。
   (2) 扩张型心肌病时各瓣口的流速明显减低。
   (3) 瓣膜关闭不全时，舒张期可见心腔内异常血流。
   (4) 返流血液失去正常的层流，出现湍流。MRI 表现为区域性信号减低。

三、血管异常

1. 主要指大血管先天发育异常，包括血管节段性扩张、走行迂曲、主要分支缺如、起源异常，管腔狭窄等。

2. 超声心动图、DSA、MSCT、MRI 可清晰显示这些畸形。

3. 血管内的瘤栓或血栓：
   (1) 在 DSA、CTA、MRA 上表现为充盈缺损。
   (2) 在 CT 上可见陈旧性血栓内的钙化。
   (3) 亚急性期血栓，在 MRI 上表现为 T1WI 高信号。

4. 血管壁病变：
   (1) 如动脉夹层，MRI、USG 可清晰显示内膜片及所形成的真假腔。
   (2) 动脉粥样硬化形成的管壁斑块等，CT、USG 可区分硬斑块、软斑块。

5. 小血管异常：
   (1) DSA、彩色多普勒、MRA、CTA 可显示小血管分支、附壁血栓、狭窄程度等。
   (2) 常用于动脉粥样硬化，血管狭窄或脉管炎的诊断。

6. 血管狭窄的分度诊断标准
   Ⅰ度，管径狭窄小于 50%。
   Ⅱ度，管径狭窄 50%~75%。
   Ⅲ度，管径狭窄大于 75%。
   Ⅳ度，管腔闭塞。

7. DSA 还可用于血管狭窄的介入治疗，如血管成形术。

四、肺血异常

1. 肺动脉充血：

(1) 肺动脉小分支普遍增粗，向肺外围延伸，边界清晰锐利。

(2) 肺野透亮度正常。

(3) 长期肺充血，可引起肺动脉高压。

(4) 多见于左向右分流的先心病，如房缺，或循环血量增加的疾病，如甲亢。

2. 肺动脉高压：

(1) X 线表现：

① 肺动脉段（心腰）突出。

② 肺动脉干及大分支扩张，搏动增强。

③ 外围小分支变细，与肺门部大分支间突然分界，即所谓肺门截断现象。

④ 右心室增大。

⑤ 见于先心病长期肺充血、肺心病、肺动脉栓塞等。

(2) USG 表现：

① 二维改变：主肺动脉增宽，肺动脉瓣舒张期突向右室流出道，瓣叶增厚，右房、右室扩大，室间隔运动异常。

② M 型改变：a 波变浅或消失，cd 段呈 "V" 型或 "W" 型，常伴有收缩期扑动。其中，a 波有半定量作用，a 波 ≤ 2 mm，肺动脉平均压约为 20--40 mm Hg；a 波消失，肺动脉平均压 > 40 mm Hg。

③ 血流频谱改变：肺动脉高压时血流加速时间缩短，频谱峰值提前出现，频谱上升支陡直，下降支呈缓慢的斜线，呈"匕首"状，右室射血前期时间延长，射血时间缩短，频谱呈狭窄三角形或双峰型。

④ 彩色多普勒：右房内可见三尖瓣蓝色为主五彩返流束，右室流出道可见肺动脉瓣红色为主五彩返流束，主肺动脉内彩色血流信号暗淡并且局限。

(3) CT、MRI 表现：

① 主肺动脉明显扩张。

② 右心房、右心室、下腔静脉明显扩张。

③ 室间隔正常弧形弯曲消失，代之以由右向左的弯曲。

④ 肺动脉内可见血栓，呈短 T1WI 高信号，CT 呈等、低密度斑块影。

3. 肺血减少：

(1) 肺门缩小。

(2) 肺纹理变细、稀疏。

(3) 肺野透亮度增加。

(4) 见于三尖瓣或肺动脉瓣狭窄等右心排血受阻性疾病。

4. 肺静脉高压：

(1) 表现为肺瘀血：

① 上肺静脉扩张。

② 下肺静脉及小静脉正常。

③ 肺血管纹理普遍增粗，边缘模糊。

④ 肺门增大，边缘模糊。

⑤ 肺野透亮度降低。

(2) 表现为间质肺水肿：出现各种间隔线，即 kerley 线，如 B 线、A 线、C 线等。

(3) 表现为肺泡性肺水肿：

① 两肺门区对称分布的斑片状阴影，边界模糊，形成"蝶翼征"。

② 短时间内可发生明显变化。

(4) 主要见于左房压力升高、阻力增大，如二尖瓣狭窄、主动脉瓣狭窄等。

第四节　获得性心脏病

一、风湿性心脏瓣膜病

1. 病理与临床：

(1) 基本病理改变：瓣叶不同程度增厚、卷曲，可伴钙化，瓣叶交接处粘连，开放受限，瓣口狭窄，瓣叶变形，乳头肌和腱索缩短、粘连，瓣膜关闭不全。以下重点介绍二尖瓣病变。

(2) 风湿性心瓣膜病可发生于任一瓣膜，二尖瓣损害最常见，其次为主动脉瓣。

(3) 多发生于 20~40 岁，女性略多。

(4) 二尖瓣狭窄表现为劳力性呼吸困难、咯血等，心尖部闻及隆隆样舒张期杂音。

(5) 二尖瓣关闭不全表现为心悸、气短、左心衰症状，心尖部闻及收缩期杂音。

2. 二尖瓣狭窄：

(1) X 线表现：

① 心影呈二尖瓣型。

② 肺静脉压升高，出现肺淤血。

③ 随着病情进展，可出现间质性肺水肿。

④ 常同时伴有肺动脉压升高表现。

⑤ 肺野出现 1~2mm 大小颗粒状密度增高影，为含铁血黄素沉着的表现。

(2) USG 检查：

① 二维表现：

　　a. 二尖瓣瓣膜增厚，回声增强，活动受限。

　　b. 瓣口狭窄：轻度 1.5—2.0cm^2，中度 1.0—1.5cm^2，重度狭窄小于 1.0cm^2。

　　c. 继发改变：左房增大，晚期右心扩大。

② M 型改变：

　　a. 二尖瓣曲线呈"城墙样"改变，前后叶同向运动。

　　b. EF 斜率降低。

③ CDFI：舒张期红色为主五彩射流经二尖瓣口流入左室。

④ 脉冲多普勒：

　　a. 显示舒张期正向湍流频谱。

　　b. 连续多普勒测量 E 峰大于 1.5m/s。

(3) CT 检查：

① 常规 CT 检查可见瓣叶的钙化及房室增大。

② 可显示左房后壁及左房耳部的血栓。

③ CT 电影扫描可显示瓣膜运动的受限及瓣口的狭窄。

(4) MRI 检查：

① 可显示房、室的大小及心腔内的血栓，呈 T1WI 高信号。

② 可显示血流通过狭窄及关闭不全的瓣口后形成的涡流低信号。

③ 电影成像可显示瓣膜运动及瓣口狭窄。

3. 二尖瓣关闭不全：

(1) X 线检查：

① 轻度返流，左房可轻度增大，无肺静脉高压表现。

② 中度以上返流，左房室明显增大，肺淤血、肺静脉高压，左室搏动增强。

(2) 超声检查：

① 二维表现：二尖瓣瓣膜增厚，回声增强，活动受限，二尖瓣关闭对合欠佳，瓣叶不能合拢，左房、左室扩大。

② M 型改变：CD 段呈双线改变，二尖瓣脱垂时，CD 段呈吊床样改变。

③ CDFI：

　　a. 收缩期蓝色为主的五彩血流由二尖瓣口流入左房。

　　b. 根据返流束面积和左房面积比可半定量评估二尖瓣关闭不全程度，比值小于 20% 为轻度，20%--40% 为中度，比值大于 40% 为重度。

④ 频谱多普勒：脉冲多普勒显示收缩期负向湍流频谱，连续多普勒测量最大返流速度一般大于 4m/s。

(3) CT、MRI 电影成像：

① 可动态观察二尖瓣叶的运动。

② 可显示血液的返流，评判关闭不全的程度及返流量。

二、冠状动脉粥样硬化性心脏病

1. 病理与临床：

(1) 冠脉内膜下钙沉积，纤维组织增生，粥样斑块形成、增大、融合、溃疡。

(2) 继发血栓形成，使得管腔狭窄、阻塞。

(3) 随管腔狭窄程度不同，可出现心肌供血不足、心绞痛、心肌梗死等症状。

(4) 梗死可出现室壁瘤、乳头肌断裂、心脏破裂、心包填塞等并发症。

(5) 临床出现心绞痛、心律紊乱、心力衰竭及猝死，心电图、心肌酶谱异常等表现。

2. X 线表现：大部分冠心病 X 线平片可完全正常。

3. DSA 表现：

(1) 冠脉造影表现：

① DSA 目前仍为冠心病诊断的金标准。

② 粥样硬化斑块或腔内血栓表现为突向腔内的充盈缺损影。

③ 血管狭窄表现为血管向心性或偏心性变细。

④ 血管闭塞表现为走行中断。慢性者可见周围侧支循环小血管影。

(2) 左室造影表现：

① 可显示左室形态、大小、整体及节段性的收缩运动功能。

② 测量收缩及舒张末期容积，计算左室射血分数减低。

③ 心肌梗死后并发征：

    a. 室壁瘤表现为室壁局限性膨凸，伴有局部室壁运动功能消失，反向运动。

    b. 室间隔穿孔，可见心室水平左向右分流。

    c. 乳头肌断裂和功能不全表现为不同程度的二尖瓣返流。

4. USG 表现：

(1) 冠脉异常：仅可显示冠状动脉主干及开口，有时见管腔狭窄，管壁回声增高或斑块附着。

(2) 室壁运动改变：

① 二维超声：节段性室壁运动异常，运动幅度减低，收缩期增厚率降低。

② M 型改变：室壁运动曲线收缩速度>舒张速度，二者均减低。

③ 负荷试验：出现室壁运动异常或室壁运动异常加重。

(3) 房室改变：可出现心尖部圆钝，左心房轻度扩大，少数病人出现左心室扩大。

(4) 心肌改变：陈旧性心肌梗死瘢痕区回声增强，舒张期室壁变薄（小于 7mm 或较周围正常区薄 30%）。

(5) 心功能改变：左室收缩及舒张功能均减低。

(6) 心梗并发症：

① 心脏破裂：梗死区连续性中断，心包腔出现液性暗区。

② 室间隔穿孔：室间隔肌部回声中断，附近心肌运动异常，右心室、右心房扩大，多普勒可显示收缩期室水平左向右分流彩色血流信号及血流频谱。

③ 乳头肌断裂：受累二尖瓣出现□枷样运动，可见乳头肌断端，多普勒可显示二尖瓣返流彩色血流信号及血流频谱。

④ 附壁血栓：室壁运动异常区可见不规则团块或呈分层状回声突向心腔。

⑤ 室壁瘤形成：局部心室壁变薄，向外膨出，运动消失或呈矛盾运动，最常见于心尖部。

5. CT 表现：

(1) 平扫显示的冠脉钙化：

① 表现为沿房室沟及室间沟走行的斑点状条索状高密度影。

② 如果发现冠脉钙化，则肯定有冠心病。

③ 如果没有发现冠脉钙化，不能除外冠心病。

(2) 心肌梗死的 CT 直接征象：

① 局部心肌壁变薄。

② 缺血坏死心肌 CT 值降低，5HU~10HU。增强扫描时，密度升高。

③ 收缩期心肌壁增厚减低或不增厚。

④ 节段性室壁运动功能异常（包括减弱、消失、矛盾运动或不协调）。

⑤ 整体及节段射血分数减低。

(3) 心肌梗死并发症 CT 表现：

① 室壁瘤：表现为局部室壁膨凸，同时反向运动。

② 附壁血栓：心腔内可见低密度充盈缺损。

③ 室间隔穿孔：表现为心腔增大、肺瘀血、肺水肿及肺充血并存。

④ 乳头肌断裂：断裂或功能不全者表现为左房、室增大及肺瘀血、肺水肿。

(4) CTA 结合 3D 技术：

① 冠脉主干或大分支狭窄。

② 冠脉狭窄处的斑块表现为新月形或环形混杂密度影。

6. MRI 表现：

(1) MRI 常用方法：形态成像、功能成像、心肌灌注等。

(2) MRI 检查目的：

① 诊断急性心肌梗死。

② 评价心肌梗死后遗症，包括室壁瘤、附壁血栓等。

③ 评价冠状动脉搭桥术疗效。

(3) 急性心肌梗死：

① 梗死心肌 T2WI 信号增高。

② 梗死心肌壁变薄。

③ MR 电影成像，表现为节段性运动减弱，收缩期室壁增厚较少。

④ 心肌灌注成像，首过成像显示缺血区灌注减低，心肌信号低于正常，延迟期成像无异常。

(4) 陈旧性心肌梗死：

① 梗死心肌纤维化，表现为 T2WI 信号强度减低。

② 梗死处心室壁变薄，运动减弱。

③ 心肌灌注成像，表现同急性期。

(5) 心肌梗死并发症的 MRI 表现：

① 室壁瘤：

　　a. 左室扩大，室壁显著变薄，范围大，局部室壁向心脏轮廓外膨凸。

　　b. 瘤中信号异常，急性期呈高信号，陈旧期呈低信号。

　　c. 室壁运动消失或反向运动，收缩期室壁增厚率消失。

② 附壁血栓形成：在 T1WI 上为中等信号，T2WI 信号强度较心肌高。

③ 室间隔穿孔：可见室间隔连续性中断，电影成像见心室水平左向右分流。

④ 左室乳头肌断裂：收缩期电影成像，左房内有起自二尖瓣口低信号血流束。

7. 核医学心肌显像

(1) 心肌缺血：负荷心肌显像表现为局部心肌节段存在放射性稀疏或缺损，静息图上明显或完全填充，为典型表现。

(2) 心肌梗死：负荷与静息心肌显像图上见到同一部位均呈放射性缺损区，形态大小一致。

(3) 混合型：（心肌缺血+心肌梗死）负荷图像上的放射性缺损区，在静息图像上有部分填充。

(4) 花斑样改变：在负荷或静息图上均表现为心肌壁内放射性分布弥漫性不均匀，但不呈节段性分布，多见于心肌病或心肌炎。

(5) 心肌灌注显像缺损区 ^{18}F-FDG 摄取正常或增高时，提示心肌细胞存活；无显像剂摄取，则提示心肌坏死；心肌灌注缺损范围缩小或恢复正常是动脉再灌注和左室局部室壁运动改善的的可靠信号。

8. 影像记忆特征：DSA、CTA 显示冠脉狭窄。

三、高血压性心脏病

1. 病理与临床：
   (1) 原发性高血压的发病基础是全身小动脉广泛痉挛，造成外周总阻力增高。
   (2) 早期心排血量稍多，后期心排血量正常或稍低，心肌失代偿后引起心衰。
   (3) 头晕、头痛、耳鸣、乏力、心悸、失眠。
   (4) 左心衰时有呼吸困难、端坐呼吸、咯血和心绞痛。

2. X 线表现：
   (1) 左心室增大肥厚，左室段向下延长，主动脉增宽延长。
   (2) 主动脉球突出，心腰部凹陷，心左右缘饱满，整体呈靴形。

3. USG 表现：
   (1) 二维：
      ① 主动脉内径增宽，管壁增厚，搏动增强。
      ② 有时可见主动脉瓣及瓣环钙化，回声增强。
      ③ 左室各壁及室间隔肥厚，运动增强。
      ④ 早期左室内径正常，严重时左室增大。左室舒张功能减退时，左房增大。
   (2) M 型：主动脉重搏波减低或消失。
   (3) 频谱多普勒：主动脉血流频谱峰值增大，二尖瓣血流频谱 E 峰减低，A 峰增高，多可见二尖瓣返流频谱。

4. CT 与 MRI 表现：
   (1) CT 可显示左心室径线增大。
   (2) MRI 可见左室壁普遍均匀增厚，心腔缩小，心肌信号正常。
   (3) CT、MRI 升主动脉扩张，不累及主动脉窦。
   (4) 电影成像见左心室运动减弱，收缩期左房内可见二尖瓣返流的低信号。

5. 影像记忆特征：高血压病史+靴形心

四、肺源性心脏病

1. 病理与临床：
   (1) 病因：
      ① 支气管、肺、胸廓、肺动脉的慢性病变。
      ② 神经、肌肉病变，累及呼吸肌。
      ③ 慢性高原低氧血症等。
   (2) 肺循环阻力增高，右心压力负荷增加，右室肥厚、扩大，右心功能不全。
   (3) 咳嗽、咳痰、心悸、肝大、颈静脉怒张、呼吸困难、发绀、肺部啰音。

2. X 线表现：
   (1) 肺部改变：肺气肿、间质纤维化，可见网格状阴影，肺透亮度增加，桶状胸。
   (2) 肺动脉高压表现。
   (3) 心脏改变：右室增大，心影不大，呈滴状心。

3. USG 表现：

(1) 右室前壁及室间隔对称性肥厚，运动增强，室间隔与左室后壁同向运动。

(2) 右心系统增大，肺动脉及其分支增宽。

(3) M 型、多普勒：可见肺动脉高压超声表现。

4. CT 与 MRI 表现：

(1) CT 显示肺内原发病变较好。

(2) 肺动脉主干增粗，直径>30mm，T1WI 上可见其内部血流呈高信号。

(3) 右室壁增厚，厚度>5mm，接近左室壁厚度。

(4) 室间隔向左室方向弯曲，右心房、上腔静脉扩大，晚期左心房扩大。

(5) MRI 电影成像：收缩期见右房内三尖瓣返流的低信号影，舒张期见右室内肺动脉瓣返流的低信号。

五、原发性心肌病

1. 病理：

(1) 分为扩张型、肥厚型、限制型心肌病三种。

(2) 扩张型，心腔扩张，以左心为主，房室环扩大，房室瓣关闭不全。

(3) 肥厚型，室间隔非对称性肥厚，左室肥厚，左室容量减小，流出道狭窄。

(4) 限制型，心内膜纤维化，心肌疤痕形成，心室充盈受限，舒张功能障碍。

2. 临床：

(1) 心悸、气短，胸痛，眩晕，心律失常，部分病人发生猝死。

(2) 心衰时，肺部湿性啰音，肝大，颈静脉怒张，浮肿。

3. X 线表现：

(1) 心脏扩大：早期正常，以后双室扩大，以左室为著。

(2) 心脏搏动减弱。

(3) 继发改变：左心衰竭、肺静脉高压、间质性肺水肿等。

4. DSA 表现：

(1) 心腔扩大，对比剂滞留，收缩功能减弱。

(2) 肥厚型，左室流出道呈倒锥形狭窄，心腔缩小。

5. USG 表现：

(1) 扩张型心肌病

① 二维改变：全心扩大左心为主，室壁变薄运动减弱，各瓣膜开放幅度减低。

② M 型改变：心腔扩大，室壁运动幅度减低，室壁收缩期增厚率下降，EPSS 增大，二尖瓣运动幅度降低，呈"钻石样"改变。

③ 频谱多普勒：各瓣口及心腔内血流速度均减低，主动脉血流频谱呈近似对称的细长三角形，二尖瓣血流 E 峰大于 A 峰，但晚期可出现假性正常。各瓣口可探及返流频谱。

④ 彩色多普勒：心腔内及过瓣血流色彩单一，暗淡，左、右房内及左、右室流出道均可见多彩返流束。

(2) 肥厚型心肌病

① 二维改变：室壁非对称性肥厚，室间隔厚度大于 15 mm，室间隔与左室后壁

厚度之比大于 1.3。左室流出道狭窄，小于 20 mm。病变部心肌回声增强，不均匀，收缩幅度降低，左室内径变小，左房增大。

② M 型改变：室间隔及左室后壁非对称性肥厚，室壁收缩幅度及收缩期增厚率降低，二尖瓣曲线 E 峰降低，EF 斜率下降，收缩期二尖瓣前叶前向运动 (SAM)，主动脉瓣收缩中期可见部分关闭。

③ 频谱多普勒：左室流出道血流速度加快呈射流频谱，主动脉血流频谱呈双峰，二尖瓣血流频谱 A 峰大于 E 峰，左房内可探及二尖瓣返流频谱。

④ 彩色多普勒：左室流出道可见收缩期多彩射流束，左房内收缩期可见二尖瓣返流血流束。

(3) 限制型心肌病

① 二维改变：

a. 心内膜弥漫性增厚，回声增强，可有钙化。

b. 心室各壁不均匀增厚，心室腔明显缩小，心尖部心腔多闭塞，心腔呈长径缩短，短径相对延长的特异畸形。

c. 左、右心房明显扩大，下腔静脉及肝静脉增宽。

d. 二、三尖瓣增厚、变形，回声增强。

② M 型改变：室壁运动幅度及收缩期增厚率减低，二尖瓣曲线 EF 斜率降低。

③ 频谱多普勒：二、三尖瓣血流舒张早期最大流速高于正常，压差半降时间低于正常，舒张中期及收缩期均可见二、三尖瓣返流频谱。

④ 彩色多普勒：心腔内彩色血流暗淡，左、右房内在舒张期及收缩期可见蓝色为主返流束。

6. CT 与 MRI 表现：

(1) 扩张型，心室腔扩大，横径增大为著，室间隔及心室游离壁变薄，信号正常。

(2) 肥厚型，心室壁增厚，室间隔非对称性增厚，呈 T1WI 等信号，T2WI 低信号中见点状高信号。

(3) 限制型，心内膜增厚为主，表面凸凹不平，CT 可见钙化，右室受累多见。

(4) 电影成像，心肌病均可见运动减弱，继发瓣膜关闭不全或狭窄时，可见异常低信号血流影。

第六节　先天性心脏病

一、房间隔缺损

1. 病理：

(1) 原发孔型

① 由心内膜垫发育障碍所致，又叫第一孔型。

② 缺损位置靠前下，常伴二尖瓣或三尖瓣的发育异常。

③ 较少见。

(2) 继发孔型

① 原始房间隔吸收过多，或继发房间隔发育不足所致，又叫第二孔型。

② 缺损位置居房间隔中心部位。

③ 较多见。

2. 病理生理：

(1) 正常时左房压力高于右房。

(2) 房缺早期出现左向右的分流：分流血液经右室–肺循环–左房–分流至右房。

(3) 心脏负荷加重，心房、心室扩张，肥厚。

(4) 长期肺血流量的增加，肺血管病变，最终出现肺动脉高压。

(5) 随着肺动脉压升高，右房压力亦升高，分流减少，甚至发生右向左分流。

3. 临床：

(1) 早期无症状。

(2) 逐渐出现劳累后心悸、气短、乏力。

(3) 可有咳嗽、咯血，易患呼吸道感染。

(4) 晚期右向左分流，可出现紫绀、晕厥等症状。

(5) 听诊：

① 胸骨左缘第 2~3 肋间可闻及收缩期杂音。

② 肺动脉第二音亢进，固定分裂。

4. X 线表现：

(1) 肺血增多，表现为肺动脉段突出，肺门动脉扩张，外围分支增多、增粗。

(2) 心影增大，呈"二尖瓣型"。

(3) 右房、右室增大为其突出表现，尤其右房增大是房间隔缺损的重要征象。

(4) 主动脉结多数偏小或正常。

(5) 分流量较小时，仅肺血增多、右房略大。

(6) 肺动脉段和肺门动脉扩张明显，搏动增强，称为"肺门舞蹈征"。

(7) 外围肺动脉分支变细、扭曲，呈"残根"状。

5. DSA 表现：

(1) 导管行进中，可自右房经缺损到达左房。

(2) 右房的血氧饱和度增高。

(3) 可有肺动脉压增高表现。

6. USG 表现：

(1) 直接征象：房间隔局部回声失落，断端回声增强（应在两个以上切面显示）。

(2) 间接征象：右房、右室增大，右室流出道及肺动脉增宽，可伴有室间隔平坦伴运动异常。

(3) 彩色多普勒：红色为主五彩血流自左房经房间隔缺损口进入右房。

(4) 频谱多普勒：脉冲多普勒取样容积置于缺损口右房侧略下方，可取到持续双期的正向双峰或三峰湍流频谱，分流速度可达 1—1.5 m/s。

(5) 声学造影：房水平左向右分流时，缺损口右侧出现负性造影（对比剂缺损区），若伴有肺动脉高压，则对比剂经缺损口进入左房。

(6) 晚期出现肺动脉高压超声表现。

7. CT 表现：

(1) MSCT 和 EBCT 电影扫描可用于房缺的诊断。

(2) 横轴位心房层面房间隔连续性中断。

(3) 右房、室增大。

(4) 中心肺动脉增宽。

8. MRI 表现：

(1) MRI 多方位成像有利于房缺的诊断。

(2) 在垂直于室间隔的长轴位上，常规序列形态学成像，可见房间隔信号的缺失。

(3) MRI 电影成像，可显示房间隔信号的缺失和局部血流方向的异常。

(4) 增强扫描，可显示左、右房之间的异常沟通。

(5) 继发改变：肺动脉增粗、中心肺动脉扩张、右室增大、右房扩大、心室肥厚。

9. 影像记忆特征：X 线平片，肺血增多+右房室增大+肺动脉高压。

二、室间隔缺损

1. 病理：

(1) 肌部缺损，位置较低，缺损较小，直径 2~8mm，此型发生率略低。

(2) 膜部缺损，在主动脉瓣下，位置较高，缺损较大，直径 15~20mm。

(3) 漏斗部缺损，在肺动脉瓣下或室上嵴肌内。

2. 病理生理：

(1) 较小缺损，分流量小，左室负荷增加较少，肺血阻力正常或偏高。

(2) 中等缺损，分流量大，左室负荷明显增加，肺血阻力增高，右心负荷增加。

(3) 巨大缺损，分流量大，左室负荷明显增加，肺动脉高压，右心压力升高，进一步发展，出现双向分流，甚至右向左分流。

3. 临床：

(1) 反复呼吸道感染，劳力性心慌、气短。

(2) 右向左分流时，出现紫绀。

(3) 胸骨左缘全收缩期杂音，并有震颤。

4. X 线平片表现：

(1) 较小缺损，左室、左房增大，肺动脉段突出，肺血增多。

(2) 巨大缺损，左右心室增大，右室更明显，肺动脉高压，肺充血，肺泡肺水肿、间质肺水肿。

(3) 双向分流时，肺动脉干、肺门动脉显著扩张，肺外围动脉纤细，出现"残根征"。

5. DSA 表现：

(1) 可测量各心腔压力、含氧量，计算分流量及体、肺循环阻力，进而判断缺损部位和大小。

(2) 一般表现为右室血氧含量升高，压力升高。

6. USG 表现：

(1) 直接征象：室间隔局部回声失落。

(2) 间接征象：中等以上缺损，左室、左房扩大，左室壁搏动增强，右室流出道、肺动脉增宽及搏动增强。

(3) 彩色多普勒：收缩期可见红色为主五彩血流自左室经缺损口进入右室或右室流出道。

（4）频谱多普勒：脉冲多普勒取样容积置于缺损口或其右室面，可取到收缩期正向或双向高速湍流频谱，连续波多普勒测量最大血流速度可达 3--5 m/s。

（5）晚期出现肺动脉高压超声表现。

7. CT、MRI 表现：

（1）轴位及四腔心位可直接显示缺损的部位、大小，尤其肌部缺损，并可进行测量。

（2）电影成像可显示左右心室间的分流，有利于发现较小缺损。

（3）CT、MRI 可显示继发改变：左右心室壁增厚、肺动脉扩张等。

8. 影像记忆特征：X 线平片，肺血增多+肺动脉高压+左右心室增厚扩大。

三、动脉导管未闭

1. 病理：

（1）胎儿期肺动脉与主动脉的交通血管出生后永久性不闭合的一种畸形。

（2）可分为管型、漏斗型、窗型三种。

2. 病理生理：

（1）早期，肺动脉水平出现左向右分流，导致肺循环及回心血量增多，肺循环及左心容量负荷过重，肺动脉及左心增大。

（2）继发肺血管器质性改变，肺动脉压升高，右心负荷增加，右室肥厚、扩大。

（3）严重者，可出现双向分流，甚至右向左的分流。

3. 临床：

（1）轻者，活动后心慌、气短；重者，出现紫绀。

（2）听诊：胸骨左缘 2、3 肋间，连续性杂音，伴震颤。

4. X 线表现：

（1）肺动脉搏动增强，透视下可见"肺门舞蹈"。

（2）肺血增加，左室、左房增大，主动脉结增大，晚期右室增大。

5. DSA 表现：

（1）左室造影可见肺动脉提前显影，主动脉、肺动脉之间可见异常通道。

（2）肺动脉血氧含量升高 0.5 容积以上。

6. USG 表现：

（1）直接征象：主动脉根部短轴切面可显示左、右肺动脉分叉处或肺动脉根部回声失落，并与其后方胸主动脉相通；也可于胸骨上窝主动脉弓长轴切面显示左锁骨下动脉对侧或其略下方管壁回声失落，并与主肺动脉相通。

（2）间接征象：肺动脉主干及其分支内径增宽，搏动增强，左房、左室增大，左室壁及二尖瓣运动幅度增大。

（3）彩色多普勒：可显示红色为主五彩血流经导管进入主肺动脉。

（4）频谱多普勒：

① 脉冲多普勒取样容积置于动脉导管开口处或主肺动脉远端，可显示以舒张期为主或双期连续正向湍流频谱。

② 连续波多普勒测量其最大流速，在无肺动脉高压时一般为 3 m/s 左右。

（5）晚期出现肺动脉高压超声表现。

7. CT、MRI 表现：

（1）EBCT、MSCT 三维重建，或 MRI 多方位成像可直接显示异常通道。

（2）电影成像可显示分流的异常信号。

（3）可显示其他继发改变：左室、左房扩大，肺动脉扩张，右室肥厚、扩大。

8. 影像记忆特征：X 线平片，肺血增多+左房室扩大。

四、法洛四联症

1. 病理：包括四种畸形，室缺、主动脉骑跨、肺动脉狭窄、右室肥厚。

2. 病理生理：

（1）肺动脉狭窄，肺循环血量减少，左心容量减小，心功能不全。

（2）右室压力升高，收缩期右室部分血液与左室血液同时射入主动脉，体循环血氧饱和度降低。

3. 临床：

（1）紫绀多于出生后 4~6 月出现，伴有杵状指（趾）。

（2）患者发育迟缓，活动能力下降，常有气急表现，喜蹲踞或有晕厥史。

（3）于胸骨左缘 2~4 肋间可闻及较响亮的收缩期杂音，可扪及震颤，肺动脉第二音减弱或消失。

4. X 线表现：

（1）心尖圆凸上翘，心腰部凹陷，致使心影近似靴型。

（2）心胸比率不增大或轻度增大。

（3）肺门阴影缩小，自肺门向肺内分布的血管纹理纤细、稀疏，肺血减少，肺野透亮度增高。

5. DSA 表现：

（1）右室造影为主要方法。

（2）右室造影，于收缩期可见左室、主动脉提前显影，并可见主动脉骑跨和升主动脉扩张。

（3）可见右室漏斗部或肺动脉瓣狭窄，肺动脉主干及左右分支细小。

（4）可显示双向分流。

6. USG 表现：

（1）直接征象：

① 主动脉内径增宽（大于 40mm），主动脉前移并骑跨于室间隔上，骑跨率一般为 30%—50%，但主动脉与肺动脉位置关系正常。

② 主动脉前壁与室间隔连续中断。

③ 右心室室壁增厚，右室前壁厚度大于 6mm。

④ 右室流出道或肺动脉狭窄。

（2）间接征象：心腔比例失调，一般为右房与右室增大，左房与左室减小。

（3）彩色多普勒：

① 于左室长轴切面可见收缩期右室流出道的蓝色血流束和左室流出道的红色血流束均进入主动脉。

② 左室长轴切面还可显示室水平双向分流血流信号；收缩期于右室流出道及肺动脉可见变细的五彩射流束。

(4) 频谱多普勒：

  ① 左室长轴切面，脉冲多普勒取样容积置于室间隔缺损处，可取到双向分流频谱。

  ② 心底短轴切面，脉冲多普勒取样容积置于右室流出道或主肺动脉可于收缩期取到双向湍流频谱。

  ③ 连续波多普勒右室流出道或肺动脉血流速度可达 4 m/s 以上。

7. CT 表现：MSCT、EBCT 增强扫描结合三维重建，可提供全面信息，显示肺动脉狭窄、室间隔缺损、主动脉骑跨、右室肥厚等畸形。

8. MRI 表现：

(1) MRI 任意角度多方位成像，观察心脏形态异常。

(2) 可显示主动脉与心室的关系，显示骑跨与增宽。

(3) 可显示肺动脉主干及分支血管管径细小。

(4) 可显示左右心室的大小、心壁厚度。

(5) 增强 MRI 显示肺动脉、主动脉更清楚，可观察其分支血管、相互关系。

(6) MRI 电影成像，可动态观察心脏各房室舒缩运动，观察血流方向和流速。

9. 影像记忆特征：肺血减少+靴形心+心室造影可直接诊断。

第七节　心包病变

一、心包积液

1. 病理与临床：

(1) 正常时心包腔内有少量液体，心包内液体>50ml，为心包积液。

(2) 分为三度：

  Ⅰ度为少量积液，积液量小于 100ml。

  Ⅱ度为中等量积液，积液量 100ml~500ml。

  Ⅲ度为大量积液，积液量>500ml。

(3) 常见于化脓性、结核性、风湿性心包炎、心包肿瘤、自身免疫性疾病等。

2. 临床：

(1) 可有发热、疲乏、心前区疼痛，呼吸困难。

(2) 严重者可有心包填塞表现：发绀、上腹胀痛、浮肿。

(3) 查体：心界扩大，搏动减弱，颈静脉怒张，肝大，腹水，脉压低等。

3. X 线表现：

(1) 少量心包积液不能诊断，大量心包积液呈普大心，或烧瓶心，上纵隔增宽。

(2) 透视可见心缘搏动减弱或消失，主动脉搏动正常。

4. USG 表现：

(1) 二维改变：多切面显示心包脏、壁层分离，心包腔出现液性暗区。

(2) M 型改变：心包脏、壁层曲线分离，其间可见液性暗区。

(3) 半定量诊断：

  ① 少量：仅于左室后壁后方可见液性暗区，宽度小于 10mm。

② 中量：液性暗区延及前心包，宽度小于 10mm。

③ 大量：心包各处均见液性暗区，前心包宽度大于 10mm，则积液量大于 800ml，前心包宽度大于 20mm，则积液量大于 1250ml。

5. CT 表现：

(1) 少量积液仰卧位主要集中在左室背侧。

(2) 大量积液见心肌与心包之间出现带状异常密度影，心包脏壁层间距增宽。

(3) 一般 CT 值 12~40Hu，血性及渗出液 CT 值较高，漏出液及乳糜液 CT 值较低。

6. MRI 表现：

(1) 表现类似于 CT。

(2) SE T1WI 上多呈均匀低信号。

(3) 心包积液内蛋白含量较高时，T1WI 可为不均匀高信号。

(4) 血性积液则依血液成分的多少，呈中等或低信号。

(5) 在 T2WI 上心包积液多为高信号。

7.影像记忆特征：烧瓶心。

二、缩窄性心包炎

1. 病理：

(1) 是急性炎症未能及时有效治疗发展而成。

(2) 心包增厚、粘连、钙化，心脏舒张、收缩受限，导致全身血液循环障碍。

2. 临床：

(1) 慢性心包炎，可有乏力、发热、心前区疼痛等症状，疼痛仰卧时加重，坐位或侧卧时减轻。

(2) 心悸、气短、腹胀、浮肿。

(3) 查体：颈静脉怒张，血压和脉压差均降低，肝大，腹水。

3. X 线表现：

(1) 透视下见心脏搏动明显减弱或消失。

(2) 约 1/3 病人上纵隔增宽，近半数病人心影大小正常或轻度增大。

(3) 心缘正常弧度消失且僵硬，心影呈三角形、球形或其他形状。

(4) 心包钙化，可呈蛋壳状、带状、斑片状和结节状。

4. USG 表现：

(1) 二维改变：心包增厚，回声增强，脏、壁层间可见少量液性暗区或弱回声。

(2) M 型改变：心包脏、壁层运动幅度一致，左室后壁运动曲线舒张中期至末期平直，室间隔运动不规律，呈"橡皮筋"样抖动。二尖瓣曲线 EF 斜率增快。

(3) 继发改变：

① 心室内径正常或偏小，心房内径增大。

② 肝静脉和下腔静脉可增宽，血管内径不随呼吸运动变化，或出现吸气时增宽，呼气时变窄的反常现象。

(4) 频谱多普勒：

① 二尖瓣血流速度吸气时减低，呼气时增加，三尖瓣则相反。

② 吸气时主动脉血流速度减低，左室射血时间缩短，呼气时主动脉血流速度及左

室射血时间均增加。

③ 肝静脉血流呈"W"波形。

5. CT、MRI 表现：

(1) CT 显示心包钙化较好，表现为弧线状致密影。

(2) MRI 上，增厚的心包呈中或低信号，钙化为线状低信号影。

(3) 电影成像可动态观察，见心脏收缩、舒张功能减低。

6. 影像记忆特征：心包弧线样钙化。

第八节　大血管病变

一、主动脉夹层

1. 病理：

(1) 多种病因造成的主动脉内膜撕裂，血流经内膜撕裂口灌入中膜，使主动脉壁中膜分离形成血肿或所谓"双腔"主动脉，即扩张的假腔和受压变形的真腔。

(2) 根据内膜撕裂开口位置及累及范围，分为以下三型（DeBaKey 分型）：

Ⅰ型：破口在升主动脉，夹层广泛，延伸至降主动脉。

Ⅱ型：破口也在升主动脉，仅局限于升主动脉。

Ⅲ型：破口在降主动脉上端，向下扩展。

2. 临床：

(1) 急性发作：突发的剧烈胸、背疼痛，如撕裂、刀割样，可向颈及腹部放射。

(2) 常伴有心率增快、呼吸困难、恶心呕吐、晕厥、肢体血压与脉搏可不对称。

(3) 严重者可发生休克、充血性心力衰竭、猝死、脑血管意外和截瘫。

3. X 线表现：

(1) 急性主动脉夹层时，短期内可见纵隔或主动脉阴影明显增宽，搏动减弱或消失，边缘模糊。

(2) 破入心包时，心影明显扩大。

(3) 破入胸腔时，可见胸腔积液征象。

(4) 慢性主动脉夹层时，上纵隔阴影增宽，主动脉广泛或局部扩张。

4. DSA 表现：

(1) 内膜破口：对比剂自真腔进入假腔之处。

(2) 内膜片：内膜片表现为充有对比剂双腔间的线条状充盈缺损影。

(3) 主动脉双腔：可动态显示真、假双腔的充盈情况，一般假腔扩张、显影延迟、充盈排空缓慢，真腔因受假腔压迫而狭窄变形。

(4) 主动脉主要分支血管受累：表现受累血管受压变窄或开口于假腔，相应供血器官灌注减低。

5. CT 表现：

(1) 平扫，可显示钙化内膜内移，假腔内血栓密度略低于血液密度。

(2) 增强，真腔较窄，充盈较快，假腔较大，充盈较慢，密度略低，二者之间可见细线样低密度影，为内膜片。

(3) 可显示内膜破口和再破口及主要分支血管受累情况。

6. MRI 表现：

(1) 真假腔：真假腔信号强度可相同，亦可不同；两者之间可见线状低信号影，通常假腔明显大于真腔。

(2) 内膜破口：表现为内膜连续性中断。

(3) 分支血管受累：可见内膜片低信号影延伸进入分支血管开口。

7. USG 表现：

(1) 二维改变：

① 动脉外径增宽，管壁呈双层结构。

② 管腔内可见膜样回声漂摆，动脉管腔被分为真、假腔。

③ 内膜破裂口可显示内膜连续中断。

④ 假腔内可见血栓片状或不规则低回声、较强回声附壁。

(2) 频谱多普勒：

① 取样容积置于内膜破裂口处可探及高速双期湍流频谱。

② 真腔内收缩期血流速度明显增高。

③ 假腔内靠近管壁可探及低速双期湍流频谱。

(3) 彩色多普勒：

① 内膜破口处可见双期往返状多彩镶嵌血流束。

② 真腔内可见明亮红色血流信号，充盈良好。

③ 假腔内可显示暗淡蓝色血流信号，充盈较差。

8. 影像记忆特征：主动脉增粗+真假腔+内膜片。

二、主动脉动脉瘤

1. 病理：

(1) 主动脉内膜及中层破坏，管壁受损，管腔在压力作用下，局部向外突出。

(2) 病变进行性发展，呈梭形或囊状扩张，最终发生破裂。

(3) 瘤内可有附壁血栓形成。

(4) 腹主动脉发生率高，常位于肾动脉开口以下，约占 95%。

(5) 分类及诊断标准：

① 腹主动脉瘤，肾动脉开口水平以下，腹主动脉直径>3cm。

② 胸主动脉瘤，左锁骨下动脉开口以下，胸主动脉直径>邻近正常值 2 倍。

③ 其他动脉瘤，动脉管径的扩张大于正常管径的 50% 以上。

2. 临床：

(1) 常见病因：动脉粥样硬化、梅毒性主动脉病变。

(2) 动脉粥样硬化发病年龄较高，一般在 50 岁以上。

(3) 胸主动脉瘤的主要症状为钝痛或刺痛，呈持续性，随呼吸和运动而加重。

(4) 升主动脉瘤可引起主动脉瓣关闭不全、心绞痛、心功能不全等。

(5) 降主动脉瘤可引起食道受压□咽困难、气管受压出现刺激性咳嗽等。

(6) 高血压：约 20~30% 病人可伴有高血压。

3. USG 表现：

(1) 二维超声改变：

　　① 动脉局限性梭形或囊状膨大。

　　② 瘤壁可见动脉壁各层结构。

　　③ 管壁有时可见附壁血栓的不规则低或高回声影。

(2) 多普勒：瘤腔可探及紊乱血流信号及频谱。

4. CT、MRI 表现：

(1) 主动脉局部扩张，呈梭形，或球形，内部信号（密度）不均匀，边界整齐。

(2) 附壁血栓：半月形，附于血管壁，CT 值略低于血液，MRI 呈 T1WI 高信号。

(3) 局部管腔呈偏心性狭窄。

(4) CT 平扫显示附壁血栓钙化较好。

(5) CTA、MRA 可完整显示动脉瘤及其与载瘤动脉间的关系。

5. DSA 表现：

(1) 主动脉的局限性梭形或囊状异常扩张。

(2) 可观察动脉瘤的形态、大小及其与载瘤动脉的关系。

(3) 瘤内有对比剂外溢时，提示动脉瘤破裂。

6. 影像记忆特征：主动脉局限性异常扩张。

三、动脉粥样硬化性血管改变

1. 病理与临床：

(1) 动脉内膜类脂质沉积，出现内膜增厚钙化、血栓形成，终至管腔狭窄闭塞。

(2) 血管壁斑块可增大、融合、溃疡出血，钙盐沉着，也可脱落形成栓子。

(3) 可发生于全身各处血管，出现局部缺血性改变的相应症状或全身症状。

(4) 斑块脱落可引起远端器官栓塞继发相应的临床表现。

2. DSA 表现：

(1) 血管壁不光滑，局限性或节段性狭窄，呈串珠样改变，严重者完全闭塞。

(2) 所属分支稀少或不显影。

(3) 慢性闭塞者，局部可见较多细小的、紊乱的侧支血管形成。

(4) 血管狭窄分度标准：

　　Ⅰ度，小于 50% 狭窄；

　　Ⅱ度，50~75% 狭窄；

　　Ⅲ度，大于 75% 狭窄；

　　Ⅳ度，完全闭塞。

3. USG 表现：

(1) 二维超声：

　　① 动脉内膜增厚、不光滑或附着硬化斑块。

　　② 可继发血栓形成。

　　③ 管腔不同程度狭窄甚至闭塞。

(2) 频谱多普勒：

　　① 动脉狭窄时，局部峰值流速增加，舒张期反向血流减低至消失，频带增宽，频窗变小直至消失。

② 动脉完全闭塞时，则探不到血流频谱。
　(3) 彩色多普勒：
　　　① 狭窄处彩色血流充盈缺损、变细，呈多彩镶嵌血流信号。
　　　② 动脉完全闭塞则探不到血流信号。
4. CT 表现：
　(1) CT 平扫可见血管壁增厚，附壁血栓呈低密度，常伴钙化，呈弧线状致密影。
　(2) CTA 技术的应用，使 CT 对动脉粥样硬化的诊断能力明显提高。
　(3) CTA 示血管壁不光滑、局限性或节段性狭窄、甚至完全闭塞。
　(4) 根据斑块成分不同 CT 值不同，分为软斑块、硬斑块，一般认为软斑块不稳定，易于脱落。
5. MRI 表现：
　(1) T1WI、T2WI 可见血管壁增厚，并可见附壁血栓形成，呈 T1WI 高信号。
　(2) MRA：可见血管走行迂曲、分支稀少、周围侧支循环形成等。
　(3) 3D CE MRA：可直接显示血管壁不光滑、局部信号缺失、严重者管腔闭塞。
　(4) MRI 血管狭窄分度：
　　　Ⅰ度、Ⅱ度：血管壁不光滑，难以区分程度。
　　　Ⅲ度：血管狭窄，局部血管信号缺失，远端分支血管稀少且信号减低。
　　　Ⅳ度：血管完全闭塞，远端血管信号消失。

四、深静脉血栓形成

1. 病理与临床：
　(1) 多见于术后、产后、骨折、久病卧床、活动较少或肿瘤压迫等。
　(2) 深静脉血栓形成，引起静脉瓣功能不全。
　(3) 主要表现有：肢体肿胀、浅静脉曲张、色素沉着、湿疹、溃疡等。
2. 二维超声改变：
　(1) 急性期静脉管径增宽，血栓回声较低。
　(2) 慢性者静脉管径可变窄，血栓回声可增强，边界不清。
　(3) 血栓形成后，探头加压静脉管腔不能被压瘪，静脉管壁搏动消失。
3. 频谱多普勒：
　(1) 非栓塞部分可取到连续性血流频谱，失去周期性，乏氏试验反应减弱或消失。
　(2) 栓塞部分取不到血流频谱。
　(3) 人工挤压远端肢体时，血栓近端静脉血流流速增高效应消失或减弱。
4. 彩色多普勒：
　(1) 部分阻塞者可见彩色血流束变细，充盈缺损，部分病例仅在挤压肢体后，才可见细小彩色血流信号。
　(2) 完全栓塞者无彩色血流信号。
　(3) 慢性者可见侧支循环彩色血流信号。

第六章　消化内科、普外科医学影像基础

　　消化系统包括食管、胃肠道空腔脏器和肝、胆、胰、脾等实质性器官两部分，前者以钡剂造影检查法为主，后者以 USG、CT、MRI 为主要检查方法。新的方法正在用于临床，如 MRCP 显示胆道系统疾病、多排螺旋 CT 显示消化管道病变周围侵犯等。

第一节　检查方法与正常影像表现

一、消化道

1.消化道造影

　(1) 咽部：

　　① 正位：

　　　a. 上方正中透亮区为会厌。

　　　b. 会厌谿位于两旁，呈充钡的小囊。

　　　c. 会厌谿外下方较大的充钡空腔是梨状窝，近似菱形且两侧对称。

　　　d. 两侧梨状窝中间的透明区是喉头。

　　② 侧位：

　　　a. 会厌谿在上方偏前，梨状窝则在下方靠后。

　　　b. 吞咽时梨状窝收缩、上移、变小。

　(2) 食管：

　　① 正位：

　　　a. 食管位于中线偏左。

　　　b. 轮廓光滑整齐，管壁连续，蠕动自如，宽度 2~3cm。

　　　c. 左缘有主动脉弓和左主支气管压迹。

　　② 右前斜位：前缘见三个压迹，自上而下分别为主动脉弓压迹、左主支气管压迹和右心房压迹。

　　③ 黏膜皱襞：表现为数条纤细纵行的平行条纹影，与胃小弯黏膜皱襞相连续。

　(3) 胃：

　　① 分胃底、胃体、胃窦三部分及胃小弯和胃大弯两个缘。

　　② 胃的形状一般分为 4 种类型：牛角型胃、钩型胃、长型胃和瀑布型胃。

　　③ 胃体大弯轮廓常呈锯齿状，系横、斜走行的黏膜皱襞所致。

　　④ 钡餐造影时黏膜因皱襞间的沟内充钡，呈条纹状致密影，皱襞则为条状透明影。

　　⑤ 胃小弯的皱襞平行整齐，向大弯处逐渐变粗而呈横向或斜行。

　　⑥ 胃底皱襞较粗而弯曲，略呈网状。

　　⑦ 胃窦黏膜皱襞多与小弯平行或斜行；胃体部黏膜皱襞宽度≤5mm。

⑧ 胃气钡双对比低张造影时,黏膜皱襞消失而显示胃微皱襞的影像。

⑨ 胃微皱襞:

　　a. 即胃小沟、胃小区。

　　b. 胃小区直径约 1~3mm,类圆形小隆起,呈网眼状,在胃窦易于见到。

　　c. 胃小沟充钡后表现为很细的线状,宽约 1mm 以下,粗细深浅均匀。

(4) 十二指肠:

① 全程呈 C 形,将胰头部包绕其中。分为球部、降部、水平部(横部)、升部。

② 球部轮廓光滑整齐,黏膜皱襞为纵行彼此平行的条纹。

③ 降部以下黏膜皱襞则与空肠相似,多呈羽毛状。

④ 气钡双对比低张造影时,十二指肠管径可增宽一倍,羽毛状皱襞消失,代之以横行排列的环状皱襞或呈龟背状花纹。

⑤ 十二指肠乳头位于降部中段内缘,呈圆形透明区,一般直径不超过 1.5cm。

(5) 空肠与回肠:

① 空肠与回肠之间没有明确的分界。

② 空肠大部分位于左上中腹,富于环状皱襞且蠕动活跃,皱襞常显示为羽毛状影像,肠内钡剂少则表现为雪花状影像。

③ 回肠大部分位于右下腹及盆腔内,肠腔小,皱襞少而浅,蠕动不活跃,常显示为充盈像,轮廓光滑。

④ 回盲瓣的上下缘呈唇状突起,可在充钡的盲肠中形成透明影。

⑤ 服钡后 2~6 小时钡前端可达盲肠,7~9 小时小肠排空。

(6) 大肠:

① 大肠包括盲肠、升结肠、横结肠、降结肠、乙状结肠、直肠。

② 横结肠和乙状结肠的位置及长度变化较大,其余各段较固定。

③ 大肠充钡后 X 线的主要特征是结肠袋。结肠袋的数目、深浅、大小因人因时而异,自盲肠到降结肠逐渐变浅,至乙状结肠接近消失。充盈过满或肠管收缩均可使结肠袋消失,直肠没有结肠袋。

④ 阑尾在钡餐或钡灌肠时都可能显影,呈长条状影位于盲肠内下方;一般粗细均匀,边缘光滑,易于推动。

⑤ 结肠无名线:

　　a. 在气钡双对比低张造影时,可见到结肠的微皱襞,又称无名沟或无名线。

　　b. 是指纤细、长短不等、相距不足 1mm、与肠壁垂直的线条影,相互平行,或呈网状。

　　c. 观察微皱襞的形态有助于结肠病变的早期诊断。

2. 消化道 CT 检查

(1) 食管:食管含气,位于后纵隔中央,食管贲门连接区较厚,甚至可表现为团块状。

(2) 胃:

① CT 用于显示恶性肿瘤向腔外的侵犯以及与周围脏器的关系。

② CT 检查前 30 分钟,口服 2% 的泛影葡胺 500~800ml,消化道表现为不规则管道状高密度影。

③ 胃底部常见气液平面，常产生伪影影响肝左叶病变的显示。

④ 口服水时胃壁显示清楚，胃壁厚度 2~5mm，超过 10mm 可视为异常。

(3) 回肠、空肠、结肠：水充盈时，多排螺旋 CT 薄层扫描，3D 重建，或以仿真内窥镜(CTVE) 方式可显示肠腔内病变，如小息肉等。

3. 消化系统血管造影

(1) 胃肠道血管造影：

① 腹腔干发出三大分支：

    a. 肝总动脉：分为肝固有动脉、胃十二指肠动脉，后者主要供应胃大弯、十二指肠、胰头。

    b. 胃左动脉：供应胃小弯、贲门及胃底区。

    c. 脾动脉：主要供应脾、胰、胃底部。

② 肠系膜上动脉起自腹主动脉前壁，供应小肠及右半结肠。

③ 肠系膜下动脉较上动脉低 1~2cm 处发出，供应左半结肠、直肠上段。

④ 用于胃肠道血管性疾病、富血管肿瘤、胃肠道出血的检查和介入治疗。

(2) 肝脏血管造影：

① 肝固有动脉：分为左右肝动脉及胆囊动脉，肝动脉表现为肝实质内树枝状分布的血管影，自肝门至外围逐渐变细，走行自然，边缘光滑整齐。

② 门静脉：肠系膜上静脉与脾静脉汇合为门静脉主干，在肝门分出左、右支入肝。

③ 肝静脉：经下腔静脉肝静脉造影可显示肝静脉的主要属支。

4. 核医学影像检查

(1) SPECT 胃肠功能显像：

① 寻找消化道出血灶、诊断异位胃黏膜。

② 可研究胃食管返流、十二指肠返流、胃排空、食管运动等。

(2) SPECT 唾液腺显像：判断唾液腺功能受损程度，涎腺肿瘤的诊断。

(3) PET 肿瘤显像：鉴别良恶性肿瘤，动态观察疗效等。

二、肝脏

1. 肝脏分叶分段：

目前，解剖学、影像学、外科学普遍采用 Couinaud 肝脏分段法——以肝中静脉为界分左右叶，以肝左静脉为界分左叶为内外段，以肝右静脉为界分右叶前后段，以门静脉左右主干的横线将以上各段分为上下两段，共分为 8 段：

I 段	肝尾叶
II 段	左叶外上段
III 段	左叶外下段
IV 段	左叶内侧段
V 段	右叶前下段
VI 段	右叶后下段
VII 段	右叶后上段
VIII 段	右叶前上段

2. USG 检查：
   (1) 肝脏被膜光滑规整，左叶边缘锐利，右叶膈面呈弧形，外下缘圆钝，实质呈中等回声，分布均匀，肝脏分叶分段同 CT。
   (2) 肝内管状结构显示清晰，走行符合解剖特征，管腔内为无回声，门静脉及其分支管壁回声较强，肝静脉系统管壁较薄，肝内胆管与门静脉分支伴行。
   (3) 肝脏超声测量，标准尚不统一，且重复性较差，故仅作为参考。

3. CT 检查：
   (1) 肝包膜光滑。前后走行的镰状韧带裂、左右走行的肝主裂内为脂肪低密度。
   (2) 肝静脉、门静脉较大主干可清晰显示为分支状略低密度影。
   (3) 肝门"三结构"：前外部的肝动脉呈小圆点状，前内侧为低密度的胆总管，后部门静脉断面呈类圆形等密度。
   (4) 正常肝实质密度均匀，平扫时 CT 值 40~50Hu，高于脾、胰、肾密度。
   (5) 增强后肝实质密度均匀升高，达 60~70 Hu。
   (6) 增强后肝内血管呈高密度，多期扫描可区分肝动脉、门静脉、肝静脉。
   (7) 平扫发现病变，结合动态增强、多期扫描，才能做出准确的定性及鉴别诊断。

4. MRI 检查：
   (1) 自旋回波 T1WI 肝脏信号均匀，呈中等信号，略高于脾信号，与胰相近。
   (2) 自旋回波 T2WI 肝实质信号明显低于脾。
   (3) 梯度回波 T2WI，肝内胆管、血管均为分支状高信号，不易区分。
   (4) 肝门部含较多脂肪，呈高信号，其间的"三结构"表现为三个小圆点状 T1WI 低信号影。
   (5) 增强后 T1WI 肝实质信号升高，肝内血管信号也升高，胆管信号不变。

三、胆道系统

1. 造影检查：
   (1) 包括口服碘番酸胆道系统代谢造影、经皮经肝胆管造影（PTC）、经内镜逆行性胰胆管造影（ERCP）多种方法。
   (2) 正位片上胆囊位于 12 肋缘、肝下缘下。长 7~10cm，宽 3~4cm。
   (3) 肝内胆管、左右肝管、胆囊管、胆总管表现为树枝状高密度影，胆总管长 6~10cm，内径 4~8mm，不超过 10mm。
   (4) 胆总管位于十二指肠环内侧，胰头后方，与胰管汇合止于十二指肠壶腹。

2. USG 检查：
   (1) 胆囊纵切面呈梨形，壁呈高回声带，纤细光滑，腔内为均匀无回声区，后方回声增强。
   (2) 胆囊横切面呈长圆形，位于肝左右叶之间，右后方为右肾。
   (3) 胆囊长径<9cm，横径<3.5cm，囊壁厚度<3mm。
   (4) 肝内外胆管腔内无回声，肝内胆管及肝外胆管上段与门静脉及其分支伴行，肝外胆管下段与下腔静脉伴行，各级胆管内径均小于其伴行门脉内径的 1/3。

3. CT 检查：
   (1) 胆囊在肝左叶内侧段外下的胆囊窝内，壁菲薄光滑，厚 1~2mm。

(2) 胆汁为水样密度，内部密度均匀。

(3) 肝内胆管正常时不易显示，胆总管从肝门部开始，逐渐变细，呈圆形、光滑的水样密度影，直径 6~8mm。

4. MRI 检查：

(1) MRI 普通成像类似于 USG、CT 表现。

(2) MRCP 显示胆道系统简便、快速，为胆道疾病的主要检查方法。

(3) MRCP 表现与胆道造影所见相似。

(4) 正常值与造影、CT 相近：胆总管宽度<8mm，长 6~10cm。

(5) 正常胆囊呈长圆形，内部为均匀 T1WI 低信号、T2WI 高信号。壁厚薄均匀，厚度<3mm。

四、胰腺

1. X 线检查：

(1) 胃十二指肠气钡双对比低张造影，可见胰头表现为十二指肠环内侧低密度区。

(2) ERCP 上可见胰管显影，从头部至胰尾部逐渐变细，直径 1~2mm。

2. USG 检查：

(1) 胰腺前方为肝左外叶及胃，后方为肠系膜上静脉及脾静脉，形态规整。

(2) 儿童胰腺内部回声较低，成人胰腺内部回声较肝脏稍高。

(3) 胰管内径小于 2mm。

3. CT 检查：

(1) 胰尾较高，胰头较低，其外为十二指肠，下为钩突，钩突前内侧为肠系膜上动、静脉，后为左肾静脉；胰体后部为脾静脉。

(2) 胰头、胰体、胰尾最大直径分别为 30mm、25mm、20mm。

(3) 外形变化是逐渐、光滑、连续的，肥胖者，外缘为羽毛状。

(4) 内部密度均匀，与脾密度相近，CT 值低于肝。

4. MRI 检查：

(1) MRI 可显示胰腺大小、形态、走行，各段径线与 CT 标准一致。

(2) 胰腺信号均匀，与肝脏等信号，在 T1WI 脂肪抑制序列上呈高信号。

(3) MRCP 可清晰显示胰管全程，由胰头至胰尾逐渐变细，最大宽度<2mm。

五、脾

1. USG 检查：

(1) 脾脏长轴切面近似半月形，膈面呈弧形，内侧缘凹陷，有时可见切迹，脾门可见脾静脉回声。

(2) 脾脏实质回声较肝脏实质回声稍低，较肾脏皮质回声略高，回声均匀。

(3) 脾脏长径小于 11cm。脾脏厚度：男性小于 4.0cm，女性小于 3.5cm。

2. CT、MRI 检查：

(1) 位于左上腹，上方为膈肌，内侧为胃底与胰尾，外侧为胸壁。

(2) 膈面、胸壁面光滑，脏面呈分叶状。脾门部有时见副脾，不可误诊为肿块。

(3) 脾密度均匀，CT 值约 50Hu，略低于肝。MRI 上信号均匀，低于肝实质信号。

(4) 增强扫描：

    ① 动脉期脾密度不均，呈花斑状，不可误诊为病变，平衡期密度均匀升高。

    ② 可显示与腹腔干相连的脾动脉，以及位于胰腺体部后方的脾静脉。

(5) 脾大小：

    ① 正常前后径<5 个肋单元（与脾相邻的一个肋骨或肋间隙为一个肋单元）。

    ② 正常上下径，脾下缘早于肝下缘消失，在 MRI 冠状位上更易观察。

六、乳腺

1. 钼靶照相：

(1) 钼靶 X 线机产生的是波长较长的软射线，有利于乳腺组织的显示。

(2) 常规摄片：以双侧乳腺侧斜位为主，辅以轴位、局部加压或放大摄影。

(3) 乳腺由腺泡组成小叶，若干小叶组成腺叶，15~20 个腺叶呈辐轮状向乳晕集中。

(4) 青春期：

    ① 腺体组织，呈均匀的高密度影，乳腺周围有厚约 0.5~1.5cm 皮肤包绕。

    ② 乳头，呈结节状软组织影，突出于腺体之外。

    ③ 乳腺导管，表现为自乳头向四周放射状分布的略高密度影。

    ④ 皮下脂肪及腺体间脂肪，呈磨玻璃样略低密度影。

(5) 成人期：乳腺腺体增殖，腺体间脂肪增加，腺体表现为结节状致密影。

(6) 老年期：脂肪明显增多，腺体萎缩，呈透亮的背景上条索影向乳头集中。

2. 乳腺导管造影：

(1) 检查方法：经乳腺导管开口注入对比剂使乳腺导管显影。

(2) 检查目的：发现乳腺导管内的肿块，显示导管是否有阻塞、侵蚀及扩张。

(3) 临床应用：适用于乳头溢液患者。

3. USG 检查：

(1) 皮肤呈较高弧形光带，厚约 2~3cm，边界光滑、整齐。

(2) 皮下脂肪组织呈低回声区，内有散在的弱回声点，有时可见三角形强光带回声，为Cooper 韧带。

(3) 腺叶呈中等强度的光点或光斑，导管呈圆形暗区，排列不整、大小相似。

4. CT 检查：

(1) 皮下及乳腺内脂肪呈低密度，腺体组织密度略高，呈火焰状，CT 值 10~20Hu。

(2) 增强后可清晰辨认出血管影，大导管呈向心性指向乳头的扇形软组织影。

(3) 乳腺组织与胸壁之间可见脂肪透亮线影。

5. MRI 检查：

(1) 脂肪抑制和动态增强两项检查技术，加多方位成像可较好显示乳腺。

(2) 腺体导管 T1WI 信号略高于肌肉、明显低于脂肪。

(3) T2WI 乳腺内血管呈高信号，腺体组织也呈高信号。

(4) 动态增强呈平台型：即快速强化，维持较长时间，信号逐渐降低。

第二节　胃肠道常见疾病

一、食管静脉曲张

1. 病理与临床：

  （1）是门静脉高压的重要并发症，常见于肝硬化。

  （2）主要表现：呕血或便血。

2. 钡餐造影表现：

  （1）早期，食管下段黏膜皱襞轻度增宽、迂曲，管腔边缘略呈锯齿状。

  （2）典型者，食管中下段呈蚯蚓状或串珠状充盈缺损，管壁边缘呈锯齿状。

  （3）较重时，常伴食管张力降低、管腔扩张、蠕动减弱、钡剂排空延迟。

  （4）食管壁柔软。

二、食管癌

1. 病理与临床：

  （1）好发于 40~70 岁男性。

  （2）主要症状是进行性吞咽困难。

  （3）病理形态分为五型：髓质型，蕈伞型，溃疡型，硬化型，腔内型。

2. 钡餐造影表现：

  （1）早期食管癌：

  ① 黏膜皱襞增粗、迂曲、紊乱、中断、破坏，可见小的龛影或小充盈缺损影。

  ② 食管壁局部蠕动减弱。

  （2）中晚期食管癌：

  ① 髓质型，与正常区分界不清的充盈缺损，其表面有大小不等的龛影。

  ② 蕈伞型，腔内菜花样充盈缺损，表面有小龛影。病变区与正常区分界清楚。

  ③ 溃疡型，与食管长轴平行的不规则长形龛影，较大，位于食管轮廓之内。

  ④ 硬化型，环形狭窄，与正常区分界清楚，钡剂通过受阻，上方食管扩张。

  ⑤ 腔内型，巨大息肉样充盈缺损，边缘清楚，表面浅龛影。

  ⑥ 各型均可见黏膜紊乱、中断、破坏，受累段食管局限性僵硬，蠕动减弱。

3. 影像记忆特征：食管黏膜破坏+局部管壁僵硬。

三、胃溃疡

1. 病理与临床：

  （1）好发于 20~50 岁。

  （2）临床表现是上腹部疼痛，具有反复性、周期性和规律性的特点。

  （3）以餐后痛为主。

2. 钡餐造影表现：

  （1）龛影：是胃溃疡的直接征象，好发于小弯侧，突出于胃轮廓之外，底部光滑。

  （2）项圈征：

① 黏膜水肿带使龛影口部形成一圈透明带。

② 黏膜水肿带范围不同有不同的表现：黏膜线、项圈征、狭颈征。

③ 黏膜水肿带是良性溃疡的特征。

(3) 黏膜纠集征：

① 黏膜皱襞如车轮状、放射状向龛影口部集中的现象。

② 达到龛影口部边缘时，逐渐变窄。

③ 是良性溃疡的又一特征。

(4) 胃溃疡引起的功能性改变：痉挛性改变、分泌增加、胃蠕动增强或减弱。

3. 影像记忆特征：腔外龛影+项圈征。

四、十二指肠溃疡

1. 病理与临床：

(1) 90%以上发生在球部，发病较胃溃疡多5倍。

(2) 以空腹痛为主。

(3) 有明显的节律性、规律性上腹部痛。

(4) 球部固定压痛。

2. 钡餐造影表现：

(1) 龛影：

① 不易显出，使用加压法或气钡双对比低张造影法才可能显示。

② 表现为类圆形或米粒状密度增高影，边缘光滑整齐。

(2) 项圈征：龛影周围常有一圈透明带。

(3) 黏膜纠集征：有时也可见放射状黏膜皱襞纠集。

(4) 球部变形：可以是山字形、三叶形、葫芦形等。

(5) 其他征象：激惹征、幽门痉挛等。

3. 影像记忆特征：球部龛影+项圈征+球部变形。

五、胃癌

1. 病理与临床：

(1) 胃癌是胃肠道最常见的肿瘤，好发于40~60岁。

(2) 可发生于胃的任何部位，但以胃窦、小弯和贲门区常见。

(3) 临床表现：持续性上腹部钝痛，呕血或便血，可以触到肿块或发生梗阻症状。

(4) 大体形态分三型：蕈伞型（息肉型、肿块型、增生型）、浸润型、溃疡型。

2. 钡餐造影表现：

(1) 黏膜皱襞破坏、消失或中断，或异常粗大、僵直如杵状，形态固定不变。

(2) 充盈缺损：形态不规则的较大的充盈缺损影。

(3) 龛影：不规则，边缘可见尖角征，周围出现小结节状充盈缺损，犹如指压迹。

(4) 半月综合征：龛影不规则，如半月形，位于胃轮廓之内，周围绕以宽窄不等的透明带，即环堤征；是胃癌的特征表现。

(5) 病变区蠕动消失，胃腔狭窄，胃壁僵硬。

(6) 早期胃癌：

① 隆起型：可见小而不规则的充盈缺损，边界清楚。

② 浅表型：可见胃小区及胃小沟破坏呈不规则的颗粒状杂乱影。

③ 凹陷型：显示形态不整、边界明显的龛影。

3. CT 与 MRI 表现：

(1) CT 扫描前口服足量阴性对比剂充分充盈胃腔，可清晰显示肿瘤。

(2) CT、MRI 主要用于观察肿瘤侵犯胃壁、周围浸润及远处转移的情况。

(3) 胃周围脂肪线消失提示肿瘤已突破胃壁的浆膜层。

(4) 直接征象：胃壁局限性增厚，甚至呈不规则肿块样，突向腔内或向外生长。

4. USG 表现：

(1) 胃壁增厚呈肿块状，回声弱，表面不光滑，胃壁五层结构紊乱、中断或破坏。

(2) 局部胃腔变窄，合并幽门狭窄时可见胃腔扩张，胃液潴留。

(3) 胃蠕动减弱甚至消失。

(4) 较大肿瘤内可探及彩色血流信号。

(5) 晚期可见淋巴结转移及远处脏器转移声像图。

5. 影像记忆特征：黏膜皱襞破坏+半月综合征。

六、肠结核

1. 病理与临床：

(1) 多继发于肺结核。

(2) 好发于青壮年，好发于回盲部。

(3) 常与腹膜结核和肠系膜淋巴结核同时存在。

(4) 常为慢性起病，长期低热，有腹痛、腹泻、消瘦、乏力等。

(5) 病理上常分为溃疡型和增殖型。

2. 影像表现：

(1) 患病肠管痉挛收缩，黏膜皱襞紊乱，结肠袋消失。

(2) 溃疡型："跳跃"征。末端回肠、盲肠和升结肠局部充盈不良，其他部位正常。

(3) 增殖型：末端回肠、盲肠和升结肠狭窄、缩短和僵直；黏膜皱襞紊乱、消失，常见多数小息肉样充盈缺损；盲肠内侧壁凹陷变形。

(4) CT 与 MRI：病段管壁明显增厚，增强扫描病段肠管明显强化且有分层现象。

3. 影像记忆特征：回盲部病变+跳跃征。

七、小肠肿瘤

1. 病理与临床：

(1) 良性肿瘤：有平滑肌瘤、脂肪瘤、腺瘤和血管瘤等。

(2) 恶性肿瘤：有腺癌、淋巴瘤、平滑肌肉瘤、类癌等。

(3) 临床表现：消化道出血、腹痛、肿块、梗阻等。

2. 影像表现：

(1) 小肠腺癌：

① 肠管局限性环状狭窄、黏膜破坏。

② 不规则充盈缺损、龛影形成。

③ 狭窄段肠管僵硬，钡剂通过受阻，近端肠腔有程度不同的扩张。

(2) 小肠淋巴瘤：

① 受累肠管管壁僵硬、管腔狭窄、黏膜皱襞破坏消失，呈铅管状改变。

② 肠腔内不规则多发结节状或息肉状充盈缺损。

③ 肠壁破坏、肠管呈"动脉瘤样"扩张。

④ 向腔外发展，形成肿块可见占位表现、推移肠管。

⑤ 末端回肠淋巴瘤常可引起肠套叠。

(3) 小肠平滑肌瘤：

① 一侧肠壁边缘光滑的局限性充盈缺损，表面黏膜皱襞被展平，临近肠管正常。

② CT 与 MRI：可见与肠管相连的类圆形实质性肿块，增强后明显强化。

(4) 血管造影表现：

① 可见局部供血动脉增多、紊乱、迂曲，实质期可见肿瘤染色，可大致定位。

② 有时可见粗大引流静脉。

③ 出血时可见对比剂外溢入肠管内，形成不规则片状染色。

八、结肠癌

1. 病理与临床：

(1) 好发生在直肠和乙状结肠。

(2) 分三型：增生型、浸润型、溃疡型。

(3) 临床表现：

① 腹部肿块、便血和腹泻，或有顽固性便秘，也可以有脓血便和粘液样便。

② 直肠癌主要表现为便血、粪便变细和里急后重感。

2. X 线表现：

(1) 结肠气钡双对比造影为主要检查方法。

(2) 充盈缺损：

① "犬咬征"，为肠管一侧肿块形成的充盈缺损，在气钡双对比片上如同被咬掉一块一样。

② "苹果核征"，病变在肠管一周形成环形充盈缺损，如同苹果核一样。

③ 腔内可见肿块，轮廓不规则，局部肠壁僵硬，结肠袋消失。

(3) 龛影：常较大，形状不规则，边缘多不整齐，肠壁僵硬，结肠袋消失。

(4) 肠管狭窄：可偏于一侧或环状狭窄，肠壁僵硬，病变界限清楚，易造成梗阻。

3. USG 表现：

(1) 肠壁低回声不规则增厚，肠腔强回声变窄偏移，横断面呈"靶环"征，纵断面呈"假肾"征。

(2) 合并不完全肠梗阻时，可见近端肠管扩张，液体、肠内容或气体积聚。

(3) 可见淋巴结及其他脏器转移。

4. 影像记忆特征：气钡双对比造影犬咬征、苹果核征。

九、结肠息肉

1. 病理与临床：

    (1) 多数为腺瘤和炎性息肉，少数为错构瘤。

    (2) 腺瘤性息肉好发于直肠、乙状结肠，为癌前病变。

    (3) 临床上以反复性便血为主，或有粘液，腹痛等。

2. 影像表现：

    (1) 气钡双对比造影，息肉为边界锐利的圆形肿块影，带蒂息肉则呈蘑菇状影。

    (2) CT 仿真内窥镜可直观地显示突向肠腔内的息肉。

十、肠梗阻

1. 病理与临床：

    (1) 是肠内容物运行发生障碍的常见外科急腹症。

    (2) 分为机械性、动力性和血运性三类。

    ① 机械性肠梗阻分单纯性与绞窄性两类。前者只有肠管通畅障碍，后者同时伴有血运障碍。

    ② 动力性肠梗阻分为麻痹性与痉挛性肠梗阻，肠管本身并无器质性病变。

    ③ 血运性肠梗阻见于肠系膜动脉栓塞，有血循环障碍和肠肌运动功能失调。

2. 单纯性小肠梗阻影像表现：

    (1) 检查方法：立位 X 线平片、侧卧水平位 X 线平片、CT、USG 等。

    (2) 特征性征象：多发阶梯状气液平面。

    (3) 其他征象：近端肠曲胀气扩大，梗阻远端气体明显减少。

    (4) 扩张的近端肠管与塌陷的远端肠管之间出现"移行带"为 CT 重要诊断依据。

3. 绞窄性小肠梗阻影像表现：

    (1) 肠曲活动受限，伸展受限，有肠曲向某一固定部位聚集的表现。

    (2) 肠壁循环障碍，壁增厚（后期变薄），黏膜皱襞增粗，肠内积液，液面较高。

    (3) 闭袢性肠梗阻，可见"假肿瘤"征。

    (4) 肠套叠可见套叠头呈低密度充盈缺损，钡剂灌肠远端呈杯口状。USG、CT、MRI 短轴见"同心圆"样征象，长轴可显示重叠的多层平行肠管，肠壁略增厚。

4. 结肠梗阻影像表现：

    (1) 可能出现闭袢性肠梗阻征象。

    (2) 梗阻近端结肠胀气扩大并积液。

    (3) 胀气扩大的结肠可显示出结肠袋且整个结肠位于腹部周围。

5. 麻痹性肠梗阻影像表现：

    (1) 腹部 X 线平片及 CT 扫描表现：肠曲胀气累及大肠与小肠，多呈中等度胀大，肠内气体多，液体少，致肠内液面较低，甚或肠内几乎全为气体。

    (2) 通常以全结肠充气为诊断本症的重要依据。

6. 影像记忆特征：腹部立位 X 线平片+多发阶梯状液平面。

十一、胃肠道穿孔

1. 病理与临床：
   (1) 继发于溃疡、创伤、炎症及肿瘤，胃十二指肠溃疡为穿孔最常见的原因。
   (2) 胃肠道穿孔可引起气腹和局限或全腹腹膜炎。
   (3) 起病骤然，持续性上腹剧痛，不久可延及全腹，伴腹肌紧张，全腹压痛等。
2. 影像表现：
   (1) X线检查：
      ① 腹部立位平片可见膈下游离气体。
      ② 可见腹水、腹脂线异常和麻痹性肠胀气等。
   (2) CT检查：可确认腹腔积液及积液的部位和量，特别是能显示少量积液。
   (3) USG检查：胃肠道穿孔主要是腹腔内可见游离气体高回声和游离液体无回声区。
3. 影像记忆特征：腹部立位X线平片+膈下游离气体。

第三节　肝脏常见疾病

一、肝脓肿

1. 病理：
   (1) 细菌或阿米巴感染所致。
   (2) 肝组织局限性炎症、液化、坏死，形成脓腔。
   (3) 周围肉芽组织增生形成脓肿壁。
2. 临床：肝大+肝区疼痛+全身炎症反应。
3. X线平片表现：右膈升高，肝区出现气-液平面。
4. DSA表现：肝动脉造影示脓肿壁染色、腔内无染色，血管包绕，衬托出脓腔。
5. CT表现：
   (1) 平扫：肝内圆形低密度影，密度不均，中央密度更低，CT值20Hu左右。
   (2) 部分病变内部可见气泡影，或气-液平面。
   (3) 脓肿外水肿区表现为较脓肿壁密度略低的"晕"。
   (4) 增强：脓肿壁明显强化，中央与外周水肿区不强化，"晕征"更明显。
6. MRI表现：
   (1) 脓肿呈不均匀T1WI低信号、T2WI高信号。
   (2) 脓肿壁T1WI信号高于中央，"晕"较CT更明显，在T2WI上呈高信号。
   (3) 增强：脓肿壁明显环状强化。
7. USG表现：
   (1) 肝脏局部或弥漫性肿大，膈肌运动受限。
   (2) 直接征象：
      ① 肝内异常回声区，呈类圆形，壁厚薄不均，内壁不光，呈"虫蚀样"。
      ② 内部依液化程度及有无碎屑、气体等呈无回声区、等回声区、甚至高回声区，分布不均。
      ③ 后方回声增强。

（3）恢复期呈无回声、低回声，持续较长时间，钙化后为强回声，后方伴声影。

（4）阿米巴脓肿一般较大，多位于肝脏边缘，壁欠清晰。

8. 影像记忆特征：肝内肿块+周围晕征+厚壁环形强化。

二、肝海绵状血管瘤

1. 病理：

（1）最常见的肝良性肿瘤。

（2）异常血管窦由纤维组织分隔呈海绵状，充满血液，可有血栓形成。

2. 临床：

（1）女性多发，30~60 岁多发。

（2）临床常无症状，巨大肿瘤可有上腹部胀痛不适。

3. DSA 表现：

（1）抱球征：供血动脉增粗，周围血管包绕。

（2）枝上挂果征：肿瘤边缘血管分支上出现棉团状、斑点状染色（特征性表现）。

（3）平衡期：肿瘤染色由周边扩展到整个瘤体，呈密度均匀、边界清楚的染色团。

（4）早出晚归：动态观察，病变染色出现快而消退晚。

4. USG 表现：

（1）中小血管瘤呈高回声，较大血管瘤可呈混合回声或低回声，内部回声呈网状。

（2）边界清楚锐利，病变无"声晕"。

（3）可分布在静脉边缘或与肝静脉属支相通。

（4）一般检测不到血流信号。

5. CT 表现：

（1）肝内圆形病变，边界清楚。

（2）平扫低密度，CT 值 30Hu 左右。

（3）增强扫描：

① 关键技术：两快一长，注射对比剂速度快、扫描快、延迟要充分。

② 早期：从边缘开始出现棉团样强化，密度与大动脉相近。

③ 延迟扫描：强化向中心扩展，最后均匀强化，与肝实质等密度。

6. MRI 表现：

（1）肝内圆形病变，边界清楚。

（2）平扫呈均匀 T1WI 低信号，T2WI 明显高信号。

（3）灯泡征：随回波时间延长，病灶 T2WI 信号逐渐升高，肝实质信号渐低，衬托下表现为边界清楚的明显高信号病灶。该征象具有特征性。

（4）增强：从周边开始强化，向中心蔓延，形成均匀等或高信号病灶。

7. SPECT 肝脏血池显像：

（1）是肝脏海绵状血管瘤特异性较高的无创诊断方法。

（2）肝血流显像中血流灌注正常或略低，延迟 30~60min 后肝血池显像上病灶局部放射性增高，这种表现称"过度充填"，是肝血管瘤的典型表现。

8. 影像记忆特征：

（1）肝内肿块边界清楚

(2) DSA 枝上挂果

(3) CT 增强早出晚归延迟变为等密度

(4) MRI 灯泡征

(5) SPECT 过度充填。

三、肝细胞腺瘤

1. 病理与临床：

(1) 分化较好的良性肿瘤，有完整包膜。

(2) 青中年妇女多发，与口服避孕药有明确关系。

(3) 临床上多无特异性症状。

2. USG 表现：

(1) 肿块边界清楚、包膜完整，较小时为低回声，增大后可为等回声或稍高回声。

(2) 易合并出血、坏死，肿块内出现不规则液性暗区。

(3) 多普勒：肿物内可见静脉血流信号，动脉血流较少见。

3. DSA 表现：

(1) 为富血供肿瘤。

(2) 动脉期，早期即可见肿瘤血管显示，清晰而丰富。

(3) 实质期，可见肿瘤染色，没有血管破坏，周围血管仅表现为受压推挤改变。

(4) 静脉期，主要表现为充盈缺损，因肿瘤染色消退，而肝实质密度明显升高。

4. CT 表现：

(1) 肝内单发肿块，类圆形，常较大。

(2) 多呈低密度，密度均匀，边界清楚。

(3) 肿瘤假包膜征，肿瘤周边可见一低密度环，为变性脂肪层，是具有鉴别意义的特征性表现。

(4) 增强扫描，动脉早期明显强化，很快密度下降，至平衡期表现为低密度。

5. MRI 表现：

(1) 肝内较大圆形病变，边界清楚。

(2) T1WI 为低信号，T2WI 为略高信号。

(3) MRI 表现缺乏特异性，与肝癌难鉴别。

6. 影像记忆特征：口服避孕药史+肝内圆形病变+假包膜征。

四、肝局灶性结节增生

1. 病理与临床：

(1) 病理上为不含肝小叶结构的异常细胞团，包括肝细胞、血管、胆管等。

(2) 内部有星形纤维，形成放射状分隔。

(3) 周边无包膜。

(4) 一般没有特异性临床症状。

2. DSA 表现：与肝腺瘤表现相似，为富血供肿瘤。

3. USG 表现：

(1) 肝内低回声或等回声结节，边界清楚，无包膜，可呈多结节融合状。

(2) 内部回声不均，可见中央疤痕高回声及分隔。

(3) CDFI：肿物内可见放射状分布的彩色血流信号。

4. CT 表现：

(1) 肝内等或略低密度肿块，较大，圆形，一般密度均匀，无特异性。

(2) 增强扫描，动脉早期明显均匀强化，静脉期为低密度。

(3) 中央星状纤维分隔不强化，表现为放射状低密度区，具有一定特异性。

5. MRI 表现：

(1) 肝内单发较大圆形病变，边界清楚。

(2) T1WI、T2WI 均为等信号，或 T1WI 略低信号。

(3) 中央星状瘢痕为 T1WI 低信号，T2WI 高信号，呈放射状。

6. SPECT：阳性表现具有特异性，可明确诊断。

7. 影像记忆特征：中央瘢痕呈放射状不强化。

五、原发性肝癌

1. 病理：

(1) 90%为肝细胞肝癌，余为胆管细胞癌。

(2) 大体标本分三型：

 ① 巨块型，肿块直径≥5cm。

 ② 结节型，癌结节直径<5cm。

 ③ 弥漫型，弥漫分布全肝的小结节，直径<10mm。

(3) 小肝癌：单发结节直径<3cm，或 2 个结节直径之和≤3cm。

(4) 肝组织血供 25%来自肝动脉，75%来自门静脉。肝癌血供 95%~99%来自肝动脉。

2. 临床：

(1) 男性多发，30~60 岁多发。

(2) 多有乙肝、肝硬化基础。

(3) 化验：AFP 多为阳性。

(4) 肝区痛疼、包块、消瘦、黄疸、乏力。

3. DSA 表现：

(1) 肿瘤血管，供血的肝动脉扩张；肿瘤区可见大小不一迂曲、紊乱的异常血管。

(2) 肿瘤染色，肿瘤区密度升高，呈结节状或团块状，中央坏死时可见低染色区。

(3) 动脉包绕，肝血管受压拉直、移位，包绕肿瘤呈"抱球状"。

(4) 肿瘤湖征，肿瘤区内可见片状对比剂聚集。

(5) 动静脉瘘，于动脉期可见静脉早显。

(6) 充盈缺损，少血供肝癌，造影实质期表现为肝实质内低密度区。

4. USG 表现：

(1) 直接征象：

 ① 可见巨块型、结节型及弥漫型异常回声病变。

 ② 肿瘤可呈低回声、等回声、高回声或混合回声。

 ③ 病变周边可见"声晕"，可呈"镶嵌征"及"块中块征"等改变。

(2) 间接征象：

① 肝脏肿大，形态失常。

② 肿块附近血管绕行、抬高、受压或中断，管腔内可出现癌栓。

③ 胆管受压可致肝内胆管扩张。

④ 多合并肝硬化改变。

⑤ 淋巴转移时，可出现肝门部、胰腺周围及腹膜后淋巴结肿大。

(3) 彩色多普勒：显示彩色血流呈提篮状包绕肿物，有时可见瘤内彩色血流信号。

(4) 频谱多普勒：可检出高速动脉血流频谱。

5. CT 表现：

(1) 肝内圆形病变，单发或多发，边界不清。

(2) 多为低密度，周围可见更低密度的假包膜。

(3) 巨块型肝癌，中心有坏死区，表现为不规则形的更低密度。

(4) 增强动脉期：癌结节迅速强化，密度升高达峰值，呈斑片状、结节状。

(5) 增强平衡期：肝实质密度升高，肝块密度迅速降低，呈低密度，边界清楚。

(6) 全部增强过程呈"快进快出"。

(7) 其他表现：肝硬化表现、门静脉癌栓在增强时的低密度充盈缺损、胆道扩张、肝门部或腹膜后淋巴结肿大等。

6. MRI 表现：

(1) 基本表现、增强扫描多期表现与 CT 相似。

(2) T2WI 略高信号，边界不清，T1WI 低信号，边界清楚，较大者内部信号不均。

(3) 对于早期小肝癌、肝硬化结节与肝癌的鉴别，MRI–DWI 有一定价值。

7. SPECT 表现：在血流灌注像动脉相放射性增高，而在延迟相放射性和正常肝组织相近或较低。

8. 影像记忆特征：肝内肿块、边界不清+增强扫描快进快出。

六、转移性肝癌

1. 病理：

(1) 转移途径：

① 临近器官肿瘤直接侵犯肝脏。

② 经肝门部淋巴途径转移而来。

③ 经门静脉系统转移而来。

④ 经肝动脉转移而来。

(2) 常为肝内多发病灶，大小不等，容易坏死、出血、钙化。

2. 临床：

(1) 原发肿瘤的症状。

(2) 肝大，肝区痛疼，消瘦、黄疸、乏力。

(3) AFP 阴性。

3. DSA 表现：

(1) 富血管类：肝动脉明显增粗，肿瘤血管丰富，可见血管湖及动-静脉瘘，肿瘤染色明显，类似肝细胞癌的造影表现。

(2) 多血管类：肝动脉增粗，肿瘤血管细小迂曲，常呈网状分布，肿瘤染色较淡，多呈环状。

(3) 少血管类：肿瘤血管稀少，多无明显的肿瘤染色，肝实质期可见数目不一及大小不等的充盈缺损影。

4. USG 表现：

(1) 依原发病灶不同，可呈低、等、高或混合回声，常多发，典型者呈"牛眼征"。

(2) 一般无肝硬化改变，门静脉、肝静脉及下腔静脉癌栓少见。

(3) 彩色多普勒可见结节周围血管围绕，结节内部常无血流分布。

5. CT 表现：

(1) 肝内单发或多发的结节影，大小不等，可突出到肝包膜以外。

(2) 呈低密度，较小者密度均匀。

(3) 增强扫描动脉期：边缘不规则强化。

(4) 增强扫描门脉期：整个瘤灶不均匀强化。

(5) 增强扫描平衡期：强化消退，病灶呈环状，中心密度更低，外围水肿带密度略低，构成"靶征"或"牛眼征"。

6. MRI 表现：

(1) 肝内多发大小不等的结节影，可突出于肝包膜外。

(2) T1WI 表现为均匀低信号结节影；T2WI 为不均匀略高信号，部分病灶周围可见高信号环，表现为"靶征"。

(3) 平扫时即可出现"靶征"，增强后表现更为明显。

7. 影像记忆特征：肝内多发肿块+牛眼征。

七、肝囊肿

1. 病理与临床：

(1) 肝内囊性病变，1mm~10cm 不等，壁极薄，囊内为橙黄色液体。

(2) 多无症状。

2. DSA 表现：巨大囊肿动脉期见血管移位，实质期可出现边缘光滑的无血管区。

3. USG 表现：

(1) 肝内可见圆形或椭圆形液性暗区，囊壁纤细光滑，后方回声增强。

(2) 合并出血、感染等时，液性暗区内可出现点状回声，部分囊肿内可见分隔。

4. CT 表现：

(1) 平扫见圆形低密度影，边缘锐利光滑，无壁，密度均匀，CT 值 10Hu 左右。

(2) 增强后边界更清楚，内部无变化。

5. MRI 表现：

(1) 肝内囊性病变，边缘光滑、锐利。

(2) 内部信号均匀，呈水样信号。

(3) 在 MRCP 水成像上可表现为圆形高信号。

6. 影像记忆特征：肝内圆形病变+边界清楚+无强化+水样密度。

八、肝硬化

1. 病理：

(1) 肝细胞弥漫性变性、坏死。

(2) 纤维组织增生、肝细胞再生、肝内假小叶形成引起门静脉高压。

(3) 肝脏变形、变硬，肝叶萎缩或增大。

2. X 线表现：胃肠道钡餐造影可显示胃底–食管静脉曲张。

3. USG 表现：

(1) 肝内表现：

① 早期肝脏增大，后期缩小，形态失常，被膜不光滑。

② 肝实质回声增粗增强，分布不均，可呈结节状改变。

③ 肝静脉系统变细，走行迂曲，其至闭塞。

④ 门静脉分支管壁回声增高，走行扭曲，内径增宽，可见血栓形成。

(2) 肝外表现：

① 脾脏增大。

② 门静脉主干及脾静脉内径增宽。

③ 腹水形成。

④ 有时可见侧支循环迂曲扩张管状回声。

⑤ 胆囊壁水肿增厚。

(3) 多普勒显示：门静脉内血流速度减慢，出现双向血流或因血栓而出现彩色充盈缺损；肝动脉代偿性血流增加，流速增高。

4. CT 表现：

(1) 肝脏各叶比例失调；肝门、肝裂增宽。

(2) 肝包膜呈波浪状，凹凸不平。

(3) 肝实质密度普遍或不均匀减低，较大的再生结节密度略高。

(4) 间接征象：脾大、腹水、门静脉增宽，胃底壁增厚等。

5. MRI 表现：

(1) 再生结节：T2WI 呈低信号的弥漫性小结节影，边界清楚。

(2) 纤维间隔：肝内广泛分布的网格状 T1WI 低信号，T2WI 低或高信号影。

(3) 其余表现同 CT。

(4) 增强早期无变化，门静脉期可有轻度强化。

6. 影像记忆特征：肝内弥漫性病变+MRI 小结节+CT 各叶比例失调+门静脉增宽+脾大。

九、脂肪肝

1. 病理：肝内脂肪含量>5%。

2. USG 表现：

(1) 肝脏增大，肝缘变钝。

(2) 肝实质回声细密增强，远场衰减。

(3) 肝内管状结构显示不清。

(4) 非均匀性脂肪肝，因脂肪浸润程度不同而表现差异较大。

3. CT 表现：

(1) 肝实质密度普遍或局灶性减低，低于脾。

(2) 重度脂肪肝，肝内血管反衬呈高密度分支影，但走行正常。

(3) 增强后强化程度低于脾。

(4) 局灶性脂肪肝表现为圆形或片状低密度区，内部有正常血管穿过。

4. MRI 表现：

(1) 严重脂肪肝 T1WI、T2WI 信号均匀升高；脂肪抑制序列上肝信号减低。

(2) T1WI 同相位–反相位成像，对脂肪肝定性诊断有一定价值。

5. 影像记忆特征：肝脏密度低于脾+血流正常。

第四节　胆道系统常见疾病

一、胆石症与胆囊炎

1. 病理：

(1) 急性胆囊炎有一般炎症的急性过程。

(2) 慢性胆囊炎，胆囊缩小，壁增厚、钙化。

(3) 慢性炎症常合并胆囊或胆管内结石形成。

2. 临床：

(1) 反复、急性发作的右上腹绞痛。

(2) 右上腹压痛、反跳痛阳性，莫非氏征阳性。

(3) 疼痛向右肩放射，伴寒战、高热。

3. X 线表现：

(1) X 线平片：右上腹大小不等的、多发的、多角形结节状或环形高密度影，整体呈石榴籽样。

(2) ERCP、PTC：可显示胆管或胆囊内充盈缺损影，及胆道狭窄梗阻部位与程度。

4. USG 表现：

(1) 急性胆囊炎：

① 胆囊增大，胆囊壁增厚，水肿明显时，出现"双边征"。

② 出现脓性胆汁时，胆囊内见稀疏或密集的点状回声，后方无声影。

(2) 慢性胆囊炎：

① 胆囊壁增厚，囊内可见胆汁沉积性回声。

② 萎缩型则显示胆囊缩小，囊腔变窄。

③ 胆囊收缩功能明显减低或无收缩功能。

(3) 胆囊结石：

① 典型结石胆囊腔内可见强回声团，后方伴声影，可依重力方向移动。

② 充满型结石呈"WES 征"（囊壁、结石、声影）三合征。

③ 泥沙样结石于后壁前可见强回声沉积，可移动，并伴有声影。

④ 小结石颗粒细小，声影可不明显。

⑤ 颈部结石嵌顿可仅表现为胆囊增大，颈部有声影。

⑥ 胆囊壁内结石可见囊壁增厚，内见强回声斑点，后方伴"彗星尾"征，改变体位不移动。

(4) 肝内胆管结石：

① 沿左右肝管及肝内胆管走行分布的强回声斑，后方伴有声影。

② 周围有宽窄不等液性暗区或管腔包绕。

③ 结石阻塞部位以上小胆管扩张。

(5) 肝外胆管结石：

① 肝外胆管可见扩张，管壁增厚，回声增强。

② 管腔内可见强回声团，多伴有声影。

③ 强回声团与管壁间分界清楚，典型的可见液性暗区包绕。

④ 体位改变可见强回声团位置移动。

5. CT 表现：

(1) 胆囊增大，直径>5cm。

(2) 胆囊壁均匀增厚>3mm，增强扫描明显强化，呈均匀细环状。

(3) 胆囊内多发、多面体、圆形或泥沙样高密度影，随体位变化而变化。

(4) 胆管结石：胆管内圆形或环形高密度影，表现为"靶征"、"新月征"。

(5) 结石上方胆管扩张，胆囊增大。

6. MRI 表现：

(1) 胆囊壁水肿增厚，呈 T1WI 低信号、T2WI 高信号。厚度>3mm，增强明显。

(2) 胆囊结石多数表现为 T1WI、T2WI 低信号；胆管结石，T2WI 多为低信号，T1WI 多为高信号。

(3) MRCP：

① 胆囊结石：表现为胆囊内低信号充盈缺损。

② 胆管结石：胆管内充盈缺损，胆管突然截断，上方胆管、胆囊扩张。

7. SPECT 显像：急性胆囊炎时，4 小时内胆囊不显影（正常 45 分钟内胆囊即显影）。

8. 影像记忆特征：

(1) 胆囊炎：胆囊增大，壁增厚。

(2) 胆道结石：结节状充盈缺损+上方胆管扩张。

二、胆囊癌

1. 病理：

(1) 80%呈浸润性生长，胆囊壁环形增厚。

(2) 20%呈乳头状，突入胆囊腔内。

(3) 胆囊底部、颈部多发，晚期常累及肝床。

2. 临床：持续性右上腹疼痛、黄疸、消瘦。

3. USG 表现：

(1) 小结节型：病灶较小，突向囊腔，基底较宽，表面不光整，胆囊颈部好发。

(2) 蕈伞型：弱回声或中等回声肿块，呈蕈伞状突入囊腔，基底较宽。

(3) 厚壁型：囊壁呈局限性或弥漫性不均匀增厚，内壁不规则，颈部及体部显著。

(4) 混合型：胆囊壁不均匀增厚伴有肿块突入囊腔。

(5) 实块型：

① 胆囊增大，胆汁液性暗区消失，呈不均质实性肿块。

② 可与肝脏及周围脏器界限不清。

③ 肿块中有时可见结石强回声团。

④ 彩色多普勒可于肿块内检测到高速动脉血流信号。

4. CT 表现：

(1) 常有慢性胆囊炎的基础。

(2) 胆囊壁不规则增厚或胆囊内乳头状软组织密度影，增强扫描时有明显强化。

(3) 晚期，常见以胆囊为中心不规则形软组织肿块，与肝床分界不清，可有强化。

5. MRI 表现：

(1) 胆囊壁局限性或弥漫性增厚，厚度>10mm。

(2) 与肝实质信号相比，T1WI 为等信号，T2WI 为高信号。

(3) 增强扫描为不均匀强化，不同于胆囊炎。

(4) 肝内侵犯表现为肝床 T2WI 高信号影，边界模糊。

(5) MRCP 上可显示胆管受压情况。

三、胆管癌

1. 病理：根据肿瘤起源分为以下几种

(1) 周围型，即胆管细胞型肝癌，起源于肝内胆管。

(2) 肝门型，起源于左右肝管汇合区，国际通用改良 Bismuth-CorletteI 分型法：

　　 I 型：累及肝总管。

　　 II 型：累及左右肝管分叉部。

　　 IIIa 型：累及右侧肝管。

　　 IIIb 型：累及左侧肝管。

　　 IV 型：累及双侧肝管。

(3) 肝外型，起源于肝总管或胆总管。

2. 影像表现：

(1) 胆管细胞型肝癌：

① 好发于肝左叶，常较大，边界清楚，肿瘤内部及远端毛细胆管扩张。

② DSA 可见肿瘤血管、肿瘤染色，但不明显，可见血管破坏、充盈缺损。

③ USG 肝内混杂回声肿块，周围小胆管扩张。

④ CT 内部密度不均匀，可见内部细小点状结石致密影。

⑤ MRI 上为混杂信号，主体呈不均匀的 T1WI 略低信号，T2WI 略高信号。

⑥ 增强，早期中度不均匀强化，晚期明显强化，这一点不同于肝细胞肝癌。

⑦ 影像记忆特征：左叶巨大肿块，内部小胆管扩张，可见小结石。

(2) 肝门型与肝外型胆管癌：

① 因胆管阻塞出现早，肿块常较小，CT 为等密度，MRI 为 T1WI 低信号，T2WI 等信号。

② CT、MRI 显示胆管壁不规则增厚，厚度>5mm。

③ 增强：肿瘤轻度强化，MRI 延迟扫描可见肿瘤明显强化，及沿胆管壁漫延的环状强化。

④ MRCP：肿瘤部位胆管突然截断，呈残根状狭窄，上方胆管普遍扩张。

⑤ USG 表现：

a. 胆管内乳头状团块，与管壁界限不清，后方无声影，改变体位不移动。

b. 扩张的胆管狭窄闭塞或突然截断，边界不清。

c. 病变上方胆系扩张明显。

d. 肝脏肿大，肝内有时见转移灶声像改变。

e. 肝门部及病灶周围可见肿大淋巴结。

3. 影像记忆特征：肝内胆管扩张+肝外胆管突然截断+残根征。

四、阻塞性黄疸的影像鉴别诊断

1. 黄疸分为三种类型：阻塞性黄疸、溶血性黄疸、肝细胞性黄疸。

2. 影像学检查的目的：

(1) 鉴别黄疸类型，判断是否阻塞性黄疸。

(2) 寻找阻塞的部位。

(3) 分析阻塞的病因。

3. 梗阻部位大致分类：

(1) 上段梗阻，位于肝门或距肝门 2 cm 内，即肝门段，包括左右肝管和肝总管。

(2) 中段梗阻，距肝门约 2~4 cm，即胰上段，进入胰腺之前的胆总管。

(3) 下段梗阻，距肝门约 4~7 cm，即胰腺段，进入胰腺走行的胆总管。

(4) 壶腹部梗阻，距肝门约 7~11 cm，即壶腹段，胰腺段以下的胆总管。

4. 梗阻部位判断：

(1) 低位胆管阻塞：

① 胆囊、肝内、外胆管及胰管普遍扩张。

② 可见于胆总管下端、胰头区、壶腹部、十二指肠乳头部病变引起的梗阻。

(2) 胆总管中、下段梗阻：

① 胆囊、肝内胆管、胆总管扩张，胰管无扩张。

② 见于胆总管下段病变引起的梗阻。

(3) 肝门部阻塞：

① 肝内胆管扩张，肝外胆管、胆囊、胰管均无扩张。

② 提示肝总管以上病变引起的梗阻。

5. 梗阻病因诊断：

(1) 结石：

① USG，多呈较规整的强回声团，后方伴声影，与胆管壁分界清楚，随体位改变可见移动。

② CT，大多数呈高密度，可不均匀；少数为等密度或低密度，增强无变化。

③ MRI，多数为 T1WI 高信号，T2WI 低信号；少数 T1WI、T2WI 均为低信号，增强无变化。

(2) 肿瘤：

① USG，多为弱回声或等回声，形态不规则，无声影，无移动性，与胆管壁界限不清。

② CT，平扫为等密度，或低密度，增强后中等程度强化。

③ MRI，平扫为 T1WI 低信号，T2WI 高或等信号，增强后中等程度强化。

(3) 胆道蛔虫：

① 在扩张胆管内可见平行双线状异常病变，横轴位可为环状或结节状。

② USG，呈双线状高回声带，存活蛔虫可见蠕动。

③ CT、MRI 不定，可为低、中、高信号（密度）。

(4) 慢性胆道系统炎症：

① 胆道系统慢性炎症时，胆管僵硬、狭窄，可为节段性、局限性狭窄，或逐渐变细、狭窄。

② 在横轴位上表现为管腔逐渐变小，最终达正常宽度。

③ 在矢状位、冠状位上观察，可显示更大范围内的狭窄。

④ MRCP、ERCP、PTC 等可显示胆管全貌，显示狭窄的部位、程度，一般胆总管下段逐渐变细，呈鼠尾状。

第五节　胰腺常见疾病

一、急性胰腺炎

1. 病理：

(1) 胰酶外溢，形成胰腺及胰周蜂窝织炎。

(2) 单纯水肿型多见，占到80%以上。

(3) 出血坏死型：

① 少见，较重，预后差。

② 胰液、脓液、出血、渗出、坏死组织在胰腺内外聚积，并在腹膜后间隙、腹膜腔内蔓延。

2. 临床：

(1) 急性发作的上腹部剧烈疼痛，向腰背部放射。

(2) 伴有恶心、呕吐、发热、休克。

(3) 血、尿淀粉酶升高。

3. 影像表现：

(1) 单纯水肿型：

① 胰腺局限性或弥漫性肿大，形态饱满。

② USG 可见胰腺回声减低，严重者可呈无回声，后方回声增强。CT 内部密度略低，MRI 为 T1WI 低信号、T2WI 高信号。

③ 胰腺边缘模糊，但胰后间隙清晰，胰周脂肪水肿渗出，在 CT、MRI 上表现为胰周模糊不清的条片影。

④ CT、MRI 可见左侧肾前筋膜增厚。

(2) 出血坏死型：

① 有单纯水肿型胰腺炎的上述表现。

② USG 还可见胰腺组织回声不均，强回声、弱回声及无回声混杂。

③ CT 内部密度不均匀，可见斑片状高密度出血灶。

④ 出血 MRI 在各序列上均为高信号，边界模糊。

⑤ 增强扫描：CT、MRI 上出血、坏死部分以外部分可见斑片状强化。

⑥ 继发改变：

a. 炎性液体可沿腹膜腔、腹膜后各间隙蔓延，可局限而形成脓肿。

b. CT 表现为局限性低密度灶，边界模糊。

c. USG 胰腺外周可见弱回声带环绕，胰周、腹膜后、腹腔可见液性暗区。

d. MRI 见胰周不均匀 T1WI 低、T2WI 高的液体样信号。

4. 影像记忆特征：胰腺体积增大+边界模糊+密度不均+左肾前筋膜增厚。

二、慢性胰腺炎

1. 病理与临床：

(1) 可分为梗阻型、酒精型两种。

(2) 胰腺纤维化，质地变硬，体积缩小，晚期腺体完全萎缩。

(3) 间歇性发作的上腹部疼痛，体重减轻，胰腺功能不全，如糖尿病、脂肪泄等。

2. USG 表现：

(1) 胰腺可轻度肿大、正常或缩小，轮廓不清，边界不规整。

(2) 内部回声增强，分布不均，主胰管不规则扩张，胰管及胰实质可见强回声。

(3) 部分可见假性囊肿液性暗区。

3. CT 表现：

(1) 胰腺体积异常：局限性或弥漫性增大，或萎缩。

(2) 胰管扩张，呈串珠状。

(3) 胰腺钙化，呈沿胰管分布的斑点状高密度影。

(4) 可有假囊肿形成，表现为边界清楚的水样密度影，壁厚薄均匀，多位于胰腺内，也可位于胰腺周围或远处腹腔内。

4. MRI 表现：

(1) 胰腺大小变化与 CT 所见相似。

(2) 胰腺纤维化，在 T1WI 脂肪抑制、T2WI 序列上均为低信号。

(3) 增强扫描信号强度无变化。

(4) MRCP 上显示胰管串珠状扩张。

(5) 假囊肿表现为 T1WI 低信号、T2WI 高信号影，边界清楚，包膜不易显示。

5. 影像记忆特征：胰腺粗细不均、密度不均+胰管串珠样扩张钙化+假囊肿形成。

三、胰腺癌

1. 病理：

(1) 致密的纤维化组织，肉眼观为坚硬的结节病变。

(2) 70%发生于胰头，中心常有坏死。

2. 临床：

(1) 胰头癌早期出现阻塞性黄疸。

(2) 胰体、胰尾癌表现为持续性腹痛、腰背痛。

3. USG 表现：

(1) 胰腺多为局限性肿大，偶见弥漫性肿大，形态失常。

(2) 肿物不规则或呈分叶状，向周围组织浸润。

  (3) 多为低回声，继发出血、坏死时可见强回声斑点或液性暗区，少数呈强回声，后方回声减低。

  (4) 周围脏器或血管浸润、受压、移位。

  (5) 胆管受压，肝内、外胆管扩张，胆囊增大，胰管扩张明显。

  (6) 晚期可出现肝转移、周围淋巴结转移及腹水等。

4. CT 表现：

  (1) 平扫可见胰腺内等或略低密度影，胰腺局部增大，边界不清。

  (2) 胰管、胆总管扩张，形成"双管征"，是胰头癌的特征表现。

  (3) 中心坏死区为低密度。

  (4) 增强扫描时，肿瘤强化程度低于胰腺组织，呈低密度，中心坏死区不强化。

  (5) 常累及胰周，尤其是胰后间隙。

5. MRI 表现：

  (1) 胰腺轮廓改变，局部增大，边界不清。

  (2) 病灶呈 T1WI 等或略低于胰、肝信号，T2WI 为高信号。

  (3) 较大肿瘤常见中心坏死区，为更高 T2WI 信号。

  (4) T1WI 脂肪抑制增强序列上，肿瘤中度强化，与胰腺正常部分相比呈低信号，中心坏死区不强化，整体呈厚壁环状，边界清楚。

  (5) MRCP 上显示胆总管、胰管扩张。

6. 影像记忆特征：胰腺内肿块+低密度+胰头癌可见双管征。

第六节　脾脏常见疾病

一、淋巴瘤

1. 病理：

  (1) 脾内弥漫性小结节、多发肿块或单发巨大肿块，三种类型病变。

  (2) 全身淋巴结肿大、脾大。

2. 临床：长期发热、左上腹疼痛。

3. USG 表现：

  (1) 脾脏弥漫性肿大，实质回声可正常或减低。

  (2) 部分脾内出现低回声结节。

4. CT 与 MRI 表现：

  (1) 脾大，呈弥漫性。

  (2) CT 平扫可显示脾内病变，为略低密度，边界不清。

  (3) MRI 平扫表现为 T1WI、T2WI 不均匀混杂信号，边界不清。

  (4) 增强扫描：CT、MRI 均表现为轻度不均匀强化，典型表现为"地图样"，与正常脾分界更清。

5. 同时多种影像方法可显示腹膜后、纵隔内多发淋巴结肿大，相互融合成块。

6. 影像记忆特征：脾大+脾内肿块+地图样强化+全身淋巴结肿大。

二、脾脓肿

1. 病理与临床：

(1) 脓肿可单房、多房。

(2) 临床上有全身感染症状，脾区疼痛。

2. USG 表现：

(1) 脾脏轻到中度增大。

(2) 脾内出现无回声区，壁较厚，内缘不整齐。

(3) 无回声区内可见团状、斑点状略高回声。

3. CT 表现：

(1) 脾内圆形低密度病变，CT 值 0~30Hu，边界清楚。

(2) 脓肿内密度不均，可有气体存在。

(3) 增强后脓肿壁呈环状强化。

4. MRI 表现：

(1) 脾内圆形 T1WI 低信号、T2WI 高信号。

(2) 增强后呈环形强化，壁厚，厚薄均匀，边界清楚，有时可呈多房环状强化。

(3) 脾脓肿特征性表现有二：腔内气体征、腔内分层现象。

5. 影像记忆特征：脾内厚壁环状强化病灶+腔内分层或气体。

三、脾梗死

1. 病理：脾动脉分支栓塞，脾组织缺血性坏死。

2. 临床：左上腹疼痛、左膈抬高、发热等。

3. USG：

(1) 急性期脾脏肿大。

(2) 脾实质内可见单个或多个楔形回声减低区，底部朝向脾包膜。

(3) 有组织液化坏死时可见无回声区。

(4) 脾动脉栓塞时，整个脾实质不均质性弥漫性回声减低。

(5) 彩色多普勒能提供脾动脉异常血流信息。

(6) 陈旧性脾梗死，可呈强回声伴声影，病灶体积缩小。

4. CT、MRI 表现：

(1) 脾内楔形低密度影，尖端朝向脾门，边界清楚。

(2) 梗死区密度（信号）因时间不同而不同，急性期 CT 密度略低，MRI 为 T1WI 低信号，T2WI 高信号。

(3) 增强后病灶无强化，呈边界更清晰的楔形低密度区。

(4) 愈合后：

① 梗死区疤痕、钙化，脾轮廓局限性凹陷。

② 在 CT 上为水样密度，钙化为斑片状致密影。

③ 在 MRI 表现为 T1WI 低、T2WI 高信号，钙化在所有序列上均为低信号。

5. 影像记忆特征：楔形低密度区+增强无变化。

第七节　乳腺常见疾病

一、乳腺增生

1. 病理：
   (1) 腺泡增多、纤维组织增多、导管上皮增生。
   (2) 乳腺小叶增大、增多、模糊，小叶相互融合，形成腺瘤样增生。
2. 临床：
   (1) 20~40 岁多发，与月经周期有关。
   (2) 乳房胀痛、乳腺结节、肿块。
   (3) 可单侧、双侧发病，通常为对称性。
3. 钼靶照相表现：乳腺内局限性或弥漫性棉絮状结节影，大小不等，边界不清。
4. USG 表现：
   (1) 双侧乳腺结构紊乱，可见高回声、低回声间隔。
   (2) 有时可呈弥漫性低回声，后方衰减。
   (3) 如有囊性扩张，可见大小不等的液性暗区。
5. MRI 表现：
   (1) 增生导管腺体在 T1WI 为等信号，T2WI 为略高信号。
   (2) 增强：增生导管腺体为弥漫性中度强化，正常乳腺轻度强化。
   (3) 与乳腺癌鉴别要点：病变呈对称性。
6. 影像记忆特征：双侧对称的弥漫性结节影。

二、乳腺癌

1. 病理：94%起源于导管上皮。
2. 临床：
   (1) 绝经前后发病率最高。
   (2) 乳腺肿块，局部皮肤增厚呈橘皮样，乳头内陷。
   (3) 溢液，为血性。
3. 钼靶照相表现：
   (1) 肿块：
      ① 是乳腺癌最常见、最基本的 X 线征象。
      ② 多呈结节状或不规则状，多数边缘不整，模糊，长有毛刺，肿块密度不均。
      ③ 较正常乳腺组织密度略高，多在外上象限。
   (2) 钙化：
      ① 是乳腺癌主要征象，约 1/3 的乳腺癌可见成簇细砂粒状、针尖状钙化。
      ② 可在肿块内或在肿块外，也可看不到肿块，只见成簇的钙化。
   (3) 可显示肿瘤区表面的皮肤增厚、回缩；乳头内陷。
   (4) 肿瘤附近可见粗大的血管。
   (5) 广泛浸润可见大片密实的块影。

4. USG 表现：

(1) 肿瘤形态不规则，无包膜回声，边界不清，前后径大于横径。

(2) 内部多为不均匀的低回声，可有强回声光点及液性暗区。

(3) 肿瘤后方回声衰减。

(4) 部分患者可探及腋窝淋巴结增大。

(5) 多普勒检查，肿块内及周边见丰富的斑片状或线状彩色血流，为高速高阻的动脉频谱。

5. CT 表现：

(1) 显示毛刺征、皮肤增厚、乳头凹陷、彗星尾征、乳后间隙及胸肌受累等较钼靶更早、更敏感。

(2) 微小钙化不如钼靶片清晰。

(3) 增强后肿瘤明显强化，CT 值较平扫增加 25~45Hu 以上，边界清楚。

6. MRI 表现：

(1) 乳腺肿块，边界不清，有毛刺影。

(2) T1WI 为低信号，T2WI 为混杂信号。

(3) 动态增强：大多数呈快 "快进快出型"。

(4) 可显示病变范围及对深层侵犯程度。

7. 影像记忆特征：不规则肿块+砂粒样钙化+快进快出型强化+周围粗大血管+毛刺征。

第七章 肾内科、泌尿外科医学影像基础

泌尿系包括肾、输尿管、膀胱等，均为软组织，X 线平片难以观察，泌尿系结石 X 线平片可作为首选检查，USG、CT、MRI 对于形态观察较好，而静脉肾盂造影、MRU 可清楚显示尿路形态，SPECT 对于肾功能的判断较准确。

第一节 检查方法与正常影像表现

一、X 线检查

1. 前后位腹部平片：

    （1）双肾表现为脊柱两旁略高密度影，左侧略高于右侧。

    （2）长轴由内上向外下斜行，与脊柱夹角 20°左右。

    （3）边缘光滑，上下径 12~13cm，宽约 5~6cm。

2. 尿路造影：

    （1）方法包括静脉肾盂造影、逆行性尿路造影，表现相似。

    （2）肾小盏顶端呈杯口状，体部与肾大盏相连，后者边缘光滑，基底部与肾盂相连。

    （3）肾盂光滑，多呈三角形，边缘饱满。

    （4）输尿管全程约 25cm，边缘光滑，走行柔和，可有曲折，可见三个生理狭窄段。

    （5）膀胱为圆形均匀致密影，位于耻骨联合上方，边缘光滑、整齐。

    （6）根据 IVP 表现，将肾盂积水分为四度：

    Ⅰ度，肾小盏杯口变平或稍突出，肾盂下缘平直，肾脏实质显影正常。

    Ⅱ度，肾小盏杵状膨大，肾盂扩张，肾脏显影延迟。

    Ⅲ度，肾盂膨大呈球形，肾皮质变薄，肾脏显影明显减淡。

    Ⅳ度，肾盂肾盏扩张融合，肾皮质明显变薄，肾脏完全不显影。

二、DSA 检查

1. 肾动脉造影包括腹主动脉造影法和选择性肾动脉造影法。

2. 腹主动脉造影是将导管顶端置于肾动脉开口上方进行的造影。

3. 选择性肾动脉造影是将导管置于一侧肾动脉内的造影。

4. 主要用于肾血管性病变的诊断及肾脏恶性肿瘤诊断与介入治疗。

三、USG 检查

1. 肾脏纵断面为椭圆形，横断面在肾门部呈马蹄形。

2. 肾被膜回声较高，光滑规整。

3. 肾皮质回声较低，分布均匀，肾锥体呈圆形或三角形，回声较皮质部更低。

4. 肾窦呈不规则高回声。

5. 彩色多普勒可显示肾脏血管树状彩色血流，频谱多普勒可取到肾脏血管血流频谱。

6. 输尿管无扩张时不易显示。

7. 膀胱充盈后，壁纤薄、光滑，其内液性暗区清晰。排空后，残余尿量少于 10ml。

8. 前列腺呈栗子形，包膜光滑，内部回声均匀。

四、CT 检查

1. 肾脏平扫：

(1) 肾轮廓清晰，椭圆形，呈均匀软组织密度。肾窦为脂肪密度，肾盂为水样密度。

(2) 肾门内凹，指向前内侧，可见肾动脉、肾静脉与腹主动脉、下腔静脉相连。

(3) 肾周间隙为脂肪密度，CT 可清晰显示肾周筋膜。

2. 肾脏增强扫描：

(1) 动脉期，肾皮质明显强化，呈厚薄均匀的细带状高密度影，内部伸入肾实质。

(2) 平衡期，皮髓质同等强化，整个肾脏密度普遍升高。

(3) 肾盂期，5 分钟后，肾实质强化下降，肾盂、肾盏、输尿管内对比剂充盈，表现为致密影。

3. 膀胱：

(1) 适度充盈时呈圆形，内部为均匀水样密度。

(2) 壁为厚薄均匀的软组织密度影，内外光滑。

(3) 增强早期，壁强化，5 分钟后腔内密度升高，可见不同密度的液–液平面。

4. 精囊：位于膀胱后下方，双侧呈蝴蝶结样，与膀胱夹角为锐角，角内为脂肪密度。

5. 前列腺：

(1) 紧邻膀胱下缘，呈椭圆形软组织密度，边界清楚。

(2) 正常时，上下径>横径>前后径，年轻人三个径线分别为 3.1cm、3.0cm、2.3cm，老年人三个径线分别为 5.0cm、4.8cm、4.3cm。

五、MRI 检查

1. 肾脏：

(1) SE 序列 T1WI 皮质呈窄带状高信号，T1WI 脂肪抑制序列上皮髓质分界清晰。

(2) T2WI 为均匀略高信号，皮髓质难以区分。

(3) 肾窦为脂肪信号；肾盂、肾盏、输尿管为水样信号；肾血管表现为流空低信号。

2. 膀胱：

(1) 内为均匀水样信号。

(2) 壁为厚度均匀的环状影，与肌肉等信号。

(3) 增强早期膀胱壁均匀强化，后期腔内尿液信号升高。

3. 尿路水成像（MRU）：肾盂、肾盏、输尿管、膀胱，呈均匀高信号。

4. 精囊：位于膀胱后方与前列腺后上方，T2WI 表现为多囊状结构，外形呈蝴蝶结样。

5. 前列腺：

(1) T1WI 前列腺为均匀等信号，周围脂肪内可见蚓曲状低信号影，为前列腺静脉丛。

(2) T2WI 可清晰显示各叶：中央叶为等低信号，周围带为略高信号。

(3) 外围包膜呈低信号，两侧后方可见静脉丛，呈丛状 T2WI 高信号。

（4）前列腺 ¹HMRS，胆碱复合物和枸橼酸盐比值正常<0.5。

6. 睾丸：呈 T1WI 低信号、T2WI 明显高信号，包膜呈均匀线样低信号；附睾为等信号。

六、核医学影像检查

1. 肾动态显像：

（1）测定肾功能、肾小球滤过率及肾有效血浆流量。

（2）用于：

① 了解分肾功能，通过定量分析指标判断分肾功能。

② 了解病肾残留功能，供选择治疗方案时参考。

③ 单侧肾血管性高血压的诊断及估价肾动脉病变情况。

④ 检测移植肾血供及功能变化。

⑤ 协助诊断肾栓塞及观察溶栓治疗。

⑥ 了解尿路通畅情况，观察有无尿漏发生。

2. 膀胱尿返流显像。

3. PET 肿瘤显像。

第二节 泌尿系常见疾病

一、泌尿系结石

1. 病理：主要成分为钙盐，可合并肾盂积水。

2. 临床：血尿+向会阴部放射的剧烈腹痛。

3. 影像表现：

（1）肾结石：

① 位于肾窦区，呈圆形、桑椹状、鹿角状。

② 密度致密，可均匀，也可分层。

③ 平片可发现阳性结石；CT 敏感，表现为边界锐利的致密影。

④ USG 显示点状、团块状或带状强回声，后方多伴声影。

⑤ 合并积水者，USG 显示肾盂内液性暗区；CT 可见肾盂增宽，内部为水样密度；MRU 及 IVP 示肾盂扩张，结石呈低信号（密度）充盈缺损。

（2）输尿管结石：

① 输尿管生理狭窄处常发生小结石嵌顿。

② 平片及 CT 可见输尿管走行区内米粒状或小条状致密影。

③ 肾盂造影或 MRU 可显示结石上方尿路扩张。

④ USG 表现：

a. 输尿管内见团块状或斑点状强回声，与输尿管壁分界清楚，后方伴声影。

b. 其上方输尿管扩张，同侧肾盂内可见液性暗区。

（3）膀胱结石：

① 较大者 X 线平片可见盆腔内、膀胱区结节状致密影，边界清楚。

② CT 对阳性结石敏感，可见膀胱水样密度内点状或块状高密度影，边界清楚。

③ MRI 在液体样信号的尿液衬托下，结石为低信号，或混杂信号充盈缺损。

④ USG 于膀胱腔内可见斑点状或团块状强回声，后方伴声影。

⑤ 可随体位改变而移动。

二、肾囊肿与多囊肾

1. 病理：

(1) 单纯性肾囊肿为一薄壁充液囊腔，大小不等，可单发或多发。

(2) 多囊肾，双肾大小不等多发囊肿，为遗传性疾病，常合并多囊肝。

2. 临床：

(1) 中年后，囊肿增多、增大出现腹部肿块、血尿、高血压等症状。

(2) 晚期发生尿毒症。

3. 单纯性肾囊肿影像表现：

(1) USG 表现：

① 位于肾实质内，近包膜及较大者可突向肾表面；可单发或多发。

② 囊肿内液性暗区清晰，囊壁菲薄光滑。

③ 后方回声增强，无囊肿的肾实质部分回声正常。

(2) 肾盂造影表现：显示局部肾盏、肾盂受压、拉长、变形。

(3) CT 表现：肾实质内均匀水样密度病变，边界清晰锐利，壁薄不显示，大小不等，可突出于肾实质外或肾盂内，增强无变化。

(4) MRI 表现：肾实质圆形病变，呈均匀水样信号，MRU 呈圆形高信号，边界清楚。

4. 多囊肾影像表现：

(1) USG 表现：

① 肾脏体积增大，两肾内可见大小不等、形态各异液性暗区。

② 无囊肿部分肾实质回声增强。

③ 囊肿遍布整个肾脏则肾脏结构不清。

④ 常伴有肝脏、脾脏等多囊改变。

(2) 尿路造影表现：双侧肾盏肾盂受压、变形（拉长或分离），呈"蜘蛛足"样改变。

(3) CT 表现：双肾多发大小不等囊性病变，边界清晰，密度均匀，残存肾实质菲薄。

(4) MRI 表现：与 CT 表现相似，MRU 可清楚显示蜂窝状高信号影，增强后无变化。

三、泌尿系结核

1. 病理：

(1) 感染初期限于皮质，随后扩展至髓质，并形成干酪性坏死。

(2) 病变进展累及肾乳头，发生溃疡，造成肾盏和肾盂破坏。

(3) 病变向下蔓延，引起输尿管结核，管壁增厚、僵直、管腔狭窄、闭塞。

(4) 肾结核也易发生钙化，甚至全肾钙化，称为自截肾。

2. 临床：

(1) 全身结核中毒症状：消瘦、乏力、低热。

(2) 尿频、尿痛、脓尿、血尿。

3. 尿路造影表现：

第七章 肾内科、泌尿外科医学影像基础

(1) 早期，肾小盏边缘出现虫蚀状破坏。

(2) 肾实质干酪坏死与肾小盏相通时，可见团片状对比剂高密度影与之相连。

(3) 肾盏、肾盂广泛破坏，肾盂积脓时，肾盂造影常不显影。

(4) 输尿管结核，可见管腔边缘不规整、僵直，呈不规则串珠状表现。

4. USG 表现：

(1) 早期，仅于肾髓质内可见低或无回声区，边缘不规则，肾窦结构排列紊乱。

(2) 肾胀肿：肾被膜不规则，肾内可见单个或多个囊状无回声区，伴散在点状回声。

(3) 可多种病理改变并存，肾内见不均质高、低或无回声区伴散在点状回声，呈混合性复杂回声。

(4) 钙化时，肾内出现不规则强回声，后方伴声影。

5. CT 表现：

(1) 早期可显示肾实质内边缘不规则的低密度灶，增强时可轻度强化。

(2) 病变进展，肾盏、肾盂扩张，呈厚壁多囊状低密度灶，密度高于尿液。

(3) 结核灶钙化时，可见点状或不规则致密影。自截肾表现为肾缩小，全肾钙化。

6. MRI 表现：

(1) 与 CT 所见相似。

(2) 干酪坏死灶、空洞和扩张的肾盏、肾盂信号变化较大，可为高、低或混杂信号。

(3) MRU：

① 可清晰显示肾盏、肾盂和输尿管的相应改变，与造影所见相似。

② 肾盂积水，肾小盏扩张明显，而肾盂扩张较轻，整体呈花瓣状，具有特征性。

7. 影像记忆特征：肾小盏虫蚀样破坏+肾盂肾盏花瓣状扩张+肾内厚壁多囊病灶伴钙化。

四、肾脏血管平滑肌脂肪瘤

1. 病理：

(1) 肾实质内最常见的良性肿瘤。

(2) 由平滑肌、血管、脂肪构成，属错构瘤，20%合并结节钙化。

2. USG 表现：

(1) 肾实质内强回声团块，边界锐利，内部回声不均。

(2) CDFI 可于肿瘤边缘与内部见到短线状动脉血流信号。

3. CT、MRI 表现：

(1) 肾实质内肿块，大小不等，数毫米至 20cm。

(2) 内部密度（信号）不均，CT 可发现脂肪低密度、平滑肌等密度。

(3) MRI 上除平滑肌、脂肪特殊信号外，血管流空信号也具特征。

(4) 增强扫描血管部分明显强化，脂肪成分无变化。

4. DSA 表现：选择性肾动脉造影，可显示丰富迂曲的肿瘤血管，不易与肾癌鉴别。

5. 影像记忆特征：肾内肿块，平扫可见脂肪，增强可见血管影。

五、肾癌

1. 病理：透明细胞癌最多见，常有坏死、出血、囊变，瘤周有假包膜。

2. 临床：无痛性血尿，晚期可发现腹部包块。

3. USG 表现：

(1) 小肾癌边界清，可呈高回声区。

(2) 较大的癌肿边界欠清，多呈中低回声。出现坏死、液化等可呈混合性回声。

(3) 肾癌周边彩色血流丰富，内部血流多较丰富，少数肿瘤内部血流不丰富。

(4) 肾静脉、下腔静脉、肾门及腹膜后淋巴结、远处脏器晚期可见转移征象。

4. CT 表现：

(1) 肾实质内肿块，可突向肾轮廓外。

(2) 呈略低密度，较大时，内部密度不均，可见囊变、坏死、出血密度。

(3) 增强早期，为不均匀的明显强化。增强晚期，呈不均匀的低密度。

5. MRI 表现：

(1) 肿瘤呈 T1WI 低信号，T2WI 混杂信号肿块影。

(2) 瘤周可见 T2WI 低信号带（假包膜）。

(3) 增强早期不均匀明显强化，晚期为低信号，不均匀。

6. 选择性肾动脉造影：

(1) 病灶区域出现网状和不规则杂乱的肿瘤血管影及对比剂池状充盈区。

(2) 肿瘤使临近血管发生移位，有动静脉瘘时可出现静脉早期显影。

7. 分期：CT、MRI 可显示肾包膜、肾周脂肪的侵犯；CT 增强、MRI 平扫可显示肾静脉、下腔静脉内癌栓形成的充盈缺损影；因此，可于术前进行准确分期。

8. 肾癌 Robson 分期法，适用于 CT、MRI，与 TNM 法接近：

Ⅰ期，位于包膜内，边界清楚，适于手术治疗。

Ⅱ期，穿越包膜，边界不规则，可选手术治疗。

Ⅲ期，静（门）脉癌栓形成，或局部淋巴结转移，一般不选择手术治疗。

Ⅳ期，突破肾筋膜，侵犯邻近脏器或远处转移，失去手术机会。

9. 影像记忆特征：肾实质内肿块+不均匀强化+假包膜。

六、肾盂癌

1. 病理：移行细胞癌，呈乳头状生长。

2. 临床：无痛性全程血尿。

3. 尿路造影与 MRU 表现：肾盂肾盏扩张，可见充盈缺损影，形态不规则，位置固定。

4. USG 表现：肾窦扩大，内见低回声团块，CDFI 见彩色血流，肾盂及肾盏可见积液。

5. CT 与 MRI 表现：

(1) 肾窦区肿块。

(2) 呈软组织密度（信号）。

(3) 增强后有轻度强化。

七、膀胱癌

1. 病理：

(1) 多为移行细胞癌。

(2) 好发于膀胱三角区。

(3) 多呈乳头状向腔内生长。

(4) 部分呈浸润性生长，膀胱壁不均匀性增厚。

2. 临床：血尿，可伴有尿痛、尿急。

3. 尿路造影表现：突向腔内的乳头状、菜花状充盈缺损，表面多凹凸不平。

4. USG 表现：

(1) 膀胱壁局限性增厚或隆起，极少数呈弥漫性增厚。

(2) 肿瘤形态不规则，表面不光滑，多为高回声或较高回声，少数为中、低回声。

(3) 个别瘤体表面附有小结石或钙化，后方可出现声影。

(4) 改变体位肿瘤无移位。

(5) 彩色多普勒于肿瘤基底部常可见彩色血流进入瘤体。

5. CT 与 MRI 表现：

(1) 浸润型，膀胱壁局限性增厚，弥漫表浅者膀胱变形。

(2) 乳头状，膀胱内肿块，向腔内生长，呈菜花状，单发或多发，边界清楚。

(3) CT 平扫呈等密度，MRI 与膀胱壁信号相比，T1WI 为等信号、T2WI 为高信号。

(4) 增强扫描：

① CT 早期均匀强化，延迟期膀胱充盈对比剂，肿块表现为低密度充盈缺损影。

② MRI 早期明显强化，信号高于膀胱壁。

(5) 侵犯范围：

① MRI 增强扫描可较好显示膀胱壁侵犯深度，及周围侵犯情况。

② CT 可见膀胱周围脂肪层密度升高、模糊。

③ CT、MRI 均可显示周围组织和邻近器官受侵、盆腔淋巴结转移。

6. 影像记忆特征：膀胱壁不规则增厚+造影为低密度充盈缺损+增强早期明显强化。

第三节　前列腺常见疾病

一、良性增生

1. 病理：

(1) 好发于中央叶。

(2) 尿道周围腺体进行性、弥漫性或局限性增生。

(3) 膀胱三角区肌肉受压增生肥厚。

2. 临床：

(1) 60 岁以上发病率较高。

(2) 尿频、尿急、夜尿、尿潴留。

3. USG 表现：

(1) 前列腺增大，形态饱满，呈圆球形，内腺增大为主，外腺受压。

(2) 实质回声不均，可见增生结节或小囊肿，多可见前列腺结石或钙化强回声斑。

(3) 继发残尿量增多和尿潴留，并见膀胱壁小梁小房形成。

(4) 可并发膀胱结石、双侧肾盂积水。

(5) 彩色多普勒显示前列腺血流丰富。

4. CT 表现：

（1）前列腺整体增大，上缘高于耻骨联合上方 2~3cm 以上，呈团块状突入膀胱。

（2）密度均匀，边界清楚，增强后均匀强化，周围脂肪间隙清晰。

（3）有时可见点状钙化高密度。

5. MRI 表现：

（1）前列腺对称性明显增大，上缘超过耻骨联合 2cm 以上。

（2）T1WI 呈均匀低信号。

（3）T2WI 可显示中央带、移行带增大，周围带变薄，内部呈筛孔状混杂信号。

（4）T2WI 可见中央带周围的环状低信号假包膜影。

6. 影像记忆特征：中央叶增大+平扫密度不均。

二、前列腺癌

1. 病理：95%为腺癌，发生在周围带。

2. 临床：

（1）欧美男性多发。

（2）前列腺增生症状+会阴部疼痛。

（3）直肠指检可触及前列腺硬结。

（4）化验 PSA 升高（前列腺特异抗原）。

3. USG 表现：

（1）癌肿较大时前列腺增大，左右不对称，形态不规则。

（2）前列腺实质内不均质低回声，外腺区多见，透声较差，形态不规整及边界模糊。

（3）邻近组织浸润可呈现相应声像表现。

（4）彩色多普勒显示癌肿血流丰富，血管分布杂乱。

4. CT 表现：

（1）早期前列腺肿大，表现同前列腺良性增生。

（2）晚期，前列腺周围脂肪间隙消失，精囊、直肠、盆壁受侵，并可见淋巴结转移。

5. MRI 表现：

（1）早期，于周围带高信号区内见低信号缺损影。

（2）包膜受侵：T2WI 上线样低信号的前列腺包膜模糊或中断、不连续。

（3）静脉丛受累：后外侧（4 点、8 点位置）静脉丛不对称，或 T2WI 信号减低。

（4）精囊受累：精囊信号减低，体积增大。

（5）周围脂肪间隙受累：T1WI 高信号脂肪影内出现低信号，尤其见于双后外侧前列腺直肠角区。

（6）晚期，可见淋巴结或骨转移。

（7）MRS：对前列腺癌与良性增生的鉴别有意义，前列腺病变区 Cit 峰值明显下降和/或（Cho+Cre）/Cit 的比值显著增高，均提示前列腺癌。

6. 影像记忆特征：周围带内肿块+MRS 示 Cit 降低。

第四节　睾丸及附睾常见疾病

一、隐睾

1. 病理与临床：

(1) 睾丸在生长过程中未下降者，通称隐睾。

(2) 临床意义在于并发症。隐睾患者恶性肿瘤、不育症发生率较正常人明显增高。

(3) 可分为三种：

　① 先天性无睾。

　② 移行睾丸（约占 70%）：指睾丸间歇性位于阴囊内，提睾肌收缩可上移。

　③ 睾丸未下降（约占 30%）：睾丸未降到阴囊内，可位于腹股沟外环附近、腹股沟内、腹腔内。

2. USG 表现：

(1) 单侧或双侧阴囊内未探及睾丸回声。

(2) 腹股沟区、盆腔内或腹膜后可探及椭圆形低回声，较正常睾丸小。

(3) 以腹股沟区最为多见，且较易探及，位于腹膜后者不易探及。

3. CT 表现：

(1) 阴囊内充满均匀水样密度，未见睾丸的软组织密度影。

(2) 睾丸下降行程上，发现异常肿块影，应提示诊断，呈卵圆形，边界清楚。

(3) CT 为均匀软组织密度。

4. MRI 表现：

(1) MRI 是敏感而可靠的方法，可直接显示睾丸的准确位置及并发改变。

(2) 从肾门平面至阴囊，连续成像，以冠状位效果最好。

(3) 异位睾丸一般萎缩，T2WI 明显低信号，T1WI 等低信号，呈梭形，边缘光滑。

(4) 隐睾常合并腹股沟斜疝，约占 70%，表现为隐睾前端充满液体的囊状物。

二、附睾结核

1. 病理与临床：

(1) 附睾正常时为一半月形小体，附着于睾丸之后外侧，可分为头、体、尾部。

(2) 附睾结核病变内含肉芽组织、纤维组织、干酪成分。

2. USG 表现：

(1) 附睾肿大，以尾部最为明显，形态不规整，回声不均匀，并见钙化强回声。

(2) 有时可见睾丸鞘膜积液。

(3) 彩色多普勒显示附睾血流增加。

3. CT 表现：可见附睾肿大，边缘不光整，密度略低，无特异性。

4. MRI 表现：

(1) 附睾肿大，边界不光滑。

(2) 主体呈 T1WI、T2WI 低信号改变，其间夹杂斑点状 T2WI 高信号影。

(3) 常合并鞘膜积液，表现为睾丸周围弧线状、均匀水样信号。

三、睾丸肿瘤

1. 病理与临床：

(1) 原发性睾丸肿瘤包括生殖细胞性肿瘤（占 95%）、非生殖细胞性肿瘤两大类。

(2) 绝大多数为恶性，以精原细胞瘤最多见。

(3) 症状较轻，偶然发现逐渐增大的无痛性肿块。

(4) 隐睾患者肿块位于腹腔内，偶有腰痛、尿频、尿急等。

(5) 偶有内分泌失调表现：如男性乳腺发育、性早熟、女性化等。

2. USG 表现：

(1) 睾丸内显示弥漫性或局限性异常回声，单侧多见。

(2) 肿瘤以低回声多见，也可为混合性回声。

(3) 彩色多普勒显示肿瘤内血流丰富，血管走行紊乱。

(4) 晚期可见肿瘤转移相应声像改变。

3. CT 表现：

(1) 腹股沟区、盆腔内、腹腔内、腹膜后肿块，无特异性。

(2) 可显示淋巴结转移，有助于临床分期、观察疗效。

4. MRI 表现：

(1) 一侧睾丸或起自隐睾的肿块，边界清楚。

(2) 信号均匀，T1WI 较正常侧低信号略高，T2WI 与正常睾丸相比信号略低。

(3) 可判断与周围组织的关系，可发现淋巴结肿大，进行术前分期。

第七章　肾内科、泌尿外科医学影像基础

第八章　妇产科医学影像基础

女性生殖系统均为软组织结构，主要影像学检查方法是 USG、CT、MRI，对正常结构、病理改变显示较好。X 线不能直接显示，需要引入对比剂来观察，如盆腔 DSA、子宫输卵管造影等。在影像方法的选择上，应考虑妊娠及育龄妇女的辐射问题。

第一节　检查方法与正常影像表现

一、子宫输卵管造影

1. 方法：经宫颈注入对比剂，拍摄子宫输卵管充盈像及 24 小时后弥散像。
2. 子宫在充盈像上表现为底边朝上的倒三角形，边缘光滑。
3. 输卵管与子宫侧角相连，呈柔软、自然迂曲的线状致密影，远外侧略粗大，为伞端。
4. 宫颈与三角形下角相连，呈柱状或羽毛状。
5. 24 小时后拍片，正常输卵管通畅，可见对比剂在盆腔内弥散，呈较均匀的斑片或弧线状致密影。

二、USG 检查

1. 子宫：
   (1) 位于盆腔中央，呈倒置梨形。分为宫底、宫体、宫颈。
   (2) 子宫壁外层为浆膜层，呈纤细高回声；中间为肌层，为中等均匀回声；内层为黏膜层即子宫内膜，于不同月经周期表现不同。
2. 输卵管：
   (1) 正常输卵管不易显示，其内侧与子宫角相通，外端游离，细长而弯曲。
   (2) 由内向外可分为间质部、峡部、壶腹部和伞部。
3. 卵巢：
   (1) 位于子宫两侧外上方，输卵管后上方，呈扁椭圆形。
   (2) 正常卵巢回声较低，并可见不同月经周期卵泡回声。

三、DSA 检查

选择性盆腔动脉造影（女性）：
1. 将导管顶端置于腹主动脉分叉处、髂总或髂内动脉进行的造影。
2. 子宫动脉：
   (1) 由髂内动脉分出后，沿盆壁向内下行发出宫颈、阴道支供应子宫颈和阴道。
   (2) 再转向上行沿子宫侧缘分出子宫边缘支进入子宫肌层和内膜。
   (3) 子宫动脉末端分成子宫底支、输卵管支和卵巢支。

3. 卵巢动脉：右侧起于腹主动脉前壁，左侧起于左肾动脉，迂曲向下，供应卵巢及输卵管。

四、CT 检查

1. 子宫：盆腔正中，长圆形软组织密度影，边缘光滑，中央宫腔密度略低。
2. 宫颈：宫体以下层面，呈圆形软组织密度影，轮廓光整，中央密度略低，外径<3cm。
3. 增强后：子宫内膜层、肌层明显强化。

五、MRI 检查

1. 子宫及宫颈：
   (1) 位于膀胱后方、直肠前方。
   (2) T1WI 子宫呈均匀低信号。
   (3) T2WI 子宫可显示三层结构：
      ① 内层为高信号，代表内膜及分泌物。
      ② 中层低信号，称结合带或过渡带，介于肌层和内膜之间，厚约 5mm。
      ③ 外层略高信号，为肌层。
   (4) 子宫大小、肌层信号、内膜厚薄等，随不同年龄、不同月经周期而变化。
   (5) 增强后，子宫内膜层、肌层明显强化，而过渡带轻度强化。
   (6) 宫颈以矢状位显示最佳，前后唇及周围关系显示良好，宫颈与子宫信号接近。
2. 阴道：
   (1) 在 T2WI 上可区分内、外两层：
      ① 内层为高信号，代表黏膜腺体、粘液等。
      ② 外层为低信号，代表肌肉、纤维组织。
   (2) 在阴道两侧可见丛状 T2WI 高信号影，为阴道旁静脉丛。
3. 卵巢：
   (1) 因年龄、月经周期等，大小、形态、内部信号、位置等变异较大。
   (2) T2WI 显示清晰，呈卵圆形低信号影，内部卵泡呈多个大小不等的圆形高信号影。

第二节 产科影像

一、正常妊娠的 USG 表现

1. 早期妊娠：
   (1) 子宫增大。
   (2) 孕囊：位于宫腔内，囊壁回声较强，厚约 4--6 mm，呈双蜕膜征，孕囊最早于停经第 5 周出现，经阴道超声可提前 3--4 天出现，一般第 6 周可显示。
   (3) 胎芽：一般第 6—7 周可见，第 8 周显示率为 100%。
   (4) 胎心：第 6 周末可出现原始胎心管搏动，第 7—8 周一般均可显示。
   (5) 胎动：第 7 周可见胎芽蠕动，8—9 周可见四肢活动。
   (6) 胎盘：第 6 周胎盘形成，孕囊壁局部增厚，回声增高。第 8~9 周超声即可显示。

(7) 卵黄囊：第 7—11 周可见，大小为 2—5.6 mm。

2. 胎儿影像监测：

(1) 胎头双顶径：

① 于丘脑平面，垂直于脑中线，一侧颅骨外缘至对侧颅骨内缘的距离。

② 显示透明隔腔、第三脑室及丘脑。

(2) 胎头侧脑室宽度：

① 高于丘脑平面，由脑中线到侧脑室外侧壁的距离即为脑室宽度。

② 显示完整的大脑镰回声和侧脑室回声，并显示脉络丛回声。

(3) 胎儿腹围：胎儿腹部横切面，显示胎儿肝脏、脐静脉及脊柱，可测量胎儿腹围。

(4) 胎儿股骨长径：股骨长轴切面显示股骨全长，测量股骨两端距离，不包括软骨。

3. 羊水量：

(1) 羊水最大深度：孕妇平卧，探头垂直于水平面，测量羊水最大深度，应避免探头加压，并避开脐带及胎儿肢体。

(2) 羊水指数：以孕妇脐为中心，将子宫分为四个象限，同最大深度测量法，分别测量各象限最大深度，相加即为羊水指数。

二、病理妊娠的 USG 表现

1. 流产：

(1) 先兆流产：子宫内可见妊囊，并见胎芽回声及胎心管搏动，孕囊周围可见无回声区（积血），孕囊位置可下移。

(2) 难免流产：除先兆流产超声表现外，可见宫颈口打开或胎心管搏动消失。

(3) 不完全流产：子宫小于孕周，无完整孕囊结构，宫腔内可见残留胚胎物回声。

(4) 胚胎停止发育：子宫小于孕周，孕囊形态不规则、孕囊无生长或反而塌陷缩小，可见胎芽，但无胎心管搏动。

2. 异位妊娠：

(1) 临床与病理：

① 受精卵在子宫腔以外的器官或组织中着床发育，称为异位妊娠。

② 输卵管妊娠占 95%，其中壶腹部最多，占 50—70%，峡部次之，占 22%。

③ 可排入腹腔继发腹腔妊娠，长期存在可机化，成为陈旧性宫外孕。

④ 也有孕卵异位着床后早期死亡，自行吸收，为无症状流产型宫外孕。

⑤ 患者可有停经及早孕反应，阴道淋漓出血，腹痛，部分出现晕厥及休克。

⑥ 附件区包块、腹部压痛及反跳痛、移动性浊音阳性，后穹隆穿刺抽出不凝血。

⑦ 化验：尿 HCG 阳性，血 HCG 升高。

(2) 超声表现：

① 子宫稍增大，内膜增厚，有时宫内可见假孕囊（单环状无回声）。

② 附件区包块：未破裂可见环状回声，有时可见胎芽、甚至胎心管闪动。流产或破裂时，则为不均质性中低回声包块。

③ 盆、腹腔积液：子宫直肠窝或腹腔可见游离液性暗区。

3. 胎儿宫内生长迟缓：

(1) 胎儿体重低于同孕龄正常胎儿重 10% 或 2 个标准差，或足月胎儿出生体重小于

2500克。

(2) 可分为均称型和不均称型：

① 均称型发生在妊娠早期，又称内因性，主要是细胞增生能力减低，细胞数目减少，细胞大小尚正常，胎儿每个器官均同时受影响，预后较差。

② 不均称型为外因性，发生在妊娠中、晚期，细胞数目正常，细胞大小减小，胎儿发育不均匀，头围、身高尚正常，腹围相对小，头围/腹围比值增高。

(3) 超声主要观察指标：

① 胎儿双顶径及头围。

② 胎儿腹围。

③ 头围与腹围比例。

④ 胎儿股骨长度。

⑤ 脐动脉 S/D（大于 3 为异常）。

4. 过期妊娠：

(1) 月经正常的孕妇，超过预产期两周尚未分娩者，称为过期妊娠。

(2) 过期妊娠胎盘老化，功能不全，胎盘供氧不足，易发生胎儿窘迫，胎儿胎脂及皮下脂肪减少，羊水减少。

(3) 超声表现：

① 胎盘呈分叶状，可见广泛回声增强区，基底层可见带状回声增强。

② 胎儿皮下脂肪变薄，皮肤线高低不平。

③ 羊水量减少。

④ 脐动脉血流多普勒 S/D 大于 3，RI 大于 0.6。

5. 胎儿畸形：又称胎儿出生缺陷，包括解剖结构畸形及功能缺陷，代谢、遗传及行为发育的异常。超声主要可以发现一些解剖结构畸形。

(1) 无脑儿：

① 胎头无颅骨光环，胎儿头端可见不规则回声，其上可见眼眶及鼻骨结构。

② 约 50%合并脊柱裂，羊水过多。

(2) 脑积水：

① 胎头双顶径增大，侧脑室宽度≥15 mm，或颅内正常结构消失，代之以广泛或有分隔的液性暗区。

② 侧脑室宽度 12--14 mm，为侧脑室轻度扩张，应随访观察。

③ 可合并其他畸形及羊水过多。

(3) 脊柱裂：

① 纵切脊柱两条平行光带不规则变宽，脊柱弯曲度变大、突出或成角畸形。

② 横切面三个骨化中心呈"U"或"V"形，局部出现囊性或囊实性包块。

③ 可合并颅内异常及颅骨环形状异常。

(4) 食管闭锁：反复检查无胃泡液性暗区显示，羊水过多。

(5) 十二指肠闭锁：

① 胎儿上腹部可见两个液性暗区（胃和十二指肠），呈"双泡征"。

② 羊水渐进性增多。

(6) 肛门闭锁：胎儿下腹部可见两个液性暗区（直肠和乙状结肠扩张），呈"双叶征"。

(7) 肾积水：

① 正常孕 33 周前胎儿肾盂宽度<4 mm，孕 33 周后胎儿肾盂宽度<7 mm。

② 胎儿肾盂宽度>10 mm 为积水。

(8) 肾脏不发育：胎儿肾脏轮廓不清，反复探查膀胱不充盈，羊水量极少或无羊水。

(9) 脐疝：胎儿脐部可见膜性包裹的膨出物。

(10) 裂腹畸形：脐旁腹壁全层缺损，肠管、肝、肾、膀胱等可漂浮于羊水中，表面无包裹。

(11) 短肢畸形：胎儿长骨短小，骨密度低，有时可见骨折线或成角畸形，羊水过多。

6. 前置胎盘：

(1) 妊娠晚期胎盘部分或全部掩盖子宫颈内口称为前置胎盘。

(2) 根据胎盘与宫颈内口关系，可分为：低置胎盘、边缘性前置胎盘、部分型前置胎盘、完全型前置胎盘。

(3) 临床表现：主要为妊娠晚期无痛性反复出血，出血时间的早晚、反复发作的次数及出血量的多少，与前置胎盘的类型有很大关系

(4) 超声表现：

① 胎盘下缘距宫颈内口小于 2 cm，为低置胎盘。

② 胎盘下缘抵宫颈内口，但未覆盖宫颈内口，为边缘型前置胎盘。

③ 胎盘部分覆盖宫颈内口，为部分型前置胎盘，（宫颈口开张才能诊断）。

④ 胎盘完全覆盖宫颈内口，为完全型前置胎盘。

7. 胎盘早剥：

(1) 指妊娠 20 周后，正常位置的胎盘，在胎儿娩出前部分或全部从子宫壁剥离。

(2) 其主要病理变化为底蜕膜出血，形成血肿，使胎盘自附着处剥离。可分为：显性剥离（外出血）、隐性剥离（内出血）及混合性剥离。

(3) 临床表现：妊娠中、晚期，突然出现腹痛、伴有或不伴有阴道出血、贫血、胎心异常或消失。

(4) 超声表现：

① 胎盘局部增厚，胎盘与子宫壁之间异常回声（早期为中等或较高回声，后期为低或无回声区）。

② 羊水无回声区内可见点状回声漂动。

三、MRI 在产科的应用

1. 安全性：

(1) 由于其极高的软组织分辨力、多方位成像，已成功应用于产科临床。

(2) 目前尚未发现 MRI 检查对胎儿、对产妇的任何副作用。

(3) 一般认为磁场强度越高，对胎儿潜在影响越大，所以妊娠前 3 个月尽量避免 MRI 检查。

2. 孕妇：

(1) MRI 可以对孕妇进行详细的检查。

(2) 主要用于生理妊娠测量：骨性产道的测量、胎先露的判断。

第八章　妇产科医学影像基础

（3）还可用于病理妊娠监测：异位妊娠、滋养叶细胞肿瘤等。

3. 胎儿：

（1）自妊娠 12 周起 MRI 即可清晰显示胎儿大脑、脊柱、脊髓、四肢、胸肺、肝脾等脏器结构及先天畸形，如神经管闭合畸形等。

（2）胎儿肺、支气管、胸腔内充满羊水，T2WI 呈高信号，可显示胸肺发育情况。

（3）MRI 通过胎儿体积测量，估计胎儿重量，准确性优于 USG。

（4）MRI 多方位成像，可准确判断胎位。

4. 宫内其他结构：

（1）羊水为均匀 T1WI、T2WI 液体信号，MRI 可判断羊水过多或过少。

（2）MRI 可准确显示胎盘位置、大小，可用于 USG 不能确定的前置胎盘诊断，T1WI、T2WI 呈中等信号，矢状位可清晰显示胎盘与宫颈口的位置关系。

第三节　子宫常见疾病

一、子宫输卵管炎症

1. 病理：

（1）非特异性炎症：

① 可局限于一个部位，也可同时发生于多部位。

② 炎症组织充血、水肿、渗出、粘连、形成包裹性积液、坏死积脓或脓性包块。

（2）子宫输卵管结核：

① 首先累及输卵管。

② 由伞端至壶腹部逐渐蔓延，累及宫体、宫颈。

③ 干酪性坏死和溃疡形成，最终导致输卵管僵直、变硬、狭窄、粘连。

④ 可见宫腔狭窄、变形。

⑤ 病变部位可发生钙化。

2. 临床表现：

（1）急性炎症时，患者可有高热、寒战、腹痛、阴道脓性分泌物。

（2）妇科检查可扪及盆腔包块，有波动感、触痛明显。

（3）慢性炎症可有阴道分泌物增多、腹痛、月经不规则、不孕等。

（4）结核常没有明显症状和体征，常有不孕。

3. 子宫输卵管造影表现：

（1）非特异性炎症，输卵管近端闭塞，形成囊状积水，状如拇指，碘油造影表现为多数油珠的集合。

（2）子宫输卵管结核：

① 宫腔变形、狭小，边缘不规则。

② 双侧输卵管狭窄、变细、僵直、边缘不规则，呈狭窄与憩室状突出相间。

③ 溃疡形成的多发小瘘道，状如根须，是结核的特异征象。

④ 输卵管完全闭塞，闭塞端圆钝，近端膨大。不同于非特异性炎症的囊状积水。

4. USG 表现：

第八章　妇产科医学影像基础

(1) 非特异性炎症：

① 子宫边界模糊，周缘可见低回声环绕，肌层回声减低，分布不均。

② 有时可见子宫内膜不规则增厚或宫腔积液无回声区。

③ 附件区可见不规则条索状低回声，纺锤形、腊肠形液性暗区或混合性包块。

④ 盆腔积液、积脓表现为无回声或低回声区。

(2) 子宫输卵管结核：

① 具有以上非特异性炎症表现。

② 盆腔液性暗区内可见较厚条带状分隔，并可见钙化灶斑块状强回声。

5. 影像记忆特征：输卵管非特异炎症拇指状积水；输卵管结核根须状溃疡。

二、子宫肌瘤

1. 病理：

(1) 是绝经前妇女最常见的子宫良性肿瘤。

(2) 镜下，漩涡状平滑肌细胞+纤维结缔组织。

(3) 肿瘤较大时，中央发生变性、囊变、钙化。

(4) 可分三型：浆膜下型、壁间型、黏膜下型。

2. 临床：月经异常、盆腔肿块、疼痛等。

3. USG 表现：

(1) 子宫增大或局限性隆起，形态失常。

(2) 子宫可见异常回声区，内多为低回声，也可为高回声或等回声，边界清楚。

(3) 子宫内膜可出现移位或变形。

(4) 继发变性可出现无回声区、高回声区或强回声伴声影。

(5) 彩色多普勒可于肌瘤周边显示环状或半环状彩色血流信号。

4. CT 表现：

(1) 子宫轮廓异常，呈分叶状，肿瘤呈等密度。

(2) 较大肿瘤内部密度不均匀，可见囊变低密度区、钙化致密影。

(3) 增强扫描子宫明显强化，肌瘤呈同心圆状明显强化。

5. MRI 表现：

(1) 肿瘤在 T2WI 上呈明显低信号，边界清楚，T1WI 为等信号。

(2) 较大肿瘤内部信号不均，可见坏死囊变的 T2WI 高信号影、钙化的低信号影。

(3) 增强后，肌瘤呈均匀强化。

三、子宫内膜癌

1. 病理：是妇科常见恶性肿瘤之一，多为腺癌。

2. 临床：停经后出血+下腹部疼痛。

3. USG 表现：

(1) 子宫内膜不规则增厚，绝经后内膜厚度大于 5mm，多为较高回声或等低回声。

(2) 宫颈管堵塞可见宫腔内积液、积脓所致无回声或低回声区。

(3) 经阴道探查，可显示内膜癌肌层浸润深度。

(4) 彩色多普勒：于癌肿周边或内部可见丰富血流信号。

（5）频谱多普勒：呈低阻动脉频谱，RI 为 0.4—0.6。

4. CT 表现：

（1）子宫腔扩大，形态异常。

（2）肿瘤等密度，较大者内部密度不均，可见出血高密度或囊变低密度影。

（3）增强轻度强化（肿瘤较子宫肌层强化轻）。

5. MRI 表现：

（1）早期，MRI 可见内膜 T1WI、T2WI 信号正常，但 T2WI 高信号影范围扩大。

（2）肿瘤累及肌层时，T2WI 可明确显示侵犯深度，可见过渡带低信号影破坏。

（3）平扫，肿瘤呈 T1WI 等信号，T2WI 高信号。

（4）增强，不均匀轻度强化，在明显强化的肌层内呈略低信号。

（5）根据肿瘤大小、累及范围可做出术前分期诊断，判断手术可能性。

6. 影像记忆特征：宫腔内肿块，强化较肌层轻，过渡带低信号中断。

四、葡萄胎

1. 病理：

（1）葡萄胎属于良性滋养上皮肿瘤。

（2）由绒毛间质显著水肿变性、血管消失形成大小不等的葡萄样水泡。

（3）病变仅局限于宫腔，不侵入肌层，也不发生远处转移。

2. 临床：

（1）妊娠早期或中期，出现阴道不规则出血。

（2）早期妊娠呕吐剧烈，晚期可出现妊高症。

（3）血 HCG 可异常增高，可继发黄素囊肿形成。

3. 超声表现：

（1）子宫增大超过妊娠月份。

（2）宫腔内可见大小不等液性暗区，呈"蜂窝状"或"落雪状"。

（3）双侧卵巢可出现多房囊肿。

（4）部分性葡萄胎，胎盘内见大小不等无回声区，并可见完整胎儿回声，胎儿可存活也可宫内生长迟缓或为死胎。

4. MRI 表现：

（1）肿物呈多囊性，T1WI 与肌层等信号，常可见小片状出血高信号。

（2）在 T2WI 上，肿块呈高低混杂信号，呈葡萄状或雪片状。

（3）肿块与肌层间可见一 T2WI 低信号弧线影。

五、恶性滋养叶细胞肿瘤

1. 病理：

（1）包括恶性葡萄胎与绒毛膜上皮癌。

（2）恶性葡萄胎又称侵蚀性葡萄胎，病变可侵入子宫肌层，也可转移至远处器官。

（3）绒癌，增生的滋养细胞大片侵及子宫肌层，在肌层形成单个或多个肿瘤。

2. 临床：

（1）恶葡排出前与良性葡萄胎相似，排出后反复阴道出血，尿 HCG 持续阳性或短期阴性后又转为阳性，血 HCG 浓度降低后又升高。

(2) 绒癌主要临床表现为产后、流产后或葡萄胎后，阴道持续性不规则出血，部分患者出现远处转移表现。

3. USG 表现：

(1) 子宫增大，肌层可见不规则低回声区或蜂窝状回声。

(2) 附件区可见多房囊性包块。

(3) 彩色多普勒可见病灶处血流极其丰富，频谱显示呈高速低阻血流。

(4) 可见远处转移声像改变。

4. MRI 表现：

(1) 恶性葡萄胎与绒毛膜上皮癌表现相似。

(2) 肿物呈多囊性，T1WI 与肌层等信号，并常可见小片状出血高信号。

(3) 在 T2WI 上，肿块呈高低混杂信号，呈葡萄状或雪片状。

(4) 肌层侵犯：T2WI 可见子宫肌正常的不同信号层次消失，代之以高信号肿块影。

(5) 肿瘤血管：肿瘤内可见增多的迂曲扩张的血管影，T1WI、T2WI 均为流空低信号。

(6) 增强扫描：肿瘤明显强化，尤其肌层内病变，并可见附件区髂内血管异常扩张。

5. 影像记忆特征：宫腔内多囊状肿物，良性者与肌层分界清楚，恶性者分界不清，肌层受侵。

六、宫颈癌

1. 病理与临床：

(1) 居女性恶性肿瘤第 2 位。

(2) 可有触血、下腹部包块。

2. USG 表现：

(1) 早期可无异常，宫颈口堵塞可见宫腔内积液或积脓所致液性暗区。

(2) 宫颈增大，回声不均匀，可出现不规则强回声斑，有时可见不规则实性结节。

(3) 晚期可见宫旁组织、直肠及泌尿系等受侵声像改变。

3. CT 表现：

(1) 宫颈增大，直径>35mm。

(2) 肿瘤为等密度，难以发现，肿瘤较大时，肿块内可见坏死区更低密度。

(3) 增强：肿瘤较正常宫颈强化弱，呈略低密度。

(4) 晚期：肿瘤超越宫颈，外缘不清，周围脂肪间隙消失，盆壁软组织不对称增厚，膀胱、直肠壁局限性增厚，或出现淋巴结肿大、远处脏器转移病灶。

4. MRI 表现：

(1) 宫颈明显增大，腔内肿块，轴位 T2WI 肿瘤呈中等信号，内膜高信号影受侵。

(2) 病变 T1WI 与宫颈等信号，内部坏死液化时，出现低信号。

(3) 向外侵犯时，周围脂肪层内有软组织信号，提示宫旁侵犯。

(4) 矢状位显示子宫下段、阴道受累情况较好。

(5) 冠状位评价宫旁、盆壁受累情况效果更好。

5. 影像分期：根据 CT、MRI 表现可行术前分期。

Ⅰ期，肿瘤限于子宫。

Ⅱ期，侵犯宫旁，未达盆壁。

Ⅲ期，累及盆壁或阴道下 1/3 或造成肾盂积水。

Ⅳa 期，侵及膀胱或直肠黏膜或骨盆。

Ⅳb 期，远处淋巴结转移。

6. 影像记忆特征：宫颈增大，腔内或肌层肿块。

第四节　卵巢常见疾病

一、卵巢囊性病变

1. 病理：

(1) 卵巢囊性病变可分为非赘生性和赘生性囊肿。

(2) 非赘生性囊肿包括：滤泡囊肿、黄体囊肿、黄素囊肿、多囊卵巢。

(3) 赘生性囊肿包括：囊性畸胎瘤、囊腺瘤。

(4) 来自卵巢表面的生发上皮，向输卵管上皮化生则形成浆液性肿瘤，向宫颈柱状上皮化生则形成粘液性肿瘤。

2. 临床：

(1) 多无症状，较大的可触及包块。

(2) 发生蒂扭转时出现急腹症。

3. CT 与 MRI 表现：

(1) 滤泡囊肿，直径<3cm，圆形光滑，CT 水样密度，T1WI 低信号、T2WI 高信号。

(2) 单纯囊肿，直径<5cm，边界清晰，壁薄，CT 水样密度，MRI T1WI 低信号、T2WI 高信号。

(3) 浆液性囊腺瘤：

① 内有分隔，呈多囊性，囊壁及分隔厚薄均匀，厚度<3mm，可发生钙化。

② CT 呈均匀水样密度。

③ MRI 为均匀 T1WI 低信号、T2WI 高信号。

④ 增强扫描：囊壁、分隔有强化。

(4) 粘液性囊腺瘤：

① 呈较大多房囊性，一般>10cm。

② 边界清楚，分隔清晰。

③ CT 密度均匀，略高于水。

④ MRI 上 T1WI、T2WI 均为高信号。

⑤ 肿瘤破裂进入腹腔，形成腹腔假性粘液瘤，CT 呈团状软组织影；MRI 为多发大小不等囊性病变。

4. USG 表现：

(1) 滤泡囊肿：卵巢内可见圆形无回声区，包膜光滑，常突出于卵巢表面，直径一般小于 5 cm，随访可见囊肿无回声区缩小或消失。

(2) 黄体囊肿：卵巢内可见液性暗区，直径一般大于 3 cm。

(3) 黄素囊肿：多为双侧性，液性暗区内可见多个分隔光带，一般为 3--5 cm，滋养细胞肿瘤治愈后 3—6 月消失。

(4) 多囊卵巢：双侧卵巢增大，卵巢一个切面内见多于 10 个的液性暗区，直径多小于 5 mm，经阴道探查显示卵巢髓质面积增大，回声增强。

(5) 浆液性囊腺瘤：

①. 可单侧或双侧发生，直径一般为 5--10 cm。

②. 液性暗区包膜光滑，形态规则，可显示分隔。

③. 后壁回声增强，部分囊壁可见乳头状突起或实性回声。

(6) 粘液性囊腺瘤：

①. 多为单侧发生，直径多大于 10 cm。

②. 囊壁较厚（>5 mm），内见分隔光带及细小点状回声，少数可见乳头状突起。

5. 影像记忆特征：浆液性小多囊，粘液性大单囊，位于卵巢区。

二、卵巢畸胎瘤

1. 病理：

(1) 典型畸胎瘤包括内、中、外三个胚层的组织。

(2) 恶性者仅占 3%左右。

(3) 包括 2 个变型：

① 皮样囊肿，只来自内胚层、中胚层组织，呈囊性。

② 上皮样囊肿，只来自外胚层组织。

2. 临床：下腹部无痛性肿块。

3. X 线表现：可显示富特征性的瘤内骨骼及牙齿致密影。

4. USG 表现：回声杂乱，可见骨骼、牙齿、钙化所致强回声伴声影，毛发、脂肪短线状或团块状高回声及声衰减等。

5. CT 表现：盆腔内实性肿块，呈混杂密度，内有骨骼、牙齿、钙化高密度，软组织密度及脂肪低密度影，边界清楚。

6. MRI 表现：与 CT 表现相似，脂肪抑制序列上可区分脂肪与出血组织。

7. 囊性畸胎瘤表现：

(1) 内部有分层、漂浮碎屑、掌状突起等，具有特征性。

(2) CT 见盆腔内混杂密度囊性肿块，内部有钙化、脂肪、软组织等密度，边界清楚。

(3) USG 依成分不同可呈现类囊肿型、脂液分层征、面团征、瀑布征或垂柳征、星花征、杂乱结构征等，并可伴声影或声衰减。

(4) MRI 除畸胎瘤一般表现外，还可见肿瘤内部脂肪高信号形成的脂-液平面。

三、卵巢癌

1. 病理：

(1) 10~20%为双侧肿瘤。

(2) 浆液性囊腺癌最常见，50 岁左右多见。

(3) 粘液性囊腺癌次之，35 岁左右多见，常可破裂，发生腹腔假性粘液瘤。

(4) 有少数肿瘤来自性索间质细胞、生殖细胞等，可表现为实性肿瘤。

2. 临床：晚期盆腹腔肿块+腹水。

3. CT、MRI 影像表现：

(1) 盆腔肿块较大，直径>5cm，形态不规则。

(2) CT 为多囊性、囊实性，少数为等密度实性肿块。

(3) MRI 见囊壁及囊内分隔，实性者 T1WI 低信号、T2WI 高信号。

(4) 囊壁及分隔厚度>3mm，厚薄不均，或见乳头状突起或不规则壁结节。

(5) 增强：实性部分及囊壁、分隔、壁结节可出现不规则强化。

(6) 腹腔内转移：腹膜多发小结节，大网膜饼征，伴大量腹水。增强时可强化。

(7) 晚期，可以发现淋巴结转移、周围脏器受累等表现。

4. USG 表现：

(1) 浆液性囊腺癌：

① 可为一侧或双侧，大小为 10--15cm，囊液可不清晰。

② 囊壁及分隔不规则增厚，乳头增多，形态不规则。

③ 晚期可向子宫、直肠浸润或腹腔广泛转移，出现腹水。

④ CDFI 于囊壁、分隔及乳头上均可见彩色血流，频谱多普勒显示为高速低阻血流频谱。

(2) 粘液性囊腺癌：

① 病变常只限于一侧卵巢。

② 囊腔内间隔较多，分隔及囊壁均不规则增厚。

③ 增厚的囊壁可向周围浸润，常伴有腹水。

④ CDFI 可显示丰富彩色血流，频谱多普勒显示为高速低阻血流频谱。

5. 腹腔假性粘液瘤影像表现：

(1) CT 表现为盆腔内、腹腔内包裹性团块影，呈软组织密度。

(2) MRI 上 T1WI、T2WI 均为略低信号的多房性包块。

(3) USG 表现为盆、腹腔多隔、多房改变，边界不清，与脏器粘连严重。

6. 国际妇产科联合会临床分期简单记忆法：

Ⅰ期，肿瘤限于卵巢内。

Ⅱ期，肿瘤限于盆腔内。

Ⅲ期，肿瘤限于腹腔内。

Ⅳ期，伴有远处转移。

第九章 五官科医学影像基础

本章主要介绍眼、耳、鼻、咽、喉、颌面、颈部间隙等结构的先天畸形、炎性疾病、外伤、肿瘤等的影像诊断。因结构复杂，含软组织、骨骼、气腔、甲状腺组织等，检查方法各有所长，CT、MRI 为主要检查方法，尤其对颅底复杂部位的解剖细节的显示；X 线对于观察骨性孔道、骨质破坏、副鼻窦气腔等有一定价值，对软组织结构的显示需借助造影，如头颈部血管 DSA、泪道造影、涎腺造影等；SPECT 对于涎腺、甲状腺、淋巴结病变显示较好，对良恶性鉴别有一定意义；USG 可用于甲状腺、眼球病变的诊断。

第一节 眼 部

一、检查方法与正常影像表现

1. X 线检查：

(1) X 线平片：包括眼眶后前位、侧位、视神经孔位等，用于异物定位等。

(2) 眼动脉 DSA：用于眶内动脉瘤、动静脉畸形、眶内静脉曲张等。

(3) 泪道造影：用于泪囊、泪道功能和形态的观察。

2. CT 检查：

(1) 用横断面、冠状面薄层扫描，用软组织窗、骨窗观察。

(2) 眶壁呈致密线状影，厚薄不均。

(3) 眼球壁呈环形等密度影，在内部低密度的玻璃体衬托下显示清晰。

(4) 晶状体位于前房，呈梭形高密度。

(5) 球后脂肪呈锥形低密度，其内条状、点状等密度影代表眼外肌，中间为视神经。

(6) 眼外肌于轴位、冠状位上可显示，于特定部位可见圆点状等密度影。

(7) 泪腺位于眼球外上方，呈等密度影。

(8) 骨窗于眶尖可见眶上裂及视神经管。

3. MRI 检查：

(1) 利用脂肪抑制技术、多方位成像可清晰显示眶内结构与病变。

(2) 眶壁骨皮质呈均匀线样低信号影。

(3) 眼外肌、视神经、眼环及晶状体在各序列上均呈等信号。

(4) 玻璃体呈液体样 T1WI 低信号、T2WI 高信号。

4. USG 检查：

(1) 可采用 A 超、B 超、彩超和超声生物显微镜进行检查。

(2) 探头频率大于 7.5MHz，以 10—15 MHz 最佳。

(3) 二维：玻璃体无回声，视神经呈倒 "V" 形低回声，球后脂肪为 "W" 形高回声。

(4) CDFI 可显示眼动脉、睫状后动脉、视网膜中央动脉红色血流。

(5) 超声生物显微镜可显示角膜、巩膜、虹膜、前房、后房、睫状体及晶体等结构。

二、炎性假瘤

1. 病理：

(1) 是一种特发性眶部炎症。

(2) 急性者，表现为水肿、炎性浸润。

(3) 亚急性及慢性者，大量纤维血管基质形成，病变纤维化。

2. 临床：

(1) 急性者，眼球突出、结膜充血、眼痛、眼球活动受限。

(2) 亚急性、慢性者，类似症状于数周内缓慢发生，持续数月甚至数年。

(3) 对激素治疗有效，容易复发。

3. USG 表现：

(1) 肿物呈低回声或近无回声，边界不清，形态不规整。

(2) 侵及泪腺则泪腺肿大，呈低回声。

(3) 侵及眼肌则眼肌肥大，厚度大于 4mm。

4. CT 表现：

(1) 典型表现为眼外肌增粗，以上直肌和内直肌最易受累。

(2) 可见眼睑肿胀增厚、眼球壁增厚、视神经增粗，边缘模糊。

(3) 眶内软组织密度影，与眼外肌无明确分界，视神经被包绕。

(4) 增强后：眶内软组织影强化，眼外肌、视神经强化轻，呈略低密度。

5. MRI 表现：

(1) 眼肌改变与 CT 所见相似。

(2) 眶内软组织影 T1WI 低信号、T2WI 高信号，增强后中度强化。

6. 影像记忆特征：眶内肿物，边界模糊，眼肌普遍增粗。

三、视网膜母细胞瘤

1. 病理：起源于视网膜的神经元细胞，95%可发生钙化。

2. 临床：

(1) 是婴幼儿最常见的球内恶性肿瘤。

(2) 早期瞳孔黄光反射，表现为"白瞳症"。

3. 影像表现：

(1) 球内不规则形肿块，表现为玻璃体内不均匀软组织影。

(2) CT 呈等密度，内部可见钙化，呈斑块状，具有特征性。

(3) 肿块在 MRI 上呈不均匀 T1WI 低信号、T2WI 高信号。

(4) 增强后，肿块明显强化。

(5) USG 显示肿物回声不均，可呈混合性，多可见强回声斑伴声影。

4. 影像学分期：

I 期：眼球内期，病变局限于眼球内。

II 期：青光眼期，局限于球内，伴眼球增大。

III 期：眶内期，局限于眶内。

IV 期：眶外期，累及颅内或远处转移。

第九章 五官科医学影像基础

5. 影像记忆特征：婴幼儿，玻璃体内肿块，常有钙化，明显强化。

四、泪腺多形性腺瘤

1. 病理：

(1) 起源于泪腺眶部，类圆形，有包膜，生长缓慢。

(2) 是泪腺最常见的良性肿瘤。

2. 临床：

(1) 眼眶外上方前部见无痛性包块，位置固定。

(2) 眼球向前下方突出。

(3) 较大肿瘤，视力下降等。

3. 影像表现：

(1) 泪腺窝肿块，CT 为软组织密度，密度均匀，少见钙化，边界光整。

(2) MRI 呈不均匀的 T1WI 略低信号、T2WI 高信号。

(3) 增强后，CT、MRI 均可见肿块明显强化。

(4) USG 为均匀等回声，CDFI 显示瘤体内少许血流信号。

(5) 继发改变：

① CT 骨窗示泪腺窝扩大，骨皮质受压吸收，无破坏征象。

② CT、MRI 可显示眼球、眼外肌及视神经变形、移位等。

4. 影像记忆特征：特殊部位泪腺窝肿块，明显强化。

五、视神经胶质瘤

1. 病理与临床：

(1) 儿童多见，女性多见。

(2) 几乎均为星形细胞瘤，I~II 约 50%伴神经纤维瘤病。

(3) 95%患者首发症状为视力减退，早期表现为视野盲点。

(4) 可有眼球突出、视乳头水肿等。

2. USG 表现：

(1) 视神经眶内段回声减低，可见增粗或梭形膨大，横径大于 4mm。

(2) CDFI 可见丰富血流信号。

3. CT 表现：

(1) 视神经增粗，边缘光滑。

(2) 密度均匀，CT 值在 40~60Hu。

(3) 向颅内扩展时，骨窗可见视神经管扩大。

(4) 增强后，轻度强化。

4. MRI 表现：

(1) 瘤体 T1WI 呈略低信号，T2WI 呈明显高信号。

(2) MRI 可区分视神经各段（球壁段、眶内段、管内段、颅内段）受累情况。

(3) 部分患者蛛网膜下腔增宽，显示为肿瘤周围脑脊液样信号。

(4) 增强后，肿瘤明显强化。

5. 影像记忆特征：视神经增粗，边界清晰。

六、眶内皮样（表皮样）囊肿

1. 病理：胚胎表皮残留眶内形成。

2. 临床：眶内慢性进行性无痛性肿物，伴眼球突出、眼球运动障碍。

3. USG 表现：

   (1) 眶内可见圆形或椭圆形液性暗区，边界清楚。

   (2) 液区内可见点状或团状略高回声，有时可见强回声伴声影。

4. CT 表现：

   (1) 眶内均匀低密度囊性肿块，内含脂肪密度。

   (2) 常伴邻近骨质局限性缺损。

   (3) 增强后，囊壁强化而囊内无强化。

5. MRI 表现：

   (1) 表现与 CT 类似。

   (2) T1WI、T2WI 均呈高信号，信号不均匀，在脂肪抑制序列上信号减低。

   (3) 继发改变：眼球、眼外肌、视神经受压变形、移位。

6. 影像记忆特征：眶内含脂肿块。

七、眶内海绵状血管瘤

1. 病理：

   (1) 良性眶内肿瘤。

   (2) 异常血管窦组成，内衬单层血管内皮细胞，纤维组织间隔，呈不规则海绵状。

2. 临床：

   (1) 女性多见，成人多发，单侧发病多见。

   (2) 进行性眼球突出，晚期眼球运动障碍。

3. USG 表现：

   (1) 多位于肌圆锥内，形态规则，边界清楚。

   (2) 内部为栅栏状强回声。

   (3) 多普勒：彩色血流不丰富，部分可检到低速血流频谱。

4. CT 表现：

   (1) 眶内肿瘤，类圆形，边界清楚，密度均匀，CT 值 50Hu 左右。

   (2) 肿瘤不侵及眶尖脂肪。

   (3) 增强：

   ① 早期瘤内点状强化，逐渐扩展至整个瘤体，形成均匀的显著强化。
   ② 强化出现早，持续时间长，是本病特征性表现。

5. MRI 表现：

   (1) 眶内肿瘤，T1WI 呈略低信号，T2WI 明显高信号。

   (2) 在 T2WI 多回波序列中，随回波时间延长，肿瘤信号逐渐增高，即"灯泡征"。

   (3) 增强扫描也表现出"快进慢出"或"早出晚归"的特征。

   (4) 继发改变：眼外肌、视神经、眼球受压变形、移位，眶腔扩大等。

6. 影像记忆特征：眶内肿块，显著强化，"早出晚归"。

八、眼部异物

1. 临床：

（1）眼部疼痛，不能睁眼。

（2）合并其他眼外伤症状：视力障碍、复视、斜视、眼球运动障碍等。

2. X 线表现：眼眶正侧位片可见高密度异物，可显示大小、形态，并可大致定位。

3. USG 表现：于玻璃体或眶内可见强回声，部分伴声影或"彗星尾"征。

4. CT 表现：可明确异物种类，并可精确定位。

5. MRI 表现：金属异物为 MRI 检查禁忌症，非金属异物 T1WI、T2WI 多为低信号。

6. CT、MRI 可显示并发的其他眼损伤。

九、眼眶及视神经管骨折

1. 病理：

（1）爆裂骨折：外力使眶内压骤然升高，眶壁骨折，眶缘正常。

（2）单纯骨折：外力直接作用于眶壁所致。

（3）视神经管骨折：指各种外力造成视神经管构成骨的骨折。

2. 临床：复视、失明、眼球运动障碍、眼部肿胀、突眼或眼球凹陷。

3. X 线平片表现：

（1）可清晰显示眼眶下壁骨折，表现为眶下壁骨皮质不连续，上颌窦混浊。

（2）眶内侧壁骨折时，可显示筛窦混浊。

4. CT 表现：

（1）常用薄层扫描、HRCT 扫描来观察。

（2）骨窗：

① 眶壁构成骨骨皮质不连续、移位，可见局部碎骨片，表现为不规则小致密影，边界锐利。

② 视神经管骨折表现为骨皮质中断、移位，视神经管变形，可继发蝶窦黏膜增厚或积血。

（3）软组织窗：

① 眼肌增粗、移位或嵌顿。

② 眶内容物或血肿通过骨折处疝入上颌窦内，在气体衬托下，冠状位上呈"泪滴征"。

第二节　耳　部

一、检查方法与正常影像表现

1. X 线平片检查：颞骨结构复杂，重叠较多，X 线拍片体位要求较高，应用越来越少。

2. CT 检查：

（1）普通 CT 可显示鳞部、鼓部、乳突部、岩部、茎突等大体结构。

（2）外耳道长 2.5~3.0cm，呈 S 形，外侧为软骨部，占 1/3，与内侧骨部交界处最窄。

(3) 中耳结构复杂，HRCT 技术可显示：
① 鼓室：听骨链及锤砧关节面可显示。
② 面神经管：分为迷路段、水平段（鼓室段）、垂直段（乳突段）。
③ 鼓窦（乳突窦）：位于上鼓室与乳突之间的气腔。
④ 乳突：气房。
⑤ 咽鼓管：全长 36mm，鼻咽端开口低于鼓室部开口，外 1/3 为骨性管道。
(4) 内耳结构细微，也靠 HRCT 显示：
① 可显示前庭、骨性半规管、耳窝的骨螺旋板。
② 内听道呈喇叭口样，双侧可略不对称，前后径及垂直径 4~6mm。

3. MRI 检查：
(1) T2WI 薄层扫描：可见听神经、面神经，位于内听道内，呈条状中低信号。
(2) T1WI 图像上，听神经、面神经、蜗神经呈等信号。
(3) MRI 内耳水成像，可显示三个半规管、耳蜗的膜迷路及内耳道。

二、先天畸形

1. 主要用 HRCT 检查。
2. 外耳道狭窄：外耳道直径<4mm。
3. 外耳道闭锁：软组织或骨质结构内无外耳道。
4. 听小骨畸形：锤砧关节面消失，镫骨缺如等。
5. 内耳道狭窄：内耳道直径<3mm。

三、中耳乳突炎

1. 病理与临床：
(1) 分急性、慢性化脓性中耳乳突炎，慢性者可分为单纯型、肉芽肿型、胆脂瘤型。
(2) 急性：耳部疼痛、听力减退、耳鸣、鼓膜穿孔、外耳道分泌物。
(3) 慢性：间歇性耳道流脓、传导性或混合性耳聋。
(4) 胆脂瘤，是中耳乳突炎基础上，形成的中耳腔内角化上皮团块，鼓膜穿孔处可见奇臭的豆渣样分泌物，好发于板障型乳突。

2. X 线平片表现：
(1) 急性者，乳突气房透亮度减低，气房间隔完整。
(2) 慢性单纯型，乳突气房透亮度减低，周围骨质增生硬化，气房间隔增厚模糊。
(3) 慢性肉芽肿型，可见鼓室上部骨质破坏，气化型骨质破坏广泛，可伴骨质增生。
(4) 慢性胆脂瘤型：
① 骨质破坏：听骨链、上鼓室、乳突部可见片状透亮区。
② 硬化边缘：骨质破坏区周缘清晰锐利，均可见硬化边环绕。

3. CT 表现：
(1) 急性者：
① 乳突气房混浊，密度升高，内部可见气-液平面。
② 气房间隔骨质吸收，密度减低。
(2) 慢性单纯型，可见听小骨骨质破坏，鼓室、乳突黏膜增厚，气房间隔骨质增生。

(3) 慢性肉芽肿型，听骨链破坏，鼓室、乳突气房间隔骨质破坏，肉芽组织表现为略高密度的软组织影，增强可见明显强化。

(4) 慢性胆脂瘤型：

① 上鼓室、乳突窦入口处乳突骨质破坏、缺损，听骨链碎裂、消失。

② 在骨质破坏区内可见软组织肿块影，无强化。周围可有肉芽组织环绕。

③ 在骨质破坏区周边可见骨质增生硬化。

4. MRI 表现：

(1) 急性者：

① 乳突气房内可见点状 T1WI 等信号、T2WI 高信号影，出血时 T1WI 高信号。

② 气房内可见气-液平面。

③ 乳突积脓者，可见气房融合成大腔，内部为 T1WI 低信号、T2WI 高信号。

(2) 慢性者：

① 骨质破坏及骨质增生显示不如 CT。

② 肉芽组织呈 T1WI 等或略高信号，T2WI 高信号，有强化。

③ 胆脂瘤在 T1WI 上与肌肉等信号，T2WI 高信号，无强化，周边环绕的肉芽组织可强化。

5. 各型均可向颅内蔓延，CT、MRI 可清晰显示颅内炎症、静脉窦周围炎等。

第三节　鼻、咽、喉

一、检查方法与正常影像表现

1. X 线检查：

(1) 瓦氏位片：临床应用最多的体位，可清晰显示鼻腔及副鼻窦气腔。

(2) 鼻咽部侧位片：咽后壁光滑，厚度成人 2~4mm，儿童<8mm。

(3) 体层摄影：可显示喉室、声带等结构。

2. CT 检查：

(1) 常规 CT 及 HRCT，轴位、冠状位扫描，用骨窗、软组织窗观察。

(2) 鼻腔及鼻窦表现为含气的低密度，窦壁骨质呈线状高密度，正常时黏膜不显影。

(3) 鼻腔外侧壁：

① 鼻甲，内为骨性结构，外覆盖以黏膜，整体如贝壳状。三个鼻甲从下往上依次变小1/3，从前端的位置依次后退 1/3，呈阶梯状排列。

② 钩突，中鼻道外侧壁前下方，弧形的嵴状隆起。

③ 筛泡，中鼻道外侧壁、钩突后上的一个隆起，二者均属筛窦结构。

④ 半月裂，中鼻道外侧壁、钩突筛泡间半月形裂隙，长 10~20mm，宽 2~3mm。

⑤ 筛漏斗，指半月裂孔向前下和外上逐渐扩大的漏斗状空间。

(4) 窦口鼻道复合体：

① 以筛漏斗为中心的附近区域，包括筛漏斗、钩突、中鼻甲、中鼻道、半月裂、前中组筛窦开口、额窦开口、上颌窦开口等一系列结构。

② 位于中鼻道，鼻腔外侧壁。

③ 是广泛开展功能性内窥镜外科的理论基础，是一个解剖与病理转化的概念。

④ 中鼻甲是内镜筛窦手术内侧界限的重要解剖标志。

⑤ 临床意义：这一结构容易受鼻-鼻腔炎症侵犯。此处黏膜肿胀、息肉、囊肿或漏斗部先天变异，都可以阻塞筛漏斗，引起单个或全鼻窦炎，且尽管病变轻微，但临床症状较重。

(5) 上颌窦位于鼻腔两侧，内壁光滑，气化程度不等，可有骨性分隔。

(6) 筛窦位于鼻腔外上方，呈蜂窝状，分前后组，开口于中鼻道和上鼻道。

(7) 蝶窦位于蝶鞍下方的蝶骨内，开口于蝶筛隐窝。

(8) 口咽黏膜、咽旁间隙、扁桃体在 CT 为软组织密度，可借脂肪间隙区分。

(9) 喉部各软组织结构双侧对称，软骨在 CT 上为高密度，可不均匀。

3. MRI 检查：

(1) 鼻腔或鼻窦气体为低信号，可衬托出窦腔形态。

(2) 窦壁骨皮质呈薄的线状低信号，骨髓呈高信号。

(3) 黏膜为厚薄均匀的、规则的线状影，呈 T1WI 等信号、T2WI 高信号。

(4) 喉部软骨呈等信号，钙化后呈不均匀低信号。

(5) 腺样体，矢状位表现为椭圆形 T1WI 等信号 T2WI 高信号，边缘光滑，位于鼻咽顶部，平齿状突基底部。

4. 鼻咽部影像解剖：

(1) 位于鼻腔后方，上自颅底，下至硬腭。

(2) 轴位观察较好：略呈方形，双侧对称。

(3) 前壁：鼻后孔及鼻中隔后缘。

(4) 顶壁：蝶骨。

(5) 后壁：枕骨基底部及环枢椎椎体。

(6) 外壁：两个切迹，前方咽鼓管咽口，后方为咽隐窝；二者之间为咽鼓管隆凸。

5. 咽旁间隙影像解剖：

(1) 位于鼻咽腔与翼腭窝之间。

(2) 在 CT 低密度脂肪组织的衬托下可见其后内侧略高密度的颈内动、静脉。

(3) 咽鼓管隆凸后外侧为腭帆提肌，前外为腭帆张肌，均呈椭圆形软组织影。

6. 颞下窝影像解剖：

(1) 位于颧弓平面以下、上颌骨体和颧骨后方的不规则形凹窝。（李松年《现代全身 CT 诊断学》）

(2) CT 轴位显示：颞下窝为低密度脂肪影，后外侧为索条状等密度颞肌影。

(3) 前界：上颌窦后壁和内外翼板。

(4) 后界：颈动脉鞘和茎突。

(5) 上界：蝶骨大翼和岩骨。

(6) 内界：鼻咽部。

(7) 外界：下颌支和颞肌。

7. 翼腭窝影像解剖：

(1) 蝶骨翼状突、上颌骨、腭骨之间的间隙。

(2) 毗邻关系：前上方为眼眶、前下方为口腔、后上方为中颅凹、内侧为鼻腔。

(3) 内容物：蝶腭神经节、三叉神经上颌支、颌内动脉分支等。

(4) 前界：上颌窦后壁，即上颌骨的颞下面。

(5) 后界：蝶骨翼突，借圆孔与海绵窦相通。

(6) 内界：腭骨垂直部，借腭孔与鼻腔相通。

(7) 上界：蝶骨体的下面，经眶上裂，通眶内。

(8) 外界：颧弓及其下方的颞下窝。

二、鼻窦炎

1. 病理：

(1) 慢性鼻窦炎可有黏膜增生肥厚、息肉形成、粘液囊肿、积脓等多种表现。

(2) 慢性炎性刺激可引起窦壁骨质增生。

(3) 霉菌感染也常见，常有钙化。

2. 影像表现：

(1) 鼻窦积液：

①X线瓦氏位投照，可见窦腔密度升高、混浊 腔内可见气–液平面。

②CT、MRI可见窦腔内水样密度（信号）影，可见气–液平面。

(2) 黏膜肥厚：

①X线平片见鼻腔、鼻窦腔气体减少，在气体及骨壁衬托下黏膜增厚呈软组织密度影，厚薄均匀。

②CT可见窦腔壁均匀带状软组织密度影，窦腔均匀缩小。

③MRI表现窦腔壁均匀带状T1WI等信号、T2WI高信号影。

④增强时为均匀环状强化。

(3) 鼻窦息肉：

①CT表现：窦腔内类圆形软组织密度影，与窦壁关系密切，边缘光滑锐利。

②MRI表现：为T1WI等信号、T2WI高信号。

③增强时明显强化。

(4) 粘液囊肿：

①一般认为是副鼻窦口堵塞，分泌物在窦腔内潴留所致。

②X线平片可见窦腔气体消失，密度均匀升高。

③CT为水样密度或软组织密度，并可见窦壁骨质吸收变薄，呈膨胀性扩大。

④MRI信号变异较大，可呈低、等、高信号，但较均匀。

⑤增强扫描无变化。

(5) 黏膜囊肿：

①为黏膜腺体分泌物在腺泡内潴留形成的囊性病变，可单发或多发。

②X线平片：窦腔内附壁肿物，球形或半球形软组织密度影，边界清晰。

③CT表现：病变呈均匀水样密度影，增强后无强化。

④MRI表现：病变为T1WI低信号、T2WI高信号，内部信号均匀。

(6) 霉菌感染：

①CT示窦腔缩小，黏膜肥厚，腔内可见不规则线样、斑片状高密度影。

②可见点状、斑点状钙化影。

③ 增强时中心结节状强化，周边为低密度环绕。

④ MRI 为 T1WI 等低信号，T2WI 高信号，钙化为低信号。

三、咽旁脓肿

1. 病理与临床：

(1) 可发生于扁桃体周围、咽后壁、咽旁间隙。

(2) 急性多为化脓性感染，慢性多为结核。

(3) 全身炎症表现、咽痛。

2. X 线表现：鼻咽部侧位片，咽后壁厚度>5mm，咽部气道变形。

3. CT 表现：

(1) 咽壁明显增厚，密度不均，与周围组织界限不清。

(2) 脓肿本身呈略低密度软组织肿块影，边界不清，增强后呈分隔状不规则厚壁环形强化。

4. MRI 表现：

(1) 可直接显示脓肿，呈不均匀的 T1WI 低信号、T2WI 高信号，边界清楚。

(2) 增强：脓肿壁较厚，呈分隔状不规则环形强化，脓腔不强化。

(3) 周围组织呈受压改变。

四、内翻性乳头状瘤

1. 病理与临床：

(1) 男性多发，40~50 岁高发。

(2) 鼻塞、流涕、鼻出血、溢泪等，复发率高。

2. 影像表现：

(1) CT、MRI 可见鼻腔或筛窦软组织肿块，乳头状，密度（信号）均匀，增强后轻度强化。

(2) 肿瘤具有一定的侵蚀性，可侵入眼眶或前颅窝底部。

(3) 常阻塞窦口，继发鼻窦炎性改变。

五、鼻咽部纤维血管瘤

1. 病理：

(1) 良性肿瘤。

(2) 青少年多发。

(3) 鼻咽部纤维血管弥漫性增生。

2. 临床：进行性鼻塞、反复顽固性鼻出血。

3. 影像表现：

(1) 鼻咽部软组织肿块，密度（信号）均匀，边界不清楚。

(2) 特点："见缝就钻"，充满鼻咽腔，可侵入鼻腔、翼腭窝、颞下窝。

(3) 骨质破坏：蝶腭孔扩大、颅底骨质破坏，长入海绵窦、蝶窦。

(4) CT 等密度，MRI T1WI 低信号，T2WI 明显高信号，增强后明显均匀强化。

(5) DSA 表现：颈外动脉造影，可见由颌内动脉供血、血管丰富的肿瘤染色。

4. 影像记忆特征：鼻咽部肿瘤，见缝就钻。

六、上颌窦癌

1. 病理与临床：

(1) 病理类型：鳞癌最常见。此外还有腺癌、未分化癌、横纹肌肉瘤、淋巴瘤等。

(2) 鼻塞、血涕或其他继发改变的症状。

2. 影像表现：

(1) X 线平片：早期可显示窦腔内软组织团块影，晚期可见骨质破坏。

(2) CT、MRI 表现：

① 平扫：上颌窦内软组织肿块，较大，密度不均，可有坏死液化、钙化。

② 增强：中度或明显强化，不均匀。

(3) 侵袭性生长：可引起骨质破坏并侵犯邻近组织。

① 向后：累及颞下窝、翼腭窝，脂肪间隙消失，翼内外肌及神经血管束受累。

② 向上：破坏上壁，进入眶内、筛窦内，可引起阻塞性筛窦炎症。

③ 向内：破坏内侧壁，进入鼻腔，后部病变可累及鼻咽部。

④ 向前：破坏前壁，于面颊部形成软组织肿块。

⑤ 向下：破坏齿槽，出现口腔肿块、牙齿脱落。

3. 影像记忆特征：上颌窦内较大肿块，窦壁骨质破坏。

七、鼻咽癌

1. 临床：

(1) 男性多发。

(2) 原发症状：血涕、鼻出血、鼻塞、耳鸣、头痛。

(3) 继发症状：以局部直接侵犯为主要转移方式，而出现相应症状。

2. 影像表现：

(1) 早期：CT、MRI 显示咽隐窝闭塞、消失，或双侧不对称。

(2) 后期：鼻咽侧壁肿块，突向鼻咽腔。

① CT 呈等密度，MRI 上 T1WI 为等或略低信号、T2WI 呈略高信号。

② 增强后表现为明显的、不均匀的强化。

(3) 间接改变：

① 早期：咽鼓管阻塞，乳突气房炎症 CT 见气房混浊，MRI 可见液性信号。

② 咽旁间隙外移具有一定特征性。

③ 晚期可见颈部淋巴结肿大。

(4) 扩展路径：

① 向前：突向后鼻孔、侵犯翼腭窝，破坏翼板及上颌窦。

② 向上：破坏筛板进入眶内，进入卵圆孔、破裂孔，进入海绵窦。

③ 向后：侵犯头长肌、枕骨斜坡、环椎前弓、舌下神经管。

④ 向外：侵犯咽鼓管隆凸、腭帆张肌、腭帆提肌、进入颞下窝、侵犯颈动脉鞘。

3. 影像记忆特征：早期，咽隐窝不对称；晚期，鼻咽侧壁肿块。

八、喉癌

1. 病理：鳞癌。

2. 临床：

    (1) 40 岁以上多发，男性多发。

    (2) 早期：异物感、喉痛、声嘶。

    (3) 晚期：呼吸困难、喉部肿块、淋巴结肿大。

3. X 线平片表现：可显示喉前庭肿块，局部密度升高。

4. CT 与 MRI 表现：

    (1) 双侧梨状窝不对称，软组织肿块突向喉腔内。

    (2) CT 呈等密度，MRI 呈 T1WI 等信号，T2WI 高信号，可明显强化。

    (3) 晚期侵犯到对侧、累及喉旁间隙、破坏邻近软骨，颈部淋巴结肿大。

    (4) 声带增厚、固定于内收位。

5. 影像记忆特征：早期，梨状窝不对称；晚期，喉腔内肿块。

第四节　口腔、颌面部

一、检查方法与正常影像表现

1. X 线检查：

    (1) X 线平片：可观察颈部钙化、颈椎骨质结构、气管位置等。

    (2) 根尖片：观察牙齿及牙根病变。

    (3) 上、下颌骨曲面体层摄影：观察牙齿、牙周齿槽骨病变。

    (4) 涎腺造影：经腺管外口注入对比剂，逆行充盈腺导管，用于诊断涎腺疾病。

2. USG 检查：

    (1) 仰卧位，选 7.5~10MHz 线阵探头，依解剖部位探查腮腺、颌下腺及舌下腺。

    (2) 腮腺呈倒三角形，颌下腺为椭圆形，舌下腺为马蹄形，正常舌下腺不易显示。

3. CT 检查：

    (1) 普通扫描，软组织窗和骨窗观察。

    (2) 颌面部骨折时，应用螺旋 CT 容积扫描，表面容积再现技术（SSD）观察。

4. MRI 检查：多方位、多序列成像更适于检查。

5. SPECT 检查：

    (1) 涎腺显像：可对涎腺肿瘤良恶性进行鉴别诊断。

    (2) 甲状腺显像：区分不同类型慢性甲状腺炎；甲状腺癌寻找病灶。

    (3) 甲状旁腺显像：对于甲旁亢的诊断有一定价值。

    (4) 可对以上异位腺体进行观察。

二、造釉细胞瘤

1. 病理：

    (1) 起源于牙板、造釉器、牙周组织的残余上皮。

(2) 属良性肿瘤，5%可发生恶变，术后复发率高。

(3) 青壮年多发。

(4) 下颌骨多发。

2. 临床：颌骨膨大、面部畸形、牙齿松动。

3. X 线与 CT 表现：

(1) 下颌骨内囊状低密度影，骨皮质变薄、膨胀。

(2) 囊内可见牙齿致密影，是典型特征。

(3) 囊内有厚度不一的骨性分隔，边缘硬化。

4. MRI 表现：主体呈 T1WI 低信号，T2WI 高信号，囊壁、分隔、囊内牙齿为极低信号。

5. 影像记忆特征：下颌骨囊状膨胀，内有牙齿影。

三、腮腺肿瘤

1. 病理与临床：

(1) 来自腺上皮，良性肿瘤多见，生长于腮腺浅部，包膜完整。

(2) 主要表现为无痛性包块。

(3) 恶性者，短期内快速生长，表现为疼痛、面瘫、张口困难。

2. 影像表现：

(1) 良性肿瘤：

① 腮腺造影：导管纤细、变直、聚拢、移位等。

② CT、MRI、USG 可见腮腺内圆形肿块，呈分叶状，边界清楚。

③ CT 略高密度，MRI T1WI 等信号，T2WI 高信号。

④ 增强后一般均匀中度强化。

⑤ USG 为均匀低回声。

(2) 恶性肿瘤：

① 腮腺造影：导管破坏、缺损、中断、移位，可见对比剂外溢。

② CT、MRI、USG 可见腮腺内弥漫性生长的肿块，分叶状，边界不清。

③ CT 为不均匀高密度，MRI 为 T1WI 等信号，T2WI 高信号。

④ 增强，不均匀强化。

⑤ USG 为不均匀低回声或混合性回声，可见钙化强回声，多普勒显示血流丰富，PSV 大于 60 cm/s。

⑥ 晚期伴有下颌骨破坏，并可见颈部淋巴结肿大。

(3) SPECT 对唾液腺肿块的诊断及良恶性鉴别诊断：

① 冷结节：

a. 肿块部位放射性低于周围正常组织，表现为稀疏区或缺损区。

b. 如稀疏缺损区边缘较光滑，多为良性混合瘤、唾液腺囊肿。

c. 如缺损区边缘不清晰、不光滑，多提示恶性肿瘤。

② 温结节：肿块部位放射性与周围组织一致或接近，多为腮腺混合瘤或单纯性腺瘤，恶性可能较小。

③ 热结节：肿块部位放射性高于周围正常组织，常见于淋巴乳头状囊腺瘤。

第十章 骨科医学影像基础

在骨骼肌肉系统，X线平片仍是最基本的检查方法，可以明确大部分疾病的诊断；对于细小的钙化、细微的骨质破坏，CT有优势；对于骨髓腔内病变、关节病变、韧带、肌腱等软组织病变，以MRI为好；全身骨骼转移瘤，应选用SPECT来观察。合理的方法应该是：临床+影像+病理，综合诊断。

第一节 检查方法与影像表现

一、检查方法
1. X线平片：
   (1) 拍摄骨骼时，应包括周围软组织。
   (2) 拍摄长骨时，至少应包括一个关节。
   (3) 一侧病变诊断不明时，应加照对侧。
2. 关节造影术：诊断关节腔、关节囊病变，现多与CT、MRI结合使用。
3. CT检查：平扫、增强、三维后处理。观察细微骨折及软组织内小钙化较好。
4. MRI检查：常规序列、脂肪抑制、MRA等技术，对于检出骨髓内病变、软组织病变、关节病变较敏感。
5. 核医学影像检查：
   (1) 对发现全身骨转移瘤较X线早3~18个月。
   (2) 确定骨肿瘤骨代谢异常的范围，用于骨肿瘤放疗野的制定，或放、化疗的评价。
   (3) 早期诊断股骨头缺血坏死，观察血供情况。
   (4) X线片阴性的骨髓炎的诊断。
   (5) 代谢性骨病的诊断。
   (6) 观察移植骨的血供和存活情况。
   (7) 应力性骨折的诊断。
6. DSA检查：适应于肿瘤、血管疾患等的诊断与介入治疗。
7. USG检查：对骨关节软组织病变有一定作用。

二、正常表现
1. 不规则骨：
   (1) 形态不规则，如颅底骨、椎体等。
   (2) 骨皮质为厚薄均匀的带状影，X线、CT为高密度，MRI为低信号。
   (3) 松质骨密度略低，MRI上因红髓与黄髓比例不同，可呈等、高、低信号。
2. 长骨：
   (1) 骨干：骨皮质均匀致密，中部略厚，近两端渐薄，内外缘光滑，CT上为致密环状影，MRI 各序列均为低信号。

(2) 髓腔：

  ① X 表现为骨皮质包绕的无结构透亮区。

  ② CT 为细网状低密度区，CT 值–100~30Hu 不等。

  ③ MRI 上髓腔表现为略高信号，各部位、各序列可有所差异。

(3) 干骺端：

  ① 是指骨干两端向骨骺的移行段。

  ② X 线片，骨皮质菲薄，松质骨为主，可见按应力方向排列的高密度骨小梁影。

  ③ CT 表现为海绵状高低交错密度，较骨皮质密度低，较软组织密度高。

  ④ MRI 信号低于骨干段髓腔信号，因红髓、黄髓含量比例不同，信号各异。

(4) 骨骺：在儿童为软骨，X 线及 CT 表现为软组织密度，MRI 为高信号，成人以后变为松质骨，表现同干骺端。

(5) 骺线：在干骺端与骨骺间可见一横行透亮线，儿童较宽，成人渐愈合而呈不规则的致密线。

3. 关节：

(1) X 线片，软骨、滑膜、关节腔均为透亮影，只能显示骨性关节间隙，儿童较宽。

(2) 关节造影，可显示关节囊形态、宽窄。

(3) CT，骨性关节面为均匀线样致密影，软骨为软组织密度带，关节间隙清晰。

(4) MRI 表现：

  ① 骨性关节面为低信号，纤细、光滑。

  ② 关节软骨可清晰显示，并分出四层组织结构，是各种关节病变诊断的基础。

  ③ 滑膜呈薄而均匀的 T2WI 高信号，关节间隙均匀。

4. 软组织：

(1) X 线平片：脂肪为低密度，可借此大致显示骨骼周围软组织轮廓。

(2) CT 软组织窗：肌肉、肌腱、韧带、软骨均为等密度，脂肪为低密度。

(3) MRI：能区分不同组织，脂肪呈高信号，韧带、肌腱为低信号，肌肉中低信号。

(4) DSA、MRA：可观察骨骼、软组织以及病变的血管。

5. USG 检查：

(1) 骨骼正常声像图：

  ① 对于成人，声像图仅能显示靠近探头侧的骨皮质。

  ② 骨皮质为连续、光滑、致密的带状强回声，后方伴声影，骨端膨大皮质较薄。

  ③ 骨松质为中等回声，内见点状强回声。

  ④ 骨髓因骨皮质影响一般不能显示。

(2) 关节正常声像图：

  ① 关节面：关节软骨为低回声，厚 2mm—7mm，边缘光滑完整；软骨下骨皮质为强回声带，连续性好、薄而光滑。

  ② 关节囊：外层为纤维层，呈带状强回声，内层为滑膜，呈线状低回声，正常时二者不易分开。

  ③ 关节腔：为带状无回声，形状和宽度因不同关节而异。

  ④ 关节辅助结构：包括肌腱与韧带所形成的回声。

三、影像检查方法的合理应用

1. X 线平片：骨结构清晰，可观察整体情况。缺点是复杂部位重叠，软组织分辨力差。

2. CT：细小钙化、细微骨折、骨质破坏、复杂部位骨折显示较好。

3. MRI：软组织分辨力高，骨髓显示良好，但是钙化、细微骨破坏不如 CT。

4. SPECT：显示全身骨骼代谢及血流情况，敏感性很高，特异性较低，分辨力不及 X 线。

5. 临床+影像+病理，为骨骼系统疾病诊断的可靠模式。

6. 影像学检查流程：

(1) 骨骼发育障碍、先天畸形：X 线平片。

(2) 四肢长骨骨折：X 线平片。

(3) 应力性骨折：MRI。

(4) 复杂部位如颌面部、骨盆骨折：X 线平片、螺旋 CT+三维重建。

(5) 关节脱位：X 线平片。

(6) 肌腱、韧带、半月板损伤：MRI。

(7) 关节病变：X 线平片，MRI，诊断不明时慎选关节造影。

(8) 骨缺血坏死：X 线平片–CT–MRI。

(9) 骨髓病变：MRI、SPECT。

(10) 骨肿瘤：X 线平片–CT–MRI–SPECT。

(11) 软组织病变：USG–CT–MRI–DSA。

第二节　基本病变

一、骨龄

1. 概念与测定方法：

(1) 骨骼发育过程中，骺软骨内出现二次骨化中心及骺线消失的时间随年龄变化。

(2) 用 X 线测量不同年龄儿童长骨干骺端骨化中心的数目，将其标准化，就是骨龄。

(3) 婴儿一般拍腕关节及膝关节平片来观察，儿童拍腕关节平片即可。

2. 测定骨龄的意义：

(1) 长骨干骺端二次骨化中心，随年龄的增长，按一定的解剖部位和顺序有规律地出现，所以骨龄测定可了解骨骼生长发育的成熟程度。

(2) 用于疾病诊断：

① 骨龄延迟：见于侏儒症、佝偻病、慢性营养不良、某些地方病如克汀病等。

② 骨龄提前：见于肾上腺肿瘤，生殖细胞类肿瘤，血友病等。

(3) 用于司法实践。

二、骨质疏松

1. 单位体积内正常骨组织含量减少。

2. X 线平片表现：骨密度减低，骨小梁细小、减少，骨皮质变薄，髓腔增宽。

3. CT 表现与 X 线平片相似。

4. MRI 表现：骨皮质变薄，松质骨 T1WI、T2WI 信号均升高。

5. 影像记忆特征：三小一大（骨密度减低、骨小梁细小、皮质变薄、髓腔增宽）

三、骨质软化

1. 单位体积内骨组织矿物质含量减少。

2. CT、MRI 无太大帮助，X 线平片可明确诊断。

3. 骨密度减低，骨小梁中心钙化，周边未钙化，表现为骨小梁模糊。

4. 出现假性骨折线：宽 1~2mm 的透亮线，与骨皮质垂直。常见于耻骨、股骨上段。

5. 承重骨骼常发生变形。

6. 影像记忆特征：一低一线一模糊（骨密度减低、假骨折线、骨小梁模糊）

四、骨质破坏

1. 骨组织被病理组织取代而出现的骨质缺损。

2. 早期：骨皮质破坏 CT 呈虫蚀样、松质骨破坏呈筛孔状低密度区，MRI 可见低信号的骨皮质被高信号病理组织取代，边界清楚。

3. 进展后，可见大片状骨质缺失形成的低密度区，周围可见一致密的增生硬化带环绕。

4. 严重者，可伴有骨膨胀性改变或局部软组织肿块形成。

5. 影像记忆特征：三大一小，与骨质疏松相反。

五、骨质增生

1. 单位体积内骨组织增多，也叫骨质硬化。

2. X 线平片：骨密度增高，骨骼增大，骨小梁增粗、增多，骨皮质增厚，髓腔缩小。

3. CT 表现与 X 线平片相似。

4. MRI 表现：骨皮质、骨松质 T1WI、T2WI 信号均减低，骨轮廓异常。

六、骨膜反应

1. 骨膜受刺激，内层成骨细胞活跃，形成新生骨。

2. 部位：范围和部位与骨骼本身病变范围一致，一般炎症范围较广，肿瘤较局限。

3. 形态：葱皮样、花边样、波浪状、放射状等。

4. 变化：

   (1) 骨膜反应逐渐吸收，表明骨内病变好转。

   (2) 骨膜反应逐渐增厚，表明骨内病变进展或恶化。

5. 类型：

   (1) 连续性骨膜反应：

       ① 骨膜呈实性高密度层，范围固定，提示为长时间的良性过程。

       ② 见于骨样骨瘤、软骨母细胞瘤、骨髓炎等。

   (2) 断续性骨膜反应：表现为放射状、针状、三角形等，见于恶性病变如骨肉瘤等。

   (3) 单层骨膜反应：

① 为一层新生骨，表现为较淡的致密线，与骨皮质相隔 1~2mm，为良性标志。

② 见于骨折、急性骨髓炎等。

(4) 多层骨膜反应：

① 呈葱皮样。

② 恶性病变，见于富含细胞的肉瘤，如尤文氏肉瘤、骨肉瘤等。

③ 良性病变，可见于嗜酸性肉芽肿、急性化脓性骨髓炎、疲劳骨折等。

(5) 致密型骨膜反应：良恶性病变均可形成。致密附壁状，类似骨皮质增厚，也可呈波浪状致密影。

6. X 线平片：骨化后才能显示，约需 10 天~3 周。表现为骨皮质外新生骨，密度较高。

7. CT 所见与 X 线平片相似，但分辨力更高，能显示早期改变。

8. MRI 表现：

(1) 发现骨膜反应早于平片及 CT，且可分出不同类型的骨膜反应。

(2) 早期"晕征"，表现为 T2WI 低信号的骨皮质旁出现高信号环。

9. USG 表现：能显示未骨化的骨膜反应，表现为一薄层高回声线。

七、骨质坏死

1. 血供中断或理化因素造成骨组织局部代谢停止，形成死骨。

2. X 线平片、CT 上可见局限性骨质密度升高，高于相邻松质骨，边界清楚。

3. MRI 各序列上均为低信号。

八、关节肿胀

1. 关节积液、周围软组织炎症所致。

2. X 线表现：关节周围软组织肿胀、密度增高，关节间隙增宽。

3. CT 表现：

(1) 关节囊肿胀增厚，呈软组织密度。

(2) 关节积液表现为关节腔内水样密度影。

4. MRI 表现：

(1) 关节囊增厚，呈 T2WI 高信号。

(2) 周围软组织肿胀，呈 T1WI 低信号、T2WI 高信号。

(3) 关节积液，呈 T1WI 低信号、T2WI 高信号，合并出血可见不同信号液–液平面。

5. USG 表现：

(1) 关节囊扩张，关节腔增宽，腔内呈液性暗区。

(2) 合并出血或感染时，液性暗区内可见点状低回声或中等回声。

(3) 少量积液应与健侧对应部位进行比较判断。

九、关节破坏

1. 关节软骨或骨性关节面被病理组织取代。

2. X 线表现：

(1) 早期只累及关节软骨，可见关节间隙变窄。

(2) 关节面骨质破坏时，可见骨破坏形成低密度缺损区，关节面不光滑。

3. CT 表现：

(1) 软骨破坏，关节间隙狭窄。

(2) CT 可清晰显示细微的骨质破坏，关节面呈虫蚀样改变。

4. MRI 表现：

(1) 早期，软骨表面粗糙不平、局部变薄、软骨不连续、呈碎片状或破坏消失。

(2) 后期，骨性关节面破坏，见软骨下低信号线中断。

十、钙化

1. 在骨组织或软组织内出现的病理性钙盐沉积。

2. 软骨钙化：软骨基质中钙盐沉积，见于软骨类肿瘤。

3. 坏死组织钙化：坏死组织内钙盐沉积，如结核干酪性坏死。

4. 转移性钙化：高血钙症引起的多种组织钙盐沉积，特别是维生素 D 中毒引起的关节周围软组织钙化、肾小球肾曲小管钙化等。

5. X 线平片及 CT 可显示钙化的形态、范围，表现为高密度影，边界清晰锐利。

6. 钙化的形态因不同疾病而不同，具有特征性，对于定性诊断、鉴别诊断有意义。

十一、关节退行性变

1. X 线表现：

(1) 早期，骨性关节面模糊、中断、消失。

(2) 中期，广泛软骨坏死可引起关节间隙狭窄。

(3) 晚期，骨性关节面骨质增生硬化，骨赘形成。关节囊肥厚、韧带骨化。

2. CT 所见与 X 线平片相似。

3. MRI 表现：

(1) 显示软骨坏死、变薄、毛糙、局限性缺失较敏感。

(2) 骨性关节面中断、局部增厚，骨质增生、硬化、骨赘，各序列上均为低信号。

(3) 滑膜下假囊：位于关节面下，大小不等，小圆形，呈液体样信号，边缘清晰。

4. 影像记忆特征：间隙狭窄+骨质增生+滑膜下假囊形成。

十二、关节强直

1. 分骨性、纤维性强直两种。

2. 骨性强直：

(1) 关节破坏后，关节骨端由骨组织所连接。

(2) X 线平片表现：关节间隙明显变窄或消失，并有骨小梁通过关节连接两侧骨端。

(3) CT 诊断较困难。

(4) MRI 表现：关节软骨完全消失，关节间隙消失，可见骨髓贯穿于关节骨端之间。

3. 纤维性强直：

(1) 关节破坏后，关节两端纤维组织贯通，关节活动消失。

(2) X 线平片表现：关节间隙狭窄，无骨小梁贯穿。

(3) MRI 表现：关节骨端间可见混杂信号影，间隙存在。

第三节　运动系统创伤

一、骨折

1. X 线平片表现：

(1) 基本表现：

① 骨折线表现为锐利的、不规则的透亮线。

② 骨皮质不连续，骨小梁中断。

③ 正、侧位可观察对位、对线关系及有无旋转、分离、重叠等。

(2) 骨折的愈合：

① 1 周，纤维骨痂、骨样骨痂形成，X 线平片不能显示。

② 2~3 周，骨性骨痂形成，表现为断端外侧与骨干平行的梭形致密影，骨折线开始变得模糊不清。

③ 以后逐渐改建、恢复，3~4 个月时，骨痂结构趋于一致。

④ 半年后骨痂吸收、缩小。逐渐变为增厚的致密骨。

(3) 骨折并发症：

① 延迟愈合：骨痂出现延迟或不出现，骨折线长期存在。

② 畸形愈合：成角、旋转、缩短、延长等愈合。

③ 骨质疏松：失用性骨质疏松和肌萎缩，长期可引起功能障碍。

④ 骨坏死：供血动脉阻断所致，如股骨颈骨折常致股骨头无菌坏死、舟骨近段骨折导致舟骨缺血坏死等。

(4) 骨折不愈合：

① 因断端活动、软组织夹入、感染、过度牵引等原因引起。

② 萎缩型：断端变细、变尖、缩短，骨折端光滑，可见薄层骨质封闭髓腔。

③ 增生型：骨折端广泛增生硬化，见大量不规则骨痂形成，而没有骨痂桥连接。

2. CT 表现：

(1) 仅作为 X 线平片的补充方法。

(2) 对于复杂部位，如骨盆、颌面部、大关节、脊柱等骨折有独特价值。尤其三维重建，可直观表现骨折线、骨折碎片数目及位置等。

3. MRI 表现：

(1) 骨折周围软组织损伤、出血，周围脏器受损情况，是 MRI 在骨折检查中的优势。

(2) 骨髓水肿：表现为骨折线周围 T1WI 低信号、T2WI 高信号影，边界模糊。

4. 几种特殊类型的骨折：

(1) 压缩性骨折：局部条带状密度升高影，骨小梁紊乱，骨骼缩短、变形。

(2) 粉碎性骨折：骨质断裂在 3 块以上的骨折。

(3) 青枝骨折：骨皮质皱折、凹陷或隆突，局部骨小梁扭曲，见于儿童。

(4) Colles 骨折：桡骨远端 2~3cm 处横行骨折，远端向背侧移位，向掌侧成角。

(5) 肱骨髁上骨折：骨折线横过鹰嘴窝，远段向背侧移位。

(6) 肋骨骨折：单发或多发，骨折线呈锯齿状，常有移位，于切线位观察较好。

(7) 股骨颈骨折：老年人多见，断端常嵌入，股骨颈缩短。粗隆间骨折愈后较好；股骨头下型，常并发股骨头无菌坏死。

(8) 隐性骨折：

① 也叫骨挫伤、骨小梁骨折等，有明确的外伤史。

② 骨折后骨髓内沿骨折线有点状出血灶，好发于松质骨，病变主要位于骨骺区，有时延伸到干骺端。

③ X 线平片、CT 只能在 2~3 周后偶可显示骨折透亮线。

④ MRI 早期即可明确显示病变，表现为 T1WI 低信号、T2WI 高信号带状影，边界模糊。

⑤ SPECT 或 PET 见骨内出现高的活性区，可于数月后自行消退。

(9) 疲劳骨折：

① 也叫应力性骨折，是长期、连续、反复创伤所致。

② 多见于跖骨、胫骨上段。

③ 骨折线在平片、CT 显示为位于一侧骨皮质的横行透亮线，3-4 周后周围可见梭形骨痂及不规则硬化。

④ MRI 上骨折线为垂直于骨皮质的 T1WI、T2WI 低信号影，周围可见骨髓水肿，呈片状 T2WI 高信号，边界模糊不清。

⑤ SPECT 三相骨显像上，血池相局部血流增加，延迟相骨折部位出现卵圆形放射性浓聚。

(10) 病理性骨折：

① 指骨内病变破坏了正常骨质结构而发生的骨折。

② 常见于骨肿瘤、代谢性或营养性骨病等。

③ 可为自发性或轻微外伤所致。

④ X 线平片上可见模糊的骨折线，常伴有骨质疏松或骨质破坏。

⑤ CT、MRI 可显示原发病变的骨质或软组织改变。

(11) 假性骨折：见于骨质软化症，系骨内钙盐含量减少，骨密度减低所致，多见于股骨上段、耻骨支，表现为 1~2mm 透亮线，与骨皮质垂直。

二、骨骺损伤

1. 骨骺损伤的 Salter–Harris 分型：

I 型，骺离骨折，骺线增宽、骨骺与干骺端对位异常。

II 型，骨骺分离伴干骺端骨折，最多见，骨折片呈三角形，凸侧有骨膜撕裂。

III 型，骨骺骨折，属关节内骨折，骨折线自关节滑膜面开始，垂直穿越骨骺。

IV 型，骨骺和干骺端骨折，骨折线斜行贯穿骨骺、骺板、干骺端，致关节畸形。

V 型，骺板压缩性损伤，骺板变窄，早期影像难以诊断。

2. X 线平片与 CT 表现：

(1) 可见贯穿骨骺的透亮线或骨骺分离。

(2) 可判断骨折线是否累及骺板，从而估计预后，如 III、IV 型需手术整复。

3. MRI 表现：

(1) I 型，骺离骨折，表现为骺线增宽，在 T2WI 上表现为高信号线。

（2）其他骨折线表现为 T2WI 高信号、T1WI 低信号线。

（3）MRI 不仅可显示骨骺骨折类型，可判断对软骨、关节面、骺板等的影响，而且可显示伴发的关节软骨损伤、周围软组织损伤等。

三、肌腱与韧带损伤

1. 直接征象：

（1）X 线平片、CT 不能显示直接征象。

（2）MRI 可显示肌腱或韧带损伤的直接征象，是最可靠的检查方法。

（3）USG 表现：可见肌腱或韧带连续性中断，回声不均匀。

2. 间接征象：局部出血、关节积液等，在 CT、MRI、USG 上可清晰显示。

3. 伴发表现：

（1）附着处撕脱性骨折、关节不稳或脱位等，X 线平片、CT、MRI 均可诊断。

（2）骨与软骨挫伤、半月板损伤 MRI 显示较好。

（3）软组织挫伤、血肿等，CT、MRI 可发现相应表现。

4. 肩袖撕裂：

（1）是构成肩袖的肌腱急性或慢性损伤引起的临床综合症。

（2）岗上肌腱撕裂常见，重者可累及肱二头肌长头、岗下肌腱，出现滑膜表面撕裂。

（3）主要检查方法为肩关节造影和 MRI 检查。

（4）部分性撕裂：

① 撕裂位于肌腱内，与表面不相通。

② MRI 在 T2WI 脂肪抑制序列，表现为肌腱内部线样高信号影。

③ 肌腱边缘清楚，关节囊、滑膜囊不受累。

（5）完全性撕裂：

① 撕裂贯穿肩袖全层，肩峰下滑囊与盂肱关节囊直接相通。

② MRI 在 T2WI 脂肪抑制序列，可见线样高信号影，穿越肩袖肌腱，由肩峰下滑膜囊进入到盂肱关节囊内。

③ 严重时，冠状位可显示肩峰下滑膜囊积液，及岗上肌、岗下肌腱的回缩。

5. 腕管综合征：

（1）病理与临床：

① 腕管缩小或内容物增大造成的临床综合症。

② 可见于 colles 骨折、腕骨骨折、腕掌关节骨折、屈肌腱鞘炎、滑膜囊肿等。

③ 30~60 岁的女性多发。

④ 主要表现为手、腕痛、麻，夜间尤重，1~4 指桡侧感觉过敏，晚期手肌萎缩。

⑤ 肌电图有助于诊断。

（2）MRI 表现：

① 横轴位、T2WI 显示最好。

② 正中神经卡压直接征象：近端增粗，远端变扁，T2WI 信号升高。

③ 腕管内容物增大，表现为掌侧环状韧带膨隆。

④ 其它病变可有相应表现：

　　a. 腱鞘炎，表现为腱鞘肿胀增粗，腱鞘内有液体 T1WI 低信号、T2WI 高信号。

b. 滑膜囊肿，可见类圆形病变，内部为均匀 T1WI 低信号、T2WI 高信号影。

c. 各种相关骨折可显示骨折线、骨折碎片的移位及与腕管的关系。

⑤ 常伴关节积液，表现为均匀 T1WI 低信号、T2WI 高信号影。

6. 膝关节前、后交叉韧带撕裂：

(1) 完全撕裂：

① 肌腱或韧带连续性中断、扭曲、呈波浪状、或挛缩呈结节状、假瘤状。

② 在 T1WI 上呈低信号，T2WI 信号明显升高。

③ 肌腱或韧带移位、肿胀、边缘模糊。

(2) 部分撕裂：肌腱或韧带部分连续，断裂处增粗模糊，T2WI 信号不均匀性升高。

7. 膝关节内侧副韧带撕裂：

(1) 较薄弱，易损伤，对关节稳定性影响较大。

(2) 临床根据关节稳定性分为 1~3 级，其中 I 级关节稳定，III 级关节显著不稳。

(3) X 线平片表现：

① 膝关节应力位拍片，测量内侧关节间隙。

② 大于 5mm，出现关节不稳，大于 10mm，关节显著不稳。

(4) MRI 表现：

I 级，局部皮下水肿，皮下脂肪层内出现片状 T2WI 高信号，T1WI 低信号。

II 级，韧带 T2WI 信号升高，与周围脂肪分界不清，滑囊内见少量积液表现。

III 级，韧带连续性中断。

四、半月板损伤

1. X 线平片、CT 对半月板损伤价值不大。

2. USG 表现：半月板内见线样强回声，严重时边缘变形、凹陷。

3. MRI 可直接显示半月板病变。

(1) 正常半月板在任何序列上均匀低信号，呈蝴蝶结样小三角形。

(2) 半月板损伤在 MRI 上分为以下三类：

① 变性，半月板内小点状、片状 T2WI 高信号影。

② 损伤，半月板内水平走行的线样 T2WI 高信号影，累及关节囊缘。

③ 撕裂，半月板内线样、带状 T2WI 高信号影，上下贯通到关节面。

(3) 半月板 MRI 信号改变分级标准：

0 级：正常半月板，表现为均匀的低信号，且形态规则。

I 级：不累及半月板关节面的椭圆形或球状的信号增高影。

II 级：水平的线样高信号，延伸至关节囊缘，但未达到关节面。

III 级：半月板内的异常高信号累及关节面。

4. 影像记忆特征：正常黑色蝴蝶结出现高信号提示损伤或撕裂。

五、盘状半月板

1. 病理：

(1) 盘状半月板是一种先天异常，外侧半月板发生率较高。

（2）形态学上主要是半月板的增宽、增大、增厚。

（3）盘状半月板不利于膝关节压力的传导，常合并半月板撕裂。

2. 临床：

（1）即使没有外伤史，也可有症状，一般发病年龄较小。

（2）主要表现为弹响、关节伸屈受限。

（3）撕裂时出现疼痛、无力、关节绞锁。

3. MRI 表现：

（1）矢状位：5mm 层厚扫描，连续三层以上半月板前后角相连，呈带状。

（2）外缘明显增厚，超过对侧 2mm 以上。

（3）冠状位：中部最窄处增宽，宽度≥15mm，约占整个胫骨平台宽度的 20%以上。

（4）合并半月板损伤、撕裂多见，见半月板内部高信号影，可达关节滑膜面。

4. 影像记忆特征：

（1）前后，前后角贯通超过 3 层（5mm 层厚）；

（2）上下，上下缘增厚，大于健侧 2mm；

（3）内外，最大宽度≥15mm（冠状位）。

六、关节脱位

1. 是指关节构成骨的脱离、移位。

2. 病因：先天性、病理性、创伤性。

3. X 线平片表现：关节间隙增宽，远端构成骨移位，基本可以明确诊断。

4. CT 共性表现：同 X 线平片。仅用于复杂部位的检查，如胸锁关节、骶髂关节等。

5. MRI 共性表现：

（1）关节间隙增宽，关节腔内见 T2WI 高信号液体影，多方位成像可显示移位情况。

（2）可显示伴发的软组织损伤、周围脏器损伤等。

6. 肩关节脱位：最常见的是肱骨头前下脱位，又叫盂下脱位，常合并肱骨大结节骨折。

7. 肘关节脱位：关节过伸引起，儿童多见，常为后脱位。尺桡骨同时向后脱位，尺骨鹰嘴脱离肱骨滑车。

8. 髋关节脱位：

（1）后脱位最多见。股骨头向后冲击，伴后部髋臼骨折，韧带、关节囊、血管损伤。

（2）先天性髋关节脱位最常见，表现为以下几点：

① 股骨头骨化中心发育不良，股骨头向外上方移位。

② 髋臼顶部发育不良，髋臼角增大：髋臼上下缘连线与通过双侧 Y 形软骨连线的夹角，正常新生儿 30°、3 岁时 20°、成人 10°，先天性髋关节脱位时可达 50°以上。

③ 前倾角加大，正常 15~20°。

④ 患侧股骨发育细小，颈干角加大，正常时 120~130°。

⑤ Shenton 线不连续：闭孔上缘与股骨颈内缘连线，正常时呈光滑的圆形弧线。

第四节　骨关节系统炎症

一、急性化脓性骨髓炎

1. 病因：

　(1) 金黄色葡萄球菌感染。

　(2) 血行播散或软组织感染直接蔓延而来，还可见于开放性骨折继发感染。

2. 临床：

　(1) 急性起病，全身感染症状明显。

　(2) 患肢疼痛、活动障碍，局部红肿热痛，压痛阳性。

3. X 线平片表现：

　(1) 骨质疏松：首先发生于干骺端，并见周围软组织肿胀，皮下脂肪层内网状阴影。

　(2) 骨质破坏：

　　① 干骺端出现多个小骨质破坏区，呈片状低密度影。

　　② 破坏区相互融合，并向骨干方向蔓延。

　　③ 破坏区内骨小梁模糊、消失，密度减低。

　(3) 死骨形成：破坏区内可见到小片状、长条状高密度影，边界清楚。

　(4) 骨质增生：骨质破坏的同时，破坏区周围可见骨质增生，密度增高。

　(5) 骨膜反应：骨皮质表面见葱皮状、花边状、放射状致密影，与病变范围一致。

4. CT 表现：

　(1) 早期即可显示软组织肿胀、骨膜下脓肿、骨髓腔密度增高。

　(2) 可及时发现细小骨质破坏和死骨。

5. MRI 表现：

　(1) 优势为明确髓腔侵犯和周围软组织感染范围。

　(2) 骨髓充血、水肿、渗出、坏死，表现为 T1WI 低信号，边界模糊。

　(3) 周围软组织感染在 T2WI 上呈明显高信号，可清晰显示沿肌间隙扩散范围。

　(4) 增强扫描，脓肿壁环形强化。

6. SPECT 表现：骨四相显像，血流像、血池像、2 小时延迟像和 24 小时延迟像均表现为放射性增高趋势；疾病早期可出现显像剂分布缺损。

7. USG 表现：

　(1) 早期可见骨膜下脓肿液性暗区，局部骨膜被抬高并增厚。

　(2) 骨质破坏，皮质回声中断紊乱，骨质中见不规则低回声，夹杂强回声点。

　(3) 周围软组织肿胀增厚，回声减低，有脓肿时，可见无回声区。

8. 影像记忆特征：急性炎症的全身表现+疏松、破坏、死骨、骨膜反应。

二、慢性骨髓炎

1. 概念：急性化脓性骨髓炎迁延不愈，可出现窦道，可达数年甚至数十年。

2. 临床：全身症状轻微，局部肿痛、窦道形成。

3. X 线平片表现：

(1) 脓腔死骨：圆形、类圆形的骨质破坏区，边缘光滑清楚，内部见死骨高密度影。

(2) 增生硬化：脓腔周围增生硬化，密度向周围逐渐减低；骨内膜增生，髓腔缩小。

(3) 骨膜反应：骨外膜增生，与骨皮质融合，致骨干增粗，轮廓呈花边样不规则形。

(4) 两种特殊表现：

   ① 硬化性骨髓炎：骨质增生硬化，皮质增厚、髓腔狭窄闭塞，骨干梭形增粗，难发现死骨。又称 Carre 骨髓炎。

   ② 慢性骨脓肿：长骨干骺端类圆形骨质破坏区，边界整齐，有硬化边，无死骨，无骨膜反应。又称 Brodi 骨脓肿。

4. USG 表现：

(1) 皮质强回声带增强，表面不平，瘘孔处皮质回声中断缺损。

(2) 死骨形成：孤立性点、片状或块状强回声，后方伴声影，周围弱回声带包绕。

5. CT 表现：同 X 线平片，且更敏感。

6. MRI 表现：

(1) 破坏区：活动病变水肿、脓液 T1WI 低信号、T2WI 高信号，增强后无变化。

(2) 修复区：肉芽组织呈 T1WI 低信号、T2WI 高信号，增强后信号升高。

(3) 死骨：在所有序列上均为低信号，增强后无变化。

(4) 可显示窦道。

7. 影像记忆特征：破坏、修复并存，增生明显，髓腔缩小，骨膜反应显著。

三、化脓性关节炎

1. 病理：

(1) 多由金黄色葡萄球菌血行播散至滑膜或骨髓炎侵犯关节所致。

(2) 多见于承重关节，如膝关节，常单发。

(3) 滑膜充血、水肿，关节腔内大量渗出液，含纤维素及中性粒细胞。

2. 临床：

(1) 急性发病。

(2) 关节局部红肿热痛及功能障碍。

(3) 全身中毒症状明显，如寒战、高热、白细胞升高等。

3. X 线平片表现：

(1) 早期，周围软组织肿胀，关节积液、间隙增宽，局部骨质疏松。

(2) 病变进展，软骨破坏，关节间隙狭窄。

(3) 中期，软骨下骨质破坏，承重部位较早出现小透亮区，并可形成死骨。

(4) 愈合期，病变区开始修复，骨质增生硬化，骨质疏松消失。

4. USG 表现：

(1) 关节腔液性暗区增宽，内见点状低、中等回声。

(2) 骨质破坏则强回声连续性中断，不光整，可见局限性缺损。

(3) 软骨破坏时，软骨回声不均匀，可见不规则低回声。

(4) 关节周围软组织内可见无回声区。

5. CT 表现：可显示关节肿胀、积液、骨质破坏、死骨、侵犯范围。

6. MRI 表现：

(1) 可显示滑膜炎症、关节积液、周围软组织受累范围。

(2) 可显示关节软骨的破坏。

7. 影像记忆特征：发病急、症状重，间隙变窄较早，中期承重面破坏，晚期骨性强直。

四、关节结核

1. 病理：

(1) 多为继发性感染，可分两类，渗出型和增殖型。

(2) 滑膜充血，表面粗糙，常有纤维素性渗出物或干酪样坏死物所被覆。

(3) 常单发，髋关节及膝关节多见。

2. 临床：

(1) 儿童和青年多发，起病慢，病程长。

(2) 局部疼痛和肿胀，关节活动受限，关节肿胀+肌肉萎缩，典型表现为"仙鹤腿"。

3. X 线平片表现：

(1) 骨型关节结核：

① 有骨端结核的征象。

② 关节周围软组织肿胀、关节间隙不对称性狭窄。

③ 关节骨质破坏，起于边缘部。

(2) 滑膜型关节结核：

① 早期：关节囊增厚，周围软组织肿胀，密度增高。间隙正常，邻近骨质疏松。

② 进展期：

    a. 非承重部骨性关节面破坏，呈虫蚀样，边缘模糊，上下骨面对称受累。

    b. 骨性关节面破坏在先，关节软骨破坏和间隙变窄出现较晚，可发生半脱位。

    c. 局部可见明显骨质疏松，肌肉萎缩变细。

    d. 关节周围软组织内可见寒性脓肿形成，可穿破关节囊，形成瘘管。

③ 晚期，关节面骨质边缘变得锐利，增生硬化，严重时常遗留纤维性关节强直。

4. USG 表现：

(1) 局部骨皮质强回声连续性中断，不光整，可见局限性缺损。

(2) 软骨回声不均匀增强，可见变薄或缺损。

(3) 滑膜可见不规则增厚，回声增强。

(4) 关节腔液性暗区增宽，内见点状低、中等回声。

(5) 关节周围软组织可见厚壁低或无回声区，内可见点片状强回声。

5. CT 表现：

(1) 骨性关节结核，骨质破坏性表现类同于骨端结核。

(2) 滑膜型关节结核：

① CT 见肿胀增厚的关节囊和关节周围软组织呈等密度，关节积液呈水样密度。

② 骨性关节面可见毛糙的虫蚀样骨质破坏。

③ 关节周围的冷脓肿表现为略低密度影，增强后，呈不规则厚壁环状强化。

6. MRI 表现（主要用于滑膜型关节结核）：

(1) 早期：

① 关节周围软组织肿胀，肌间隙模糊，并可见大量关节积液。

② 滑膜增厚，呈 T1WI 低信号、T2WI 略高信号，增强扫描明显强化。

  (2) 晚期：

    ① 关节软骨破坏，可见软骨不连续，碎裂或大部消失。

    ② 关节腔内、骨破坏区内可见肉芽组织增生，呈 T1WI 低等信号，T2WI 略高信号，可明显强化。

    ③ 干酪坏死，呈 T1WI 均匀低信号，T2WI 等高混合信号。

    ④ 结核冷脓肿，T1WI 低信号、T2WI 高信号，增强后边缘不规则环形强化。

7. 影像记忆特征：起病慢，非承重部位对称性骨质破坏，间隙变窄较晚，冷脓肿。

五、骨结核

1. 病理：渗出性、增殖性、干酪样坏死性病变。

2. 临床：起病慢，多为单发。局部肿痛和功能障碍，全身结核中毒症状、血沉加快。

3. X 线平片表现：

  (1) 骨骺及干骺端结核–中心型：

    ① 好发于骨骺干骺端。

    ② 早期即可见局限性骨质疏松现象，随后可出现点状骨质吸收区。

    ③ 相互融合成局限性、类圆形、边缘清楚的骨质破坏区，骨膜反应轻微。

    ④ 骨质破坏区内可见碎屑状高密度影，边缘模糊，称之为"砂粒状"死骨。

    ⑤ 病变容易向关节发展，形成关节结核，可破坏骨皮质和骨膜，形成瘘管。

  (2) 骨骺及干骺端结核–边缘型：

    ① 多见于骺板愈合后的骺端。

    ② 早期可见局限性骨质吸收低密度区，进展后形成骨质缺损灶伴薄层硬化边。

    ③ 周围软组织肿胀。

  (3) 短骨骨干结核：

    ① 多见于 5 岁以下儿童。

    ② 多累及掌骨、近节跖骨、指（趾）骨，常为双侧、多发。

    ③ 早期，软组织梭形肿胀，局部骨质疏松。

    ④ 特征性表现：骨内囊性破坏区，皮质变薄，骨干膨胀增粗，呈"骨气鼓"征。

    ⑤ 病灶边缘清楚，可有轻度硬化，可见层状骨膜增生，很少出现死骨。

4. CT 表现：

  (1) 松质骨内骨质破坏区呈穿凿样低密度。

  (2) 死骨：破坏区内多发小斑片状高密度影，呈砂粒样。

  (3) 周围软组织肿胀为等低密度。

  (4) 结核冷脓肿密度低于肌肉，增强后边缘呈不规则环状强化。

5. MRI 表现：

  (1) 多平面成像，对骨质破坏区与关节的关系显示较好。

  (2) 周围脓肿，呈 T1WI 低信号、T2WI 高信号，壁可强化。

6. 影像记忆特征：

  (1) 持续性骨质疏松+局限性骨质破坏+砂粒样死骨+寒性脓肿。

  (2) 短骨骨干结核：骨气鼓征。

第五节　骨关节肿瘤

一、骨关节肿瘤分类

组织来源	常见良性肿瘤	常见恶性肿瘤
骨组织	骨瘤	骨肉瘤
	骨样骨瘤	
	良性成骨细胞瘤	恶性成骨细胞瘤
软骨组织	骨软骨瘤	软骨肉瘤
	软骨瘤	
	软骨粘液纤维瘤	
	软骨母细胞瘤	
纤维组织	成纤维性纤维瘤	纤维肉瘤
	生骨纤维瘤	
	非生骨纤维瘤	
组织细胞	纤维组织细胞瘤	恶性纤维组织细胞瘤
破骨细胞	骨巨细胞瘤 I 级	骨巨细胞瘤 II~III 级
血管来源	血管瘤	血管肉瘤
	淋巴管瘤	
神经来源	神经纤维瘤	恶性神经鞘瘤
	神经鞘瘤	
脂肪来源	脂肪瘤	脂肪肉瘤
脊索来源	脊索瘤	恶性脊索瘤
其他来源	良性间充质瘤	成血管细胞瘤
		滑膜肉瘤
		横纹肌肉瘤
		平滑肌肉瘤

二、良恶性骨肿瘤鉴别要点

1. 生长特点：良性膨胀性生长；恶性侵袭性生长。
2. 肿瘤边界：良性清楚，有硬化边，皮质变薄；恶性边缘虫蚀状骨皮质破坏。
3. 内部结构：
   (1) 良性可见规则的、结构性骨小梁。
   (2) 恶性为无结构的、棉团状、云絮状高密度影。
   (3) 软骨钙化，良性者规则清晰，恶性者模糊、不规则。
4. 骨膜反应：良性者为连续、单层反应；恶性者为断续性、葱皮样、放射状。
5. 软组织块：良性不累及，恶性常有软组织肿块形成，边界不清，内可见瘤骨。

6. 生长速度：良性慢，恶性快。

7. 转移：良性无，恶性多见。

8. 超声声像图：

    (1) 良性肿瘤：与正常骨相似或为低回声，透声好，后方衰减不明显，血流不丰富。

    (2) 恶性肿瘤：回声不均匀，可侵犯软组织，透声性差，后方衰减明显，血流丰富。

9. PET：

    (1) 对全身各部位良恶性肿瘤的鉴别都具有一定特异性。

    (2) 恶性肿瘤摄取 ^{18}F-FDG 增加，高于周围正常组织，显示出明显的异常浓聚区。

    (3) SUV>2.5 是恶性肿瘤的重要标志。

三、骨软骨瘤

1. 病理：

    (1) 附着在干骺端的骨性突起，又称外生骨疣，占良性骨肿瘤的 31%。

    (2) 肿瘤由骨性基底、软骨帽、纤维包膜三部分组成。

    (3) 基底部内为松质骨、表面有骨膜，均与正常母体骨相应部分延续。

    (4) 顶部为透明软骨，称软骨帽，呈菜花状，可钙化，甚至完全骨化，与年龄相关。

2. 临床：

    (1) 70%以上于 20 岁以前发病。

    (2) 常无症状，或无痛性缓慢生长的肿块，较大时可压迫邻近骨骼移位、变形。

3. X 线平片表现：

    (1) 好发于长骨干骺端，背离关节方向生长。

    (2) 呈骨皮质向外延伸突出的骨性赘生物，其内可见骨小梁，与母体骨小梁延续。

    (3) 软骨帽不显影，仅可见基底部顶端外缘多发点状、环状钙化的致密影。

4. CT 与 X 线平片表现相似，可显示上述特征性结构，CT 显示钙化更好，增强无变化。

5. MRI 表现：

    (1) 主体表现与 X 线平片、CT 表现相似。

    (2) MRI 价值在于软骨帽的显示，呈 T1WI 低信号，脂肪抑制 T2WI 为明显高信号。

    (3) 软骨帽厚度>2cm，提示恶性变。

6. 影像记忆特征：骨端赘生物，小梁相延续。

四、骨巨细胞瘤

1. 病理：

    (1) 是一种局部侵袭性肿瘤，大部分为良性，少数恶性。

    (2) 病理上主要由单核基质细胞和多核巨细胞组成，前者决定肿瘤性质。

    (3) 好发于四肢长骨骨端和愈合后的骨骺部。

    (4) 局部骨皮质变薄呈壳状，常囊变，富血管，易出血，可穿破皮质形成软组织块。

2. 临床：

    (1) 成人发病，儿童、少年少见，好发年龄 20~40 岁。

    (2) 主要表现：患部疼痛、压痛、肿胀，压之有乒乓球感。

3. X 线平片表现：

(1) 常侵犯骨端，病变可达骨性关节面，甚至包绕整个关节，为其特征之一。

(2) 膨胀性、多房性、偏心性溶骨性骨质破坏，破坏区骨壳变薄，轮廓完整，内有骨嵴，呈"皂泡状"改变。

(3) 无骨膜反应，无增生硬化，无钙化。

(4) 恶变时，可见较大软组织块形成、骨性包壳或骨嵴残缺不全、骨膜增生显著、出现Codman 三角。

4. CT 表现：

(1) 显示骨壳较 X 线平片更清晰、更多。

(2) 瘤内密度不均，主体为软组织密度，可见坏死、囊变区及液–液平面。

(3) 肿瘤与松质骨界面清晰，无骨质增生硬化边。

5. MRI 表现：

(1) MRI 优势在于观察软组织肿块、关节软骨、关节腔及骨髓腔受累情况。

(2) 肿瘤边界清楚，周围无低信号（硬化）环。

(3) 瘤内呈 T1WI 低信号、T2WI 高信号，有分隔，出血时为高低混杂信号，无特异性，增强后可强化。

6. 影像记忆特征：骨端偏心性生长，膨胀性溶骨性破坏，薄壁皂泡样改变。

五、骨样骨瘤

1. 病理与临床：

(1) 肿瘤中心为 0.5~2cm 大小的骨样组织瘤巢，周围是增生硬化的骨质。

(2) 全身各骨均可发病，胫骨、股骨多见，好发于干骺端、骨皮质。

(3) 男性多于女性，10~30 岁多发。

(4) 疼痛，尤其是夜间痛为主要特征，口服阿司匹林可缓解。

2. X 线平片表现：

(1) 瘤巢呈略低密度，类圆形，大小 0.5~2cm，周围为宽厚的增生硬化带。

(2) 病变区可见骨膜反应。

3. CT 表现：可显示 X 线平片以上征象，并内部可见点状钙化。

4. MRI 表现：

(1) 瘤巢为不均匀 T1WI 低、T2WI 高信号，增强后可强化，钙化低信号，无强化。

(2) 瘤巢周围骨质硬化为低信号。

(3) 瘤周骨髓、软组织内充血、水肿，呈 T1WI 低信号、T2WI 高信号，可强化。

5. 影像记忆特征：瘤巢周围增生硬化，夜间疼痛。

六、软骨瘤

1. 病理：

(1) 单发性：为一种胚胎性异位组织引起的肿瘤。

(2) 多发性：是骨骼发育过程中异位的骨骺板发展而来。

(3) 内生软骨瘤：发生于骨髓腔内。

(4) 外生软骨瘤：发生于骨皮质或骨膜下。

(5) 肿瘤成分为软骨细胞和基质，属良性肿瘤。

2. 临床：

(1) 手足短管状骨多发。多发性软骨瘤有一侧多发的倾向。

(2) 病程长，局部骨性肿块，轻微疼痛，局部皮肤正常，较大者患部活动障碍。

3. X 线平片表现：

(1) 病变起于干骺端，向骨干方向蔓延。

(2) 骨质破坏呈膨胀性、边界清楚的透亮区，为多房性，有硬化缘。

(3) 中心部常见砂粒样、小环状钙化，呈略高密度。

(4) 周边可见较薄的骨壳，可偏心性膨出，无骨膜反应。

4. CT 表现：

(1) 髓腔内软组织病变，密度略低于肌肉组织，增强时可见轻度强化。

(2) 瘤内钙化，呈小环状、点状、不规则形略高密度影。

(3) 邻近骨皮质膨胀、变薄，边缘光滑整齐，内缘呈多发弧形，凸凹不平。

5. MRI，显示内生软骨瘤最好：

(1) 肿瘤主体呈 T1WI 低信号、T2WI 高信号，外缘呈多个弧线状，增强时可见强化。

(2) 斑点状、小环状低信号影代表钙化。

(3) 肿瘤周边有 T2WI 低信号环包绕。

6. 影像记忆特征：手足短骨多发，髓腔内肿块，弧线状外缘，环状钙化。

七、软骨母细胞瘤

1. 病理与临床：

(1) 肿瘤由软骨母细胞组成，基质内可见窗格状、花边状钙化，属于良性肿瘤。

(2) 80%病例发生于 11~30 岁，以四肢长骨主要是股骨、肱骨骨骺部多见。

(3) 病程长，症状轻，邻近关节积液、局部疼痛、肿胀、活动受限等。

2. 影像表现：

(1) 病变部位：愈合后的骨骺，偶见突破软骨进入关节，或跨越骺板向骨干发展。

(2) 骨质破坏：类圆形，直径<5cm，膨胀不明显，可呈分叶状或多房性，边界清楚，常有硬化边。

(3) 钙化：近半数可见钙化，呈小点状、斑片状略高密度影，以 CT 显示更好。

(4) 软组织块：CT 略低密度，T1WI 低信号、T2WI 高信号，不均匀，可有强化。

(5) MRI 还可显示邻近关节积液、周围骨髓水肿的 T2WI 高信号，边界不清。

3. 影像记忆特征：骨骺内圆形破坏灶，CT 可见小片状钙化。

八、骨肉瘤

1. 病理：

(1) 可分为成骨型、溶骨型、混合型和皮质旁骨肉瘤。

(2) 多发于干骺端，最常见于股骨下端、胫骨上端。

(3) 由髓腔开始发生不规则的骨破坏和增生。

(4) 病变向骨干方向发展，破坏骨皮质，侵入骨膜，出现骨膜增生。

(5) 肿瘤破坏骨膜新生骨。

(6) 侵入周围软组织，则形成肿块，其中可见瘤骨。

2. 临床：

(1) 多见于青少年，男性较多。

(2) 临床表现：疼痛、肿胀和功能障碍。进展迅速，转移早，预后差。

(3) 化验：血碱性磷酸酶升高。

3. X 线平片表现：

(1) 成骨型：

① 主要是瘤骨增生，呈广泛的大片状、云絮状致密影，严重者象牙质变。

② 骨皮质破坏，骨膜增生呈放射状，软组织肿块中瘤骨明显。

(2) 溶骨型：

① 以骨质破坏为主，呈不规则大片溶骨性骨质缺损，边界不清。

② 骨皮质受侵早期即可虫蚀状破坏，范围较广。

③ 骨膜增生再破坏而边缘部残留，形成 Codman 三角。

④ 软组织肿块内大多无瘤骨生成。

(3) 混合型：上述两型并存。

4. CT 表现：

(1) 骨质破坏：松质骨内斑片状骨质缺损，骨皮质虫蚀状、斑片状破坏、缺损。

(2) 骨质增生：松质骨内不规则的斑片状高密度影，骨皮质增厚。

(3) 软组织肿块：常围绕病骨生长，边缘模糊，其内常见大小不等的坏死囊变区。

(4) 瘤骨：分布在骨破坏区和软组织肿块内的大片状、云絮状致密影，CT 值>150Hu。

(5) 增强扫描：肿瘤实质非骨化部分明显强化。

5. MRI 表现：

(1) T2WI 上骨质破坏、骨膜反应，为不均匀的高信号。

(2) T1WI 大多数骨肉瘤为不均匀低信号。

(3) 瘤骨和瘤软骨钙化，在 T1WI、T2WI 上均为低信号。

(4) 软组织肿块：外形不规则，边缘多不清楚。

(5) MRI 可显示肿瘤在髓腔内和关节腔的蔓延及与周围血管神经的关系。

6. 皮质旁骨肉瘤：

(1) 附着于骨皮质的低度恶性肿瘤。

(2) 多发于长骨干骺端，以股骨下端、胫骨上端多见。

(3) X 线平片表现：

① 干骺端周围分叶状肿块，密度不均，常包绕骨干生长。

② 侵犯周围软组织时，可见瘤骨，呈棉絮状高密度影。

③ 累及骨皮质时，可见溶骨性骨质破坏，出现局部骨膜反应。

(4) CT 表现：显示骨皮质破坏、瘤骨形成、钙化及软组织包绕。

(5) MRI 表现：

① 肿瘤呈 T1WI 低信号、T2WI 高信号，瘤骨、钙化为低信号。

② MRI 可显示髓腔侵犯范围，增强后肿瘤实质轻度强化。

7. 影像记忆特征：骨质破坏+瘤骨形成+软组织肿块+骨膜反应+Codman 三角。

九、尤文氏肉瘤

1. 病理与临床：
 (1) 高度恶性骨肿瘤，对放疗敏感，常用放疗敏感性来确诊（治疗性诊断）。
 (2) 源于髓腔，与红髓分布有关，生长迅速，出血坏死多见，早期即可转移。
 (3) 20 岁前好发生于长骨干骺端，20 岁以后好发于扁骨。男女发病相近。
 (4) 局部红肿热痛，类似骨髓炎；全身症状类似感染，如发热、WBC 升高等。

2. X 线平片表现：
 (1) 骨质破坏：斑点状、虫蚀样骨质破坏，周围骨皮质筛孔样、花边样缺损。
 (2) 骨膜反应：明显的葱皮样骨膜反应，可出现 Codman 三角，可出现放射状骨针。
 (3) 骨质增生：肿瘤常造成骨内反应性骨质增生，甚至呈象牙样骨质硬化。
 (4) 继发改变：骨质疏松，无瘤骨。
 (5) 软组织块：迅速出现软组织块，包绕骨干，呈类圆形、分叶状向外扩展，大小与骨破坏不成比例。

3. CT、MRI 表现：
 (1) 可见大片状骨质破坏区，局部骨皮质呈虫蚀样改变，并伴有片状骨质硬化区。
 (2) 早期可见较大软组织肿块，CT 等密度，有不同程度强化。
 (3) 瘤体呈 T1WI 低信号、T2WI 高信号，内部信号不均，骨皮质中断，呈不规则破坏。
 (4) MRI 可准确判断骨髓腔内病变范围、水肿范围及周围软组织病变大小。
 (5) CT、MRI 可发现骨髓、肺内及其他部位的转移病变。

4. 影像记忆特征：
 临床类似炎症+溶骨性破坏+软组织肿块+骨膜反应+骨质增生+放疗敏感。

十、软骨肉瘤

1. 病理与临床：
 (1) 分型：
  ① 中心型：发生于髓腔内，呈中心性生长。
  ② 边缘型：发生在骨表面。
  ③ 原发型：中心型常见于原发型，少数由内生性软骨瘤恶变而来。
  ④ 继发型：边缘型以继发性为多，主要是多发骨软骨瘤恶变形成。
 (2) 凡软骨内化骨的骨骼均可发生。发病年龄较广，男性多于女性。
 (3) 以骨质破坏、软组织块形成为主，其中富含软骨，软骨常发生环状钙化。
 (4) 以疼痛、肿胀为主，局部可见较硬肿块。

2. X 线平片表现：
 (1) 骨质破坏：骨皮质内缘分叶状或扇形缺损，呈溶骨性破坏，具有特征性。
 (2) 软骨钙化：为棉絮状高密度影，具有定性价值。
 (3) 骨膜反应：邻近骨皮质变薄，甚至破坏，可有轻度骨膜反应，或 Codman 三角。

3. CT 表现：
 (1) 中心型：髓腔混合密度，巨大软组织块内点状环状半环状钙化影，具有特异性。

(2) 边缘型：原骨软骨瘤增大，骨帽模糊、增厚，软组织肿块，密度不均。

(3) 增强：边缘强化，可见强化的分隔伸入肿块内部。

4. MRI 表现：

(1) 肿瘤呈 T1WI 低信号，T2WI 明显高信号，内部信号不均，可见点片状低信号区。

(2) 累及周围软组织时形成肿块，内部可见极低信号钙化影。

(3) 髓腔受累，呈 T1WI 低信号、T2WI 高信号，边界清楚，与骨皮质交界区呈扇形。

5. DSA 表现：

(1) 多个小动脉环抱肿块，形成多个弓形血管影。

(2) 毛细血管期出现肿瘤染色，可明确显示肿瘤范围和边界。

(3) 肿瘤内部可见弯曲、扩张的肿瘤血管。

6. 影像记忆特征：

骨皮质内缘扇形缺损区+髓腔内外软组织肿块+棉絮状半环状钙化。

十一、多发性骨髓瘤

1. 病理：

(1) 发生于多骨、多个部位。

(2) 起源于骨髓网状细胞，骨髓内浆细胞增生，又叫多发浆细胞瘤。

(3) 首先累及红髓，于骨盆、颅内、脊柱等不规则骨多见，早期弥漫性浸润，后期破坏骨皮质，形成多中心骨质缺损，无瘤骨形成。

2. 临床：

(1) 老幼都可发生，男：女=2：1。

(2) 典型表现：全身性骨痛+软组织肿块+病理性骨折。

(3) 其他表现：急慢性肾功能衰竭，反复感染、贫血，多发性神经炎等。

(4) 化验检查：RBC、WBC、PTS 降低；ESR 升高；本周氏蛋白阳性，骨髓涂片见骨髓瘤细胞。

3. X 线平片表现：

(1) 早期，广泛骨质疏松，常伴病理性骨折。

(2) 多发穿凿样、溶骨性骨质破坏，边界清楚，可相互融合。

(3) 病变局部骨皮质变薄，无硬化边缘，无骨膜反应。

4. CT 表现：

(1) 较 X 线平片更敏感，可发现更早期的小病变。

(2) 弥漫分布、边界清楚、溶骨性骨质破坏区，大小不等，局限性软组织块形成。

(3) 胸骨、肋骨常表现为膨胀性改变。

5. MRI 表现：

(1) 对骨髓病变敏感，早期即可发现，利于定性诊断、早期诊断、确定病变范围。

(2) 单个病变呈边界清楚的 T1WI 低信号，T2WI 明显高信号，脂肪抑制序列更明显。

(3) 多发病变，较小时表现为多发的、散在分布于骨髓腔内的、点状 T1WI 低信号，呈"椒盐征"，具有一定的特异性。

(4) 增强扫描：病变内部中度强化。

6. 影像记忆特征：

骨质疏松+多发穿凿样骨质破坏+边界清楚+无硬化无骨膜反应+病理性骨折。

十二、骨转移瘤

1. 病理与临床：

　(1) 远较骨原发肿瘤多见，易发生在血运丰富的红髓松质骨内（选择性转移）。

　(2) 多数恶性肿瘤可发生骨转移，厌骨性肿瘤例外，如皮肤、消化道、子宫恶性肿瘤等。

　(3) 主要表现为持续性骨痛，夜间重，病理性骨折，局部压迫及恶性肿瘤的全身症状。

2. X 线平片表现：

　(1) 溶骨型：

　　① 早期：松质骨内虫蚀样骨质破坏。

　　② 进展快，广泛骨质破坏，易形成软组织肿块，多伴病理性骨折。

　　③ 后期：大片状骨质缺损，边界不规则，无骨膜反应，无硬化边缘。

　(2) 成骨型：较少见

　　① 发展慢，以成骨为主，表现为局部骨质密度升高，骨骼外形大体正常。

　　② 成骨转移表现为斑点状、棉团状高密度影，骨小梁增粗、细微结构消失。

　(3) 混合型：成骨与溶骨可单独发生，也可在同一患者身上合并发生。

3. CT 与 MRI 表现：

　(1) CT 与 X 线片所见相似，但更敏感。

　(2) MRI 显示软组织肿块、骨髓内侵犯范围最佳，肿瘤呈 T1WI 低信号、T2WI 高信号。

　(3) 增强：CT、MRI 均表现为中度不均匀强化。

4. SPECT：

　(1) 能较 X 线早 3–18 个月发现骨转移灶，显示病灶数也多于 X 平片、CT。

　(2) 更适于以下情况：

　　① 不明原因的持续性骨痛（尤为老年人）。

　　② 已经确诊的肺癌、乳腺癌、前列腺癌应作为常规检查。

　(3) SPECT 影像特点：多发、不对称分布的核素异常浓聚灶。

5. 影像记忆特征：肿瘤病史+溶骨或成骨破坏+无骨膜反应无硬化边缘+多发核素浓聚。

第六节　骨肿瘤样病变

一、骨纤维异常增殖症

1. 病理：

　(1) 骨组织逐渐被纤维组织代替的一种体质性骨病。

　(2) 又称骨纤维结构不良，简称"骨纤"。

　(3) 全身各骨均可发生，以股骨、颅面骨最多见。

2. 临床：

(1) 可单骨受累，早期多无症状。

(2) 也可多骨受累，发病早者症状重，可有畸形、跛行、疼痛。

(3) 发生于颅面骨者，可有头痛、鼻塞、突眼，和颌面畸形"骨性狮面"。

(4) 合并内分泌症状者，称 Albright 综合征，如性早熟、皮肤色素沉着等。

(5) 可伴病理性骨折，少数可恶变。

3. X 线平片表现：

(1) 囊状膨胀性改变：从干骺端开始的囊状膨胀性骨质破坏，多见于管状骨。

(2) 磨玻璃样改变：在囊状膨胀之中，骨小梁破坏消失，代之以均匀的磨玻璃样改变，杂以粗大索条，髓腔消失。多见于长管状骨。

(3) 丝瓜络样改变：骨皮质变薄，骨小梁粗大、扭曲。多见于肋骨。

(4) 增生硬化改变：呈分叶样骨质硬化，增厚，可跨越多骨。见于颅面骨。

4. CT 表现：

(1) 膨胀囊变：可见病变区骨膨胀，骨皮质变薄，内部为囊状低密度，可见磨玻璃样钙化高密度影，囊周有硬化。

(2) 增生硬化：见于颅面骨。非均匀性骨质增生、增厚，其间散在颗粒状透亮区。

5. MRI 表现：表现特异，病骨膨胀，各序列均呈等低异常信号。

6. 影像记忆特征：股骨，囊状膨胀性改变；颅骨，颅板增生增厚，颌面变形。

二、骨囊肿

1. 病理与临床：

(1) 为各种不明原因骨内良性、囊性病变。

(2) 长骨干骺端松质骨内囊腔，内壁为纤维组织，外为薄层骨组织。

(3) 仅有隐痛，或劳累后酸痛，常并发病理性骨折。

2. X 线平片表现：

(1) 好发于长管状骨干骺端的松质骨或骨干，一般不跨越骺板。

(2) 与骨干长轴方向平行的卵圆形透亮区，边界清楚，可见硬化边，少数有横行骨嵴，呈多房性。

(3) 居于中心，呈向心性、膨胀性生长，一般膨胀程度不超过干骺端的宽度。

(4) 骨折后，病变部位骨皮质断裂，骨折片插入囊内，形成"骨片陷落征"。

3. USG 表现：

(1) 局限性骨质破坏，呈圆形或椭圆形无回声区，可为单房或多房。

(2) 囊肿较大时，局部骨质可变形或膨大。

4. CT、MRI 表现：

(1) 可见类圆形骨缺损区，边界清楚，局部骨皮质变薄，骨壳完整。

(2) CT 内部为均匀的水样密度。

(3) MRI 呈 T1WI 低信号、T2WI 高信号，富含蛋白者 T1WI、T2WI 均为高信号。

(4) 增强后无变化。

(5) 病理骨折时，囊内出血，密度（信号）不均，可见液–液平面。

5. 影像记忆特征：与骨干长轴平行的，向心性卵圆形、囊腔。

第十章 骨科医学影像基础

三、动脉瘤样骨囊肿

1. 病理与临床：
   (1) 原因不明，全身均可发生，好发于长骨干骺端，70%见于股骨上端、椎体及附件。
   (2) 膨胀性骨质破坏，外部为薄层骨样组织，内部海绵样结构充满可流动不凝血液。
   (3) 30 岁以下青年多发。
   (4) 病程长，局部疼痛、肿块。

2. X 线平片表现：
   (1) 局部骨质破坏：呈显著膨胀的囊状透亮区，与正常骨界限清楚。
   (2) 骨皮质变薄：病变部位骨皮质呈菲薄的骨壳。
   (3) 内部密度：囊内有粗细不均的骨小梁或骨嵴，呈多囊性，内部密度不均。
   (4) 整体外观：皂泡样，位于骨干中心或偏心生长，横向扩展或沿骨干长轴生长。

3. CT 表现：
   (1) 与 X 线片所见相似。
   (2) 骨壳完整，密度不均匀，CT 值 10~40Hu，可见多个含液囊腔，囊内常见密度不同的液–液平面。
   (3) 囊腔间隙为软组织密度，钙化、骨化后密度升高，增强后囊腔间隙强化明显。

4. MRI 表现：
   (1) 一般表现类似于 CT 所见，可显示骨质破坏范围、髓质受累情况。
   (2) 液–液平面在检查前静卧 10 分钟以上显示更好，上方为 T2WI 高信号，下方为 T2WI 低信号，这是本病特征性表现。

5. 影像记忆特征：膨胀性、多囊性骨质破坏，内见不同密度液–液平面。

四、纤维性骨皮质缺损

1. 病理与临床：
   (1) 属非肿瘤性纤维性病变，是儿童生长发育过程中一种先天变异，可恢复正常。
   (2) 主要病理改变是纤维组织增生侵入骨皮质，导致局部骨化障碍、骨质缺损。
   (3) 好发于股骨远端、胫骨近端的干骺端，一般不跨越骺板、不累及关节。
   (4) 可单发、可多发，多数甚至双侧对称出现，有的此起彼伏，消退后再发的特点。
   (5) 临床症状较轻，或无。偶见钝痛，劳累后加重。

2. X 线平片表现：
   (1) 骨质破坏：干骺端偏心性、多房性骨皮质不规则的骨质缺损。
   (2) 正位呈圆形、长圆形，侧位呈水滴状，一般<2cm。
   (3) 病变边缘：与正常分界清晰，可见薄的硬化边，无骨膜反应。

3. CT 及 MRI 表现：
   (1) CT 见骨皮质内不规则小囊状骨质缺损区，无膨胀性，边界清晰，无骨膜反应。
   (2) MRI 病灶呈 T1WI 略高信号、T2WI 略低信号，硬化边、内部骨性间隔呈低信号。
   (3) 增强扫描：病灶边缘可见轻度强化。

五、骨化性纤维瘤

1. 病理与临床：

(1) 本病与纤维性骨皮质缺损病理基础相同，属于结缔组织起源的良性肿瘤，没有成骨活性，随着骨骼发育成熟，大部分可自行消退。

(2) 一般将小的、仅限于骨皮质的、没有临床症状的叫纤维性骨皮质缺损，将病变范围较大的、临床症状明显的，叫非骨化性纤维瘤。

(3) 可分为皮质型，位于一侧骨皮质内；髓腔型，位于长骨干骺端或骨端。

(4) 好发于胫、腓、股骨，以长骨距骺板 3~4cm 处的干骺部多见。

(5) 病程较长，症状轻微，可表现为局部酸痛、肿胀。

2. X 线平片表现：

(1) 皮质型：

① 一侧骨皮质内骨质缺损，呈单房或多房的透亮区，长轴平行于骨干。

② 大小一般 4~7cm，有硬化边缘，以髓腔侧为著。

③ 局部骨皮质膨胀、变薄，也可中断，一般没有骨膜反应，没有软组织块形成。

(2) 髓腔型：

① 松质骨内，中心性生长的单囊或多囊状透亮区，范围较大，累及骨端大部。

② 中心密度均匀，周围有硬化边缘。

3. CT、MRI 表现：

(1) 基本表现与 X 线类似，可显示病灶在骨内的侵犯范围、周围软组织改变。

(2) CT 为略低于肌肉的软组织密度，MRI 上 T1WI、T2WI 均为低信号。

(3) 增强扫描无变化。

4. 影像记忆特征：

与骨干长轴平行，骨皮质或髓质内单房或多房破坏区，有硬化边，无骨膜反应。

第七节　软组织肿瘤

一、分类

主要包括三大类来源的肿瘤：

1. 间叶组织肿瘤：如脂肪瘤、脂肪肉瘤、纤维瘤、纤维肉瘤、滑膜肉瘤等。

2. 脉管类肿瘤：包括血管瘤、动静脉畸形、淋巴管瘤等。

3. 神经源性肿瘤：神经纤维瘤、神经鞘瘤等。

二、脂肪瘤

1. 病理与临床：

(1) 好发于 50~60 岁，多为单发。

(2) 可发生于浅表皮下，也可发生于深部肌间、骨旁、腱鞘内等处。

(3) 病理上为正常脂肪细胞，可伴有纤维组织。

(4) 临床典型表现为生长缓慢的无痛性肿块。

2. 影像表现：

(1) 边界清楚的肿块，类圆形，大小不一，最大可达 20cm。

(2) USG 内部回声一般略强，也可见等、低或混合回声。

(3) CT 呈不均匀低密度，CT 值为负值。

(4) MRI 所有序列均为高信号，在脂肪抑制序列上为低信号。

3. 增强：无变化。

4. 影像记忆特征：表浅部位肿块，CT 值为负值，MRI 抑脂序列为低信号。

三、脂肪肉瘤

1. 病理：

(1) 常侵犯深部组织，如四肢肌群间、腹膜后间隙。

(2) 体积较大，直径>5cm。

(3) 无包膜，浸润周围组织。

2. 临床：无痛性包块，边界不清，晚期可出现疼痛或周围压迫症状。

3. 影像表现：

(1) 边界不清的肿块，可有囊变、出血。

(2) USG 多为不均质低回声，偶见不规则高回声。

(3) CT 上呈低密度，CT 值 0Hu 左右。

(4) MRI 上 T1WI 呈低或等信号，T2WI 呈不均匀的高信号。

(5) 增强，可有强化，密度信号升高。

(6) 恶性度较高时，边界不清，密度信号混杂，难以判断组织学来源。

四、血管瘤

1. 病理与临床：

(1) 较常见，富含血管结构，伴有脂肪、纤维、肌肉成分。

(2) 分为海绵状血管瘤、蔓状血管瘤、毛细血管瘤、混合型四种。前两种最多见。

(3) 生长于皮肤、皮下、肌间，呈弥漫性生长，边界不清。

(4) 皮肤呈紫红色或蓝色，有时可触及搏动感。

2. X 线片与 CT 表现：瘤内多发、大小不等的结节状环状静脉石致密影，具有特异性。

3. MRI 表现：

(1) 软组织内肿块，呈 T2WI 高信号，边界清楚，T1WI 混杂信号。

(2) 周边或内部可见粗大、迂曲的引流静脉条状低信号影。

(3) 海绵状血管瘤内部出血时可见液–液平面，含 T1WI 高信号。

(4) 3D CE MRA：效果与 DSA 相似。

4. DSA 表现：

(1) 一般呈囊状扩张的不规则血窦。

(2) 可见粗细不均、迂曲扩张的供血动脉及引流静脉。

(3) 对比剂通过缓慢，有时可见动静脉瘘形成的静脉早显。

5. USG 表现：

(1) 小病灶多为低回声，病灶较大者回声高低不等，分布不均。

(2) 病灶边界清楚，内部可见网状低回声或无回声。

(3) CDFI：肿块内部可检测到静脉血流信号。

6. 影像记忆特征：软组织肿块，内有静脉石，周边血管流空影，DSA 见异常血管团。

五、纤维瘤

1. 病理：可分为弹力纤维瘤、硬纤维瘤等。

2. 弹力纤维瘤：

(1) 机械摩擦引起的，常见于体力劳动者，发病年龄 70 岁左右，男性多发。

(2) 肩胛下角与胸壁之间是其好发部位，临床发病隐匿。

(3) 直径 3~6cm，边界清楚，圆形或梭形的肿块。

(4) MRI 表现：T1WI、T2WI 上均呈等低信号，与肌肉信号相近，增强无变化。

3. 硬纤维瘤：

(1) 中年人多发，直径 3cm 左右，有完整包膜，质韧。

(2) 临床上自觉无痛性硬肿块，呈圆形，可有分叶，边界清楚。

(3) MRI 上 T1WI、T2WI 均呈等、低信号，增强无明显变化。

(4) USG 表现：椭圆形低回声区，边界清楚。

4. 影像记忆特征：肩胛下角与胸壁间软组织肿块+T1WI、T2WI 均为低信号。

六、平滑肌肉瘤

1. 好发于中、老年。

2. 腹膜后和四肢伸侧多见。

3. 表现为圆形、类圆形肿块，边界清楚，似有假包膜。

4. 内部可有出血、囊变。周边可见邻近骨侵蚀，骨皮质破坏，髓腔信号异常。

5. CT 为等密度，MRI 上 T1WI 为等信号，T2WI 高信号。

6. 增强：囊变部分以外明显强化，且持续时间较久。

7. USG 为不均匀低回声。

七、滑膜肉瘤

1. 病理：

(1) 起源于间叶细胞，多发于关节旁而很少累及关节腔。

(2) 恶性度高，包膜不完整，周围组织水肿明显。内部多见出血、坏死、砂粒样钙化。

(3) 易发生血行转移。手术切除后易复发。

2. 临床：

(1) 起病隐匿，软组织内出现无痛性包块。

(2) 多发于 20~40 岁青壮年，男性多发。

(3) 好发于四肢关节周围。

3. X 线平片表现：

(1) 关节周围软组织肿块，可跨越关节，关节间隙正常，肿块内可见小片状钙化影。

(2) 生长迅速，可引起骨质破坏和骨膜反应。

4. CT 表现：

(1) 于肌腱、滑囊附着处的骨质边缘可见侵蚀破坏。

(2) 周围可见软组织肿块，为不均匀低密度，可见斑片状钙化高密度影。

(3) 增强，不均匀强化，程度较轻。

5. MRI 表现：

(1) 结节状或分叶状软组织肿块，瘤内有间隔，直径较大，在 10cm 左右。

(2) 内部信号不均，T1WI 呈等或低信号，T2WI 呈高信号。

(3) 邻近骨质侵犯，髓腔呈 T1WI 低信号，T2WI 高信号。

(4) 周围软组织水肿明显，可见沿肌间隙分布的 T2WI 高信号影。

第八节　其他骨关节病

一、退行性骨关节病

1. 概念：

(1) 又称骨性关节炎。

(2) 是关节软骨退变、关节面及周边新生骨形成为特征的一组非特异性骨关节病变。

(3) 最新理论认为，骨性关节炎也可归为类风湿性关节炎范畴。

2. 病理：

(1) 关节软骨退行性变，承重部位变薄、破坏，甚至完全消失。

(2) 骨性关节面暴露，骨皮质增生，骨赘形成，于滑膜下形成假囊。

(3) 主要发生于承重的大关节，如膝、髋、脊柱等。

(4) 两类原因，原发性即退行性变，继发性为任何原因引起的关节软骨破坏。

3. 临床：

(1) 疼痛、活动受限、关节变形。

(2) 中老年发生，病程长。

4. X 线平片表现：

(1) 关节间隙不对称性狭窄。

(2) 关节面不平，边缘锐利，可见骨质硬化、增生、骨赘形成。

(3) 关节面下骨内见类圆形透亮区。

(4) 骨赘脱落可形成关节游离体，呈不规则结节，边界锐利，无骨皮质的致密影。

(5) 无关节强直、无关节囊肿胀、无软组织萎缩、无骨质疏松等。

5. CT 表现：

(1) 基本表现与 X 线平片相似。

(2) 对于复杂部位关节，如椎小关节，与关节面垂直位扫描显示最好。

6. MRI 表现：

(1) 可直接显示软骨损伤，较 X 线片、CT、关节镜更适于评价病情及疗效。

(2) 早期软骨形态正常，信号异常，可见局灶性 T2WI 高信号，可位于软骨任意层。

(3) 中期软骨内小囊状病变，表面不光滑，T2WI 上软骨与高信号滑液间对比较好。

(4) 晚期，软骨全层缺失，软骨下骨质增生硬化，呈低信号。

7. 软骨损伤 MRI 分期：

I 期，关节软骨一过性肿胀。T1WI 示软骨局限性增厚，T2WI 为明显高信号。

IIa 期，关节软骨表面毛糙。T2WI 见软骨表面小齿状突起、粗糙不平。

IIb 期，软骨内出现小囊状病灶。T1WI 虫蚀样低信号，典型"网眼纱布征"。

III 期，关节软骨明显变薄，但未累及钙化层。

（I~III 期改变是可逆的，可治愈的）

IV 期，软骨全层消失，并出现软骨下骨硬化。

8. 影像记忆特征：

骨质增生硬化，骨赘形成，关节面不光整，间隙不对称狭窄，滑膜下假囊形成。

二、髌骨软化症

1. 病理：

（1）髌骨软骨损伤或骨折引起的退行性改变。

（2）软骨变性，表面粗糙，继而软骨脱落，骨质暴露，形成髌股关节骨性关节炎。

2. 临床：

（1）髌骨后疼痛，下蹲起立、上下楼梯时较重。

（2）查体：髌骨摩擦音、摩擦感，髌骨压磨试验、单腿下蹲试验可加重髌骨后疼痛。

3. X 线平片表现：

（1）正侧位片：髌骨骨质疏松，密度减低，骨小梁变细、致密、模糊。髌骨变形，后缘囊变，软骨变薄、表面不规则、甚至缺损，骨质暴露，增生硬化。

（2）髌骨轴位片：可见髌股关节半脱位，表现为髌股外侧角开口朝向内侧。

4. CT 表现：显示关节对位关系、关节面改变等较 X 线片更敏感。

5. MRI 表现：

（1）可直接显示髌骨软骨局限性隆起、缺损，或不规则变薄。

（2）I、II 级为早期病变，仅有信号改变。

（3）III、IV 级为进展期，伴有形态改变和软骨下骨的硬化与囊变。

（4）骨髓腔高信号被低信号取代，为水肿和骨质增生硬化。

6. 髌骨软化的 MRI 分级：

0 级，正常髌软骨。T1WI、T2WI 均为中等信号，GRE 可区分出高中高三层信号。

I 级，软骨内或表面局限性 T1WI、T2WI 低信号，GRE 上局灶性表层高信号缺失。

II 级，病灶处软骨厚度变薄，GRE 上表层及深层信号减低，但仍可区分三层。

III 级，软骨轮廓异常，厚度变薄，GRE 上第 1、2 层消失，深层信号降低。

IV 级，软骨全层缺失，软骨下骨质暴露，可见软骨下骨质硬化或囊变。

7. 影像记忆特征：髌骨上下缘增生，后缘不光滑小囊变，髌骨外脱位。

三、股骨头无菌性坏死

1. 病理：

（1）又称股骨头缺血性坏死、骨软骨炎、扁平髋等，与外伤、大量应用激素等有关。

（2）病理分期：

　　I 期，血供中断后骨髓成分坏死：

　　　　造血细胞 6~12 小时死亡。

骨细胞 12~48 小时死亡。

脂肪细胞 5 天后开始死亡。

10 天后开始出现死骨。

Ⅱ期，梗死区周边出现炎症反应，充血、局部骨质吸收。

Ⅲ期，修复期，肉芽组织、新生血管、新生骨向坏死区生长，死骨吸收。

Ⅳ期，关节间隙狭窄，出现退行性骨关节炎改变。

2. 临床：疼痛、跛行、大腿外展内旋受限，晚期肢体短缩、肌肉萎缩、屈曲内收畸形。

3. X 线平片表现：

(1) 早期，关节间隙增宽，股骨头外移位，软骨面下见弧形透亮影，称"新月征"。

(2) 4~6 周，股骨头密度升高，由边缘开始，密度不均，并见大小不等囊状透亮区。

(3) 晚期，股骨头碎裂、变扁、呈蘑菇状，伴骨性关节炎表现，股骨颈增粗、变短。

4. CT 表现：

(1) 早期：骨小梁增粗，密度增高，正常骨小梁的"星芒征"、"双边征"消失，并可见小面积骨质疏松、坏死囊变区。

(2) 恢复期：囊变区内可见新生骨，新生骨呈均匀致密影，无骨小梁结构。

(3) 晚期：关节面增生、间隙狭窄，股骨头变形，密度不均匀升高。

5. MRI 表现：

(1) 是目前公认的早期诊断的最佳方法。

(2) 早期，只有骨坏死与增生硬化，表现为松质骨高信号，周边不规则低信号环。

(3) 修复期，低信号线内侧可见一条高信号线，代表炎性肉芽组织，呈"双线征"。

(4) 中期，肉芽组织向中心扩展，脂肪信号减少，内部信号不均。

(5) 晚期，股骨头变形呈蘑菇状，内部肉芽组织纤维化、骨化，各序列均为低信号。

(6) 常伴关节积液，呈弧线形 T1WI 低信号、T2WI 高信号。

6. SPECT 表现：

(1) 对早期诊断价值较高，敏感度高而特异性较低。

(2) 急性期血管损伤，股骨头放射性下降。

(3) 修复期血管再生，股骨头放射性浓聚。

(4) 典型表现：股骨头周边核素浓聚，中心稀疏/缺损的"炸面圈"样改变。

7. 股骨头无菌性坏死的影像分期：

Ⅰ期，X 线平片无异常发现。

Ⅱ期，可见囊性变或局部硬化，MRI 出现双线征。

Ⅲ期，平片及 MRI 发现软骨下骨折透亮区，即新月征。

Ⅳ期，软骨塌陷，股骨头变扁。

Ⅴ期，关节间隙狭窄，与骨性关节炎表现相似。

8. 股骨头无菌性坏死的 Ficat-Arlet 临床分期法：

0 期，无临床及·X 线异常，由穿刺证实，称静止髋，MRI、SPECT 可发现异常。

Ⅰ期，突发关节旁疼痛及运动下降，而 X 线平片正常。

Ⅱ期，临床症状体征持续存在，X 线平片见股骨头区骨质疏松或硬化。

Ⅲ期，股骨头变扁，软骨下新月征。

Ⅳ期，股骨头塌陷，软骨面破坏，关节间隙狭窄。

9. 影像记忆特征：股骨头增生囊变，新月征，双线征，晚期蘑菇样变。

四、滑膜软骨瘤病

1. 病理：

(1) 关节滑膜、腱鞘内大小不等多发的软骨性、纤维软骨性、骨软骨性小结节。

(2) 第一期，滑膜下组织出现多中心软骨化生，呈结节状。

(3) 第二期，小结节逐渐长大，突向关节腔，并以蒂与滑膜相连。

(4) 第三期，滑膜吸收软骨化生灶恢复正常，小结节进入关节腔或关节周围并钙化。

2. 临床：

(1) 青壮年男性多发，主要累及膝、髋、肘、踝等大关节。

(2) 临床表现为受累关节疼痛、肿胀、活动受限等，没有关节绞锁。

3. X 线平片表现：

(1) 关节内出现多发、圆形、多面体形钙化、骨化结节，3mm~2cm，具有特征性。

(2) 小结节密度均匀，大结节可呈环状，中央密度略低。

(3) 关节间隙正常，一般没有关节积液现象。

4. CT、MRI 表现：

(1) 可清晰显示病变分布，对指导手术有价值。

(2) 多个结节堆积，可类似于软组织肿块，位于关节周围。

(3) CT 表现为多发小环状结节影。

(4) MRI 呈低信号环状结节影，中央为 T2WI 高信号，还可显示未钙化的结节。

五、色素沉着绒毛结节性滑膜炎

1. 病理：

(1) 原因不明，主要累及关节滑膜、滑液囊和腱鞘。

(2) 滑膜呈绒毛状、结节状增厚。

(3) 早期可见血管翳，有大量含铁血黄素沉着。

2. 临床：

(1) 青壮年多发，单一关节受累。

(2) 膝、髋、踝、肩等关节多发。

(3) 起病慢，病程长。

(4) 疼痛、肿胀，活动受限。关节周围可触及肿块。

(5) 关节积液呈巧克力色。

3. X 线平片表现：

(1) 软组织肿胀，增厚的滑膜呈分叶状，无钙化，但由于含铁血黄素沉着，密度较高。

(2) 半数病例可见骨与软骨破坏。在滑膜压迫较紧密的区域出现骨侵蚀。

(3) 关节软骨下、关节旁非承重部位可见多发囊性病灶，边缘清晰，有薄的硬化边，呈分叶状。

(4) 病变周围无骨质疏松，无骨赘形成。

(5) 晚期，关节间隙进行性狭窄。

4. CT、MRI 表现：

 (1) 骨侵蚀 CT 较 X 线平片更敏感，MRI 可发现骨、软骨、韧带、滑液囊的侵犯。

 (2) MRI 表现具有特征性：

  ① 典型表现为软组织肿块，在所有序列均可见含铁血黄素低信号，边缘清晰。

  ② 病变区域血管翳、积液、囊变为长 T2WI 高信号。

 (3) 增强：CT、MRI 均可见增厚的滑膜明显强化。

5. 影像记忆特征：关节软骨及骨质破坏，关节周围软组织块，环以含铁血黄素低信号，呈厚壁环状强化。

六、类风湿性关节炎

1. 病理：

 (1) 慢性自身免疫性疾病。

 (2) 免疫复合物沉积于关节内，血管翳形成，滑膜、软骨、骨质破坏，关节强直。

2. 临床：

 (1) 中年妇女多发。

 (2) 乏力、低热、消瘦、肌肉酸痛。

 (3) 对称性多发性小关节疼痛，晨僵，梭形肿胀、活动障碍。

 (4) 化验：ESR 升高、类风湿因子阳性。

 (5) 环枢关节半脱位时颈部疼痛，转头或伸屈时加重。椎动脉受压时出现眩晕。

 (6) 关节外可累及动脉、心包、心肌、胸膜、肺间质等。

 (7) 可出现类风湿结节，20%在肘关节附近皮下。

3. X 线平片表现：

 (1) 手足小关节对称性多发性梭形肿胀。

 (2) 关节间隙很快狭窄，关节周围骨质疏松。

 (3) 骨性关节面模糊、中断，软骨下骨质吸收、囊变，周边硬化。

 (4) 关节面边缘部骨质侵蚀，呈虫蚀样骨质破坏。

 (5) 在膝、髋等大关节，可见滑膜囊肿，突出关节外。

 (6) 晚期，关节脱位半脱位，纤维性强直，指间、掌间关节明显，出现手指尺侧偏移。

 (7) 中轴骨受累时，主要表现环枢关节半脱位，齿状突前缘与环椎前弓间距>2.5mm。

4. CT 表现：所见与 X 线平片相似，但更清晰。

5. MRI 表现：

 (1) 软组织肿胀、关节囊肥厚、关节积液呈 T1WI 低信号、T2WI 高信号。

 (2) 增强：增厚滑膜、血管翳明显强化，可作为该病早期特征性影像表现。

 (3) 中轴骨受累时，脊柱正中矢状位可显示环枢关节半脱位。

 (4) 关节积液在 T2WI 上为关节腔内弧线样高信号。

6. 影像记忆特征：临床+化验+手足小关节+边缘部虫蚀样破坏。

七、维生素 D 缺乏症

1. 病理与临床：

(1) 维生素 D 缺乏，儿童骨骺软骨生长障碍，表现为佝偻病，成人表现为骨软化症。

(2) 化验：血钙、磷减低，碱性磷酸酶升高。

(3) 佝偻病：夜惊多汗、出牙延迟、前囟晚闭、串珠肋、鸡胸、"O" 型或 "X" 型腿等。

(4) 骨软化症：成年女性多见，腰腿痛，行走困难，胸廓、骨盆畸形、手足抽搐等。

2. 佝偻病 X 线平片表现：

(1) 骨骺：骨化中心出现晚，边缘模糊。

(2) 骺板：先期钙化带模糊、变薄，骨骺与干骺端距离加大。

(3) 干骺端：宽大、凹陷呈杯口状，骨小梁稀疏、粗糙、紊乱呈毛刷状，向骨干方向延伸。

(4) 全身骨质疏松：骨皮质模糊，骨小梁粗糙、模糊，可伴病理性骨折。

(5) 全身骨骼畸形：如鸡胸、串珠肋、方颅、下肢畸形等。

3. 骨软化症 X 线平片表现：

(1) 骨质疏松：全身骨密度较低，骨小梁、骨皮质模糊不清，呈绒毛状。

(2) 骨骼变形：多见于承重骨骼，膝内翻、膝外翻、三叶状骨盆、鱼椎状椎体等。

(3) 假骨折线：多见于耻骨、坐骨、肋骨、胫骨、股骨等，表现为 5mm 宽的透亮线，可贯穿皮髓质。

4. SPECT 表现：

(1) 颅骨放射性增加。

(2) 中轴骨及四肢长骨放射性对称性增高。

(3) 肋骨软骨连接处有明显的放射性增加，呈 "串珠肋"。

(4) 胸骨影明显，呈 "领带征"。

(5) 肾影淡或不显影。

5. 影像记忆特征：骨质疏松，骺板增宽，骨骼变形，假骨折线。

八、一过性骨质疏松

1. 病理与临床：

(1) 病因不明，无外伤史、无感染表现，不需要治疗，6~12 个月内可自愈。

(2) 髋部疼痛为主要症状，严重者跛行，关节活动受限，肌肉萎缩。

(3) 主要意义在于与肿瘤、骨髓炎、关节炎、股骨头无菌坏死相鉴别。

(4) 中年男性、妊娠妇女多见。

2. X 线表现：股骨头及股骨颈骨质疏松，可累及髋臼。

3. MRI 表现：

(1) T1WI 低信号、T2WI 高信号，自干骺端延伸到骨骺，与肿瘤、骨髓炎仅局限于干骺端不同。

(2) 可伴关节积液。

第十一章　内分泌科医学影像基础

下丘脑垂体系统，最佳影像检查方法为头部 CT、MRI；胰腺、肾上腺、甲状腺、性腺，以 USG、CT、MRI 为首选检查方法，X 线平片、DSA 为补充，SPECT 对异位肿瘤、良恶性鉴别有特殊的诊断价值。

第一节　下丘脑－垂体病变

一、巨人症及肢端肥大症

1. 病理与临床：
   (1) 为垂体前叶生长激素分泌过多引起的全身性疾病。
   (2) 发病于骨骺愈合之前，骨骼纵向生长没有停止，临床上表现为巨人症。
   (3) 发病于骨骺愈合之后，骨骼横向生长潜力仍然存在，形成肢端肥大症。
   (4) 化验检查：血清生长素增高。

2. 肢端肥大症 X 线平片表现：
   (1) 头颅：颅骨增大，额窦突出、增大，乳突气化广泛且明显，枕外粗隆突出。
   (2) 蝶鞍：蝶鞍扩大，前床突上翘，后床突及鞍背后移，鞍底下陷、呈双边征。
   (3) 颌面部：眶上嵴、颧弓、下颌骨增大、突出，齿间距增宽。
   (4) 手：软组织增厚，指间关节间隙增宽，常伴增生性关节炎，末节指端膨大。
   (5) 足：趾骨干变细、骨端不成比例增宽，骨质增生，跟垫厚度>23mm。
   (6) 脊椎：胸椎过度后弯，腰椎代偿性前弯，腰椎后部骨吸收而凹陷，椎间隙增宽。
   (7) 胸廓：前后径加大，肋骨与肋软骨交界处出现特征性肢端肥大症"念珠肋"。

3. 巨人症 X 线平片表现：
   (1) 全身骨骼，沿纵轴方向迅速增长，骨质结构正常，骨骺出现及愈合延迟。
   (2) 蝶鞍：蝶鞍扩大，前床突上翘，后床突及鞍背后移，鞍底下陷、呈双边征。
   (3) 四肢细长，与躯干不成比例，手足指趾纤细。

4. CT、MRI 表现：
   (1) 鞍区扫描对发现垂体病变有决定性意义。见第二章"垂体瘤"一节。
   (2) CT 可发现四肢骨骼增大，皮质增厚，骨小梁增粗。

二、尿崩症

1. 病理与临床：
   (1) 是抗利尿激素缺乏，肾小管吸收水分功能障碍，以多饮、多尿，低渗尿为特征的临床综合症。
   (2) 可分为继发性、特发性、遗传性三大类。这里重点介绍中枢性、继发性尿崩症。
   (3) 病因：

① 约50%为下丘脑垂体肿瘤所致，包括颅咽管瘤、松果体瘤、第三脑室肿瘤等。

② 10%由脑外伤或手术所致，如下丘脑挫伤、垂体柄断裂、垂体后叶损伤等。

③ 其他颅内疾病，如颅内感染、结核、脑血管病等。

(4) 漏斗部以上损伤，导致永久性尿崩症；垂体柄、垂体后叶损伤为暂时性尿崩症。

(5) 主要表现为多饮、烦渴、多尿，起病急及原发病的症状表现。

(6) 化验：24小时尿量>5L，尿比重<1.005，尿渗透压<200osm/L。

2. 影像表现：

(1) 颅内肿瘤、创伤、炎症等均有相应的表现，以CT、MRI为主要检查手段。

(2) 垂体柄断裂表现为垂体柄连续性中断。

(3) 垂体后叶病变MRI可见后叶点状高信号降低。

(4) 详见第二章相关章节。

三、垂体功能减退症

1. 病理与临床：

(1) 指各种原因所致腺垂体分泌激素减少，出现甲状腺、肾上腺、性腺等功能减退的一组综合症。

(2) 病因：

① 垂体腺瘤，如PRL瘤、GH瘤等，肿瘤增大，压迫正常垂体引起病变。

② 下丘脑病变，使下丘脑分泌释放激素减少，从而降低腺垂体分泌功能。

③ 垂体缺血坏死，最常见于病理妊娠，垂体缺血坏死，功能低下。

④ 鞍区病变，包括手术、创伤、肿瘤放疗等，损伤垂体、下丘脑所致。

⑤ 其他病变，直接或间接抑制下丘脑垂体分泌功能。

⑥ 垂体组织破坏达75%有明显症状，达95%时出现严重功能减退表现。

(3) 临床表现为原发病症状与体征，内分泌症状因损伤部位不同而不同。

(4) 实验室检查有利于明确诊断。

2. 影像表现：

(1) 主要是针对原发病的检查，详见第二章。

(2) 可发现下级腺体，如甲状腺、肾上腺等异常。

第二节 甲状腺病变

一、检查方法与正常影像表现

1. CT检查：

(1) 甲状腺为略高密度，CT值60~70Hu，增强后明显强化，CT值达100Hu以上。

(2) 后外方为颈血管鞘，呈圆形等密度结节影，双侧可不对称，边界清楚。

2. MRI检查：甲状腺T1WI略高信号，T2WI不均匀高信号，增强后中度强化。

3. USG检查：

(1) 仰卧位颈后垫高，用7—10MHz探头探查。

(2) 横切为蝶形，两侧对称，中间由峡部连接。

(3) 实质为中等回声，分布均匀。

4. SPECT 甲状腺显像：

(1) 了解甲状腺形态和功能。

(2) 异位甲状腺的诊断。

(3) 甲状腺结节的诊断与鉴别诊断。

(4) 判断颈部包块与甲状腺的关系。

(5) 对亚急性甲状腺炎和慢性淋巴细胞性甲状腺炎的辅助诊断。

(6) 甲状腺癌转移灶的寻找，提示病灶是否适合 ^{131}I 治疗及评价疗效。

(7) 甲状旁腺显像，用于甲状旁腺功能亢进症的诊断。

二、Graves 病

1. 病理与临床：

(1) 是一种自身免疫性甲状腺炎性病变，常伴有甲状腺功能亢进。

(2) 30~40 岁多发，女性多发，有家族倾向。

(3) 起病较慢，病程较长。

(4) 主要表现为高代谢症候群、突眼、甲状腺弥漫性肿大等。

2. USG 表现：

(1) 甲状腺对称性、弥漫性、均匀性增大。

(2) 内部为中低回声，分布均匀，病程长者，回声中等或稍强，分布欠均匀。

(3) CDFI：甲状腺血流极为丰富，呈"火海"征。

3. CT 与 MRI 表现：

(1) 甲状腺弥漫性增大，CT 密度减低，不宜增强扫描，因含碘对比剂可加重病情。

(2) MRI 上甲状腺弥漫性增大，增强扫描明显强化。

(3) 眼外肌普遍增粗，可见眼外肌肌腹增大，边界不清。

4. SPECT 表现：

(1) 甲状腺显像表现为放射性弥漫性浓聚。

(2) 甲状腺肿大时，^{131}I 摄取率增加，24 小时达 80%。

5. 影像记忆特征：甲状腺弥漫性增大，眼肌普遍增粗。

三、桥本氏甲状腺炎

1. 病理与临床：

(1) 主要表现为淋巴细胞和浆细胞浸润，甲状腺滤泡萎缩、小叶间隔纤维化。

(2) 常合并全身其他自身免疫性疾病及甲状腺功能低下。

(3) 40~50 岁多发，女性多发。

(4) 临床上主要表现为甲状腺功能减低，急性期抗体滴度明显升高。

2. USG 表现：

(1) 甲状腺增大，以前后径增大最明显，峡部明显增厚。

(2) 腺体回声弥漫性减低，分布不均，内见条状或点状强回声，偶见低回声小结节。

(3) 彩色多普勒显示腺体内血流信号较丰富。

3. CT 表现：

(1) 甲状腺弥漫性肿大，呈分叶状，边界不清。

(2) 密度明显减低，CT 值 30~40Hu，内部可见斑点状钙化致密影，或囊变低密度区。

(3) 增强后，呈不均匀中度强化。

4. MRI 表现：

(1) 甲状腺普遍增大，边界不清。

(2) 内部可见局限性 T2WI 高信号及低信号线样间隔，增强后局限性病灶可强化。

5. SPECT 表现：

(1) 甲状腺肿大。

(2) 核素分布呈点灶状稀疏与浓聚的"虫蚀样"表现。

四、甲状腺肿瘤

1. 病理与临床：

(1) 包括甲状腺腺瘤、甲状腺癌。

(2) 女性多见，20–40 岁多发。

(3) 颈部增粗，声音嘶哑、呼吸困难。

2. X 线片表现：可见甲状腺区钙化致密影，可显示气管受压变形、移位表现。

3. CT 与 MRI 表现：

(1) 甲状腺腺瘤：

① 甲状腺内可见圆形肿块，边界清楚。

② CT 呈低密度，MRI 上 T2WI 高信号，T1WI 低或高信号。

③ 内部出血时，可见不同密度形成的液–液平面。

④ 增强扫描，不强化，或轻度强化。

(2) 甲状腺癌：

① 甲状腺内可见不规则形肿块，边界不清。

② 实质密度不均，可见散在钙化或坏死液化区。

③ CT 为不均匀低密度影，MRI 呈 T1WI 等、低信号，T2WI 高信号。

④ 增强，不均匀的明显强化。

⑤ CT 与 MRI 可显示肿瘤对气管、喉及颈部软组织侵犯程度。

⑥ CT 与 MRI 可显示颈部淋巴结、纵隔淋巴结转移，喉返神经受累等情况。

4. USG 表现：

(1) 甲状腺腺瘤：

① 甲状腺大小正常或局限性增大。

② 肿瘤多为单发，呈圆形或椭圆形，边界清楚，包膜完整，大多可见晕环。

③ 内部多为低回声，少数为等或高回声，囊变或出血则呈混合性回声或无回声。

④ 彩色多普勒于瘤体周边见环状血流信号，瘤侧甲状腺上动脉 PSV 高于健侧。

(2) 甲状腺癌：

① 癌肿侧甲状腺增大，形态失常。

② 肿瘤多单发，也可多发。边界不规整，可呈蟹足样或锯齿状，多无晕环。

③ 内部多为不均匀低回声并后方衰减，常见砂粒样或簇状钙化，也可囊变出现液性暗区。

④ 晚期常伴有颈部淋巴结肿大，同侧颈内静脉及颈动脉、气管受侵。

⑤ 彩色多普勒显示肿瘤内血流丰富，可检出高速、高阻动脉血流。

5. SPECT 表现：根据甲状腺结节放射性高低分为四类结节，各有不同的临床意义和诊断价值。

(1) 热结节：放射性较邻近正常甲状腺组织增高；

(2) 温结节：放射性较邻近正常甲状腺组织相似；

(3) 凉结节：放射性较邻近正常甲状腺组织减低；

(4) 冷结节：放射性较邻近正常甲状腺组织缺损。

(5) 热结节和温结节多为功能自主性甲状腺瘤，少数为甲状腺局部增生，癌很少见。

(6) 凉结节和冷结节见于囊肿、腺瘤、结节性甲状腺肿、甲状腺炎和甲状腺癌，单发冷结节是癌的几率为 20% 左右，凉结节为 10% 左右。

6. 影像记忆特征：

(1) 腺瘤，腺内肿块，增强后似囊肿，可见液-液平面。

(2) 腺癌，腺内肿块，不规则低密度，增强后见坏死中心不强化。

五、甲状旁腺功能亢进

1. 病理：

(1) 各种原因引起甲状旁腺素分泌过多，引起钙、磷代谢异常的全身性疾病。

(2) 原发性甲旁亢，为甲状旁腺腺瘤（约占 70%）、弥漫性甲状旁腺增生所致。

(3) 继发性甲旁亢，为肾脏或其他代谢性疾病引起钙、磷代谢异常，刺激甲状旁腺分泌增加所致。

(4) 甲状旁腺素主要引起全身破骨细胞活跃，引起骨吸收，新骨形成而钙化不足。

(5) 骨吸收被纤维组织替代，粘液变性、出血、含铁血黄素沉着，形成"棕色瘤"。

2. 临床：

(1) 全身性骨关节疼痛：以背部、四肢为著，可出现病理性骨折。

(2) 泌尿系：多尿、蛋白尿、排尿困难、尿路结石等。

(3) 软组织转移性钙化：可表现为动脉壁钙化、支气管结石、肺结石等。

(4) 化验：血甲状旁腺素升高，血钙、尿钙升高，血磷降低，碱性磷酸酶升高。

3. X 线平片表现：

(1) 全身性骨质疏松：以颅骨改变最具特性，颅内外板边缘模糊，密度减低，呈磨璃样改变。

(2) 骨膜下骨吸收：具有特征性，好发于中节指骨桡侧缘，骨皮质呈花边样缺损，呈凸凹不平改变。

(3) 软骨下骨吸收：锁骨肩峰端、耻骨联合处，可出现软骨下骨吸收。

(4) 棕色瘤：呈大小不一、单发或多发的局限性囊状透亮区，边界清楚。好发于长骨和下颌骨。

(5) 软组织钙化：可发生于关节软骨、肌肉、关节周围、动脉壁、支气管壁等处。

(6) 尿路结石：双侧肾盂内鹿角样致密影。

4. CT、MRI 表现：

(1) 可显示与 X 线所见相似的征象，如骨质疏松、骨质吸收、尿路结石等。

(2) 棕色瘤在 CT 上表现为类圆形骨质缺损区，内部为略低的软组织密度。

(3) 在 MRI 上因出血时期不同信号各异，多表现为 T1WI 高信号。

(4) 甲状旁腺腺瘤：

    ① 70% 以上病例可发现甲状旁腺腺瘤，位于甲状腺后下方，气管食管旁沟内。

    ② CT 平扫呈等密度，圆形，边界清楚，增强明显强化；腺癌多钙化，易鉴别。

    ③ MRI 上为 T1WI 等低信号，T2WI 高信号，增强明显均匀强化，边界清楚。

    ④ USG 示甲状腺后方单发低回声肿物，CDFI 见血流信号呈点状并环绕肿瘤。

5. SPECT 表现：

(1) 功能正常的甲状旁腺不显影，双时相法仅见甲状腺显影，颈部无异常浓聚灶。

(2) 甲状旁腺功能亢进时可见病灶处显像剂分布异常浓聚。

6. 影像记忆特征：全身骨质疏松，骨质吸收；软组织转移性钙化，棕色瘤形成。

六、甲状旁腺功能减退

1. 病理与临床：

(1) 不明原因或手术损伤，引起甲状旁腺功能减退，分泌减少。

(2) 破骨细胞活动减低，肾小管对磷吸收增多，尿磷减少，血磷升高，血钙降低。

(3) 早期，四肢麻木，疼痛，手足抽搐，重者喉头痉挛、惊厥。

(4) 情绪不稳，易激动或抑郁，严重者智力减退、癫痫发作等。

2. 影像表现：

(1) 骨质增生，X 线平片示全身骨骼密度普遍升高致密，骨皮质增厚，骨小梁粗大。

(2) 颅内钙化，头部 CT 示双侧基底节区、双侧小脑齿状核对称性、斑块状钙化灶，CT 值>120Hu，边界锐利。MRI 呈低信号或混杂信号。

3. 影像记忆特征：全身骨质增生+颅内广泛钙化。

第三节 胰腺内分泌病变

一、功能性胰岛细胞瘤

1. 病理：

(1) 起源于胰岛组织。

(2) 一般为良性，胰腺体尾部多发，直径<20mm，质地坚硬。

(3) 包括胰岛素瘤、胃泌素瘤、舒血管肠肽瘤、胰高血糖素瘤等。

2. 临床：

(1) 功能性肿瘤，因肿瘤细胞类型不同表现各异。

(2) 一般症状明显，就诊较早。

(3) 糖尿病、低血糖昏迷、高血糖症、顽固性溃疡等，应考虑本病的可能。

(4) 血清学激素检查常有特征性发现。

3. DSA 表现：

(1) 胰岛细胞瘤富含血管，且外周血管较中央更丰富。

(2) 在 DSA 上表现为圆形、边界清楚的肿瘤染色，具有特征性。

（3）文献报道 DSA 检出率高于 CT 或 MRI。

4. USG 表现：

（1）肿瘤多位于胰腺体尾部，小于 1cm 者不易发现。

（2）内部一般为低回声，分布均匀，边界整齐。

（3）CDFI：肿瘤内部可见丰富血流信号。

5. CT、MRI 表现：

（1）CT 平扫为等密度，功能性肿瘤一般较小，胰腺轮廓不发生变化，易漏诊。

（2）MRI 平扫为 T1WI 低信号、T2WI 高信号，边界清楚，在 T1WI 脂肪抑制序列上，肿瘤显示清晰。

（3）增强扫描：动态增强动脉期，胰岛细胞瘤富含血管，明显强化，呈直径 1~2cm 的小结节状病变，较大者，呈环状强化；维持时间较长，边界清楚。

6. 影像记忆特征：DSA 胰腺内小结节状肿瘤染色+CT 或 MRI 增强扫描早期可见小结节状明显强化灶

二、非功能性胰岛细胞瘤

1. 一般体积较大时才来就诊，USG、CT 平扫即可发现。

2. 内部可有钙化、囊变，CT 呈略低密度，T1WI 低信号、T2WI 高信号，中度强化。

3. 定位诊断容易，CT、MRI 对周围组织关系的判断更清楚，但定性均较困难。

三、胃泌素瘤

1. 病理与临床：

（1）分泌过多的胃泌素，引起胃酸分泌过多，出现多发性、顽固性消化道溃疡。

（2）好发于胃泌素瘤三角区：即胆囊管、十二指肠水平段、胰腺颈部围成的区域。

（3）一般为多发病灶，直径 1~15cm 不等，大部分为恶性，肿瘤周边血供丰富。

（4）临床表现：高胃泌素血症+高胃酸分泌+顽固性溃疡。

2. CT、MRI 表现：

（1）CT 不易发现，平扫为等密度。

（2）MRI 表现为 T1WI 低信号，在 T1WI 脂肪抑制序列上，明显低信号。

（3）增强扫描：于动脉期可见肿瘤呈环状强化，随着时间延长，逐渐向中心扩散。

（4）晚期，CT、MRI 均可发现肝内转移病灶，结合临床可提示诊断。

3. USG 表现：

（1）肿瘤好发于胰头部及尾部，多为多发。

（2）肿瘤内部多呈低回声区，分布均匀，边界清楚，形态规则。

（3）CDFI：肿瘤内部血流丰富。

4. DSA 检查：选择性动脉插管，注射胰岛素，肝静脉采血测量胃泌素，常明显升高。

5. SPECT 表现：放射性核素标记奥曲肽显像，对于生长抑素受体阳性的肿瘤非常敏感，其敏感性高于 CT、MRI，胃泌素瘤时，肿瘤/非肿瘤比值升高，>25%。

第四节　肾上腺病变

一、肾上腺检查方法与正常影像表现

1. USG 检查：

 (1) 侧卧或仰卧位，经侧腰部探查最常用；也可仰卧位或俯卧位，经腹、经背部探查。

 (2) 右肾上腺位于右肾上极、肝脏和下腔静脉之间，多呈三角形。

 (3) 左肾上腺位于左肾上极、脾脏和腹主动脉之间，多为新月形。

 (4) 正常肾上腺不易显示，右侧显示率高于左侧。

2. CT 检查：

 (1) 肾上腺在周围脂肪密度衬托下，呈软组织密度。

 (2) 右侧呈"人"字形，外侧支与肝右叶后下缘平行相贴，内侧支游离呈斜线状。

 (3) 左侧呈"Y"字形。

 (4) 肾上腺大小以侧支厚度表示：侧支厚度<10mm，或不大于同侧膈脚厚度。

 (5) 若怀疑醛固酮增多症时，应作 1.5~3.0mm 薄层扫描，提高检出率。

 (6) 疑及异位嗜铬细胞瘤，肾上腺检查外，应加作胸、腹、盆腔更广泛范围的检查。

3. MRI 检查：

 (1) 轴位表现与 CT 相似。冠状位上呈"人"字形，并可清楚显示肾上腺与肾脏的关系。

 (2) 各序列肾上腺均与肝脏等信号，明显低于周围脂肪，而高于同侧膈脚信号。

 (3) 在脂肪抑制序列上，呈略高信号。

 (4) MRI 化学位移成像近年来广泛用于肾上腺良恶性病变的鉴别诊断。

 (5) 内外侧支厚度均匀，外缘弧度均呈平直或凹陷状，向外膨隆提示异常。

 (6) 正常肾上腺肢体厚度小于同侧膈脚厚度。

4. SPECT 嗜铬细胞瘤及神经母细胞瘤显像：

 (1) 阵发性高血压患者排除嗜铬细胞瘤或肾上腺髓质增生。

 (2) 拟诊和诊断肾上腺嗜铬细胞瘤患者，进行肿瘤定位诊断。

 (3) 拟诊异位嗜铬细胞瘤，作定性和定位诊断。

 (4) 恶性嗜铬细胞瘤患者转移灶的寻找。

 (5) 拟诊神经母细胞瘤做定性和定位诊断。

 (6) 拟诊其他的神经内分泌肿瘤，确定其有无功能。

二、皮质醇增多症

1. 病理：

 (1) 也叫库欣综合征，临床表现为糖皮质激素分泌增多所致的一系列症状。

 (2) 包括：肾上腺皮质增生、肾上腺皮质腺瘤、肾上腺皮质腺癌等。

 (3) 肾上腺增生：

  ① 分原发、继发两种，二者表现相同。继发性较多，90%继发于垂体微腺瘤。

  ② 呈双侧弥漫性增生，轮廓饱满，侧肢厚度大于 10mm。

第十一章　内分泌科医学影像基础

（4）肾上腺皮质腺瘤：呈圆形，包膜完整，直径在 20mm 以上。

（5）肾上腺皮质腺癌：较大肿块，直径>5cm，内部常有坏死、囊变。

2. 临床：

（1）生育期女性多见，除肾上腺皮质腺癌外，其他类型起病慢，病程长，表现相似。

（2）库欣综合征：向心性肥胖、水牛背、满月脸、高血压、紫纹、骨质疏松等。

3. 肾上腺皮质增生影像表现：

（1）USG 表现：

① 肾上腺皮质增生，声像图不易显示，有时可见肾上腺弱回声区厚度增大（正常小于1.0 cm），形态饱满。

② 肾上腺皮质结节样增生，可出现类似小肿瘤的弱回声区，可多发，无包膜，直径小于 1.0 cm。

（2）CT 与 MRI 表现：

① 双侧肾上腺弥漫性增大，侧支厚度大于 10mm，或大于同侧膈脚厚度。

② 肾上腺形态饱满，内、外支外缘膨隆。

③ 结节型增生：双侧多发性、串珠状、大小不等，而腺瘤单发。

④ CT 为等密度，增强后可见中等程度强化，边缘光滑整齐。

⑤ MRI 在所有序列上均与肝实质等信号，增强后明显强化。

4. 肾上腺皮质腺瘤影像表现：

（1）USG 表现：

① 多为单侧生长，直径 1.0~3.0 cm。

② 瘤体为圆形或椭圆形，实质回声较低。

③ 包膜清楚，回声较高。

（2）CT 表现：

① 肾上腺区单发小圆形肿块，0.5~3.0cm，边缘光滑。

② 密度略低，可含脂肪，CT 值在 –11~–35Hu 之间，中央呈网眼状。

③ 增强后，肿块强化明显，消退迅速。

（3）MRI 表现：

① 在 T1WI 上瘤体信号均匀，与肝脏等信号，在 T2WI 上略高于肝脏信号。

② 含脂肪腺瘤，化学位移成像特征性表现为：T1WI 同相位信号略高于肝，而反相位上，信号明显降低。

③ 边界清楚，有完整包膜，包膜在任何序列上均为线样低信号影。

④ 增强扫描：呈中等程度强化，且于短时间内降低。

5. 肾上腺皮质腺癌影像表现：

（1）单侧发病，瘤体一般较大，直径>5cm，内部常有坏死、囊变。

（2）就诊时常已是晚期，影像检查可观察到周围侵犯情况，并发现转移病灶。

（3）USG 表现：肿瘤较大，形态不规则，中等回声，分布不均，液化坏死呈无回声。

（4）CT 表现：肾上腺区肿块，略低密度，内部可见更低密度区，增强不均匀强化。

（5）MRI 表现：

① 肿瘤为 T1WI 低信号、T2WI 高信号，囊变、坏死、出血时内部信号不均匀。

② 可显示完整包膜，呈线样环状低信号影。

③ 对肾静脉、下腔静脉癌栓的显示优于 CT 平扫。

6. 影像记忆特征：库欣综合征+肾上腺肿块，可含脂肪

三、原发性醛固酮增多症

1. 病理：

(1) 指肾上腺分泌醛固酮过多，引起水钠潴留、血容量增多、肾素血管紧张素受抑制的临床综合征。

(2) 病因：90%由于醛固酮瘤所引起，另 10%可为肾上腺腺癌、肾上腺皮质增生等。

(3) 醛固酮瘤（Conn 瘤），瘤体较小，直径<3.0cm，圆形，有完整包膜。

2. 临床：

(1) 典型表现为"原醛"，即 Conn 综合征：高血压、低血钾，周围性软瘫。

(2) 化验：血浆醛固酮升高，血浆肾素降低，血浆血管紧张素降低。

3. 醛固酮瘤影像表现：

(1) USG 表现：

① 肾上腺内见直径 1~2cm 低回声区，单侧多见。

② 肿瘤包膜整齐、回声较高。

(2) CT 表现：

① 肾上腺圆形肿块，体积较小，直径<3cm，边缘光滑。

② 脂肪含量高于皮质腺瘤，因而主体呈更低密度，CT 值<–35Hu。

③ 增强后，肿块强化明显，消退迅速。

(3) MRI 表现：

① 常规各序列上均与肝实质等信号，因富含脂质，信号较高易漏诊。

② 化学位移成像 T1WI 反相位图上，信号明显下降，具有特征性。

③ 脂肪抑制序列肿瘤显示较好，圆形，边缘光滑，可显示包膜低信号线影。

④ 增强扫描：中等程度强化。

4. 影像记忆特征：高血压、低血钾+肾上腺结节，含脂肪

四、肾上腺嗜铬细胞瘤

1. 病理：

(1) 发生于肾上腺髓质。

(2) 10%恶性，10%位于肾上腺外，10%为双侧多发。

(3) 肿瘤一般较大，易发生出血、坏死和囊变。

2. 临床：

(1) 20~40 岁多见。

(2) 典型表现：阵发性高血压、头痛、心悸、多汗，数分钟缓解。

(3) 尿儿茶酚胺代谢物显著高于正常值。

(4) 恶性者表现与良性者相似，但同时可有其它部位转移性病灶表现。

3. USG 表现：

(1) 肿块呈实性低或中等回声，有出血或囊性变时，可见无回声区。

(2) 肿瘤包膜完整，呈高回声，与肾包膜形成"海鸥征"。

（3）探头加压常致血压升高。

（4）CDFI：肿瘤内可见星点状血流信号。

（5）10%位于肾上腺外，如主动脉旁、肾门、膀胱壁等处。

4. CT 表现：

（1）肾上腺区圆形、类圆形肿块，边界清晰锐利，一般较大，直径 3.0~8.0cm。

（2）平扫呈等密度或略低密度，内部密度不均匀，中央区多见更低密度坏死区，接近水样密度，呈不规则厚壁环状影。内部常见出血。

（3）增强后：轻度强化，与周围组织相比呈低密度。

5. MRI 表现：

（1）单侧或双侧肾上腺圆形肿块，常较大，直径>3cm。

（2）呈 T1WI 低信号，T2WI 呈明显高信号，在脂肪抑制 T2WI 上更明显。

（3）内部坏死、囊变、出血时，信号不均。

（4）MRI 可显示肿瘤包膜，呈低信号弧线影。

（5）增强后：早期呈网格状强化，延迟扫描中央坏死区强化较弱，周围区强化显著，具有特征性。

6. SPECT 表现：

（1）主要用于异位嗜铬细胞瘤的检查。

（2）表现为肾上腺区，胸、腹部大动脉旁，膀胱等部位有核素异常浓聚灶。

7. 影像记忆特征：三个 10%+肿块巨大+CT 低密度，MRI 明显高信号，USG 海鸥征。

五、肾上腺转移瘤

1. 病理：

（1）常见的有肺癌、乳腺癌、甲状腺癌、肾癌转移。

（2）常为双侧，也可单侧。

（3）肿瘤内坏死、出血多见。

2. 临床：主要是原发肿瘤症状，肾上腺转移瘤本身无症状。

3. 影像表现（USG、CT、MRI 表现相似）：

（1）双侧肾上腺肿块。

（2）圆形、椭圆形，可呈分叶状。

（3）大小不等，2~5cm。

（4）USG 回声均匀；CT 密度均匀；MRI 信号均一。

（5）增强后，肿瘤呈均匀强化，较大肿瘤表现为环形强化，可不均匀。

附录　医学影像报告常用英文缩写词

3DR　三维重建　　　　　　　　A/D　模数转换

AC　腹围　　　　　　　　　　　AD　腹径

ADC　表观扩散系数　　　　　　Bo　主磁场强度

BOLD　血氧水平依赖性磁共振功能成像　BPD　双顶径

CAD　计算机辅助诊断　　　　　CCD　电荷耦合器件

CDE　彩色多普勒能量图　　　　CDFI　彩色多普勒血流显像

CE　对比增强扫描　　　　　　　CEMRA　对比增强磁共振血管成像

Cho　乙酰胆碱　　　　　　　　CI　头径指数

Cirt　枸橼酸　　　　　　　　　CNR　对比噪声比

CPR　曲面重建　　　　　　　　CR　计算机 X 线成像

Cr　肌酸　　　　　　　　　　　CRL　顶臀长径

CTA　CT 血管成像　　　　　　　CTAP　动脉性门脉造影 CT

CTM　脊髓造影 CT　　　　　　　CTVE　CT 仿真内窥镜

CW　连续波多普勒　　　　　　　DF　数字 X 线荧光成像

DHB　脱氧血红蛋白　　　　　　DICOM　医学数字成像传输存贮格式

DR　数字 X 线成像　　　　　　　DSA　数字减影血管造影

DTI　扩散张量成像　　　　　　　DWI　扩散加权成像

DXA　双能 X 线吸收法　　　　　EBCT　电子束 CT

ECT　发射型计算机断层显像　　　EF　射血分数

EPI　平面回波成像　　　　　　　ER　射血率

ERCP　经内镜逆行性胰胆管造影术　F　导管粗细单位 1F=0.333mm

FA　翻转角　　　　　　　　　　FDG　脱氧葡萄糖

FFD　焦–片距　　　　　　　　　FID　自由感应衰减信号

FISP　稳态进动快速成像　　　　　FL　股骨长径

FLAIR　脑脊液抑制序列　　　　　FLASH　快速小角度翻转恢复序列

fMRI　功能性磁共振成像　　　　　FOV　观察野

FS　脂肪抑制技术　　　　　　　　FSE　快速自旋回波

Gd–DTPA 磁共振对比剂：钆喷替酸葡甲胺

Gln　谷氨酰胺　　　　　　　　　Glu　谷氨酸

GRE　梯度回波序列　　　　　　　GUR　葡萄糖提取率

HASTE　半傅立叶单次激发快速自旋回波序列

HC　头围　　　　　　　　　　　HRCT　高分辨力 CT

Hu　CT 值的 Hounsfield 单位　　　IP　影像板

IVP　静脉肾盂造影　　　　　　　IVUS　血管内超声

L 窗位 | LP 线对数

MAA 大颗粒聚合人血清白蛋白 | MAFS 多次平均血流检查

MDP 亚甲基二磷酸盐 | MHB 正铁血红蛋白

MI 肌醇 | MIP 最大强度投影

MLO 侧斜位 | MPI 心肌灌注显像

MPR 多平面重建 | MRA 磁共振血管成像

MRCP 磁共振胰胆管成像 | MRI 磁共振成像

MRM MR 脊髓成像 | MRS 磁共振波谱成像

MRU 磁共振尿路成像 | MRV 磁共振静脉成像

MRVE 磁共振仿真内窥镜 | MSCT 多排螺旋 CT

MSI 磁源图 | MSMA 多层面多角度扫描

MTF 调制传递函数 | MTT 平均通过时间

NAA N 乙酰天门冬氨酸 | NEX 激励次数

NM 核医学 | OFD 枕额径

OML 眶耳线（听眦线） | OTF 光学传递函数

PACS 图像存贮和传输系统 | PBMV 经皮球囊导管二尖瓣分离术

PC 相位对比血管成像法 | PDW 质子加权成像

PER 高峰射血率 | PET 正电子发射型段层显像

PI 搏动指数 | PSV 收缩期峰值血流速度

PT 峰值时间 | PTA 经皮腔内血管成形术

PTC 经皮经肝胆管造影 | PW 脉冲波多普勒

PWI 灌注加权成像 | PYP 亚锡焦磷酸

QA 质量保证 | QC 质量控制

QCT 定量 CT | rCBF 局部脑血流量

rCBV 局部脑血容量 | RF 射频脉冲

RI 阻力指数 | RIS 放射信息系统

RL 瑞氏线（听眶下线） | ROI 感兴趣区

SCT 螺旋 | CTS/D 收缩期与舒张期血流速度之比

SE 自旋回波 | SL 层厚

SNR 信噪比 | SPECT 单光子发射式计算机断层显像

SPIO 磁共振对比剂：超顺磁性氧化铁 | SSD 表面阴影遮盖法重建技术

STIR 反转恢复序列 | SUV 标准化摄取值

SV 取样容积 | SWI 磁敏感成像

T1WI T1 加权序列 | T2WI T2 加权序列

T/NT 肿瘤/非肿瘤比值 | TAE 经导管血管栓塞术

TCD 经颅多普勒 | $^{99}TcO_4^-$ 高锝酸盐

TE 回波时间 | TEE 经食道超声心动图检查法

TGC 时间增益补偿 | THI 组织谐波成像

TI 翻转时间 | TIPSS 经颈静脉肝内门体静脉支架分流术

TOF 时间飞越血管成像法 | TP 床位

TR 重复时间
TUR 肿瘤摄取率
UCG 超声心动图
USG 超声成像
W 窗宽

TSE 快速自旋回波序列
UBM 超声生物组织显微镜
UFCT 超速CT
V/Q 通气/血流比值
WS 威纳尔频谱

第十一章 内分泌科医学影像基础

图书在版编目（CIP）数据

临床医师实用影像手册/郭兴华、王耀普、樊安华、范仙萍主
编—太原：山西科学技术出版社，2009.1
ISBN 978-7-5377-2948-2

Ⅰ.临… Ⅱ.①郭… ②王… ③樊… Ⅲ.临床医师 Ⅳ.R71

中国版本图书馆 CIP 数据核字（2008）第 169629 号

临床医师实用影像手册

主　编：**郭兴华　王耀普　樊安华　范仙萍**
出　版：山西出版集团山西科学技术出版社
　　　　（太原建设南路 21 号　邮编：030012）
经　销：各地新华书店
印　刷：太原市一德印业有限公司
开　本：850×1168 1/16　印张：17.5
字　数：426 千字
电子邮件：cbszzc2643@sina.com
编辑部电话：0351-4922073
发行部电话：0351-4922121
版　次：2009 年 1 月第 1 版
印　次：2009 年 1 月第 1 次印刷
书　号：ISBN 978-7-5377-3293-2
定　价：38.00 元

如发现印、装质量问题，影响阅读，请与发行部联系调换。